REIVINDIQUE-ME

CAPTURE-ME: LIVRO 3

ANNA ZAIRES

♠ MOZAIKA PUBLICATIONS ♠

Publicado pela Mozaika Publications, impressão da Mozaika LLC.

www.mozaikallc.com

Capa de Najla Qamber Designs

www.najlaqamberdesigns.com

Tradução de Christiane Jost, revisão de Karine Lima e Ayrton Jost.

e-ISBN: 978-1-63142-467-0

ISBN da versão impressa: 978-1-63142-468-7

I

A FUGA

— Como é? — Apertei o telefone com mais força, quase esmagando-o quando minha incredulidade se transformou em uma fúria ardente. — Como assim, ela fugiu?

— Não sei como aconteceu. — A voz de Eduardo estava tensa. — Voltamos para a sua casa há meia hora e descobrimos que ela desaparecera. As algemas estavam no chão da biblioteca e as cordas tinham sido cortadas com algo pequeno e afiado. Fizemos com que os guardas verificassem cada centímetro da selva e eles encontraram Sanchez inconsciente na fronteira norte. Ele tem uma bela concussão, mas conseguimos que acordasse há poucos minutos. Ele disse que a encontrou na floresta, mas ela o surpreendeu e deixou-o inconsciente. Isso foi há cerca de três horas. Estamos recebendo agora os vídeos dos drones, mas a situação não parece boa.

Minha raiva aumentava com cada frase do guarda.

— Como ela conseguiu botar as mãos em "algo pequeno e afiado"? Ou abrir as malditas algemas? Você e Diego deveriam vigiá-la o tempo inteiro...

— Nós vigiamos. — Eduardo soou desalentado. — Verificamos os bolsos dela depois de cada refeição, como você disse, e inspecionamos o banheiro, o único lugar onde ela ficava sozinha e desamarrada, várias vezes. Não havia nada que ela pudesse ter usado. Ela deve ter escondido as ferramentas, mas não sei como nem quando. Talvez ela as tivesse há algum tempo. Ou talvez...

— Ok, digamos que vocês não tenham feito tudo completamente errado. — Respirei fundo para controlar a raiva explosiva no meu peito. O importante agora era conseguir respostas e descobrir onde estavam os furos em nossa segurança. Em um tom mais calmo, eu disse: — Como ela conseguiu sair sem disparar os alarmes nem as torres de guarda a virem? Temos olhos em cada metro daquela fronteira.

Houve um silêncio prolongado. Em seguida, Eduardo disse baixinho: — Não sei por que nenhum dos alarmes de segurança disparou, mas é possível que, durante umas duas horas, não estivéssemos olhando a fronteira toda.

— O quê? — Desta vez, não consegui segurar a raiva. — Que merda você está querendo dizer?

— Nós fizemos merda, Kent, mas eu juro que não sabíamos que o software de segurança deixaria passar alguma coisa. — O jovem guarda estava falando depressa, como se estivesse ansioso para botar as palavras para fora. — Foi só um jogo de pôquer amigável. Não sabíamos que o computador não...

— Um jogo de pôquer? — Minha voz ficou mortalmente baixa. — Vocês estavam jogando pôquer durante o horário de trabalho?

— Eu sei. — Eduardo soou sinceramente arrependido. — Foi idiota e irresponsável e tenho certeza de que Esguerra nos esfolará vivos. Só achamos que, com toda a tecnologia, não seria nada demais. Só uma forma de nos escondermos do calor por algumas horas, sabe?

Se eu conseguisse enfiar a mão pela linha telefônica e esmagar o pescoço de Eduardo, teria feito isso. — Não, não sei. — Eu praticamente cuspi as palavras. — Por que você não me explica, de forma bem bacana e devagar? Ou, melhor ainda, coloque Diego na linha para que *ele* me explique.

Houve outro silêncio longo. Em seguida, ouvi Diego dizer: — Lucas, escute, cara... Nem sei o que dizer. — A voz normalmente animada do guarda estava repleta de culpa. — Não sei por que ela decidiu passar por aquela torre, mas estou vendo o vídeo dos drones agora e foi exatamente o que fez. Simplesmente passou por nós, indo para oeste, e subiu na ponte. Era como se ela soubesse para onde ir e quando. — Um toque de incredulidade surgiu no tom dele. — Como se ela soubesse que estaríamos distraídos.

Coloquei os dedos sobre o nariz. *Caralho.* Se o que ele dizia era verdade, a fuga de Yulia não fora pura sorte.

Alguém dera à minha prisioneira detalhes importantes sobre a segurança, alguém intimamente familiarizado com a rotina dos guardas.

— Ela entrou em contato com alguém? — A possibilidade mais lógica era de que o traidor fosse Diego ou Eduardo, mas eu conhecia bem os jovens guardas, que eram leais e inteligentes demais para esse tipo de traição. — Alguém falou com ela além de vocês dois?

— Não. Pelo menos, não vimos ninguém. — A voz de Diego ficou tensa quando ele entendeu minha suspeita. — Obviamente, ela ficou sozinha durante boa parte do dia. Alguém pode ter ido até a casa quando não estávamos lá.

— Certo. — Ora, o traidor poderia até mesmo ter se aproximado de Yulia antes da minha partida para Chicago. — Quero que acessem os vídeos dos drones para ver qualquer tipo de atividade em volta da minha casa nas duas últimas semanas. Se alguém chegou perto da casa, quero saber.

— Pode deixar.

— Ótimo. Agora, vão procurar Yulia. Ela não pode ter ido muito longe.

Diego desligou, claramente ansioso para compensar

a distração dele e de Eduardo. Guardei o telefone no bolso, forçando meus dedos a se abrirem para soltá-lo.

Eles a pegariam. Eles a levariam de volta.

Eu tinha que acreditar nisso, caso contrário, não conseguiria aguentar a noite.

ENQUANTO ESPERAVA NOTÍCIAS DE DIEGO, FIZ AS RONDAS com os guardas, garantindo que todos estivessem em posição na nova casa de férias de Esguerra em Chicago. A mansão ficava na comunidade particular rica de Palos Park e bem situada do ponto de vista de segurança. Ainda assim, verifiquei as câmeras recém-instaladas em busca de pontos cegos e confirmei a programação de patrulha com os guardas. Fiz isso porque era meu trabalho, mas também porque precisava de algo que mantivesse minha mente longe de Yulia e da raiva sufocante que queimava no meu peito.

Ela fugira. No momento em que eu saíra, ela correra para o amante, para aquele Misha, cuja vida me implorara para poupar.

Ela fugira, apesar de, menos de dois dias antes, me dizer que me amava.

A fúria que me invadiu ao pensar naquilo era potente e irracional. Eu nem sabia se as palavras de Yulia eram para mim. Ela as resmungara enquanto estava meio dormindo e eu não tivera a oportunidade de confrontá-la. Mesmo assim, a possibilidade de que ela me amasse me mantivera acordado na noite antes da minha partida.

Pela primeira vez na vida, eu me sentira como se estivesse próximo de algo... próximo de *alguém*.

Eu amo você. Eu sou sua.

Que mentirosa filha da puta. Meu peito ficou apertado quando me lembrei das tentativas de Yulia de me manipular, de me amaciar para que eu concordasse em salvar a vida do amante dela. Desde o início, para ela, eu fora apenas um meio para um fim. Ela dormira comigo em Moscou para obter informações e fizera o papel de prisioneira obediente para facilitar sua fuga.

O tempo que passáramos juntos não significara nada para Yulia. Nem eu.

O tremor do telefone no meu bolso interrompeu os pensamentos amargos. Pegando o aparelho, vi o número criptografado que era de nosso retransmissor do complexo.

— Sim?

— Temos um problema. — O tom de Diego era tenso. — Parece que sua garota programou a fuga de forma perfeita de várias formas. Houve uma entrega de verduras para o complexo esta tarde e a polícia de Miraflores acabou de encontrar o motorista andando pela estrada a poucos quilômetros fora da cidade. Pelo jeito, ele deu carona para uma norte-americana bonita logo ao norte do nosso complexo. Ele não fazia ideia de que ela fosse algo além de uma turista perdida... até que mostrasse uma faca e fizesse com que ele saísse da van. Isso foi há mais de uma hora.

— Merda. — Se Yulia estava motorizada, as chances de escapar subiam exponencialmente. — Procure na cidade inteira de Miraflores e encontre aquela van. Faça com que a polícia local ajude.

— Já estamos fazendo isso. Manterei você informado.

Desliguei e voltei para a casa. Os sogros de Esguerra tinham acabado de chegar para jantar com meu chefe e a esposa dele. Esguerra provavelmente não estaria com humor para ser incomodado naquele momento. Ainda assim, eu tinha que contar a ele o que acontecera e enviei um *e-mail* com apenas uma linha:

Yulia Tzakova escapou.

 ulia

A<small>SSIM QUE CHEGUEI AOS ARREDORES DA CIDADE DE</small> Miraflores, parei em um posto de gasolina e pedi ao frentista para usar o telefone na loja minúscula. Ele entendeu o suficiente do meu inglês para deixar que eu usasse o telefone. Disquei o número de emergência que todos os agentes da UUR tinham memorizado. Enquanto esperava que a ligação fosse completada, observei a porta, sentindo as mãos suadas.

Diego e Eduardo já deviam saber que eu sumira, o que significava que os guardas de Esguerra estavam procurando-me. Eu me senti mal por ter ameaçado o motorista da van e forçá-lo a sair do carro, mas precisava do veículo. Na situação atual, eu não tinha muito tempo antes que os homens de Esguerra me rastreassem até ali... se isso já não acontecera.

— Allo. — O cumprimento em russo, dito por uma voz feminina, fez com que eu voltasse a atenção para o telefone.

— É Yulia Tzakova — disse eu, dando minha identidade atual. Como a operadora, falei em russo. — Estou em Miraflores, Colômbia, e preciso falar com Vasiliy Obenko imediatamente.

— Código?

Eu disse um conjunto de números e respondi às perguntas da operadora que serviam para verificar minha identidade.

— Espere um momento, por favor — disse ela. Houve um momento de silêncio até que ouvi um clique, significando uma nova conexão.

— Yulia? — A voz de Obenko estava incrédula. — Você está viva? O relatório russo dizia que você tinha morrido na prisão. Como você...

— O relatório era falso. Os homens de Esguerra me pegaram. — Mantive a voz baixa, percebendo que o frentista me olhava com suspeita crescente. Eu dissera a ele que era uma turista norte-americana e, sem dúvida, o fato de falar em russo o deixou confuso. — Escute, você está em perigo. Todos conectados à UUR estão em perigo. Você precisa desaparecer. E fazer com que Misha desapareça...

— Esguerra pegou você? — Obenko soou horrorizado. — Então como você...

— Não há tempo para explicar. Fugi do complexo

11

dele, mas estão me procurando. Você precisa desaparecer... você e todos de sua família. E Misha. Eles irão atrás de vocês.

— Eles a fizeram falar?

— Sim. — O desprezo que senti por mim mesma era um nó na minha garganta, mas mantive a voz neutra. — Eles não sabem sua localização atual, mas têm as iniciais da agência e o nome verdadeiro de um ex-agente. É apenas uma questão de tempo até encontrarem você.

— Merda. — Obenko ficou em silêncio por um momento e disse: — Precisamos tirar você daí antes que seja recapturada. — O que ele realmente queria dizer era *antes que tenham a oportunidade de extrair mais informações de você.*

— Sim. — O frentista digitava alguma coisa no celular enquanto olhava para mim. Eu sabia que precisava me apressar. — Tenho um carro, mas precisarei de ajuda para sair do país.

— Está bem. Pode chegar mais perto de Bogotá? Talvez possamos cobrar alguns favores do governo venezuelano e passá-la pela fronteira.

— Acho que sim. — O frentista guardou o telefone e começou a andar na minha direção. Eu disse depressa: — Estou a caminho — e desliguei.

O frentista estava perto de mim, com a testa franzida, mas corri para fora da loja antes que ele me alcançasse. Entrando rapidamente na van, fechei a porta e liguei o veículo. O frentista correu atrás de mim, mas eu já estava saindo do estacionamento.

Quando voltei à estrada, avaliei minha situação. Havia apenas um quarto de tanque de combustível na van e o frentista provavelmente me denunciara às autoridades... o que significava que o veículo fora comprometido mais depressa do que eu esperava.

Eu precisaria de um veículo diferente se quisesse sair de Miraflores.

Meu coração batia depressa quando pisei no acelerador, forçando a velha van até o limite e mantendo um olhar cuidadoso na estrada. Um quilômetro, um quilômetro e meio, dois quilômetros... Minha ansiedade aumentava a cada momento. Quanto tempo demoraria para que os homens de Esguerra ouvissem falar da loira estranha no posto de combustível? Quanto tempo demoraria para que começassem a procurar a van com os satélites? Àquelas alturas, eu não tinha mais do que meia hora.

Finalmente, depois de mais um quilômetro, vi uma pequena estrada não pavimentada que parecia levar a uma fazenda ou algo parecido. Rezando para que estivesse certa, entrei na estradinha, deixando a estrada principal.

Algumas centenas de metros depois, vi um galpão. Ele ficava a uma dezena de metros à direita e atrás de uma área de árvores densas. Virei naquela direção e estacionei a van atrás do galpão, sob a cobertura das árvores. Se eu tivesse sorte, ela não seria encontrada por algum tempo.

Agora, eu precisava de outro veículo.

Saindo do galpão, andei até chegar a um celeiro

ANNA ZAIRES

com um trator velho e acabado na frente. Não vi ninguém e aproximei-me do celeiro para espiar seu interior.

Bingo.

Dentro do celeiro, havia uma caminhonete pequena. Ela parecia velha e enferrujada, mas as janelas estavam limpas. Alguém a usava regularmente.

Prendendo a respiração, entrei no celeiro e aproximei-me da caminhonete. A primeira coisa que fiz foi procurar a chave nas prateleiras próximas. Algumas vezes, as pessoas eram idiotas o suficiente para deixar a chave perto do veículo.

Infelizmente, aquele fazendeiro em particular não parecia ser idiota. A chave não estava à vista. Uma pena. Olhei em volta e vi uma pedra segurando um pedaço de lona. Peguei a pedra e usei-a para quebrar a janela da caminhonete. Era uma solução de força bruta, mas mais rápida do que arrombar a fechadura.

Agora era a parte difícil.

Abrindo a porta do motorista, subi para o banco e tirei a tampa da ignição sobre o volante. Estudei o emaranhado de fios, torcendo para me lembrar o suficiente para não me eletrocutar nem inutilizar o veículo. Tínhamos abordado ligações diretas no treinamento, mas eu nunca precisara fazer isso em campo e não sabia se funcionaria. Todos os carros eram um pouco diferentes. Não havia um sistema de cores universal e carros mais antigos, como aquele, eram particularmente complicados. Se eu tivesse

14

alguma outra opção, não arriscaria, mas, no momento, era a melhor solução.

Estabilizando minha respiração, comecei a testar diferentes combinações de fios. Na terceira tentativa, o motor da caminhonete ligou.

Soltei um suspiro de alívio, fechei a porta e dirigi para fora do celeiro, voltando à estrada principal.

Com sorte, o dono da caminhonete não descobriria seu sumiço por algum tempo e eu chegaria à próxima cidade antes que precisasse de outro veículo.

ENQUANTO DIRIGIA, MEUS PENSAMENTOS SE VOLTARAM para Lucas. Os guardas tinham contado a ele sobre minha fuga? Ele estava bravo? Ele se sentia traído por mim por eu ter partido?

Eu amo você. Eu sou sua. Mesmo agora, senti o rosto quente ao me lembrar daquelas palavras, ditas em um sonho que talvez não tivesse sido um sonho. Até aquela noite, eu não sabia como me sentia, não percebera como me apegara ao meu carcereiro. Havia tanta coisa errada entre nós, tanto medo, tanta raiva, tanta desconfiança, que demorei algum tempo para entender aquela estranha saudade.

Demorei para encontrar sentido em algo tão irracional e sem sentido.

Vou sentir sua falta. Lucas dissera isso a mim ao me segurar no colo na manhã seguinte e fiz o possível para não começar a chorar. Ele sabia o que estava fazendo comigo com aquelas palavras confusas de carinho? Aquela ternura incongruente era parte da vingança diabólica dele? Uma forma ainda mais sádica de me destruir sem causar nenhum arranhão?

A estrada virou um borrão à minha frente e percebi que as lágrimas que eu segurara naquele dia rolavam pelo meu rosto. A adrenalina da fuga aumentara a dor que eu sentia naquele momento. Eu não queria pensar em como Lucas me dobrara, em como me prometera segurança e, em vez disso, despedaçara meu coração, mas não consegui evitar. As lembranças se reviravam na minha mente e não consegui desligá-las. Alguma coisa no comportamento de Lucas naquele dia me incomodava, uma nota discordante que registrei, mas não processei totalmente.

— Não implore por ele — disse Lucas quando eu implorara para que meu irmão fosse poupado. — Eu decido quem vive, não você.

Havia também outras coisas que ele dissera. Coisas destinadas a magoar. Mas, quando ele me possuíra naquela noite, não houvera raiva em seu toque. Desejo, sim. Possessividade insana, com certeza. Mas não raiva... pelo menos, não o tipo de raiva que eu teria esperado de um homem que me odiava o suficiente para deixar que a única família que eu tinha fosse assassinada. E aquele "vou sentir sua falta" na manhã seguinte. Simplesmente não se encaixava.

Nada se encaixava... a não ser que Lucas quisesse assim.

Talvez ele ainda não tivesse terminado de mexer com a minha mente.

Minha cabeça começou a doer por causa da confusão e limpei as lágrimas antes de segurar o volante com mais força. O que Lucas planejara para mim não importava mais. Eu fugira e não podia olhar para trás.

Eu precisava continuar em frente.

3

ACORDEI NA MANHÃ DE SEXTA-FEIRA COM UMA DOR DE cabeça latejante que aumentou minha fúria. Eu mal dormira, pois Diego e Eduardo continuaram enviando atualizações a cada hora sobre a busca por Yulia, e precisei de duas xícaras de café antes de começar a me sentir um pouco humano novamente.

Enquanto eu me preparava para sair da cozinha, Rosa entrou, vestindo calça *jeans* em vez do uniforme usual.

— Ah, oi, Lucas — disse ela. — Eu estava mesmo procurando você.

— É? — Tentei não ser frio com a garota. Eu ainda me sentia mal por ter acabado com a queda dela por mim. Não era culpa de Rosa o fato de minha prisioneira ter escapado e eu não queria descontar meu humor de merda nela.

— O *señor* Esguerra disse que posso explorar a cidade hoje se levar um guarda comigo — disse Rosa, olhando-me desconfiada. Ela devia ter percebido minha raiva apesar de minhas tentativas de parecer calmo. — Há alguém que você possa dispensar?

Considerei o pedido dela. Sinceramente, a resposta era não. Eu não queria afastar nenhum dos meus guardas da casa dos pais de Nora e, quinze minutos antes, Esguerra me enviara uma mensagem dizendo que levaria Nora a um parque, o que significava que precisaria de pelo menos doze de nossos homens em posição lá.

— Vou para Chicago hoje — disse eu depois de deliberar por um momento. — Tenho uma reunião lá. Você pode vir comigo se não se importar de esperar um pouco. Depois, levarei você para onde quiser. E, no horário do almoço, um dos outros rapazes estará disponível para me substituir... supondo, claro, que você queira ficar na cidade por mais do que duas ou três horas.

— Ah, eu... — A pele cor de bronze de Rosa ficou avermelhada e seus olhos brilharam de empolgação. — Tem certeza de que não vou atrapalhar? Não preciso ir hoje se...

— Está tudo bem. — Lembrei-me do que a garota me dissera na quarta-feira sobre nunca ter visitado os

Estados Unidos antes. — Tenho certeza de que você está ansiosa para ver a cidade e não me importo.

Talvez a companhia dela tirasse minha mente de Yulia e do fato de que minha prisioneira ainda estava à solta.

R OSA FALOU SEM PARAR DURANTE O PERCURSO ATÉ Chicago, contando-me vários fatos interessantes sobre a cidade que ela lera *on-line*.

— E você sabia que ela é chamada de Cidade do Vento por causa dos políticos cheios de papo furado? — disse ela quando virei na rua West Adams no centro de Chicago e entrei no estacionamento subterrâneo de um prédio alto de vidro e aço. — Não tem nada a ver com o vento que vem do lago. Não é uma loucura?

— Sim, incrível — disse eu em tom distraído, verificando meu celular ao sair do carro. Para meu desapontamento, não havia nenhuma atualização nova de Diego. Guardando o telefone, dei a volta no carro e abri a porta para Rosa.

— Venha — disse eu. — Já estou cinco minutos atrasado.

Rosa correu atrás de mim enquanto eu andava para o elevador. Ela dava dois passos para cada passo meu e não pude evitar de comparar o andar dela com o andar gracioso de Yulia. A criada não era tão pequena quanto a esposa de Esguerra, mas ainda parecia baixa para mim... especialmente depois que eu me acostumara com a altura de modelo de Yulia.

Pare de pensar nela, caralho. Minhas mãos se fecharam dentro do bolso enquanto eu esperava que o elevador chegasse, sem prestar muita atenção na conversa de Rosa. A espiã era como um espinho na minha carne. Não importava o que eu fizesse, não conseguia tirá-la da cabeça. Compulsivamente, peguei o telefone e verifiquei-o novamente.

Ainda nada.

— E sobre o que é sua reunião? — perguntou Rosa. Percebi que ela me olhava ansiosa. — É alguma coisa para o *señor* Esguerra?

— Não — respondi, guardando o telefone no bolso. — É para mim.

— Ah. — Ela pareceu desalentada pela minha resposta curta e suspirei, relembrando-me de que não deveria descontar minha frustração na garota. Ela não tinha nada a ver com Yulia e toda a situação fodida.

— Vou me reunir com meu gerente de portfólio — disse eu quando as portas do elevador se abriram. — Só preciso acompanhar meus investimentos.

— Ah, entendi. — Rosa sorriu ao entrarmos no elevador. — Você tem investimentos, como o *señor* Esguerra.

— Sim. — Apertei o botão do último andar. — Esse cara também é o gerente de portfólio dele.

O elevador, feito de aço e com superfícies brilhantes, acelerou e, menos de um minuto depois, saímos para uma área de recepção igualmente moderna.

Para um jovem de vinte e seis anos, Jared Winters certamente tinha uma vida boa.

A recepcionista dele, uma japonesa magra de idade indeterminada, se levantou quando nos aproximamos.

— Sr. Kent — disse ela, abrindo um sorriso educado. — Por favor, sente-se. O sr. Winters o atenderá em um minuto. Desejam algo para beber?

— Eu não, obrigado. — Olhei para Rosa. — Quer alguma coisa?

— Ahm, não, obrigada. — Ela olhava pela janela que ocupava a parede inteira e para a cidade abaixo. — Estou bem.

Antes que eu tivesse a oportunidade de me sentar em uma das poltronas perto da janela, um homem alto de cabelos escuros saiu do escritório do canto e aproximou-se de mim.

— Desculpe por fazê-lo esperar — disse Winters, estendendo a mão para apertar a minha. Os olhos verdes dele tinham um brilho frio por trás dos óculos. — Eu estava terminando um telefonema.

— Não se preocupe. Nós também nos atrasamos um pouco.

Ele sorriu e vi que seu olhar foi para Rosa, que ainda estava parada parecendo hipnotizada pela vista do lado de fora.

— Sua namorada, suponho? — Perguntou Winters baixinho. Pisquei surpreso pela pergunta pessoal.

— Não — respondi, seguindo-o para dentro do

escritório. — É mais como uma missão pelas próximas horas.

— Ah. — Winters não disse mais nada, mas, ao entrarmos no escritório dele, vi quando olhou para Rosa novamente, como se não conseguisse se conter.

 ulia

— Yulia Tzakova?

Meu coração saltou no peito quando me virei e minha mão segurou automaticamente a faca escondida na calça.

Havia um homem de cabelos pretos parado à minha frente. Ele parecia comum de todas as formas. Até mesmo os óculos e o boné eram padrão. Ele poderia ter sido qualquer um no mercado movimentado de Villavicencio, mas não era.

Ele era o contato venezuelano de Obenko.

— Sim — disse eu, mantendo a mão na faca. — Você é Contreras?

Ele assentiu. — Por favor, siga-me — disse ele em russo com sotaque espanhol.

Tirei a mão do cabo da faca e segui o homem quando ele começou a percorrer a multidão. Como ele, eu usava um boné e óculos escuros, dois itens que roubara em outro posto de combustível no caminho, mas ainda sentia que alguém poderia apontar para mim e gritar: — É ela, é a espiã que os homens de Esguerra estão procurando.

Para meu alívio, ninguém prestou muita atenção em mim. Além do boné e dos óculos escuros, eu comprara uma camiseta enorme e uma calça *jeans* folgada no mesmo posto de combustível. Com as roupas sem formato e os cabelos presos sob o boné, eu parecia mais um garoto adolescente do que uma jovem mulher.

Contreras me levou até uma van azul discreta estacionada na esquina. — Onde está o veículo que você usou para chegar aqui? — perguntou ele quando entrei na parte de trás da van.

— Eu o deixei a alguns quarteirões daqui, como Obenko instruiu — respondi. Eu falara com meu chefe duas vezes desde o contato inicial em Miraflores e ele me dera a localização daquele encontro e instruções sobre como prosseguir. — Não acho que eu tenha sido seguida.

— Talvez não, mas precisaremos tirar você do país nas próximas horas — disse Contreras, ligando a van. — Esguerra está expandindo a rede. Eles já colocaram sua fotografia em todas as fronteiras.

— E como você vai me tirar daqui?

— Há uma caixa lá atrás — disse Contreras ao entrarmos no trânsito. — E um dos guardas da fronteira me deve um favor. Com um pouco de sorte, será o suficiente.

Assenti, sentindo o ar frio do ar-condicionado da van batendo no meu rosto suado. Eu dirigira a noite inteira, parando apenas para roubar outro carro e pegar as roupas. Estava exausta. Eu estivera atenta ao som de helicópteros e do grito de sirenes a cada minuto que passara na estrada. O fato de ter chegado tão longe sem incidentes era praticamente um milagre e eu sabia que minha sorte poderia acabar a qualquer momento.

Ainda assim, mesmo o medo não foi suficiente para superar minha exaustão. Assim que a van de Contreras entrou na rodovia para nordeste, senti minhas pálpebras fechando-se. Não lutei contra o sono.

Eu só precisava cochilar por alguns minutos para estar pronta para enfrentar o que viesse a seguir.

— ACORDE, YULIA.

A urgência no tom de Contreras me tirou de um sonho em que eu assistia a um filme com Lucas. Meus olhos se abriram quando sentei e rapidamente avaliei a situação.

Já estávamos no fim da tarde e parecíamos estar presos no trânsito.

— Onde estamos? O que é isto?

— Barreira na estrada — disse Contreras em tom tenso. — Estão verificando todos os carros. Você precisa entrar na caixa agora.

— O seu guarda da fronteira não...

— Não, ainda estamos a cerca de trinta quilômetros da fronteira da Venezuela. Não sei o motivo da barreira, mas não deve ser nada bom.

Merda. Desafivelei o cinto de segurança e passei por uma janela pequena para a parte de trás da van. Como Contreras dissera, havia uma caixa lá, mas parecia pequena demais para conter uma pessoa. Uma criança, talvez, mas não uma mulher da minha altura.

Por outro lado, em apresentações de mágica, as pessoas entravam em todos os tipos de recipientes pequenos demais. Era como o truque de cortar uma pessoa no meio geralmente era feito: uma garota flexível era a "parte de cima do corpo" e uma segunda era as "pernas".

Eu não era tão flexível quanto uma assistente de mágico, mas estava muito mais motivada.

Abrindo a caixa, deitei nela de costas e tentei dobrar as pernas de forma que conseguisse fechar a tampa. Depois de alguns minutos frustrantes, decidi que era uma tarefa impossível, pois meus joelhos ficaram pelo menos cinco centímetros acima da borda da caixa. Por que Contreras arrumara uma caixa tão pequena? Se ela tivesse alguns centímetros a mais de profundidade, eu caberia nela.

A van começou a se mover e percebi que estávamos chegando mais perto da barreira. A qualquer momento, as portas na parte de trás da van se abririam e eu seria descoberta.

Eu precisava entrar na maldita caixa.

Rangendo os dentes, virei-me de lado e tentei enfiar os joelhos no espaço minúsculo entre meu peito e a lateral da caixa. Eles não couberam. Respirei fundo e tentei de novo, ignorando a dor no joelho quando ele bateu na borda de metal. Enquanto eu me esforçava para entrar na caixa, ouvi vozes altas falando em espanhol e senti a van parar novamente.

Estávamos na barreira.

Freneticamente, virei-me e segurei a tampa da caixa, puxando-a sobre mim com mãos trêmulas.

Ouvi passos, seguidos de vozes na parte de trás da van.

Eles estavam prestes a abrir as portas.

Com o coração batendo forte, encolhi o corpo em uma forma impossivelmente pequena, esmagando os seios com os joelhos. Mesmo com os efeitos da adrenalina, meu corpo gritou de dor por causa da posição.

A tampa encostou na beirada da caixa e as portas da van se abriram.

 *ucas*

Minha reunião com Winters demorou pouco menos de uma hora. Discutimos o estado atual dos meus investimentos e como prosseguir considerando a mudança recente no mercado. Durante o tempo que Jared Winters estivera gerenciando meu portfólio, ele triplicara meus investimentos para pouco mais de doze milhões. Portanto, eu não estava particularmente preocupado quando ele disse que liquidaria a maioria dos meus investimentos e começaria a investir em ações de uma empresa popular de tecnologia.

— O presidente está prestes a ter problemas jurídicos graves — explicou Winters. Não me preocupei em perguntar como ele sabia daquilo. Usar informações privilegiadas podia ser crime, mas nossos contatos no governo garantiram que os fundos de Winters não estavam no radar deles.

— Quanto você colocará nessa transação? — perguntei.

— Sete milhões — respondeu Winters. — A coisa vai ficar feia.

— Está bem — disse eu. — Pode fazer.

Sete milhões eram um valor considerável, mas, se as ações da empresa de tecnologia estava prestes a cair tanto quanto Winters pensava, isso triplicaria facilmente meu investimento.

Discutimos mais algumas transações futuras e, em seguida, Winters me conduziu de volta à área de recepção, onde Rosa lia uma revista.

— Pronta para irmos? — perguntei. Ela assentiu.

Levantando-se, ela colocou a revista sobre a mesinha de centro e sorriu para mim e para Winters. — Pronta.

— Obrigado novamente — disse eu, virando-me para apertar a mão de Winters, mas ele não olhava para mim.

Ele encarava Rosa, com os olhos verdes estranhamente intensos.

— Winters? — chamei em tom divertido.

Ele afastou os olhos de Rosa. — Ah, sim. Foi um prazer — murmurou ele, apertando minha mão. Antes que eu pudesse dizer mais alguma coisa, ele voltou para o escritório e fechou a porta atrás de si.

~

Como eu prometera a Rosa, depois da reunião, levei-a para fazer compras na Magnificent Mile, também conhecida como Avenida Michigan. Enquanto ela experimentava vários vestidos em uma loja de departamentos, sentei-me perto do vestiário e verifiquei novamente meu *e-mail*. Desta vez, havia uma mensagem curta de Diego:

Localizada a caminhonete roubada em um posto de combustível perto de Granada. Não houve denúncia de nenhum outro carro roubado. Barreiras em todas as principais estradas, de acordo com suas instruções.

Guardei o telefone e uma raiva frustrada me queimou por dentro. Eles ainda não tinham encontrado Yulia e, a essas alturas, ela poderia estar em outro país. Sem dúvida, ela fizera contato com a agência e, dependendo de como eram organizados, era inteiramente possível que a tivessem tirado do país.

Até onde eu sabia, ela já poderia estar em um avião, voando para o amante.

— Gosta deste? — perguntou Rosa. Virei-me para ver que ela saíra do vestiário com um vestido amarelo justo e curto.

— É bonito — respondi em tom automático. — Você deveria comprá-lo. — Objetivamente, percebi que a garota ficara bem naquele vestido, mas a única coisa em que eu conseguia pensar no momento era o fato de que Yulia talvez estivesse a caminho para encontrar Misha... o homem que ela realmente amava.

— Está bem. — Rosa abriu um sorriso largo. — Vou comprá-lo.

Ela correu de volta para o vestiário. Tirei o telefone do bolso para enviar um *e-mail* para os *hackers* que investigavam a UUR.

Mesmo se Yulia conseguisse fugir, não ficaria livre por muito tempo.

Não importava o que seria necessário, eu a encontraria e ela nunca mais escaparia.

6

ulia

— DESCULPE — DISSE CONTRERAS, TIRANDO A TAMPA DA
caixa. — Não esperei que você fosse tão alta. Que bom
que você coube na caixa.

Resmunguei quando ele me puxou para fora,
sentindo os músculos doloridos depois de ficar presa
na caixa minúscula por uma hora. Meus joelhos
pareciam duas feridas enormes e minha espinha
latejava depois de ter ficado espremida contra a lateral
da caixa. Entretanto, eu estava viva e além da fronteira
da Venezuela... o que significava que valera a pena.

— Está tudo bem — disse eu, movendo a cabeça de
um lado para o outro. Meu pescoço doía, mas nada que
uma boa massagem não resolvesse. — Enganamos a

polícia e a patrulha da fronteira. Eles nem tentaram olhar dentro da caixa.

Contreras assentiu. — Foi por isso que eu trouxe a caixa. Ela parece pequena demais para uma pessoa, mas, quando ela é determinada... — Ele deu de ombros.

— Sim. — Virei a cabeça novamente e fiz um alongamento ligeiro, tentando fazer com que meus músculos funcionassem. — E qual é o plano agora?

— Agora, vamos colocar você no avião. Obenko já providenciou tudo. Amanhã, você estará em Kiev, sã e salva.

O PERCURSO ATÉ O AEROPORTO PEQUENO LEVOU MENOS de uma hora. Paramos em frente a um avião de aparência antiga.

— Aqui estamos — disse Contreras. — Seu pessoal assumirá daqui em diante.

— Obrigada — disse eu. Ele acenou com a cabeça quando abri a porta.

— Boa sorte — disse ele em russo. Sorri para ele, saltei da van e corri para o avião.

Ao subir a escada, um homem de meia idade surgiu na porta, bloqueando a entrada. — Código? — perguntou ele, com a mão sobre uma arma que tinha ao lado do corpo.

Olhando desconfiada para a arma, eu disse a ele meu número de identificação. Tecnicamente, eliminar-me teria o mesmo resultado que me tirar de Esguerra:

eu não conseguiria mais contar nenhum segredo da UUR. Na verdade, seria uma solução ainda melhor...

Antes que eu conseguisse ir adiante com aquela ideia, o homem abaixou a mão e deu um passo para o lado, deixando-me entrar no avião.

— Seja bem-vinda, Yulia Borisovna — disse ele, usando meu nome de verdade. — Ficamos felizes por ter conseguido.

ucas

NA MANHÃ DE SÁBADO, EU ESTAVA CONVENCIDO DE QUE Yulia deveria estar de volta à Ucrânia. Diego e Eduardo conseguiram rastreá-la até a Venezuela, mas perderam seus rastros lá.

— Acho que ela saiu do país — disse Diego quando telefonei a ele para saber se havia alguma novidade. — Um avião particular registrado em uma empresa fantasma deu entrada em um plano de voo para o México, mas não há registros de que tenha pousado em algum lugar daquele país. Deve ter sido o pessoal dela. Nesse caso, ela se foi.

— Não é certeza. Continue procurando — disse eu, apesar de saber que ele provavelmente estava certo.

Yulia escapara e, se eu quisesse ter alguma esperança de recapturá-la, teria que aumentar a rede e telefonar para alguns dos nossos contatos internacionais.

Considerei deixar Esguerra a par de toda a situação, mas decidi adiar até domingo. Era o vigésimo aniversário da esposa dele e eu sabia que não deveria incomodá-lo. Meu chefe só se importava em dar a Nora tudo o que ela queria... incluindo uma ida a uma boate popular no centro de Chicago.

— Você entende que proteger aquele lugar será um pesadelo, certo? — disse eu quando ele tocou no assunto durante o almoço. — É gente demais. E em um sábado à noite...

— Sim, eu sei — disse Esguerra. — Mas foi o que Nora pediu, portanto, vamos achar um jeito de atender ao pedido dela.

Passamos as duas horas seguintes repassando as plantas da boate e decidindo onde posicionar todos os guardas. Era improvável que algum dos inimigos de Esguerra ficasse sabendo disso, por ser um evento decidido na última hora, mas ainda assim decidimos posicionar atiradores de elite nos prédios ao redor e colocar os outros guardas em um raio de um quarteirão da boate. Minha função seria ficar no carro e observar a entrada do clube caso houvesse alguma ameaça ali. Também preparamos um plano para proteger o restaurante onde Esguerra e a esposa jantariam antes de ir para a boate.

— Ah, quase esqueci — disse Esguerra no final da

reunião. — Nora quer que Rosa vá conosco à boate. Pode pedir a um dos guardas que a leve até lá?

— Sim, acho que sim — respondi depois de um momento de consideração. — Thomas pode levar a garota à boate antes de assumir sua posição no fim do quarteirão.

— Está ótimo. — Esguerra se levantou. — Vejo você à noite.

Ele saiu da sala e eu fui passar as tarefas para os guardas.

O JANTAR DE ESGUERRA TRANSCORREU SEM INCIDENTES e, depois disso, eu o levei com Nora para a boate. Rosa já esperava lá, usando o vestido amarelo que comprara no dia anterior. No momento em que Nora saiu do carro, Rosa correu até ela e ouvi as duas mulheres conversando animadas ao entrarem na boate. Esguerra as seguiu, parecendo ligeiramente divertido, e fiquei no carro, preparando-me para o que prometia ser uma noite longa e entediante.

Depois de cerca de uma hora, comi um sanduíche que levara e verifiquei meu *e-mail*. Para meu alívio, havia uma atualização de nossos *hackers*.

Finalmente passamos pelos firewalls *do governo ucraniano e deciframos alguns arquivos,* dizia o *e-mail. URR é uma sigla para Ukrainskoye Upravleniye Razvedki que é algo como "Agência de Inteligência Ucraniana". É um grupo de espionagem não oficial que foi estabelecido em resposta à corrupção da agência principal de segurança deles e às ligações com a Rússia. Estamos trabalhando na decodificação de uma mensagem que talvez aponte para dois agentes de campo da UUR e uma localização em Kiev.*

Sorrindo sombriamente, escrevi uma resposta e guardei o telefone. Era apenas uma questão de tempo até que acabássemos com a organização de Yulia. E, quando isso acontecesse, ela não teria para onde correr, não teria ninguém que a ajudasse.

Nenhum amante para quem voltar.

Rangi os dentes ao sentir um ciúme violento. Yulia já poderia estar com ele, com aquele Misha. Ele poderia estar abraçando-a naquele momento.

Ele poderia até mesmo estar trepando com ela.

A ideia me encheu de uma fúria ardente. Se o homem estivesse na minha frente naquele instante, eu o mataria com as mãos nuas e faria Yulia assistir. Seria a punição dela por essa última traição.

Uma vibração do meu telefone interrompeu meus pensamentos vingativos. Pegando-o, vi a mensagem de Esguerra e senti meu sangue gelar.

Nora e Rosa foram atacadas, dizia a mensagem. *Rosa foi levada. Vou atrás dela. Alerte os outros.*

ulia

O CHEIRO FAMILIAR DE ESCAPAMENTO DE VEÍCULOS E lilases encheu minhas narinas enquanto o carro percorria as ruas movimentadas de Kiev. O homem que Obenko enviara para me buscar no aeroporto era alguém que eu nunca vira antes e não falava muito, deixando-me livre para observar a cidade onde morara e treinara por cinco anos.

— Não vamos para o Instituto? — perguntei ao motorista quando o carro fez uma curva nada familiar.

— Não — respondeu o homem. — Vou levá-la a uma casa segura.

— Obenko estará lá?

O motorista assentiu. — Ele está esperando você.

— Ótimo. — Respirei fundo para me acalmar. Eu deveria estar aliviada de ter chegado lá, mas, em vez disso, sentia-me tensa e ansiosa. E não era porque eu tinha estragado tudo e comprometido a organização. Obenko não lidava bem com o fracasso, mas o fato de ter me extraído da Colômbia em vez de me matar diminuiu minha preocupação em relação a isso.

Não, a principal fonte da minha ansiedade era o sentimento vazio dentro de mim, uma dor que ficava mais aguda a cada hora sem Lucas. Eu me sentia como se estivesse passando por uma crise de abstinência... exceto que isso transformaria Lucas em minha droga e eu me recusava a aceitar isso.

O que eu começara a sentir por meu carcereiro passaria. Teria que passar, pois não havia outra alternativa.

O que havia entre Lucas e eu acabara para sempre.

— Chegamos — disse o motorista, parando em frente a um prédio de apartamentos de quatro andares. O prédio era igual a todos os outros prédios na vizinhança: velho e gasto, com a parte externa coberta de um reboco amarelado da era soviética. O aroma de lilases era mais forte ali, proveniente de um parque do outro lado da rua. Sob qualquer outra circunstância, eu teria adorado o perfume que associava com a primavera. Mas, naquele dia, ele me lembrou da selva que eu deixara para trás... e, por extensão, do homem que me mantivera lá.

O motorista estacionou o carro e levou-me para dentro do prédio. A escada estava tão gasta quanto o exterior do prédio. Quando passamos do primeiro andar, ouvi vozes altas e senti o fedor de urina e vômito.

— Quem são aquelas pessoas no primeiro andar? — perguntei ao pararmos em frente a um apartamento no segundo andar. — São civis?

— Sim. — O motorista bateu na porta. — Estão ocupados demais ficando bêbados para prestar muita atenção em nós.

Não tive a oportunidade de fazer mais perguntas porque a porta se abriu. Vi um homem de cabelos escuros parado lá. A testa larga estava franzida e havia linhas de tensão em volta da boca fina.

— Entre, Yulia — disse Vasiliy Obenko, dando um passo para o lado para me deixar entrar. — Temos muito a discutir.

NAS DUAS HORAS SEGUINTES, PASSEI POR UM interrogatório tão árduo quanto o que acontecera na prisão russa. Além de Obenko, havia dois outros agentes seniores da UUR, Sokov e Mateyenko. Como meu chefe, eles tinham cerca de quarenta anos e com o corpo transformado em uma arma letal depois de décadas de treinamento. Os três se sentaram à minha frente na mesa da cozinha e revezaram-se para fazer perguntas. Eles queriam saber de tudo, dos detalhes da minha fuga às informações exatas sobre a UUR que eu dera a Lucas.

— Ainda não entendo como ele a fez ceder — disse Obenko quando terminei de recontar aquela história. — Como ele sabia sobre aquele incidente com Kirill?

Meu rosto ficou vermelho de vergonha. — Ele descobriu como resultado de um pesadelo que eu tive. — E por causa do que contara a Lucas depois, mas eu não disse isso. Não queria que meu chefe soubesse que estava certo sobre mim o tempo inteiro: que, no momento em que importasse, eu não conseguiria controlar minhas emoções.

— E, nesse pesadelo, você o quê... falou sobre o seu treinador? — Foi Sokov quem perguntou aquilo. A expressão séria deixou claro que ele duvidava da minha história. — Você normalmente fala durante o sono, Yulia Borisovna?

— Não, mas não eram exatamente circunstâncias *normais*. — Fiz o possível para não soar defensiva. — Eu fui mantida prisioneira e colocada em situações que foram gatilhos para mim... que seriam gatilhos para qualquer mulher que tenha sofrido um ataque.

— Quais foram exatamente essas situações? — perguntou Mateyenko. — Você não parece particularmente maltratada.

Engoli uma resposta furiosa. — Não fui fisicamente torturada nem passei fome, eu já lhes disse isso — falei em tom neutro. — Os métodos de interrogatório de Kent eram de natureza mais psicológica. E sim, isso se deveu em grande parte ao fato de ele me achar atraente. O que ocasionou os gatilhos.

Os dois agentes se entreolharam e Obenko franziu a

testa para mim. — Então ele estuprou você e isso disparou seus pesadelos?

— Ele... — Senti um aperto na garganta ao me lembrar da resposta indefesa do meu corpo a Lucas. — Era a situação geral. Eu não lidei muito bem com ela.

Os agentes se entreolharam novamente e Mateyenko disse: — Conte-nos mais sobre a mulher que a ajudou a fugir. Como você disse que era o nome dela?

Reunindo toda a paciência que eu tinha, recontei meus encontros com Rosa pela terceira vez. Depois disso, Sokov perguntou novamente todos os detalhes da minha fuga, minuto a minuto. Em seguida, Mateyenko me interrogou sobre a logística de segurança do complexo de Esguerra.

— Olhem — disse eu depois de mais uma hora de perguntas intermináveis —, eu contei tudo o que sei. Não importa o que podem pensar de mim, a ameaça à agência é real. A organização de Esguerra eliminou redes terroristas inteiras e estão vindo atrás de nós. Se vocês têm medidas de contingência em vigor, agora é a hora de implementá-las. Coloquem vocês e suas famílias em segurança.

Obenko me estudou por um momento e assentiu. — Acabamos por hoje — disse ele, virando-se para os dois agentes. — Yulia está cansada depois da longa viagem. Continuaremos amanhã.

Os dois homens partiram e recostei-me na cadeira, sentindo-me mais vazia do que antes.

ucas

Assim que li a mensagem de Esguerra, falei pelo rádio com os guardas e ordenei que metade deles fosse para a boate. Nenhum deles percebera atividade suspeita, o que significava que a ameaça viera de dentro da boate, não de fora, como esperáramos. Eu estava prestes a entrar na boate quando recebi outra mensagem de Esguerra:

Rosa recuperada. Siga o SUV branco.

Instantaneamente, usei o rádio para ordenar que os guardas fizessem isso. Naquele momento, chegou outra mensagem:

Traga o carro para o beco na parte de trás.

Liguei o carro e dei a volta rapidamente no

quarteirão, quase atropelando dois pedestres no caminho. O beco na parte de trás da boate estava escuro e fedia a lixo misturado com urina, mas mal registrei o ambiente. Saindo do carro, esperei com a mão na arma presa ao lado do corpo. Alguns segundos depois, os homens avisaram pelo rádio que tinham localizado o SUV branco e que o seguiam. Eu estava prestes a dar a eles novas instruções quando a porta da boate abriu e Nora saiu, com os braços em volta de Rosa. Esguerra as seguia, com o rosto contorcido de raiva. Quando a luz do carro os iluminou, percebi o motivo.

As duas mulheres tremiam, com o rosto pálido e cheio de lágrimas. No entanto, foi o estado de Rosa que fez minha pressão ir para as nuvens. O vestido amarelo de Rosa estava rasgado e sujo de sangue, e um lado do rosto dela estava grotescamente inchado.

A garota fora violentamente atacada, como Yulia sete anos antes.

Uma nuvem vermelha encheu minha visão. Eu sabia que minha reação era desproporcional, pois Rosa era pouco mais do que uma estranha para mim, mas não consegui me conter. As imagens na minha mente eram de uma garota frágil de quinze anos, com o corpo esguio ferido e sangrando. Vi a vergonha no rosto de Rosa e o fato de saber que Yulia passara por aquilo fez com que minhas entranhas ardessem.

— Aqueles filhos da puta. — Minha voz estava furiosa quando dei a volta no carro para abrir a porta.

— Aqueles filhos da puta. Eles vão morrer, desgraçados.

— Sim, vão — disse Esguerra em tom sombrio, mas eu não escutei. Estendendo a mão para Rosa, puxei-a cuidadosamente para longe de Nora. A esposa de Esguerra não parecia estar tão machucada, mas estava claramente abalada. Rosa soluçou quando a coloquei dentro do carro e fiz o possível para ser gentil com ela, para reconfortá-la como não pudera reconfortar Yulia anos antes.

Ao afivelar o cinto de segurança dela, ouvi Esguerra dizer o nome da esposa com a voz estranhamente tensa. Virei-me para ver Nora dobrar o corpo perto do carro.

O bebê, percebi em um instante, lembrando-me da gravidez dela. Mas Esguerra já a colocava no carro e gritava para que eu fosse para o hospital imediatamente.

CHEGAMOS AO HOSPITAL EM TEMPO RECORDE, MAS, muito antes de Esguerra voltar à sala de espera, eu sabia que o bebê não aguentara. Havia sangue demais no carro.

— Lamento — disse eu ao perceber a expressão desesperada no rosto do meu chefe. — Como está Nora?

— Eles contiveram o sangramento. — A voz de

Esguerra estava rouca. — Ela quer voltar para casa e é o que faremos. Levaremos Rosa também.

Assenti. Eu dissera ao hospital que era o namorado de Rosa e recebia atualizações regulares sobre a condição dela. Como esperado, a garota se recusara a falar coma polícia. E, como nenhum de seus ferimentos era muito grave, ela não precisaria passar a noite no hospital.

— Muito bem — disse eu. — Cuide de sua esposa, vou buscar Rosa.

Esguerra voltou para Nora e falei com nossa equipe de limpeza, dando instruções sobre o que fazer com o homem que encontraram desacordado na boate. Pelo pouco que eu entendera das explicações histéricas de Rosa, a garota fora atacada na sala de trás da boate pelos dois homens com quem dançara mais cedo. Nora fora ajudá-la, deixando desacordado um terceiro homem que estivera de guarda. Esguerra chegara no momento certo, matara um dos atacantes, mas o outro arrastara Rosa para fora e teria estuprado a garota no carro se Esguerra não a tivesse salvado. Fora esse homem que fugira no SUV branco, cuja placa eu rastreava naquele momento.

Quando soubéssemos a identidade dele, o motorista do SUV poderia se considerar morto.

Guardei o telefone e fui buscar Rosa. Quando entrei no quarto dela, encontrei-a sentada na cama usando uma camisola de hospital. As enfermeiras provavelmente lhe deram a camisola para substituir o vestido rasgado. Os joelhos dela estavam contra o peito e o rosto estava machucado e pálido. Uma imagem de Yulia surgiu novamente na minha mente e tive que respirar fundo para reprimir uma onda de raiva.

Mantendo os movimentos lentos e gentis, aproximei-me da cama. — Lamento — disse eu baixinho, segurando o cotovelo de Rosa para ajudá-la a se levantar. — Lamento muito. Consegue caminhar ou prefere que eu a carregue?

— Consigo caminhar. — A voz dela estava aguda por causa da ansiedade e deixei a mão cair ao perceber que era meu toque que a incomodava. — Estou bem.

Era uma mentira óbvia, mas não quis confrontá-la. Reduzi o passo para acompanhar o dela e levei-a para o carro.

UMA HORA DEPOIS DE VOLTARMOS PARA A MANSÃO DE Esguerra, meu chefe desceu para a sala de estar, onde eu aguardava para atualizá-lo sobre a situação.

— Onde está Rosa? — perguntou ele. Sua voz estava calma, sem trair a agonia vazia que vi em seu olhar. Ele se desligara para aguentar o que acontecera, escolhendo concentrar-se no que precisava ser feito, em vez de no que não podia ser consertado.

— Está dormindo — respondi, levantando-me do sofá. — Dei um remédio a ela e fiz com que tomasse um banho.

— Ótimo, obrigado. — Esguerra cruzou a sala até ficar à minha frente. — Agora, conte-me tudo.

— A equipe de limpeza cuidou do corpo e capturou o garoto que Nora derrubou no corredor. Ele está mantido em um galpão que aluguei.

— Ótimo. E o carro branco?

— Os homens conseguiram segui-lo até um condomínio residencial sofisticado no centro da cidade. Lá, ele desapareceu em uma garagem e decidiram não o perseguir lá dentro. Já pesquisei a placa.

— E?

— E parece que talvez tenhamos um problema — disse eu. — O nome Patrick Sullivan significa alguma coisa para você?

Esguerra franziu a testa. — É familiar, mas não lembro de onde.

— Os Sullivans são donos de metade desta cidade — disse eu, contando o que acabara de descobrir sobre nosso mais novo inimigo. — Prostituição, drogas, armas... eles têm a mão em tudo. Patrick Sullivan é o chefe da família e tem praticamente todos os políticos e policiais no bolso.

— Ah. — Havia uma expressão de reconhecimento no rosto de Esguerra. — O que Patrick Sullivan tem a ver com tudo isso?

— Ele tem dois filhos — expliquei. — Quer dizer, ele tinha dois filhos, Brian e Sean. Brian está neste momento dentro de um tanque de soda cáustica no galpão alugado. E Sean é o dono do SUV branco.

— Entendo — disse Esguerra. Eu sabia que ele pensava a mesma coisa que eu.

A conexão dos estupradores complicava as coisas, mas também explicava por que tinham atacado Rosa em um local tão público. Eles estavam acostumados com o pai mafioso tirando-os de encrencas e nunca lhes ocorrera que talvez pudessem encontrar alguém igualmente perigoso.

— Além disso — disse eu enquanto Esguerra digeria tudo aquilo —, o rapaz que mantemos amarrado naquele galpão é o primo de dezessete anos deles, sobrinho de Sullivan. O nome dele é Jimmy. Ao que tudo indica, ele e os dois irmãos são próximos. Quero dizer, eram próximos.

Esguerra estreitou os olhos azuis. — Eles têm alguma ideia de quem somos? Podem ter escolhido Rosa para me atingir?

— Não, acho que não. — Uma nova onda de raiva me fez cerrar o maxilar. — Os irmãos Sullivan têm uma história longa com mulheres. Encontros com drogas e estupro, ataques sexuais, estupro coletivo de garotas da faculdade... a lista continua. Se não fosse pelo pai, eles estariam apodrecendo na cadeia.

— Entendo. — Esguerra torceu a boca friamente. — Bem, quando terminarmos com eles, desejarão que estivessem presos.

Assenti. No minuto em que eu descobrira sobre Patrick Sullivan, sabia que entraríamos em uma guerra.

— Quer que eu organize uma equipe de ataque? — perguntei, sentindo uma ansiedade familiar. Fazia algum tempo que eu não participava de uma boa batalha.

— Não, ainda não — respondeu Esguerra. Ele se virou e andou até a janela. Eu não sabia para o que olhava, mas ele ficou em silêncio por mais de um minuto antes de me encarar.

— Quero que Nora e os pais dela sejam levados para o complexo antes de fazermos alguma coisa — disse ele. Vi a determinação dura em seu rosto. — Sean Sullivan terá que esperar. Por enquanto, nós nos concentraremos no sobrinho.

— Está bem. — Inclinei a cabeça. — Vou começar a providenciar tudo.

 ulia

NA PRIMEIRA NOITE, DORMI NA CASA SEGURA, acordando a cada duas horas por causa de pesadelos. Eu não lembrava os detalhes exatos daqueles sonhos, mas sabia que Lucas estava neles, bem como meu irmão. As cenas eram um borrão na minha mente, mas consegui me lembrar de algumas partes envolvendo trens, lagartos, tiros e, sob tudo isso, o perfume delicado de lilases.

Por volta de cinco horas da manhã, desisti de tentar dormir novamente. Levantando-me, vesti um roupão e fui para a cozinha fazer um pouco de chá. Obenko estava lá lendo o jornal e, quando entrei, ele olhou para

ANNA ZAIRES

cima, com os olhos castanhos alertas e claros apesar de ser tão cedo.

— Problemas com a mudança de fuso horário? — perguntou ele. Assenti, pois era uma explicação para o meu estado tão boa quanto qualquer outra.

— Quer um pouco de chá? — ofereci, enchendo uma chaleira com água e colocando-a sobre o fogão.

— Não, obrigado. — Ele me estudou e fiquei imaginando o que via. Uma traidora? Uma fracassada? Alguém que agora era mais um problema do que um recurso? Antes, eu me importava com o que meu chefe pensava, precisando da aprovação dele como um dia precisara da aprovação de meus pais. No entanto, agora, eu não conseguia me interessar pela opinião dele.

Havia apenas uma coisa que me importava naquela manhã.

— Meu irmão — disse eu, sentando-me depois de preparar uma xícara de chá preto. — Como ele está? Onde a família de sua irmã está agora?

— Eles estão em segurança. — Obenko dobrou o jornal. — Nós os levamos para um local diferente.

— Você tem alguma fotografia nova para me mostrar? — perguntei, tentando não soar ansiosa demais.

— Não. — Obenko suspirou. — Achamos que você tinha morrido e, quando entrou em contato conosco, receio que tirar fotos não era nossa prioridade.

Tomei um gole do chá escaldante para esconder meu desapontamento. — Entendi.

Obenko soltou outro suspiro. — Yulia... já se passaram onze anos. Você precisa deixar Misha de lado. Seu irmão tem uma vida que não a envolve.

— Eu sei disso, mas não acho que algumas fotografias aqui e ali seja pedir muito. — Meu tom foi mais duro do que eu desejara. — Não estou pedindo para vê-lo... — Fiz uma pausa ao pensar naquilo. — Bem, na verdade, como você não tem as fotografias, talvez eu possa vê-lo à distância — continuei, sentindo o coração bater mais forte de empolgação. — Posso usar um binóculo ou um telescópio. Ele não saberia.

O olhar de Obenko ficou mais duro. — Já conversamos sobre isso, Yulia. Você sabe por que não pode vê-lo.

— Porque isso aumentaria minha ligação irracional com ele — disse eu, repetindo as palavras que ele me dissera. — Sim, eu sei que você disse isso, mas discordo. Eu poderia ter morrido naquela prisão russa ou ser torturada até a morte por Esguerra. O fato de estar sentada aqui hoje...

— Não tem nada a ver com Misha e o acordo que fizemos onze anos atrás — interrompeu Obenko. — Você fodeu com esta missão. Por sua causa, seu irmão já teve que trocar de lugar, foi forçado a mudar de escola e a deixar os amigos para trás. Você não está em posição de fazer exigências hoje.

Meus dedos se apertaram na xícara de café. — Não estou exigindo nada — disse eu em tom neutro. — Estou pedindo. Eu sei que foi um erro meu que levou a esta situação e lamento muito. Mas não vejo como isso é relevante para o assunto. Passei seis anos em Moscou fazendo exatamente o que você queria que eu fizesse. Enviei a você muitas informações valiosas. Só o que quero em troca é ver meu irmão à distância. Não vou me aproximar dele nem falar com ele, só quero olhar. Por que é um problema?

Obenko se levantou. — Tome seu chá, Yulia — disse ele, ignorando minha pergunta. — Haverá outra sessão de interrogatório às onze horas.

 *ucas*

Passei a noite coordenando com a equipe de limpeza e preparando nossa partida. Se havia uma vantagem naquele desastre, era que iríamos para casa mais cedo e logo eu poderia caçar Yulia sem distrações. Mas, primeiro, eu precisava cuidar da situação ali.

Comecei preparando o café da manhã para Rosa, que não saíra do quarto naquela manhã. No começo, fiquei tentado a preparar um sanduíche, mas depois decidi tentar fazer uma das omeletes que vi Yulia preparar. Precisei de duas tentativas, mas consegui produzir algo parecido com um dos pratos deliciosos de Yulia. O gosto também não estava ruim, decidi, experimentando a omelete antes de colocar metade dela em um prato para Rosa.

Segurando o prato em uma das mãos, bati na porta do quarto de Rosa. Poucos minutos depois, ouvi passos e ela abriu a porta. Rosa vestia uma camiseta longa e, para meu alívio, seus olhos estavam secos, apesar de o machucado em seu rosto parecer ainda pior.

— Olá — disse eu, forçando um sorriso. — Fiz uma omelete. Quer um pouco?

A criada pestanejou, parecendo surpresa. — Ah... claro, obrigada. — Ela aceitou o prato e olhou para ele. — Parece ótimo, obrigada, Lucas.

— De nada. — Estudei os ferimentos dela e senti um aperto no estômago. — Como está se sentindo?

O rosto dela ficou vermelho e ela afastou o olhar. — Estou bem.

— Ok. — Percebi que ela não queria companhia e eu disse: — Se precisar de alguma coisa, basta me avisar. — Em seguida, voltei para a cozinha.

Eu precisava comer o café da manhã antes de enfrentar a próxima tarefa.

Quando Esguerra saiu da casa, estava tudo pronto para ele.

— Eu trouxe o primo para cá — disse eu assim que meu chefe saiu da casa. — Achei que talvez você não quisesse ir até Chicago hoje.

— Excelente. — Os olhos de Esguerra brilharam sombriamente. — Onde ele está?

— Naquela van ali. — Apontei para uma van preta estacionada estrategicamente atrás das árvores, longe das vistas dos vizinhos.

Andamos juntos na direção dela e Esguerra perguntou: — Ele já deu alguma informação?

— Ele nos deu os códigos de acesso à garagem do primo e aos elevadores do prédio — respondi. — Não foi difícil fazê-lo falar. Achei melhor deixar o restante do interrogatório para você, caso queira falar com ele pessoalmente.

— Ótimo. Eu quero. — Aproximando-me da van, Esguerra abriu as portas de trás e olhou para o interior escuro.

Eu sabia o que ele via: um adolescente magro, amordaçado e com os tornozelos amarrados aos pulsos nas costas. Ele era o terceiro rapaz, o que Nora deixara inconsciente na boate na noite anterior. Eu já pedira a dois guardas que trabalhassem nele e, agora, ele estava pronto para Esguerra.

Meu chefe não perdeu tempo. Subindo na van, ele se virou e perguntou: — As paredes são à prova de som?

Assenti. — Cerca de noventa por cento. — Senti o cheiro de urina e suor dentro da van e sabia que aquelas portas logo estariam com o cheiro forte de sangue.

— Ótimo — disse Esguerra. — Deve ser suficiente.

Ele fechou as portas da van, trancando-se no

interior com o garoto. Um minuto depois, o som das súplicas e dos gritos da vítima encheram o ar. Eu os ignorei, deixando que Esguerra se divertisse enquanto lia a última atualização de Diego e Eduardo. Eles encontraram um registro do pouso do avião particular em Kiev, portanto, Yulia estava mesmo fora da Colômbia.

Encaminhei as informações de Diego para os *hackers*. Quando Esguerra terminou, enrolei o corpo do adolescente em um plástico e enviei uma mensagem para que a equipe de limpeza concluísse o trabalho.

MEIA HORA DEPOIS, EU ESTAVA ANDANDO DE VOLTA PARA a casa quando meu telefone vibrou com outra mensagem de texto de Esguerra.

Novo desenvolvimento. Precisamos apressar a partida.

Senti uma onda de adrenalina. Entrando na casa, encontrei Esguerra no saguão. — O que aconteceu?

— Frank, nosso contato na CIA, me enviou um *e-mail* — disse Esguerra, passando a mão nos cabelos molhados. Ele provavelmente tomara um banho para limpar o sangue do garoto Sullivan. — Um retrato falado de Nora, Rosa e meu está circulando no escritório local do FBI. Deve ter sido obra do irmão Sullivan que fugiu naquele SUV branco. Imagino que não demorará muito para que os Sullivans descubram quem somos. E considerando o que fiz com o outro irmão Sullivan na boate e o primo agora mesmo... — Ele não terminou, mas não foi necessário.

Esguerra e eu sabíamos que Patrick Sullivan desejaria sangue.

— Vou pedir a Thomas que prepare o avião — disse eu. — Acha que os pais de Nora estarão prontos para partir na próxima hora?

— Eles terão que estar prontos — disse Esguerra. — Quero que eles e as mulheres partam antes de fazermos alguma coisa.

— Quantos guardas devemos mandar com eles no avião?

— Quatro, como garantia — disse Esguerra depois de um momento de deliberação. — O resto pode ficar para ser parte da equipe de ataque.

— Está bem. Direi aos outros e farei com que Rosa esteja pronta para ir.

Chegamos à casa dos sogros de Esguerra com toda a força, com a limusine sendo seguida por sete SUVs blindados transportando vinte e três guardas. Os vizinhos nos observaram e senti uma pontada de diversão ao pensar nos pais de Nora tentando explicar a situação aos conhecidos suburbanos. Eu tinha certeza de que as pessoas de Oak Lawn tinham ouvido rumores sobre o marido traficante de armas de Nora, mas ouvir falar e ver eram duas coisas bem diferentes.

De forma previsível, os pais de Nora ainda não

estavam prontos. Esguerra e a esposa foram apressá-los. Rosa ficou no carro, explicando para Nora que não queria atrapalhar.

Quando ficamos sozinhos, virei-me para olhar para Rosa pela janela interna da limusine.

— Quer ouvir música? — perguntei, mas ela balançou a cabeça negativamente. Ela não falou, só olhou para fora pela janela. Eu tive certeza de que ela pensava no que acontecera no dia anterior.

Sem querer perturbá-la, fechei a janela interna e usei o tempo para verificar o avião. Thomas me garantiu que estava pronto para partir. Em seguida, verifiquei novamente minhas armas, uma M16 presa no peito e uma Glock 26 presa na perna. Eu preferiria estar mais bem armado, mas tinha que dirigir. Felizmente, Esguerra tinha um arsenal inteiro na parte de trás, sob um dos bancos. Torci para que não precisássemos dele, mas, mesmo assim, estávamos preparados.

Cerca de quarenta minutos depois, Esguerra saiu da casa puxando uma mala imensa. Atrás dele, saiu o pai de Nora com outra mala e, finalmente, Nora e a mãe.

Apesar de haver bastante espaço na parte de trás, Rosa passou para a parte da frente ao meu lado, explicando que queria dar privacidade aos quatro.

— Você não se importa, não é? — perguntou ela, olhando para mim. Sorri para ela.

— Não, por favor, sente-se. — Fechei a janela interna novamente, separando-nos do restante, e liguei o carro. — Como você está?

— Bem. — A voz dela saiu baixa, mas firme. Eu não a pressionei e dirigimos em um silêncio confortável por algum tempo. Só quando saímos da rodovia interestadual e entramos em uma estrada de duas pistas que Rosa falou novamente. — Lucas — disse ela baixinho. — Eu quero lhe pedir um favor.

Surpreso, olhei para ela antes de voltar a atenção para a estrada. — Que favor?

— Se houver a possibilidade... — A voz dela falhou. — Se você os pegar, quero estar lá. Ok? Só quero estar lá.

Ela não disse com todas as letras, mas eu entendi. — Pode deixar — prometi. — Vou garantir que você veja a justiça ser feita.

— Obrigada... — começou ela. Mas, naquele momento, percebi movimento no espelho lateral e meu coração deu um salto.

Na estrada estreita atrás de nossos SUVs, havia uma fileira de carros que se aproximavam rapidamente.

Pisei no acelerador quando uma onda de adrenalina me invadiu. A limusine saltou à frente, acelerando insanamente, e abaixei a janela interna para encontrar o olhar de Esguerra no espelho retrovisor.

— Estamos sendo seguidos — disse eu com voz tensa. — Estão chegando perto e vêm com tudo o que têm.

 *ulia*

— *BAYU-BAYUSHKI-BAYU, NE LOZHISYA NA KRAYU...* —
Minha mãe cantava uma canção de ninar russa para
mim, com a voz doce, enquanto eu me aconchegava
no cobertor. — *Pridyot seren'kiy volchok, i ukusit za
bochok...*

A canção falava sobre um lobo cinza que me
morderia se eu deitasse perto demais da beirada da
cama, mas a melodia era reconfortante, como o sorriso
de minha mãe. Saboreei-o pelo tempo que consegui,
mas, com cada palavra, a voz dela ficava mais fraca até
que só houvesse silêncio.

Silêncio e frio. Uma escuridão vazia.

— Não vá, mamãe — sussurrei. — Fique em casa.

Não vá ver o vovô hoje à noite. Por favor, fique em casa.

Mas não houve resposta. Nunca havia resposta. Havia apenas escuridão e o som do choro de Misha. Ele estava com febre e queria nossos pais. Eu o peguei e embalei-o, com o peso do corpo pequeno ancorando-me no mar de escuridão. — Está tudo bem, Mishen'ka. Está tudo bem. Ficaremos bem. Vou cuidar de você. Ficaremos bem, prometo.

Mas ele não parou de chorar. Continuou chorando a noite inteira. Os gritos dele ficaram histéricos quando a funcionária do orfanato o buscou de manhã e eu sabia que ela fizera algo com ele. Vi os machucados em suas pernas quando ele saiu do escritório dela na noite anterior. Ela o machucara, deixara-o traumatizado. Ele não parara de chorar desde então.

— Não, não o leve. — Lutei para segurar Misha, mas ela me empurrou para longe levando meu irmão consigo. Fui atrás dela, mas dois garotos mais velhos bloquearam o caminho, formando uma parede humana à minha frente.

— Não faça isso — disse um dos garotos. — Não vai ajudar em nada.

Os olhos dele eram pretos, como a escuridão à minha volta e senti minha mente girar. Eu estava perdida, totalmente perdida naquela escuridão.

— Tenho uma proposta para você, Yulia. — Um homem vestindo terno sorriu para mim, com os olhos castanhos frios e calculistas. — Um acordo, se preferir. Você não é jovem demais para fazer um acordo, é?

Ergui o queixo, encontrando o olhar dele. — Tenho onze anos. Posso fazer qualquer coisa.

— *Bayu-bayushki-bayu, ne lozhisya na krayu...*

— É sua culpa, piranha. — Mãos cruéis me agarraram, arrastando-me para a escuridão. — É tudo culpa sua.

— *Pridyot seren'kiy volchok, i ukusit za bochok...*

A melodia desapareceu novamente e eu chorei, chorei e lutei ao cair ainda mais na escuridão.

— Conte-me sobre o programa. — Braços fortes me seguraram, prendendo-me contra um corpo masculino musculoso. Eu sabia que deveria estar aterrorizada, mas, quando olhei para cima e encontrei o olhar pálido do homem, meu corpo se encheu de calor. O rosto dele era duro, com as feições parecendo feitas de pedra, mas os olhos tinham o tipo de calor que eu não sentira em anos. Havia uma promessa de segurança neles e mais alguma coisa.

Alguma coisa que eu desejava com toda a alma.

— Lucas... — Senti-me desesperada ao estender as mãos para ele. — Trepe comigo, por favor.

Ele me penetrou, com o pênis grosso esticando-me, e o calor dele afastou o frio. Eu estava queimando, mas não era suficiente. Eu precisava de mais. — Eu amo você — sussurrei, enterrando as unhas nas costas dele. — Eu amo você, Lucas.

— Yulia. — A voz dele estava fria e distante ao dizer meu nome. — Yulia, está na hora.

— Por favor — supliquei, estendendo as mãos para

Lucas, mas ele já estava desaparecendo. — Por favor, não vá. Fique comigo.

— Yulia. — Uma mão segurou meu ombro. — Acorde.

Soltando uma exclamação, sentei-me na cama e vi o olhar frio de Obenko. Meu coração batia com força e eu estava coberta por uma camada fina de suor. Virando a cabeça, vi o papel de parede descascado e a luz cinzenta entrando pela janela suja. Não havia Lucas ali, ninguém para me segurar na escuridão.

Eu estava no meu quarto na casa segura e tinha pegado no sono antes do interrogatório.

— Eu estava... eu disse alguma coisa? — perguntei, tentando controlar a respiração trêmula. O sonho já desaparecia da lembrança, mas as partes de que conseguia me lembrar eram suficiente para me deixar com um nó no estômago.

— Não. — O rosto de Obenko não tinha expressão alguma. — Deveria ter dito?

— Não, claro que não. — As batidas frenéticas do coração começavam a diminuir. — Dê-me um minuto para ir ao banheiro e encontrarei vocês.

— Está bem. — Obenko saiu do meu quarto e apertei o cobertor com mais força em volta do corpo, desesperada por qualquer conforto que encontrasse.

ucas

Ao ouvir a explosão de tiros, olhei pelo espelho retrovisor lateral e vi nossos guardas nos SUVs atirando nos veículos que nos perseguiam. Uma bala bateu no lado do nosso carro e desviei, tornando a limusine um alvo um pouco mais difícil. Na parte de trás, os pais de Nora gritaram em pânico e Esguerra saltou do banco para abrir o depósito de armas.

Puta merda. Minhas mãos apertaram o volante. Aquilo não deveria estar acontecendo. Não quando tínhamos civis conosco. Esguerra e eu conseguíamos lidar com aquilo, mas não Rosa e Nora... e certamente não os pais de Nora. Se alguma coisa acontecesse com eles... Pisei mais fundo no acelerador, passando de 160 quilômetros por hora.

Mais disparos. No espelho retrovisor, vi nossos homens trocando tiros com os perseguidores. Bem atrás, um dos carros de Sullivan bateu de lado em um dos nossos, tentando forçá-lo a sair da estrada, e houve outra onda de disparos antes que o SUV dos perseguidores capotasse.

Outro carro se aproximou de um de nossos SUVs, batendo em sua lateral. Atrás dele, havia pelo menos uma dezena de veículos, entre SUVs, vans e Hummers com lança-granadas montados no teto.

Não, não uma dezena.

Havia cerca de quinze ou dezesseis carros contra oito dos nossos.

Puta que o pariu. Pisei novamente no acelerador e o velocímetro chegou aos 180. Precisávamos ir mais depressa, mas a limusine blindada era pesada demais. Ela fora fabricada para proteção, não para velocidade.

Um de nossos SUVs na parte de trás subiu no ar, explodindo. A explosão foi ensurdecedora, mas eu a ignorei, mantendo minha atenção na estrada à frente. Eu não podia pensar nos homens que acabáramos de perder nem na família deles.

Para sobrevivermos, eu não podia me distrair.

— Lucas. — Rosa soou em pânico. — Lucas, aquilo é...

— Um bloqueio policial, sim. — Tive que levantar a voz acima do barulho de disparos e explosões. Havia quatro viaturas policiais bloqueando o caminho, rodeadas de equipes da SWAT. Eles estavam lá por nossa causa... o que significava que deviam receber suborno de Sullivan.

Na parte de trás, Julian gritou algo para Nora e, pelo espelho retrovisor, vi que ele pegava coletes à prova de balas e um lança-granadas portátil.

— Temos que passar por eles — gritei, mantendo o pé no acelerador. Estávamos a segundos deles, encaminhando-nos para o bloqueio a toda velocidade. Mirei a limusine no espaço pequeno entre duas viaturas. Para isso, o peso da limusine blindada era uma vantagem.

— Segure-se! — gritei para Rosa. Em seguida, batemos nas viaturas e o impacto da colisão me jogou para a frente. Senti o cinto de segurança me apertar, ouvi as balas da equipe da SWAT batendo nas laterais e nos vidros do carro e, logo depois, tínhamos passado do bloqueio. A limusine continuou avançando enquanto dois outros carros atrás de nós colidiram e explodiram.

Os carros de Sullivan, constatei aliviado um momento depois. Pelo que vi no espelho retrovisor, nossos SUVs ainda estavam intactos. Ao meu lado, Rosa estava pálida de medo, mas não parecia ferida.

Ante que eu conseguisse recuperar o fôlego, ouvi um barulho alto e vi a viatura policial atrás de nós subir no ar e explodir. A viatura caiu de lado, em chamas, e um dos Hummers de Sullivan colidiu com ela. Houve outra explosão, seguida de uma van de Sullivan saindo da estrada. Sorri selvagemente ao perceber Esguerra de pé no meio da limusine, com a cabeça e os ombros saindo pelo teto solar.

Meu chefe devia ter usado o lança-granadas portátil.

Houve outra explosão quando ele disparou novamente, mas nenhum inimigo capotou desta vez. Em vez disso, um dos Hummers desviou, batendo em um de nossos SUVs, e vi o carro dos guardas sair da estrada.

Merda. Minha animação desapareceu. Era melhor que Esguerra melhorasse a mira, caso contrário, estaríamos fodidos.

Como que em resposta aos meus pensamentos, houve mais uma explosão, desta vez de uma van de Sullivan atrás de nós. Dois SUVs de Sullivan bateram nela, mas minha satisfação durou pouco, pois ouvi o barulho de balas contra a lateral de nosso carro. Xingando, virei o volante e comecei a ziguezaguear de um lado para o outro.

Diferentemente da limusine, a cabeça de Esguerra não era à prova de balas.

— Vamos, Esguerra — murmurei, apertando o volante. — Atire nesses putos.

Bum! Outro SUV de Sullivan explodiu, levando consigo outro que vinha logo atrás.

— Ele está conseguindo — disse Rosa com a voz trêmula. — Eles só têm seis carros agora.

Olhei rapidamente pelo espelho retrovisor e vi que ela tinha razão. Seis veículos inimigos contra cinco dos nossos.

Talvez conseguíssemos.

Subitamente, vi um clarão de fogo no espelho. Dois de nossos SUVs subiram no ar e percebi que os Hummers os tinham atacado. *Merda, merda, merda.*

— Vamos, Esguerra. — Meus dedos ficaram brancos no volante. — Vamos, caralho.

Bum! Um dos Hummers saiu da estrada, com fumaça saindo do capô.

— O *señor* Esguerra conseguiu! — A voz de Rosa tinha uma animação histérica. — Lucas, ele conseguiu!

Não tive a oportunidade de responder. Um dos carros inimigos perdeu o controle e bateu em outro. Nossos homens deviam ter atirado no motorista.

— Três deles, Lucas. Só três! — Rosa estava praticamente pulando no assento e percebi que estava cheia de adrenalina. Depois de um certo ponto, a pessoa deixava de sentir medo e tudo se tornava um jogo, uma empolgação diferente de qualquer outra coisa. Era o que tornava o perigo viciante... pelo menos, para mim.

Eu me sentia mais vivo quando estava perto da morte.

Exceto que isso não era mais verdade, percebi com um sobressalto. Meu telefone estava no silencioso, esquecido por causa da preocupação com nossos civis e minha fúria com a morte de nossos homens. Em vez de empolgação, havia apenas uma determinação sombria de sobreviver.

De viver para que pudesse pegar Yulia e sentir-me vivo de uma forma totalmente diferente.

— Lucas. — Rosa soou subitamente tensa. — Lucas, está vendo aquilo?

— O quê? — perguntei, mas foi quando o som chegou aos meus ouvidos.

Era o som baixo, mas inconfundível, de um helicóptero.

— É um helicóptero da polícia — disse Rosa, novamente com a voz trêmula. — Lucas, por que há um helicóptero?

Em vez de responder, pisei fundo no acelerador. Havia apenas duas possibilidades: as autoridades tinham ouvido falar no que estava acontecendo ou eram mais policiais corruptos. Eu apostaria meu dinheiro na última opção, o que significava que estávamos além de fodidos. Pelos meus cálculos, Esguerra tinha apenas mais um disparo no lança-granadas e não conseguiria derrubar aquele helicóptero.

— O que vamos fazer? — O pânico de Rosa era evidente. — Lucas, o que vamos...

— Quieta. — Pisei no acelerador, concentrando-me na estrutura que crescia à nossa frente. Estávamos quase chegando ao aeroporto particular e, se conseguíssemos entrar nele, teríamos uma chance.

— Vou para o hangar! — gritei para Esguerra, fazendo uma curva abrupta para a direita em direção à estrutura. Ao mesmo tempo, pisei no acelerador, forçando a limusine até o limite. Estávamos indo a toda velocidade em direção ao hangar, mas o rugido do helicóptero ficava inexoravelmente mais alto.

Bum! Meus ouvidos ficaram zunindo por causa de uma explosão e desviei instintivamente a limusine antes de endireitá-la e pisar no acelerador novamente. Atrás de nós, um de nossos SUVs perdeu o controle e colidiu com outro antes de sair da estrada.

— Atiraram neles. — Rosa pareceu abalada. — Ai, meu Deus, Lucas, o helicóptero atirou neles.

Balancei a cabeça, tentando me livrar do zumbido nos ouvidos. Mas, antes que isso acontecesse, houve outra explosão ensurdecedora.

O Hummer atrás de nós incendiou, deixando dois SUVs inimigos e o helicóptero.

Esguerra conseguira acertar o último disparo.

Antes que eu conseguisse respirar de novo, uma explosão balançou a limusine. Minha visão ficou escura e minha mente girou. O zumbido nos ouvidos se transformou em um zunido agudo. Apenas décadas de treinamento me permitiram manter as mãos no volante. Minha visão clareou e percebi que Rosa gritava.

— Fomos atingidos, Lucas! Fomos atingidos!

Merda, ela tinha razão. Havia fumaça subindo da parte traseira do carro e a janela de trás quebrara.

— Esguerra e a família dele... — comecei a dizer com voz rouca, mas vi Esguerra aparecer no espelho retrovisor. Ele estava coberto de sangue, mas claramente vivo. Ajudando Nora a se levantar, ele entregou uma AK-47 a ela. Atrás deles, os pais de Nora pareciam estonteados e cheios de sangue, mas conscientes.

Estávamos quase chegando ao hangar e tirei o pé do acelerador. Ouvi Esguerra dando instruções à esposa na parte de trás. Ele queria que ela corresse para o avião com os pais assim que parássemos.

— Você também vai correr com eles, Rosa, está me ouvindo? — disse eu, sem tirar os olhos da estrada. — Você sai do carro e corre.

— Está... está bem. — Ela parecia prestes a hiperventilar.

Passamos pelas portas abertas do hangar e pisei fundo no pedal do freio, parando a limusine.

— Corra, Rosa! — gritei, abrindo meu cinto de segurança. Quando ela saiu do carro, também saí, pegando a M16.

— Agora, Nora! — gritou Esguerra atrás de mim, abrindo a porta do passageiro. — Vá, agora!

Pelo canto do olho, vi Rosa correr atrás de Nora e seus pais. Mas, antes que conseguisse verificar se tinham chegado ao avião, um SUV de Sullivan entrou no prédio.

Comecei a atirar e Esguerra se juntou a mim.

O para-brisa do SUV se esfacelou quando ele parou à nossa frente e homens armados saíram.

— Volte! Para trás da limusine! — gritei para Esguerra, dando cobertura a ele. Em seguida, ele me deu cobertura quando mergulhei atrás do carro.

— Pronto? — perguntei. Ele assentiu. Sincronizando nossos movimentos, saímos um de cada lado da limusine e disparamos várias vezes antes de nos escondermos novamente.

— Quatro mortos — disse Esguerra, recarregando a M16. — Acho que só sobrou um.

— Dê-me cobertura — disse eu, rastejando em volta da limusine. Senti o suor escorrer sobre os olhos enquanto rastejava e Esguerra atirava no SUV para distrair o homem. Demorei quase um minuto até encontrar uma abertura e disparar no atirador.

Minhas balas o atingiram no pescoço, causando uma explosão de sangue.

Respirando pesadamente, fiquei de pé. Depois do barulho infindável da batalha, o silêncio fez parecer que eu ficara surdo.

— Bom trabalho — disse Esguerra, dando a volta na limusine. — Agora, se o restante dos nossos homens...

— Julian! — No outro lado do hangar, Nora balançava a AK-47 sobre a cabeça. Ela parecia muito animada. — Aqui! Vamos, venha!

Um sorriso largo iluminou o rosto de Esguerra quando ela começou a correr na direção dele... e uma explosão de calor intenso me lançou no ar.

 *ulia*

A SEGUNDA SESSÃO DE INTERROGATÓRIO FOI AINDA MAIS difícil que a primeira. Obenko e os dois agentes quiseram que eu repassasse cada conversa com Lucas e descrevesse cada um de nossos encontros em detalhes. Queriam saber como ele me mantivera amarrada, em que momento me dera roupas, que tipo de refeições preparei e quais eram as preferências sexuais dele. No começo, cooperei, mas, depois de algum tempo, comecei a desviar das perguntas. Eu não podia suportar a ideia de que meu relacionamento com meu ex-carrasco fosse dissecado por aqueles homens. Não queria que eles soubessem dos meus sentimentos por

Lucas nem de minhas fantasias com ele. Aqueles momentos mais suaves entre nós e as coisas que ele me prometera... eram apenas meus.

O que acontecera durante meu cativeiro fora errado e pervertido, mas também significara algo... pelo menos para mim.

— Yulia — disse Obenko quando desviei de mais uma de suas perguntas. — Isto é importante. O homem com quem você passou duas semanas é o braço direito de Esguerra. Pelo que está nos dizendo, parece que é ele, não Esguerra, quem está coordenando o ataque a nós. É crucial entendermos exatamente o que ele quer e como pensa.

— Eu já lhe disse tudo o que sei. — Tentei não deixar minha frustração transparecer na voz. — O que mais quer de mim?

— Que tal a verdade, Yulia Borisovna? — Mateyenko me olhou de forma penetrante. — Kent mandou você aqui? Está trabalhando para ele agora?

— O quê? — Fiquei de boca aberta. — Está falando sério? Fui eu quem avisou vocês. Acha mesmo que eu trairia a família adotiva do meu irmão?

— Não sei, Yulia Borisovna. — A expressão de Mateyenko não mudou. — Trairia?

Eu me levantei. — Se eu estivesse trabalhando para ele, por que eu lhe diria que ele conseguiu essas informações de mim? Uma agente dupla não avisaria vocês que cedeu. Ela voltaria como heroína, não como um fracasso.

Ao lado de Mateyenko, Sokov cruzou os braços. —

Isso dependeria do quanto o agente duplo é inteligente, Yulia Borisovna. Os melhores sempre têm uma história.

Virei-me para Obenko. — É nisso que você acredita também? Que eu o traí?

— Não, Yulia. — Meu chefe não piscou. — Se acreditasse, você já estaria morta. Mas acho que está escondendo alguma coisa. Está?

— Não. — Mantive o olhar dele. — Eu lhes contei tudo. Não sei de mais nada que pudesse nos ajudar.

Obenko apertou os lábios, mas assentiu. — Então muito bem. Acabamos por hoje.

QUANDO MATEYENKO E SOKOV FORAM EMBORA, VOLTEI para o meu quarto, com uma dor de cabeça resultante da tensão latejando nas têmporas. Eu não tinha dúvidas de que Obenko falara sério. Se ele achasse que eu era uma agente dupla, já teria me matado.

Depois de sobreviver à prisão russa e ao complexo de Esguerra, talvez eu morresse nas mãos dos meus colegas.

Estranhamente, a ideia não me deixou muito chateada. O frio oco no meu peito amortecera tudo, até mesmo o medo. Agora que eu estava ali, que fizera todo o possível para garantir a segurança do meu irmão, não conseguia me interessar pelo meu próprio destino. Até mesmo a lembrança da crueldade de Lucas parecia distante e silenciosa, como se tivesse acontecido anos atrás, não dias.

Ao voltar para o quarto, deitei e puxei o cobertor à minha volta, mas não consegui me esquentar.

Somente uma coisa poderia afastar aquele frio... e ele estava a milhares de quilômetros de distância.

 *ucas*

Rá-tá-tá!

O barulho de disparos cortou a escuridão, levando-me de volta à consciência. Meu cérebro parecia estar nadando em uma neblina densa e viscosa.

Gemendo, rolei o corpo para ficar de bruços, quase vomitando por causa da agonia no crânio. Onde estava Jackson? O que acontecera? Estávamos em patrulha e... *Merda!*

Ignorando o latejar na cabeça, comecei a rastejar na areia para longe dos disparos. Meu corpo inteiro doía e as partículas de areia cobriam meus olhos e enchiam meus pulmões. Parecia que eu era feito de areia, que minha pele se dissolveria e seria soprada para longe pelo vento.

Mais disparos e um grito de dor.

Senti um aperto de medo no peito. — Jackson?

— Fui atingido. — A voz de Jackson era chocada. — Ai, merda, Kent, eles me pegaram.

— Aguente firme. — Rastejei de volta na direção dos disparos, arrastando meu fuzil inútil. Eu ficara sem munição cinco minutos depois de sermos emboscados, mas não queria deixar a arma para os atacantes. — Estão vindo nos buscar.

Jackson tossiu, mas o som se transformou em um gorgolejar. — Tarde demais, Kent. É tarde demais. Volte.

— Cale a boca. — Rastejei mais depressa. A luz fraca da lua iluminava um pequeno monte perto de nosso Humvee capotado. A voz de Jackson vinha daquela direção e eu sabia que devia ser ele. — Só aguente firme.

— Eles não... eles não virão, Kent. — Jackson respirava agora com dificuldade. A bala devia ter atingido os pulmões dele. — Roberts... ele queria isto. Ele ordenou isto.

— Do que você está falando? — Finalmente cheguei até ele. Mas, quando encostei nele, só senti carne molhada e ossos fraturados. Afastei a mão. — Merda, Jackson, sua perna...

— Você precisa... — Jackson respirou fundo, fazendo um som esquisito — ir embora. Eles explodirão este lugar se vierem. Roberts, ele... eu o peguei. Eu ia expô-lo. Isto não é o Talibã. Roberts sabia... — ele tossiu — sabia que estaríamos aqui. Isto é coisa dele.

— Pare. Nós vamos sair desta. — Eu não podia pensar no que Jackson dizia, não podia processar as implicações das palavras dele. Nosso oficial comandante não podia ter nos traído daquele jeito. Era impossível. — Só aguente firme, amigão.

— Tarde demais. — Jackson fez um som estranho novamente quando estendi a mão para ele. — Roberts... — Ele engasgou e senti um líquido quente cobrindo minhas mãos ao pressioná-las na barriga dele.

— Jackson, fique comigo. — Meu coração batia em um ritmo irregular e doentio. Não Jackson. Aquilo não podia estar acontecendo com Jackson. Aumentei a pressão no ferimento dele, tentando estancar o sangue. — Vamos, cara, fique comigo. A ajuda chegará em breve.

— Corra — murmurou Jackson baixinho. — Ele matará... — Ele estremeceu e senti o momento em que aconteceu. O corpo dele ficou mole e o fedor da evacuação encheu o ar.

— Jackson! — Mantendo uma das mãos na barriga dele, coloquei a outra em seu pescoço, mas não havia pulsação.

Acabara. Meu melhor amigo estava morto.

Rá-tá-tá!

Os disparos voltaram, bem como a neblina no meu cérebro. Também estava quente, muito mais quente do que deveria estar à noite no deserto. O calor me consumia como se...

Puta merda, estou em chamas!

Jogando-me para o lado, rolei o corpo, parando apenas quando o calor diminuiu. Minhas costelas doíam muito e minha cabeça girava, mas as chamas que queimavam minha pele desapareceram.

Ofegante, abri os olhos e olhei para o teto alto acima de mim.

Teto, não céu noturno.

Meu cérebro finalmente voltou ao normal.

O Afeganistão acontecera oito anos antes.

Eu estava em Chicago, não no Afeganistão, e o que me derrubara não tinha nada a ver com meu antigo comandante.

Rá-tá-tá!

Virei a cabeça e vi um vulto pequeno correndo no outro lado do hangar. Quatro homens vestindo uniforme da SWAT corriam atrás dela. Enquanto eu observava incrédulo, a esposa de Esguerra se virou e disparou a AK-47 contra os perseguidores. Em seguida, ela correu para trás de um dos aviões.

Merda. Eu precisava ajudar Nora. Gemendo, rolei o corpo. Tudo queimava à minha volta, incluindo a limusine. Na parede do hangar atrás dela, havia um buraco enorme pelo qual vi o helicóptero da polícia. Ele estava pousado no gramado do lado de fora com as pás desligadas.

Os homens de Sullivan deviam ter matado os guardas do último SUV antes de irem atrás de nós.

Enquanto tentava me levantar, vi Esguerra saltar na direção da limusine em chamas. Percebi com alívio que ele sobrevivera. Lutando contra uma onda de tontura, dei um passo em direção ao carro, ignorando a dor agonizante nas costelas.

Antes que eu chegasse lá, Esguerra saltou para fora da limusine segurando duas metralhadoras e correu atrás dos perseguidores de Nora. Eu estava prestes a ajudá-lo quando percebi movimento perto do helicóptero.

Dois homens saíam dele, claramente com a intenção de escapar.

Reagi antes mesmo de perceber conscientemente quem eram. Erguendo a arma, disparei neles várias vezes, propositalmente mirando longe de órgãos críticos. Quando parei, o hangar estava novamente em silêncio. Olhei para trás e vi Esguerra abraçando Nora. Os dois pareciam ilesos.

Um sorriso maligno curvou meus lábios quando me virei e comecei a andar na direção dos dois homens que eu ferira.

Chegara a hora de os Sullivans pagarem.

— AQUELE ALI É QUEM ACHO QUE É? — PERGUNTOU Esguerra com voz rouca, acenando com a cabeça na direção do homem mais velho. Meu sorriso aumentou.

— Sim. Patrick Sullivan em pessoa, juntamente com o filho favorito, e o único que sobrou, Sean.

Eu tinha atirado na perna de Patrick e no braço do filho dele. Os dois rolavam no chão, gemendo de dor. A dor deles ajudou a reduzir um pouco da minha fúria. Aqueles homens pagariam pelo que fizeram com Rosa, com Nora e com os guardas que morreram naquele dia.

— Suponho que tenham vindo no helicóptero para observar a ação e entrarem no momento certo — disse eu, colocando a mão nas costelas doloridas. — Exceto que o momento certo não chegou. Eles devem ter descoberto quem você era e chamaram todos os policiais que lhe deviam algum favor.

— Os homens que matamos eram policiais? — perguntou Nora, tremendo visivelmente quando os níveis de adrenalina diminuíram. — Os que estavam nos Hummers e nos SUVs também?

— A julgar pelos equipamentos, muitos eram policiais. — Ele passou o braço em volta da cintura dela. — Alguns provavelmente eram corruptos, mas outros simplesmente seguiram cegamente as ordens dos superiores. Não duvido que tenham dito a eles que éramos criminosos altamente perigosos. Talvez até mesmo terroristas.

— Ah. — Nora se apoiou no marido, com o rosto ficando subitamente pálido.

— Merda — resmungou Esguerra, pegando-a no colo. Segurando-a contra o peito, ele disse: — Vou levá-la para o avião.

Para minha surpresa, Nora balançou a cabeça negativamente. — Não, estou bem. Por favor, solte-me. — Ela o empurrou com tanta determinação que

Esguerra obedeceu, colocando-a cuidadosamente no chão.

Mantendo um braço em volta dela, ele a olhou com expressão preocupada. — O que foi, querida?

Nora acenou na direção de nossos prisioneiros. — O que você vai fazer com eles? Vai matá-los?

— Sim — respondeu Esguerra sem hesitação. — Vou.

Nora não disse nada e lembrei-me de minha promessa à amiga dela. — Acho que Rosa deveria estar aqui — disse eu. — Ela desejará ver a justiça sendo feita.

Esguerra olhou para a esposa, que assentiu.

— Traga-a aqui — disse Esguerra. Apesar da situação sombria, senti um toque de diversão enquanto voltava ao avião.

A esposa delicada de Esguerra se acostumara muito bem ao nosso mundo.

Quando cheguei ao avião, Rosa saiu para me encontrar com o rosto pálido. — Lucas, eles...

— Sim, venha. — Segurando cuidadosamente o braço dela, levei-a para fora do hangar. Ao sairmos, vi que Patrick Sullivan tinha desmaiado no chão, mas o filho ainda estava consciente e implorando pela própria vida.

Olhei para Rosa e fiquei feliz ao ver que seu rosto recuperara um pouco da cor. Aproximando-se de Sean Sullivan, ela olhou para ele por alguns segundos antes de olhar para mim e para Esguerra.

— Posso? — perguntou ela, estendendo a mão. Sorri

friamente, entregando o fuzil a ela. Com as mãos firmes, ela mirou em seu atacante.

— Vá em frente — disse Esguerra. Ela puxou o gatilho. O rosto de Sean Sullivan explodiu, lançando sangue e pedaços de cérebro por toda parte, mas Rosa não se encolheu nem desviou o olhar.

Antes que o som do tiro dela sumisse, Esguerra se aproximou de Patrick Sullivan, ainda inconsciente, e disparou várias vezes no peito dele.

— Acabamos — disse Esguerra, virando-se de costas para o cadáver. Nós quatro andamos de volta para o avião.

II

A PISTA

ucas

DEPOIS DE VOLTARMOS DE CHICAGO, PASSEI A SEMANA lidando com o resultado da viagem e recuperando-me dos ferimentos. De acordo com Goldberg, o médico do complexo, eu rachara algumas costelas e tinham algumas queimaduras de primeiro grau nas costas e nos braços... ferimentos que eram muito pequenos à luz da batalha a que sobrevivemos.

— Você é um filho da puta sortudo — disse Diego quando finalmente sentei com ele e Eduardo para discutirmos a situação de Yulia. — Todos aqueles caras...

— Sim. — Meus dentes doíam por ter ficado com o

maxilar cerrado o dia inteiro. O rosto de nossos homens mortos me atormentava, bem como o dos guardas que morreram na queda do avião. Nos dois meses anteriores, tínhamos perdido mais de setenta de nossos homens e o clima no complexo era sombrio, para dizer o mínimo.

Entre organizar funerais, encontrar novos recrutas e limpar a confusão em Chicago, eu estivera sob o efeito de ondas de adrenalina.

— Espero que tenha feito aqueles filhos da puta pagarem — disse Eduardo, com a voz vibrando de fúria. — Se eu estivesse lá...

— Você estaria morto como os outros — interrompi. Eu não estava com humor para lidar com a arrogância do jovem guarda. Minhas queimaduras estavam praticamente curadas, mas minhas costelas doíam com cada movimento. — Digam-me o que descobriram até agora. Descobriram se alguém falou com minha prisioneira antes da fuga?

Diego e Eduardo trocaram um olhar estranho. Em seguida, Diego disse: — Sim, mas não acho que seja ela.

Franzi a testa. — Ela?

— Rosa Martinez, a criada da casa principal — disse Eduardo hesitantemente. — Ela... Bem, os vídeos do drone mostraram Rosa vindo à sua casa duas vezes durante aquelas duas semanas.

— Ah, sim. — Dei uma risada sem humor. — Ela tinha algum tipo de curiosidade estranha sobre Yulia.

— Eu não pretendia contar aos guardas sobre a

possível paixão de Rosa por mim. A garota parecia ter esquecido aquilo e não achei que ela gostaria que os outros soubessem de seus sentimentos.

Ela passara por muita coisa.

— Ah, ótimo. Fico feliz por você saber disso. — Diego soltou um suspiro de alívio. — Achamos improvável que fosse ela, mas queria que você soubesse mesmo assim. Ela foi a única que veio à sua casa na terça-feira, portanto... — Ele deu de ombros.

— Espere. Na terça-feira? No dia antes de nossa partida? — Eu advertira Rosa muito antes disso e achara que ela me dera ouvidos. — Ela veio à minha casa na terça-feira?

— É o que o vídeo mostra — respondeu Eduardo com cuidado. — Mas não pode ser ela. Eu conheço Rosa, namoramos por algum tempo. Ela não é... ela não iria...

Ergui a mão, interrompendo-o. — Tenho certeza de que não é a culpada — disse eu, mesmo sentindo um nó se formar no meu peito. Se Rosa viera à minha casa depois que lhe disse para ficar afastada, isso mudava tudo.

Minhas suposições sobre a garota estavam erradas.

— Vocês fizeram bem em me contar isso — disse eu aos dois guardas. — Mas prefiro que não digam nada a ninguém por enquanto. Não queremos que alguém tenha ideias erradas... incluindo Rosa.

Se as ações dela eram algo além de uma paixão errada, eu não queria que fosse avisada.

Diego e Eduardo assentiram, parecendo aliviados ao serem dispensados. Quando eles saíram, peguei o telefone e liguei para os homens que enviáramos para Chicago.

Os contatos de Esguerra na CIA fizeram o possível para cobrir nossa batalha em alta velocidade, mas era impossível escondê-la por completo. Agora, todos os noticiários em Chicago especulavam sobre a operação clandestina para apreender um perigoso traficante de armas. A história do "traficante de armas" fora criada pelo chefe de polícia, que estivera em conluio com Sullivan. O homem usara as informações que Sullivan descobrira sobre nós para inventar a história de um traficante de armas que contrabandeava explosivos para Chicago. Sob esse pretexto, ele reunira a equipe da SWAT que ajudara Sullivan e dissera a todos que os homens de Sullivan eram reforços de outra divisão. A operação fora mantida em segredo de outras agências de execução da lei e fora por isso que não tivéramos aviso sobre o ataque. Portanto, agora havia muito trabalho a ser feito. Teríamos que lidar com o chefe de polícia e o restante dos homens de Sullivan, bem como eliminar o restante da organização de Sullivan para que os pais de Nora pudessem voltar para casa.

Por mais que eu quisesse lidar com a traição de Rosa, tinha assuntos mais importantes com os quais lidar primeiro.

～

Só TARDE DA NOITE, QUANDO ESTAVA DEITADO NA CAMA, tive a oportunidade de pensar novamente em Rosa. Ela poderia ter feito aquilo? Poderia ter ajudado Yulia a escapar? Se sim, por quê? Por ciúmes?

A agência de Yulia poderia ter subornado ou ameaçado Rosa?

Pensei naquela possibilidade por alguns minutos até decidir que era improvável. O complexo era isolado e todos os *e-mails* e telefonemas do mundo externo eram monitorados. Esguerra era o único que tinha comunicações privadas, o que significava que não havia como a UUR ter entrado em contato com Rosa sem levantar algum alarme no sistema.

O que Rosa fizera fora por iniciativa própria.

O nó no meu peito se apertou e a amargura da traição se misturou com a raiva sempre presente. A raiva fora minha companhia desde que eu soubera da fuga de Yulia e agora tinha um novo alvo para a fúria. Se não fosse pelo fato de a criada ter acabado de passar por uma situação difícil, eu a arrastaria para ser interrogada no dia seguinte. Mas eu teria que dar a Rosa mais uma semana para que se curasse. Eu usaria esse tempo para ficar de olho nela, caso estivesse errado sobre suas motivações.

Se ela estava na folha de pagamento de alguém, eu descobriria. Enquanto isso, teria que terminar a limpeza em Chicago e localizar Yulia, o que teria que ser feito logo. Não ter Yulia estava mexendo com minha cabeça. Apesar de trabalhar até a exaustão, eu não conseguia dormir à noite. Havia dezenas de questões de trabalho urgentes que deveriam ocupar minha mente, mas eu não ficava acordado preocupado em encontrar novos guardas nem conter os vazamentos para a mídia. Não, enquanto eu estava deitado na cama, pensava nela.

Yulia.

Minha bela e traiçoeira obsessão.

No momento em que fechei os olhos, eu a vi: seus olhos, seu sorriso, seu andar gracioso. Lembrei-me de sua risada e de suas lágrimas. Senti uma saudade dela que ia além do desejo do meu pênis por sua carne macia. Por mais que eu gostasse de trepar com ela, também queria abraçá-la, ouvir sua respiração ao meu lado e sentir o perfume doce de pêssegos de sua pele.

Eu sentia muita falta dela e odiava-a por isso.

Ela pensava em mim ou estava ocupada demais com o homem que amava? Eu a imaginei deitada nos braços dele, sentindo-se satisfeita depois do sexo, e minha fúria chegou à beira da agonia, apertando meu peito até que fosse difícil respirar. Eu preferia sofrer uma dúzia de costelas quebradas e uma centena de queimaduras só para evitar aquela sensação.

Eu faria qualquer coisa para tê-la de volta comigo.

Eu amo você. Eu sou sua.

Filha da puta.

Acendi o abajur e sentei-me, gemendo por causa da dor nas costelas. Levantando-me, fui até a biblioteca e peguei um livro aleatório.

Foi só quando voltei para a cama que percebi que o livro que pegara fora o último que eu vira Yulia lendo.

O aperto no meu peito voltou.

Eu tinha que tê-la de volta.

Simplesmente tinha.

 ulia

— Tenho uma nova missão para você — disse Obenko, entrando na cozinha do apartamento seguro.

Atônita, ergui o olhar do prato. — Uma missão?

Na semana anterior, meu chefe estivera ocupado apagando todos os traços da existência da UUR da internet e realocando agentes principais para operações mais discretas sempre que possível. Ele também estivera ignorando-me de forma consistente, motivo pelo qual eu ficara surpresa ao vê-lo lá naquela manhã.

Obenko se sentou à minha frente. — É em Istambul — disse ele. — Como você sabe, a situação com a

Turquia e a Rússia está começando a esquentar e precisamos de alguém em campo.

Dei mais uma colherada na comida para ter tempo para pensar. — O que você quer que eu faça em Istambul? — perguntei depois de engolir. Eu não tinha apetite, como acontecera durante a semana inteira, mas forcei-me a comer para manter as aparências.

Eu não queria que Obenko soubesse como eu me sentia vazia e especulasse sobre a causa.

— Sua missão é se aproximar de um oficial importante da Turquia. Para tanto, você se matriculará na Universidade de Istambul como parte de um programa de intercâmbio estudantil com os Estados Unidos. Já preparamos seus documentos. — Obenko empurrou uma pasta grossa na minha direção. — Seu nome é Mary Becker e você é de Washington D.C. Está trabalhando em sua tese sobre ciência política na Universidade de Maryland e, apesar de estar cursando economia, também está estudando sobre o Oriente Médio, o que justifica seu interesse sobre um programa de estudo na Turquia.

A comida que eu ingerira se transformou em uma pedra no meu estômago. — Então é uma missão de longo prazo.

— Sim. — Obenko me lançou um olhar duro. — Isso é um problema?

— Não, claro que não. — Fiz o possível para não soar abalada. — Mas, e meu irmão? Você disse que conseguiria as fotos para mim.

A boca de Obenko ficou apertada. — Elas também

estão nessa pasta. Dê uma olhada e avise se tiver alguma pergunta.

Ele se levantou e saiu da cozinha para dar um telefonema. Abri a pasta com as mãos trêmulas. Tentei não pensar no que aquela missão envolveria, mas não consegui. Senti um nó na garganta e minhas entranhas se contorceram com a náusea.

Agora não, Yulia. Concentre-se apenas em Misha.

Ignorando os papéis na pasta, encontrei as fotos presas com um grampo na parte de trás. Elas eram do meu irmão, reconheci a cor de seus cabelos e a inclinação da cabeça. As fotografias tinham sido claramente tiradas com pressa. O fotógrafo o capturara principalmente de lado e de costas, e apenas uma das fotografias mostrava o rosto dele. Naquela fotografia, Misha estava com a testa franzida, com o rosto jovem parecendo incomumente maduro. Ele estava chateado porque sua família tivera que se mudar ou havia algo mais por trás daquela expressão tensa?

Estudei as fotografias por vários minutos, sentindo o coração apertado. Em seguida, forcei-me a deixá-las de lado para que pudesse ler sobre a missão.

Ahmet Demir, um membro do parlamento turco, tinha quarenta e sete anos e uma queda por mulheres norte-americanas loiras. Objetivamente, ele não era um homem feio, apenas um pouco careca, um pouco rechonchudo, mas com feições simétricas e um sorriso carismático. Olhar para a fotografia dele não deveria me dar vontade de vomitar, mas foi exatamente como me senti com a perspectiva de me aproximar daquele homem.

Eu não conseguia me imaginar dormindo com ele... nem com qualquer outro homem que não fosse Lucas.

Sentindo-me cada vez mais enjoada, empurrei os papéis para longe e respirei fundo várias vezes. A última vez em que sentira um horror tão forte foi antes da minha primeira missão, quando eu temera o toque de um homem logo depois do ataque de Kirill. Era uma fobia que eu combatera para fazer o meu trabalho e estava determinada a superar o que sentia agora.

Por Misha, disse a mim mesma, pegando novamente as fotografias dele. *Estou fazendo isto por Misha.* Exceto que, desta vez, as palavras soaram vazias na minha mente. Meu irmão não era mais uma criança, não era mais um garoto indefeso sofrendo abusos em um orfanato. O rosto na fotografia era de um jovem rapaz, não de um garoto. Por causa do meu erro, a vida dele já fora prejudicada. Eu não sabia o motivo que os pais adotivos dele tinham lhe dado para a mudança de identidade, mas não tinha dúvidas de que ele estava estressado e chateado. A vida despreocupada e estável que eu queria para ele não era mais possível e, apesar da culpa que sentia, também senti alívio.

O que eu temia estava no passado e não havia como desfazer.

Pela primeira vez, considerei o que aconteceria se eu saísse da UUR... se simplesmente fosse embora. Eles me matariam ou deixariam que eu fosse embora? Se eu desaparecesse, a irmã de Obenko e o marido dela continuariam a tratar bem o meu irmão? Eu não conseguia imaginar o contrário, afinal, ele fora o filho adotivo deles por onze anos. Somente monstros o expulsariam depois desse tempo e, ao que tudo indicava, os pais adotivos de Misha eram pessoas decentes.

Eles amavam Misha e não o prejudicariam.

Peguei os documentos da pasta e estudei-os. Eles pareciam autênticos: um passaporte, uma carteira de habilitação, uma certidão de nascimento e uma carteira de identidade. Se eu aceitasse aquela missão, recomeçaria como Mary Becker, uma universitária norte-americana. Eu moraria em Istambul, iria às aulas e, em algum momento, seria a namorada de Ahmet Demir. Meu caso com Lucas Kent desaparecia no passado e eu seguiria a vida.

Eu sobreviveria, como sempre acontecera.

— Tem alguma dúvida? — perguntou Obenko. Olhei para cima no momento em que ele voltou à cozinha. — Conseguiu olhar a pasta?

— Sim. — Minha voz saiu rouca e tive que limpar a garganta antes de continuar. — Precisarei estudar vários assuntos antes de ir para Istambul.

— Claro — disse Obenko. — Você tem uma semana antes do início do semestre. Sugiro que se ocupe.

Ele saiu da cozinha e peguei o prato pela metade com mãos trêmulas. Levando-o até a lata de lixo, derramei os restos do café da manhã, lavei o prato e fui para o quarto, com um princípio de plano formando-se na minha mente.

Pela primeira vez na vida, talvez eu tivesse uma escolha sobre o meu futuro e pretendia agarrar a oportunidade com as duas mãos.

DURANTE A SEMANA SEGUINTE, APRENDI OS fundamentos do idioma e da cultura turcos. Eu não precisava saber muito, só o suficiente para passar por uma universitária norte-americana interessada no assunto. Também memorizei a história de Mary Becker e aprendi sobre a vida universitária dos norte-americanos. Preparei histórias sobre colegas de quarto e festas da fraternidade, li livros sobre economia e inventei interesses e *hobbies* para Mary. Obenko e Mateyenko me faziam perguntas todos os dias e, quando ficaram satisfeitos de que eu criara uma Mary Becker convincente, compraram-me uma passagem de avião para Berlim.

— Você viajará como Elena Depeshkoav para Berlim — explicou Obenko. — E como Claudia Schreider de Berlim para Nova Iorque. Quando estiver nos Estados Unidos, sua identidade como Mary Becker entrará em vigor e você voará de lá para Istambul. Assim, ninguém conseguirá conectá-la à Ucrânia. Yulia Tzakova desaparecerá para sempre.

— Entendido — disse eu, passando um batom vermelho brilhante em frente a um espelho. Eu usaria uma peruca escura para o papel de Elena e precisava de uma maquiagem mais ousada. — Elena, Claudia e depois Mary.

Obenko assentiu e fez com que eu repetisse os nomes de todos os parentes de Mary, começando com primos distantes e terminando com os pais. Não cometi um erro sequer e, quando ele foi embora naquele dia, percebi que meu trabalho duro compensara.

Meu chefe acreditava que eu seria uma excelente Mary Becker.

Na manhã seguinte, Obenko me levou até o aeroporto, deixando-me na área de embarque. Agora eu era Elena, usando a peruca e botas de salto alto que combinavam com o *jeans* escuro e a jaqueta elegante. Obenko me ajudou a colocar as malas em um carrinho antes de partir e acenei para ele ao desaparecer no tráfego do aeroporto.

No minuto em que o carro dele ficou fora de vista, entrei em ação. Deixando as malas no carrinho, corri até a área de desembarque e peguei um táxi.

— Vá para a cidade — disse eu ao motorista. — Preciso encontrar o endereço exato.

Ele acelerou e peguei o celular. Abrindo o aplicativo de rastreamento que instalara dois dias antes, localizei um pequeno ponto vermelho indo em direção à cidade a um ou dois quilômetros à frente. Era o *chip* minúsculo do GPS que eu colocara no celular de Obenko no apartamento seguro.

Eu podia não ter intenção alguma de fazer a missão

em Istambul, mas certamente tivera uso para o equipamento de vigilância que a UUR me dera.

— Entre à esquerda aqui — instruí o motorista quando vi o ponto vermelho virar à esquerda para sair da rodovia. — Depois continue em frente.

Dei a ele direções como aquela até que vi o ponto de Obenko parar no centro de Kiev. Dizendo ao motorista para parar um quarteirão de distância, peguei a carteira e paguei-o. Em seguida, saí do carro e andei o restante do caminho, ficando de olho no aplicativo para ter certeza de que Obenko não iria a lugar algum.

Encontrei o carro de Obenko em frente a um prédio alto. Parecia um edifício de escritórios, com o logotipo de uma corporação internacional no topo e o primeiro andar ocupado por diversas lojas, variando de uma cafeteria famosa a uma butique de roupas sofisticadas.

Lentamente, aproximei-me do prédio, olhando em volta a cada poucos segundos para garantir que não estava sendo observada.

O que eu estava fazendo tinha poucas chances de dar certo, pois não havia garantia alguma de que Obenko visitaria a irmã em um futuro próximo. No entanto, era a única forma em que eu conseguira pensar de encontrar Misha. Com a relocação recente deles, os pais adotivos de meu irmão ainda estavam se assentando na nova vida e havia a possibilidade de que precisassem de algo de Obenko, algo que exigiria que ele os visitasse pessoalmente.

Se eu seguisse meu chefe por tempo suficiente, talvez ele me levasse ao meu irmão.

Eu sabia que meu plano era desesperado e quase insano. Como eu estava afastando-me da UUR, minha melhor opção seria desaparecer em algum lugar de Berlim ou, melhor ainda, ir até Nova Iorque. E eu planejava fazer exatamente isso... *depois* de ver meu irmão com os próprios olhos.

Eu não podia deixar a Ucrânia sem ter certeza de que Misha estava bem.

Dois dias, disse a mim mesma. *Vou fazer isso por no máximo dois dias.* Se ainda não tivesse encontrado meu irmão, eu partiria. Eles não perceberiam que eu não embarcara no avião até não comparecer ao encontro com o contato em Istambul em três dias, o que me dava pouco mais de quarenta e oito horas para seguir Obenko antes de sair do país.

O ponto no meu celular indicava que Obenko estava no segundo andar do prédio. Eu estava curiosa sobre o que ele fazia lá, mas não queria me expor seguindo-o. Eu duvidava que a família do meu irmão estivesse ali. Obenko os teria relocado para fora da cidade, supondo que era onde moravam antes. Meu chefe nunca me dissera a localização deles por motivos de segurança, mas, pelo ambiente nas fotografias do meu irmão, supus que moravam em um ambiente urbano, como Kiev.

Entrando na cafeteria, pedi um salgado e uma xícara de chá preto, e esperei que o ponto de Obenko começasse a se mover novamente. Quando isso aconteceu, chamei outro táxi e segui-o até seu próximo destino: o apartamento seguro.

Ele ficou no apartamento por várias horas até que o ponto começou a se mover novamente. A essas alturas, eu almoçara em um restaurante próximo e trocara a peruca escura por uma vermelha que levara para essa finalidade. Eu também trocara o *jeans* por um vestido cinza de mangas compridas e as botas de salto alto por sapatos sem salto, a opção mais confortável que "Elena" tinha na bagagem de mão.

O destino seguinte de Obenko parecia ser outro prédio comercial no centro. Ele ficou lá por cerca de duas horas e voltou ao apartamento seguro. Segui-o novamente, sentindo-me cada vez mais desencorajada.

Claramente aquela não era a forma de encontrar meu irmão.

A bateria do meu telefone estava ficando fraca e fui a outra cafeteria carregá-lo enquanto Obenko estava no apartamento. Também comprei uma passagem para Berlim para a manhã seguinte para substituir a que não usara naquele dia.

Era hora de aceitar a derrota e desaparecer.

Suspirando, pedi mais uma xícara de chá, que bebi enquanto lia as notícias no telefone. Obenko parecia estar preparado para passar a noite lá, com o ponto aparecendo dentro do apartamento sempre que eu verificava o aplicativo. Terminando o chá, levantei-me, decidindo ir para um hotel e dormir um pouco antes da longa viagem do dia seguinte. Mas, ao sair, o telefone apitou dentro da bolsa, significando movimento no aplicativo.

Meu coração deu um salto. Pegando o celular, olhei para a tela e vi que o ponto de Obenko ia para o norte, possivelmente para fora da cidade.

Talvez fosse a hora.

Instantaneamente energizada, entrei em um táxi e segui Obenko. Eu sabia que havia uma chance de 99,9 por cento de aquilo não ter nada a ver com meu irmão, mas não pude evitar a esperança irracional que me invadiu enquanto observava o ponto de Obenko continuar a se mover para o norte.

— Tem certeza de que sabe para onde está indo, jovem? — perguntou o motorista do táxi quando saímos da cidade. — Você disse que receberia instruções de seu namorado.

— Sim, ele está me enviando mensagens — respondi. — Não é muito mais longe.

Menti descaradamente, pois não sabia até onde iríamos, mas torci para não ser longe demais. Com todas as corridas de táxi, meu dinheiro estava no fim e eu precisaria de um pouco para ir para o aeroporto na manhã seguinte.

— Está bem — resmungou o motorista. — Mas é melhor me dizer em breve, caso contrário, vou deixá-la no ponto de ônibus mais próximo.

— Só mais quinze minutos — disse eu, vendo o ponto virar à esquerda e parar meio quilômetro depois. — Vire à esquerda na próxima interseção.

O motorista me lançou um olhar irritado pelo

espelho retrovisor, mas fez o que pedi. A estrada em que entramos era escura e cheia de buracos. Ouvi quando ele xingou ao desviar de um buraco grande o suficiente para engolir o carro inteiro.

— Pare aqui — disse eu quando o aplicativo de rastreamento disse que estávamos a duzentos metros de distância. Saindo do carro, aproximei-me da janela do motorista e entreguei a ele uma pilha de notas, dizendo: — Aqui está metade do que lhe devo. Espere aqui e lhe darei o resto quando me levar de volta à cidade.

— O quê? — Ele me olhou friamente. — Porra, não. Dê-me o dinheiro todo, vadia.

Eu o ignorei, virando-me para me afastar, mas ele saltou do carro e agarrou meu braço. Instintivamente, virei-me e meu punho atingiu a parte inferior do queixo dele no mesmo instante em que meu joelho o atingiu na virilha. Ele caiu no chão, gemendo e segurando a virilha. Bati com o pé na têmpora dele, deixando-o inconsciente.

Eu me senti mal por ferir aquele civil, mas não podia deixar que ele fosse embora com o táxi. Se ele partisse, eu não teria como voltar para a cidade e perderia o voo na manhã seguinte.

Deixando a culpa de lado, verifiquei o pulso do motorista para ver se estava vivo, peguei a chave do carro caso ele acordasse e comecei a andar na direção do ponto vermelho no mapa do telefone.

Alguns minutos depois, cheguei no que parecia ser um galpão abandonado. Desapontada, olhei para o galpão, debatendo se deveria me aproximar. O que Obenko fora fazer lá provavelmente não envolvia os pais adotivos de meu irmão. Meu chefe não pediria à irmã que o encontrasse no meio do nada só para lhe dar alguns documentos. Era muito mais provável que ele estivesse no meio de uma operação e a última coisa que eu queria era ficar no caminho dele.

Apesar disso, cheguei um pouco mais perto. Depois um pouco mais. Minhas pernas pareciam agir por conta própria. Eu chegara até ali, argumentei comigo mesma para justificar minha compulsão. O que seriam alguns minutos para confirmar que eu perdera meu tempo?

Havia uma luz fraca visível em um lado do galpão. Fui até lá e abaixei-me diante de uma janela pequena e suja. No lado de dentro, ouvi vozes. Prendi a respiração tentando entender o que diziam.

— ... ficando bom — disse um homem em russo. Havia algo familiar na voz dele, mas não consegui identificar o que era. A parede amortecia o som. — Muito bom. Acho que em uns dois anos eles estarão prontos.

— Ótimo — respondeu outro homem. Desta vez, reconheci a voz como sendo de Obenko. — Precisaremos de toda a ajuda possível.

— Quer uma demonstração? — perguntou o primeiro homem. — Eles ficarão felizes em mostrar o que descobriram até agora.

— É claro — respondeu Obenko. Em seguida, ouvi um gemido alto, seguido do barulho de algo caindo. Os barulhos se repetiram algumas vezes e percebi que ouvia uma luta. Duas ou mais pessoas estavam em combate corpo a corpo, o que, combinado com o que eu ouvira, significava apenas uma coisa.

Eu encontrara uma instalação de treinamento da UUR.

Era o fim. Eu precisava sair dali antes que fosse descoberta.

Virei-me, prestes a voltar para o táxi, quando o primeiro homem riu alto e exclamou: — Bom trabalho!

Fiquei imóvel, com uma sensação doentia invadindo-me. *Aquela voz.* Eu conhecia aquela voz. Eu a ouvira em meus pesadelos inúmeras vezes.

Comecei a suar frio ao me virar, sendo atraída para a janela.

Não podia ser.

Simplesmente não podia ser.

Meu coração parecia um tambor e minhas mãos tremeram quando as apoiei na parede ao lado da janela.

Eu estava imaginando aquilo.

Estava alucinando.

Tinha que estar.

Mordendo o lábio inferior, movi-me ligeiramente para a esquerda até que conseguisse olhar pela janela. Eu sabia que estava correndo um risco muito grande, mas precisava saber a verdade.

Eu precisava saber se tinham mentido para mim.

A cena que meus olhos encontraram saíra diretamente das minhas sessões de treinamento. Havia vários adolescentes dos dois sexos parados em um semicírculo. Eles estavam de costas para mim. À frente deles, havia um tapete largo em que dois homens lutavam. Na verdade, era um homem e um garoto. Obenko estava de lado, observando-os com um sorriso aprovador.

Notei isso apenas de relance, pois meus olhos estavam presos no par que lutava. Com os dois homens contorcendo-se e rolando sobre o tapete, não consegui olhar bem para nenhum dos dois... pelo menos, até pararem quando o homem prendeu o oponente mais jovem no chão.

— Bom trabalho — disse o homem, levantando-se. Rindo, ele estendeu a mão para ajudar o oponente derrotado. — Você foi excelente hoje, Zhenya.

O garoto também se levantou, limpando a sujeira das roupas, mas não olhei para ele.

Eu só conseguia ver o homem parado ao lado dele.

Ele não mudara muito. Os cabelos castanhos estavam mais ralos e mais grisalhos, mas o corpo era forte e grande como eu me lembrava. Os ombros largos forçavam as costuras da camiseta suada.

Ninguém conseguira derrotar Kirill em combate corpo a corpo sete anos antes e parecia que ele continuava invicto.

Vivo e invicto.

Obenko mentira para mim. Todos eles mentiram para mim.

Meu estuprador não fora morto pelo que fizera comigo.

Nem mesmo fora removido da função de treinador.

Um gosto metálico encheu minha boca e percebi que eu mordera o lábio com força.

"É sua culpa, piranha. Tudo culpa sua." O corpo enorme de Kirill me prendeu no chão e suas mãos rasgaram cruelmente minhas roupas. *"Você vai pagar pelo que fez".*

Senti o ácido subir à garganta, misturando-se ao amargo da bile. Parecia que eu ia engasgar no terror e no ódio, mas, antes que as lembranças conseguissem me sufocar, mais alguém entrou no meu campo de visão.

— É minha vez — disse um garoto de cabelos loiros, aproximando-se do tapete. — Tio Vasya, quero que assista. — Ele entrou em uma posição de luta em frente a Kirill e as luzes fluorescentes iluminaram seu rosto.

Era um rosto que eu conhecia tão bem quanto o meu... porque passara horas olhando para ele em fotografias.

Porque cada traço naquele rosto era uma versão masculina do que eu via no espelho.

Meu irmão estava parado à minha frente, pronto para lutar com Kirill.

 *ucas*

— ESTÁ FEITO — DISSE EU, ENTRANDO NO ESCRITÓRIO de Esguerra. — Seus sogros podem voltar para casa amanhã, se quiserem.

Durante a semana anterior, tínhamos exterminado o restante da família criminosa de Sullivan e a CIA finalmente concordara em deixar que os pais de Nora voltassem para casa. Depois do pesadelo que causamos na mídia, foram necessárias promessas de grandes favores, mas os contatos de Esguerra nos ajudaram.

— Pegou o chefe de polícia também? — perguntou Esguerra.

Assenti, aproximando-me da mesa dele. — O corpo

dele está sendo dissolvido no ácido neste momento. Ele era o último corrupto. Agora a polícia de Chicago está limpa e sem vermes. Além de alguns figurões da CIA, ninguém sabe que seus sogros estiveram envolvidos nessa confusão.

— Excelente. — Esguerra esfregou as têmporas e vi que ele parecia incomumente cansado. Como eu, ele estivera trabalhando sem parar desde que voltáramos de Chicago. Ele não precisava trabalhar tanto, pois eu estava cuidando da maior parte da logística da operação de limpeza, mas parecia ser a forma dele de lidar com o aborto. — Vou dizer a Nora. Enquanto isso, quero que coloque mais uma dezena de homens de olho nos pais dela nos próximos meses. Não espero problemas, mas é melhor garantir.

— Entendido — respondi. — Talvez seja bom também dizer a eles que fiquem longe de lugares muito movimentados por algum tempo, só como precaução.

— É uma boa ideia. — Esguerra acenou com a cabeça de forma aprovadora. — Desde que possam voltar ao trabalho e retomar a vida social, acho que não vão se importar muito com as restrições.

— Tenho certeza de que você sentirá saudades deles — disse eu em tom seco. Os pais de Nora tinham sido hóspedes relutantes nas duas semanas anteriores e imaginei que Esguerra devia achar a presença desaprovadora deles irritante.

Para minha surpresa, meu chefe deu uma risada. — Eles não tão ruins. Você sabe, são família e tal.

— Certo. — Tentei não encará-lo, mas não consegui. Esguerra mudara, isso era óbvio para mim agora. Quando eu o conhecera, a palavra "família" nunca teria saído de seus lábios. E agora ele aguentava os sogros, que não o suportavam, e cedia em todos os sentidos para manter a jovem esposa feliz.

Era algo divertido e inquietante de observar, como ver um jaguar brincando com um gatinho doméstico.

— Você entenderá um dia — comentou Esguerra. Percebi que minha expressão me denunciara. — A vida é mais do que apenas isto. — Ele gesticulou na direção dos monitores atrás de si e da pilha de papéis sobre a mesa.

— Vai desistir então? Andar apenas no que é certo? — perguntei em tom de brincadeira. Esguerra certamente era rico o suficiente para fazer isso. Ele valia bilhões. Mesmo se nunca mais vendesse uma arma sequer, poderia viver como um rei pelo resto da vida.

Ainda assim, não fiquei surpreso quando Esguerra balançou a cabeça negativamente e disse: — Você sabe que não posso fazer isso. Uma vez nesta vida, para sempre nesta vida. Além do mais... — ele abriu um sorriso largo — eu sentiria falta desta vida. Você não?

— Com certeza — respondi. Compartilhamos um momento de compreensão sombria.

O jaguar podia brincar com o gatinho e até mesmo dizer que o amava, mas sempre seria um jaguar.

Ao sair do escritório de Esguerra, meu celular vibrou quando uma mensagem chegou. Abri meu *e-mail* e meus lábios se curvaram em ansiedade.

Mensagem decodificada, dizia o *e-mail* dos *hackers*. *Um local confirmado da UUR fica a vinte e cinco quilômetros ao norte de Kiev. Parecem estar no processo de remover seus rastros, mas não são rápidos o suficiente. Estamos chegando mais perto dos dois agentes de campo. Esperamos ter mais notícias em breve.*

No final do *e-mail*, havia um anexo. Era uma fotografia granulada de satélite com um X marcando um local no mapa onde, supus, ficava localizada a instalação.

Tínhamos um local por onde começar.

— Olá, Lucas — disse uma voz feminina com sotaque leve. Virei-me e vi Rosa aproximando-se, vindo da direção da casa principal. Ela usava o uniforme normal e os cabelos escuros estavam presos em um coque. — Como está?

A raiva me invadiu, mas consegui dizer calmamente: — Estou bem. — A simpatia casual dela me irritou profundamente. Fiquei tentado a amarrá-la na cabana e interrogá-la naquele momento, mas seria inteligente esperar um pouco mais. Respirando fundo para me acalmar, imitei o tom amigável dela e perguntei: — Como estão as coisas?

Ela deu de ombros, abaixando o olhar por um momento. — Você sabe. Dia após dia.

— Certo. — Apesar de tudo, senti um pouco de pena dela. Apesar de os ferimentos no rosto de Rosa terem quase desaparecido, lembrei-me da aparência dela logo depois da boate, e parte da minha raiva sumiu.

Se eu acreditasse em carma, estaria inclinado a pensar que ela já fora punida.

— Como estão suas costelas? — perguntou ela, olhando novamente para mim. Parecia haver uma preocupação genuína em seu olhar. — Ainda sente dor?

— Não, não tanto quanto antes — respondi, sentindo a raiva diminuir mais um pouco. — Demorará pelo menos mais um mês para que eu possa voltar aos treinamentos normais, mas cheguei em um ponto em que consigo respirar sem sentir dor.

— Ah, ótimo — disse Rosa, sorrindo. Em seguida, ela perguntou em tom direto: — Alguma notícia de sua fugitiva?

Minha fúria voltou a todo vapor e precisei de toda a força para não apertar o pescoço da garota. — Ora, sim — respondi em tom sedoso. — Acabei de encontrá-la.

— Era mentira, eu não fazia a menor ideia se o local que os *hackers* tinham descoberto me levaria a Yulia. Mas, se Rosa estava trabalhando com a UUR, eu queria que ela ficasse em pânico e entrasse em contato com eles. — Na verdade — acrescentei, decidindo assustá-la de verdade —, vou atrás de Yulia assim que os pais de Nora forem para casa.

— Ah. — Rosa piscou algumas vezes e vi uma sombra passar em seu rosto. — Que bom.

— Sim, é bom, não é? — Abri o sorriso mais gentil.

— Mal posso esperar. Agora, se me der licença, tenho que inspecionar os novos recrutas.

E, antes que ela pudesse responder, virei-me e andei na direção do campo de treinamento.

Se eu ficasse perto de Rosa um momento a mais, mataria a garota com as próprias mãos.

 ulia

Meu irmão.

Kirill treinava meu irmão.

Senti como se tivesse entrado em um dos meus pesadelos. Eu precisava me afastar, ir embora antes me vissem, mas não consegui me mexer. Meus pés pareciam ter criado raízes e meus pulmões subitamente ficaram sem ar.

Misha e Kirill.

Aluno e professor.

Senti o gosto do vômito e minha visão escureceu.

Corra, Yulia. Vá antes que seja tarde demais.

Eu queria obedecer a voz na minha mente, mas estava paralisada, congelada no lugar.

Obenko não mentira para mim apenas sobre a morte de Kirill. Ele me enganara em relação a tudo.

Tentei respirar, mas minha garganta estava praticamente fechada. A janela ondulou à minha frente, como a lente de uma câmera em movimento, e percebi que era porque eu tremia violentamente. Meus dedos estavam gelados quando me apoiei na parede.

Corra, Yulia. Agora.

A voz ficou mais insistente e forcei-me a dar um passo pequeno atrás. Mas ainda não consegui desviar o olhar do horror à minha frente.

Vá, Yulia! Corra!

Antes que eu conseguisse dar mais um passo, Misha olhou para a janela e ficou imóvel, olhando diretamente para mim.

Vi os olhos azuis dele se arregalarem. Em seguida, ele gritou: — Intrusa! — e correu na direção da janela.

Minha paralisia finalmente sumiu. Virei-me e corri.

Minhas pernas pareciam gravetos, duros e desajeitados, e eu não conseguia respirar direito. Era como se estivesse movendo-me em areia movediça, com cada passo exigindo um esforço desesperado. Eu sabia que era efeito do choque, mas isso não me ajudou. Meus músculos pareciam pertencer a uma pessoa estranha e meus pés estavam amortecidos ao tocarem no chão.

O carro. Eu precisava voltar para o carro.

Concentrei-me nisso, em colocar um pé na frente do outro e em não pensar. Enquanto corria, senti a rigidez dos músculos desaparecer. Percebi que a adrenalina finalmente começava a fazer efeito, superando o choque.

— Yulia! Pare!

Era Obenko. Ouvir a voz dele me encheu de uma tamanha raiva que o restante do choque sumiu. Rangendo os dentes, acelerei o passo, movendo as pernas com desespero cada vez maior. Se me pegassem, eu morreria e ninguém faria Obenko pagar pela traição monstruosa.

Eu apodreceria em um túmulo sem nome enquanto Kirill transformava meu irmão em uma máquina de matar sem consciência.

— Yulia!

Era uma voz diferente que chamava meu nome. Reconheci os tons mais graves de Kirill e um terror doentio explodiu em minhas veias. As lembranças me envolviam como plantas venenosas. Tentei afastá-las, mas não consegui e cenas isoladas continuaram surgindo na minha mente.

Entrando no meu quarto. Uma mão grande fechando minha boca enquanto eu era agarrada por trás.

Corri mais depressa. O chão era um borrão à frente dos meus olhos. Minha respiração estava irregular e meus pulmões pareciam prestes a explodir.

Lutando. Caindo no chão. Um homem sobre mim. Imobilizada, indefesa.

Eu estava a uma dezena de metros do carro e segurei a chave que estava no bolso, preparando-me para saltar para dentro dele.

Pop! Pop! A janela do vidro quebrou e corri em ziguezague para evitar a próxima bala.

— Não atirem para matar! — gritou Kirill atrás de mim. A voz dele soou mais próxima. — Repito, não atirem para matar!

Saber que ele me queria viva era mais aterrorizante do que a ideia de morrer. Acelerando o passo mais uma vez, saltei para o carro. O motorista estava no chão, ainda inconsciente, e torci desesperadamente que nenhuma das balas o atingisse. No entanto, eu não tinha tempo para me preocupar com isso, pois, quando estava prestes a colocar a chave na fechadura, uma mão agarrou meu ombro.

Girei o corpo, segurando a chave como se fosse uma arma, e golpeei, mirando no olho do meu atacante. Ele cambaleou para trás e joguei-me no chão, rolando sob o carro, registrando apenas o vulto menor e os cabelos claros do meu oponente.

Não fora Kirill que me alcançara. Fora Misha.

Levantei-me do outro lado do carro e comecei a correr novamente. Apesar do terror, senti uma pontada ilógica de orgulho. Meu irmão era um excelente corredor. Obenko nunca mencionara isso.

Ouvi-o correndo atrás de mim e perguntei-me se ele sabia quem eu era, se percebia que estava prestes a matar a própria irmã. Misha participava da enganação de Obenko ou também tinham mentido para ele?

— Pegue-a! — gritou Kirill. Um corpo me atingiu por trás, jogando-me no chão. Consegui girar no ar e caí sobre Misha. Antes que ele tivesse a oportunidade de agir, dei um soco em seu maxilar e levantei-me para continuar correndo.

Mas era tarde demais. Quando virei, outro corpo me atingiu, jogando-me novamente no chão. E, desta vez, não consegui acertar um soco.

Em um piscar de olhos, meu braço foi torcido para trás e meu rosto ficou pressionado contra a terra enquanto um peso enorme me prendia.

— Olá, Yulia — sussurrou o treinador no meu ouvido. — Que bom ver você de novo.

ucas

ESGUERRA ME NOTIFICOU QUE OS PAIS DE NORA QUERIAM pegar um avião para casa no começo da manhã do dia seguinte. Decidi fazer exatamente o que dissera a Rosa: eu iria diretamente para a Ucrânia depois de levá-los para casa. Eu ainda não estava totalmente recuperado, mas a carga de trabalho do desastre em Chicago diminuíra e minhas costelas poderiam curar na Ucrânia da mesma forma que ali.

Agora, eu precisava dar a notícia a Esguerra e contar a ele tudo o que descobrira sobre a UUR.

— Deixe-me ver se entendi direito — disse Esguerra quando fui ao escritório dele e expliquei sobre o local da UUR que fora encontrado. — Você quer levar uma dezena de nossos homens mais bem treinados para conduzir uma operação na Ucrânia quando ainda estamos tentando nos recuperar de todas as perdas? Qual é a urgência disso?

— Eles estão no processo de apagar os rastros — respondi. — Se esperarmos muito mais, será muito mais difícil encontrá-los.

Mantive silêncio sobre o fato de que cada dia que se passava sem Yulia era uma tortura sem fim e que eu não conseguia dormir sem que ela estivesse ao meu lado.

— E daí? — perguntou Esguerra, franzindo a testa.

— Nós os pegaremos em algum momento, quando estivermos mais fortes e com a equipe de segurança reconstruída. Não podemos dispor de dez guardas agora. A UUR não é uma ameaça imediata a nós, como era a Al-Quadar. Vamos fazer os ucranianos pagar pela queda do avião, mas quando for o momento certo.

Respirei fundo. Eu sabia que Esguerra tinha razão, mas não podia ficar no complexo enquanto Yulia estava lá fora com aquele Misha.

— Está bem — disse eu. — E se eu for por minha conta para a Ucrânia com apenas dois guardas? Posso levar Diego e Eduardo, claro que você pode dispor de nós três.

O olhar de Esguerra ficou mais penetrante. — Por quê? É por causa da garota que escapou?

Hesitei por um momento e decidi contar a verdade.
— Sim — disse eu, observando a reação de Esguerra. — Eu a quero de volta.

— Achei que estava só se divertindo com ela.

— Eu estava... mas não terminei ainda.

Esguerra me encarou. — Entendi.

— Ela é minha — disse eu, decidindo que chegara a hora de ser honesto. — Vou pegá-la de volta e mantê-la.

— Mantê-la? — A expressão de Esguerra não mudou, mas vi um músculo se contrair em seu maxilar quando ele se inclinou para a frente. — O que exatamente você quer dizer com isso?

Afastei um pouco as pernas uma da outra e olhei para ele de forma neutra. — Significa que vou colocar rastreadores nela e mantê-la pelo tempo que me der vontade. Tenho certeza de que você não fará objeções a isso.

As contrações no maxilar de Esguerra aumentaram enquanto nos encarávamos, sem que nenhum dos dois recuasse. O ar ficou tenso e eu sabia do que se tratava: agora eu descobriria se meu chefe realmente valorizava minha lealdade.

Esguerra quebrou o silêncio primeiro. — Então é isso? Você está pronto para esquecer sobre a queda do avião?

— Ela estava seguindo ordens — respondi. — Além do mais, quem disse que ela não vai ser punida por isso?

Por essa nova traição, por ter fugido para o amante, Yulia pagaria.

Esguerra manteve meu olhar por mais alguns segundos antes de se levantar e dar a volta na mesa.

Parando à minha frente, ele disse baixinho: — Você e eu sabemos que lhe devo pela Tailândia. Se é isso que quer, se é *ela* que quer, não vou ficar no seu caminho. Mas ela é um problema, Lucas. Faça o que for preciso para tirá-la da cabeça, mas não se esqueça do que ela é e do que fez.

— Ah, não se preocupe. — Abri um sorriso sem um pingo de humor. — Isso não vai acontecer.

Eu ainda não decidira como puniria Yulia quando a tivesse de volta, mas sabia de uma coisa.

Os dias do amante dela estavam contados.

Naquela noite, providenciei para que Thomas, outro guarda em quem eu confiava, ficasse de olho em Rosa. Não disse a ele o motivo, só pedi que a seguisse discretamente e monitorasse todos os *e-mails* e telefonemas dela. Minha prioridade no momento era encontrar Yulia, mas eu não me esquecera do perigo potencial que Rosa era para nós.

Quando voltasse da Ucrânia, eu lidaria com ela. Mas, primeiro, precisava levar os pais de Nora para casa e achar uma forma de entrar na Ucrânia sem ser detectado.

Comecei entrando em contato com Buschekov, o oficial russo com quem nos reuníramos em Moscou. Não falei sobre a fuga de Yulia, mas dei a ele as informações que descobrira até o momento sobre a

UUR. Quanto mais pressão eu conseguisse botar na agência de Yulia, melhor.

Infelizmente, Buschekov disse não ser capaz de me ajudar com uma entrada discreta na Ucrânia, explicando que as tensões estavam muito altas entre os dois países. Suspeitei que ele não quisesse colocar em risco os agentes que tinha na Ucrânia, mas não o pressionei. Se eu soubesse com certeza a localização de Yulia, seria diferente, mas aquele local da UUR era apenas uma pista. Eu precisava preservar a boa vontade que tínhamos com os russos. Isso significava que havia apenas uma coisa restante a fazer.

Entrei em contato com Peter Sokolov, o ex-consultor de segurança de Esguerra, e pedi ajuda a ele.

Peter salvara Esguerra depois da queda do avião, mas, para tanto, ele deixara que os terroristas levassem Nora. Meu chefe jurara matá-lo se colocasse os olhos nele novamente. Eu, no entanto, não tinha os mesmos sentimentos que Esguerra. Na verdade, eu ficara grato por Esguerra estar são e salvo. Eu não mantivera contato com Peter, mas tinha o endereço de *e-mail* dele e enviei uma mensagem explicando a situação. Os contatos do russo na Europa oriental eram inigualáveis. Fora ele que nos apresentara a Buschekov.

Ele não respondeu imediatamente, mas não esperei que fizesse isso. Eu sabia que ele estava ocupado com a vingança contra as pessoas em sua lista. Ainda assim, torci para que ele reservasse um momento para verificar a caixa de *e-mail*. Eu só precisava que alguns agentes de controle de tráfego aéreo na Ucrânia olhassem para o outro lado quando chegasse a Kiev.

O passo final foi explicar a missão a Diego e Eduardo.

— Seremos apenas nós três — expliquei. — Portanto, seremos discretos. Não queremos que ninguém descubra nossa presença até termos saído de lá. O objetivo é descobrir o que pudermos e sair do país inteiros. Está claro?

Os dois assentiram. Cedo na manhã seguinte, carregamos os aviões com armas, armaduras, documentos falsificados e tudo o mais de que precisaríamos caso as coisas não saíssem como planejado.

Agora eu só precisava da ajuda de Peter.

QUANDO POUSAMOS EM CHICAGO, AINDA NÃO HAVIA resposta de Sokolov. Portanto, entreguei os sogros de Esguerra à nossa equipe de segurança em Chicago e instruí os guardas a levá-los para casa em segurança. Os pais de Nora pareceram aliviados por estarem de volta em solo norte-americano e suspeitei que não os veríamos na Colômbia em um futuro próximo.

— Então, quais são os planos? — perguntou Diego quando voltei ao avião. — Vamos voar para Kiev logo?

— Acho que vamos parar em Londres por um ou dois dias — respondi. — Estou esperando resposta sobre uma pista. — Naquele momento, meu telefone vibrou, indicando a chegada de uma mensagem. Abrindo meu *e-mail*, li a resposta de Peter e um sorriso iluminou meu rosto.

— Deixem para lá — disse eu, virando-me na direção da cabine do piloto. — Vamos para a Ucrânia.

 *ulia*

— ENTÃO, DIGA-NOS, YULIA — FALOU OBENKO, inclinando-se sobre a mesa. — Por que não subiu naquele avião?

Permaneci em silêncio e concentrei-me em respirar devagar. Inalar, exalar. Inalar, exalar. Era só o que eu conseguia fazer no momento. Qualquer outra coisa seria impossível. Em algum lugar, na fronteira da minha consciência, estava a dor da traição, o tipo de dor monstruosa que me destruiria se eu deixasse. Portanto, concentrei-me no mundano, como a respiração e as luzes fluorescentes acima da minha cabeça.

Minhas mãos estavam algemadas nas costas e meus

tornozelos presos aos pulsos com uma corrente longa. Eu ainda vestia o vestido que usava ao ser capturada, mas, em algum momento, tinham tirado a peruca. Eu não sabia o que acontecera nem onde estava. Só tinha uma lembrança vaga das horas que se seguiram à minha captura. Eu sabia que ali era uma câmara de interrogatório de algum tipo, com um espelho que cobria a parede inteira e mobílias de metal. No entanto, eu não sabia se ainda estávamos em Kiev. Achei que tinha sido levada para algum outro lugar, mas, de qualquer forma, não importava.

Eu não sairia dali viva.

— Responda, Yulia — disse Obenko em um tom mais duro. — Por que não pegou o avião como deveria? E como encontrou a instalação de treinamento? Está trabalhando para Esguerra agora?

Não respondi e Obenko estreitou os olhos. — Entendo. Bem, se não quer falar comigo, talvez fale com Kirill Ivanovich. — Ele se levantou e acenou de leve com a cabeça para o espelho antes de sair da sala.

Um minuto depois, meu ex-treinador entrou, com os lábios curvados em um sorriso duro. Apesar do meu esforço para permanecer calma, minha garganta se fechou e comecei a suar frio quando ele se aproximou da mesa e sentou-se à minha frente.

— Por que está sendo tão teimosa? — O joelho dele encostou em minha perna sob a mesa e tive que engolir em seco para conter o vômito que me subiu à garganta. — Você é uma agente dupla, como eles acham que é?

Tentei mover a perna, afastar-me do toque dele,

mas a corrente me manteve no lugar. Daquela distância, eu conseguia sentir a colônia dele e minha respiração ficou acelerada. Desesperada para me controlar, olhei para a mesa, concentrando-me nas manchas de gordura sobre a superfície de metal. *Inale. Exale. Inale. Exale.*

— Yulia... — A mão de Kirill segurou meu joelho sob a mesa e seus dedos se enterraram na minha coxa. — Você está trabalhando para Esguerra?

Inale. Exale. Inale. Exale. Eu conseguiria sobreviver àquilo. Conseguiria manter a dor à distância. *Inale. Exale.*

A mão dele subiu um pouco mais na minha coxa. — Responda, Yulia.

Inale. Exale. Senti a escuridão aproximando-se, o vazio que me protegera durante minha captura, e abracei-a pela primeira vez, deixando que minha mente se afastasse daquela sala, daquela agonia. Eu não estava mais acorrentada àquela cadeira... apenas meu corpo estava. Eram apenas ossos e carne que logo deixariam de ser animados. Não havia nada que pudessem fazer para me machucar, pois eu não estava lá.

Eu não existia naquele lugar.

— ... CATATÔNICO — DISSE UM HOMEM. A VOZ DELE soava como se estivesse atrás de uma parede grossa de água. Tive dificuldades em entender as palavras e

esforcei-me para afastar a escuridão quando ele disse:
— Você não vai conseguir respostas dela dessa forma. Acabe com tudo. Ela obviamente se degenerou.

— Precisamos descobrir o que ela sabe — respondeu outro homem, cuja voz reconheci como sendo de Obenko. — Além do mais, se ela não é uma agente dupla, talvez ainda dê para corrigir a situação.

— Você está se iludindo — retrucou a voz original. Desta vez, eu a reconheci como pertencendo a Mateyenko, um dos agentes seniores que me interrogara depois da minha volta. — Ela nunca perdoará você por isso.

— Talvez não, mas tenho uma ideia — disse Obenko. Ouvi o som de passos recuando. Minha mente lentamente começou a clarear e abri os olhos ligeiramente, espiando sob os cílios.

Eu ainda estava na sala de interrogatório, mas não estava mais acorrentada à mesa. Em vez disso, estava deitada de lado no chão frio de cimento perto da cadeira, com os pulsos ainda algemados às costas.

Havia dois homens parados na porta, Kirill e Mateyenko. Eles falavam baixo, de vez em quando olhando na minha direção. A náusea contorceu minhas entranhas quando a escuridão se aproximou novamente. Kirill me tocara enquanto eu estava desmaiada? Fora ele quem tirara a corrente, que me colocara lá?

— Ela está acordada — exclamou Mateyenko, correndo na minha direção. Parei de lutar contra a escuridão.

Eu não estava lá.

Eu não existia.

— YULIA. — UMA MÃO FRIA ENCOSTOU NA MINHA TESTA. — Yulia, está acordada?

A parede de água voltara, perturbando minha audição, mas algo naquela voz chamou minha atenção. A escuridão se dissipou, a parede de água ficou mais fina e abri os olhos.

Um garoto loiro estava agachado ao meu lado, com os olhos azuis penetrantes no rosto bonito.

Nós nos encaramos por alguns segundos. Logo depois, meu irmão se levantou. — Tio Vasya — gritou ele. — Ela acordou.

Ouvi passos. Em seguida, mãos fortes me tiraram do chão e colocaram-me de volta na cadeira. Meu coração saltou, mas, antes que o pânico saísse do controle, percebi que Kirill não estava à vista.

Era apenas Obenko e eu.

— Onde está Misha? — perguntei com voz rouca. Minha garganta parecia cheia de areia e minha boca estava seca. Eu devia ter ficado desmaiada por algum tempo.

— Ele saiu para que possamos conversar — disse Obenko. — Portanto, Yulia, vamos conversar.

— Está bem. — Percebi que eu tremia e que meus dedos estavam amortecidos e gelados. Apesar disso, minha voz estava estável quando eu disse: — Sobre o que quer conversar? Sobre o fato de ter mentido para mim por onze anos? — Minha voz ficou mais forte quando a neblina residual no cérebro clareou. — Sobre ter roubado meu irmão e tê-lo colocado para ser treinado por um monstro?

Obenko soltou um suspiro exasperado. — Não precisa ser tão dramática. Não menti para você... pelo menos, não sobre Misha. Só não lhe contei tudo.

— O que é "tudo"?

— Até dois anos atrás, Misha tinha exatamente o tipo de vida que mostramos a você naquelas fotografias. Ele era um garoto normal, feliz e bem ajustado. Depois as coisas começaram a mudar. Ele começou a faltar à escola, entrar em brigas, roubar cigarros em lojas... — Obenko fez uma careta. — Minha irmã não sabia o que fazer e conversou comigo para ver se eu conseguiria colocar um pouco de juízo na cabeça dele. Mas, quando tentei, percebi que não adiantaria. Misha era inquieto demais, estava muito entediado com a vida que levava. — Obenko olhou para mim. — Mais ou menos como eu me senti na idade dele.

—Aí você fez o quê? — Fechei as mãos atrás das costas. — Decidiu que ele deveria ser um espião?

Obenko não piscou. — Ele precisava de orientação, Yulia. Precisava de uma sensação de finalidade e podíamos dar isso a ele. Há tantos jovens como ele em nosso país, garotos que perderam o caminho e que nunca o encontrarão novamente. Eles não sabem o que farão com sua vida, não se importam com nada além de uma emoção momentânea. Eu não queria que seu irmão fosse assim.

— Certo. — Eu me senti prestes a engasgar. — Queria que ele fosse como você e Kirill.

— Yulia, escute, sobre Kirill... — Algo parecido com culpa surgiu nos olhos de Obenko. — Você precisa entender que somos uma organização secreta pequena. Não podíamos perder alguém tão talentoso e experiente como Kirill. Não por causa de um único erro.

— Um único erro? — Minha voz falhou. — É assim que chamam agora ataques brutais?

Obenko suspirou novamente, como se eu estivesse agindo de forma irracional. — O que aconteceu com você foi um incidente isolado — disse ele pacientemente. — Foi a única vez em que ele perdeu o controle daquele jeito. Entendo que foi uma experiência traumática para você, mas ele é um recurso importante para nossa agência e para o nosso país. O melhor que podíamos fazer era afastá-lo de você... e garantir que você pudesse superar o trauma.

— Dizendo-me que ele estava morto? Que você mandou assassiná-lo?

Obenko assentiu. — Foi para o seu próprio bem. Assim, poderia esquecê-lo e seguir em frente.

— Você quer dizer que eu poderia ser útil à UUR.

Obenko não respondeu e eu sabia exatamente o que ele queria dizer. Na mente dele, eu não era uma pessoa. Era um peão em um tabuleiro de xadrez e que poderia agir como um recurso ou um problema.

— Misha sabe? — perguntei, olhando para o homem que no passado fora um exemplo para mim. — Ele sabe que sou irmã dele?

Obenko hesitou e disse: — Sim, Misha sabe. Ele se lembra de você do orfanato. Não tivemos outra opção além de contar a ele sobre você. Ele também sabe que você nos entregou, que o que lhe aconteceu no complexo de Esguerra fez com que traísse seu país.

Minhas unhas se enterraram na palma das mãos. — Isso é mentira. Eu não traí vocês.

— Então por que me seguiu? Por que veio atrás de mim? — Obenko colocou a mão sobre a mesa e abriu-a para me mostrar o *chip* do GPS que eu colocara em seu telefone.

Depois de um momento de consideração, decidi que não tinha nada a perder dizendo a verdade. Eu já era um problema sob os olhos de Obenko. — Porque eu queria ver Misha uma última vez — respondi. — Porque não poderia mais fazer isso.

— Então você iria embora. — Obenko me estudou cuidadosamente. — Sabe, suspeitei que talvez fosse isso. Você não era mais a mesma quando voltou.

Dei de ombros, sem querer explicar meu relacionamento complexo com Lucas e minha incapacidade de aceitar outra "missão". A culpa que sentira ao abandonar a UUR desaparecera, vaporizada pelo golpe da traição de Obenko e pelo abandono voluntário de Misha da vida que eu lutara tanto para dar a ele.

Eu passara onze anos protegendo meu irmão, apenas para descobrir que ele terminaria igual a mim.

Achei que deveria me sentir arrasada, mas a dor ainda estava distante, mantida de lado por uma dormência gelada que superava tudo, até mesmo minha fúria.

— Eu quero falar com ele — disse eu a Obenko. — Quero falar com Misha.

Ele me estudou por um momento e lentamente balançou a cabeça. — Não, Yulia. Você só confundirá o garoto. Ele está onde precisa estar, mental e emocionalmente. O que pretende dizer a ele só deixará as coisas mais difíceis. Não acho que você queira isso.

Meu lábio superior se curvou. — Então ele não sabe sobre Kirill nem como você me manipulou durante todos esses anos.

Obenko não pestanejou. — O que Misha sabe é que Kirill Ivanovich dedicou sua vida a este país, como todos nós na UUR. E que você deixou Misha quando ele era bebê. Todo o resto é uma questão de opinião.

— É claro que sim. — Eu deveria ficar furiosa por meu irmão achar que era uma traidora que o abandonara no orfanato, mas era demais para absorver de uma vez só. Parecia que aquilo estava acontecendo com outra pessoa, como se eu estivesse assistindo a um filme, não vivendo aquilo. — E qual será a opinião dele sobre o meu desaparecimento?

Obenko suspirou. — Yulia...

— Só me diga.

— Você terá fugido — respondeu Obenko. —

Desaparecida na América do Sul para ficar com seu amante.

— Ah, sim. Meu amante, é claro. — Pensei em Lucas e na forma como nos despedimos. Uma agonia intensa me invadiu. — E quando exatamente vai acontecer minha grande fuga? — consegui dizer. — Hoje? Amanhã?

— Não precisa ser assim, Yulia. — Havia um arrependimento sincero nos olhos de Obenko. — Não é tarde demais. Podemos começar de novo e esquecer tudo isso. Se você provar que...

— Provar? — Não consegui conter uma gargalhada amarga. — Fazendo o quê? Trepando com mais alguns homens para você?

Obenko flexionou a mão sobre a mesa, mas seu tom não mudou. — Cuidando de sua missão. Você sabe como é importante o que fazemos...

— Sim, sei. — Contorci a boca. — Tão importante que você deixa um estuprador treinar garotas menores de idade. Tão importante que você mente, mata e manipula todos... até mesmo seu sobrinho adotivo.

O olhar de Obenko ficou duro e ele se levantou. — Como quiser — disse ele. — Você tem até amanhã de manhã. Se decidir fazer a coisa certa, basta me avisar.

Ele saiu da sala e permaneci à mesa, ouvindo o som dos passos que se afastavam.

CERCA DE UMA HORA DEPOIS, MATEYENKO ENTROU PARA

tirar minhas algemas e levar-me para uma sala sem janelas que parecia uma cela. Havia uma cama estreita com um cobertor fino, um vaso sanitário de metal sem tampa e uma pia pequena enferrujada.

— Onde é este lugar? — perguntei, mas o agente não respondeu. Ele só saiu e trancou a porta atrás de si, deixando-me sozinha.

Esperei alguns minutos para ter certeza de que ele não voltaria. Em seguida, usei o vaso sanitário e lavei as mãos com a água enferrujada que saía da torneira. Também considerei beber um pouco daquela água para aplacar a sede, mas decidi que era melhor não.

Eu preferia não passar minha última noite vomitando o tempo inteiro.

Andei até a cama e deitei-me, olhando para o teto. Eu sabia que não conseguiria dormir, portanto, nem tentei. Minha mente girava sem parar, alternando entre uma raiva amarga e um desespero amortecido. Três fatos se repetiam sem parar:

Kirill estava vivo e treinando meu irmão para ser um espião.

Meu irmão recebera um monte de mentiras a meu respeito.

Eu morreria no dia seguinte, a não ser que concordasse em trabalhar para a UUR.

Não havia nada que eu pudesse fazer sobre os dois primeiros problemas, mas o terceiro estava sob meu controle... pelo menos, se fosse possível acreditar em Obenko. Teoricamente, eu poderia concordar em realizar a missão e, se provasse lealdade, tudo seria perdoado.

Eu também poderia prometer realizar a missão, mas, em vez disso, fugir.

Era uma ideia atraente, exceto que não seria fácil. Admiti que queria desaparecer e, se decidissem me deixar trabalhar em campo, eu seria mantida sob observação constante. Talvez até mesmo colocassem rastreadores em mim, como Lucas planejara fazer.

Meu desespero deu espaço a uma diversão amarga. Parecia que eu estava destinada a ser prisioneira, de uma forma ou de outra.

Um tremor me percorreu e percebi que estava com frio de novo. Meus pés e minhas mãos estavam gelados. Enrolando-me como uma bola, coloquei o cobertor sobre a cabeça e fingi ser um casulo em que nada de ruim poderia me atingir, onde poderia dormir e sonhar com uma vida diferente... uma vida em que Lucas olhava para mim da forma como fizera na última manhã antes de partir e em que eu não precisava ir embora.

Senti uma dor familiar no peito e fechei os olhos, deixando as lembranças surgirem. Nosso relacionamento fora errado de muitas formas, mas também houvera muita coisa certa. E agora... agora, nenhuma das coisas erradas importava.

Só sobraram as lembranças e uma vontade imensa e impossível de vê-lo uma última vez antes de morrer.

~

O COBERTOR FOI PUXADO PARA LONGE E MÃOS FORTES puxaram minha roupa íntima, arrancando-a ao mesmo tempo em que meu vestido era puxado para cima. Um corpo masculino me espremeu e meus pulsos foram presos sobre a cabeça. No começo, achei que estava sonhando com Lucas, mas logo depois senti o cheiro.

Colônia.

Lucas nunca usava colônia.

Abri os olhos em pânico e um grito rouco saiu da minha garganta... um grito que foi instantaneamente abafado por uma mão pesada sobre minha boca.

— Quietinha — sussurrou Kirill enquanto eu me contorcia histericamente, tentando afastá-lo. — Não queremos incomodar ninguém, não é?

A mão dele sobre minha boca esmagava o maxilar. A outra mão apertava meus pulsos com tanta força que meus ossos esfregavam uns nos outros. Com as pernas dele prendendo as minhas à cama, eu não conseguia me mexer nem chutar. O terror nauseante me invadiu quando senti a ereção dele contra minha perna nua.

— Vamos nos divertir um pouco — disse ele. Os olhos escuros brilhavam com uma excitação cruel. — Em nome dos velhos tempos.

E, forçando o joelho entre minhas pernas, ele abaixou a cabeça.

 *ucas*

Ergui a mão, sinalizando para que Diego e Eduardo parassem enquanto eu olhava pelos óculos de visão noturna para o prédio à nossa frente. Para um local secreto, era surpreendentemente pequeno, apenas uma casa de um andar em uma área rural cheia de árvores.

— Tem certeza de que o lugar é este? — sussurrou Diego, abaixando-se ao meu lado. — Não parece nada demais.

— Estou supondo que a maior parte é subterrânea — disse eu, mantendo a voz baixa. — Vi dois SUVs na cabana na parte de trás. E não acho que aldeões ucranianos tenham SUVs.

Deixamos nosso carro no bosque a cerca de um

quilômetro de distância para avaliar o local e decidir nosso plano de ação. Independentemente do que fizéssemos, teríamos que ser rápidos e discretos para que pudéssemos sair do país antes que UUR percebesse que estávamos lá. Graças aos contatos de Peter Sokolov, pousamos em um aeroporto particular sem sermos notados e teríamos que poder partir da mesma forma.

— Dê a volta por trás e fique de olho no lugar de lá — disse eu a Eduardo, que viera logo atrás de Diego. — Vou tentar invadir remotamente os computadores deles.

Ele assentiu e desapareceu entre os arbustos. Peguei o dispositivo que levara comigo. Um dos benefícios de trabalhar com Esguerra era ter acesso a tecnologias de inteligência militar de última geração.

Abrindo o *laptop*, sincronizei-o com o dispositivo e disse a Diego: — Boa notícia, estamos dentro do alcance. Agora só precisamos deixar que o programa de invasão faça sua magia.

Demorou mais de uma hora para passar por todos os *firewalls*. Mas, gradualmente, minha tela ficou cheia de todos os tipos de dados, incluindo plantas da casa e um vídeo em tempo real de um corredor mal iluminado.

— Isso é dentro do prédio deles? — perguntou Diego, olhando por cima do meu ombro.

— Pode apostar — disse eu, assistindo quando dois homens passaram pela câmera. Um deles parecia muito jovem, mal chegado à adolescência, o que me deixou abalado por um momento... até que me lembrei de que a UUR tinha o hábito de recrutar crianças.

Cliquei no próximo vídeo e vi o que parecia ser uma sala de interrogatório. Ela estava vazia, exceto por uma mesa de metal e duas cadeiras. Em seguida, acessei uma câmera no que parecia ser uma sala de segurança. Havia um homem armado sentado em frente a uma fileira de computadores. O vídeo seguinte mostrava outro corredor e vários outros revelaram salas parecidas com celas. Para meu desapontamento, todas elas estavam vazias.

Aquela instalação não devia ser muito usada.

Cliquei em mais algumas câmeras, comparando as salas que vi com as plantas na tela, e fiz anotações sobre a posição de tudo. No processo, vi dois outros homens, um que parecia ser um campeão de luta de peso pesado e um mais magro que parecia ter quarenta e poucos anos.

— Somente cinco agentes até agora e um deles é um garoto — disse Diego atrás de mim. — Se é só isso, talvez possamos lidar com eles.

— Certo. — Cliquei em mais alguns vídeos, fazendo anotações sobre o interior de cada sala, e pausei quando voltei para uma das celas vazias... pelo menos, uma cela que achei estar vazia. Agora vi que estava errado: havia um monte pequeno em uma cama estreita com um cobertor por cima.

— Isso é...

— Sim, parece que eles têm um prisioneiro aqui — disse eu, observando o vídeo granulado. Certamente era um monte do tamanho de uma pessoa. Eu deveria tê-lo notado na primeira vez. — Espere um pouco, deixe-me ver se consigo uma imagem mais clara.

Ativando o recurso de controle remoto do programa, isolei a parte do mecanismo de segurança que controlava a câmera naquela sala. Cuidadosamente, virei a câmera para que apontasse diretamente para a cama. A pessoa não se movia, parecia desmaiada ou adormecida.

— Ok, portanto, seis pessoas — disse Diego —, se contarmos o prisioneiro como uma ameaça. Uma chance bem decente, especialmente se nós os pegarmos de surpresa.

— Sim, acho que sim — disse eu, clicando na imagem seguinte. Originalmente, eu planejara apenas obter dados e ir embora, mas não podia deixar passar aquela oportunidade. Era possível que um daqueles agentes soubesse do paradeiro de Yulia. Minhas costelas escolheram aquele momento para doer, mas ignorei-as.

Mesmo machucado, conseguiríamos derrotar cinco ou seis oponentes.

Ligando o microfone do fone de ouvido, eu disse: — Eduardo, preciso que coloque alguns explosivos nos cantos noroeste e sudoeste da casa. Use o suficiente para derrubar as paredes, mas não para destruir a casa inteira. Queremos capturar o maior número possível deles vivos.

— Entendido — respondeu Eduardo. Virei-me para olhar para Diego.

— Vamos entrar logo depois da primeira explosão — disse eu. — Prepare-se.

Ele assentiu, pegando a M16. Voltei minha atenção para o computador. Em um minuto, o programa controlou as câmeras de vigilância do lado de fora, substituindo a imagem de Eduardo que se aproximava furtivamente da casa por uma vista calma das árvores sob o céu noturno.

Agora, só precisávamos que Eduardo colocasse os explosivos.

Enquanto esperávamos, verifiquei novamente os vídeos internos. Na câmera do corredor, vi um dos homens andar na direção da cela com o prisioneiro. Era o agente que parecia um lutador e, desta vez, estava sozinho. Com um pouco de interesse, observei-o entrar na cela, colocar a arma dentro da pia no outro lado da sala e andar em direção ao vulto coberto sobre a cama. Ele se abaixou e, para minha surpresa, abriu o zíper da calça.

Mas que diabos? Minha atenção aumentou quando ele tirou o cobertor de cima da pessoa, que agora vi ser feminina, e puxar o vestido dela para cima. Pelo lugar onde ele estava, a câmera não me deixava ver muito da prisioneira. Senti um aperto no peito com uma premonição ansiosa.

— Kent? — disse Diego, mas eu não ouvi. Toda a minha atenção estava na tela do computador enquanto eu trabalhava freneticamente para posicionar a câmera.

O homem se sentou sobre a prisioneira e segurou os pulsos dela... pulsos finos e delicados que pareciam muito fáceis de quebrar nas mãos enormes dele. A câmera se inclinou para a esquerda e vi cabelos loiros emaranhados e um rosto pálido belo.

Meu coração parou por uma fração de segundo. Em seguida, uma fúria primitiva me invadiu.

Yulia.

Ela estava ali... e estava sendo atacada.

 *ulia*

O HÁLITO DE KIRILL ERA QUENTE E FÉTIDO NO MEU rosto. O corpo enorme era como uma montanha sobre mim, esmagando-me na cama. Minhas entranhas se contraíram com horror e desgosto, e senti minha mente caindo na direção do lugar escuro onde eu não existia e não conseguia sentir aquilo.

Não. Com muita clareza, eu sabia que, se fosse para lá, estaria perdida. Nunca mais sairia daquela escuridão. Eu precisava ficar consciente. Precisava lutar.

Eu não podia deixar que ele me destruísse de novo.

Suprimindo minha inclinação instintiva de lutar,

ANNA ZAIRES

deixei o corpo mole, relaxando os pulsos nas mãos brutais de Kirill. Não reagi quando ele passou a língua na minha bochecha e não fiquei tensa quando ele abriu minhas pernas, apoiando-se pesadamente entre elas. Ele precisava achar que eu estava domada e atordoada.

Era minha única chance.

Senti o pênis dele, rígido contra minha coxa, e a náusea subiu-me à garganta, com a refeição feita muito tempo antes ameaçando subir. *Só mais um segundo*, disse a mim mesma, mantendo os músculos relaxados. *Não se apresse. Espere o momento certo.*

O momento certo surgiu quando ele se moveu sobre mim e seu rosto ficou diretamente sobre o meu. Abri os olhos ligeiramente e olhei para ele. Quando ele abaixou uma mão para segurar meu seio, ataquei.

Com toda a força, ergui a cabeça, batendo a testa no nariz dele.

O sangue espirrou por toda parte quando Kirill recuou com um grito assustado. Qualquer outro homem teria segurado o nariz quebrado, mas ele só se afastou um pouco e gritou: — Vagabunda! — e bateu com o punho no meu maxilar.

Minha cabeça virou para o lado e a dor me deixou atordoada por um segundo. Vi estrelas e senti o gosto de sangue. Mas Kirill ainda não terminara.

— Vagabunda maldita! — O golpe seguinte foi no meu abdômen, com o punho atingindo meu rim. — Sempre se achou boa demais para mim, não foi?

Eu não consegui responder. Só consegui arquejar em agonia ao dobrar o corpo para me proteger. Ele soltara meus pulsos para me bater, percebi. Quando ele ergueu o punho novamente, girei a parte de cima do corpo para o lado. O punho atingiu de leve minha bochecha, em vez de esmagá-la, como ele provavelmente queria, mas meus ouvidos ainda ficaram zunindo. Girei novamente, tentando tirá-lo de cima de mim, mas a parte inferior do corpo dele parecia uma rocha pesada.

Lute, Yulia, lute. As palavras eram como um cântico desesperado na minha mente. Golpeei para cima com o punho e consegui atingir o maxilar dele, mas seus olhos só brilharam com mais intensidade quando ele segurou novamente meus pulsos. Vi a raiva e a loucura nas profundidades escuras dos olhos dele e eu soube que não sairia dali viva.

— Você vai pagar por isso — disse ele com voz baixa e gutural. Senti os testículos peludos na minha coxa quando ele forçou minhas pernas a se abrirem mais um pouco. Os dedos dele cortavam o fluxo de sangue para minhas mãos. O pênis pressionou minha entrada e gritei, preparando-me para o horror inevitável da violação.

Bum!

Por um momento, tive certeza de que ele me batera de novo, que o barulho ensurdecedor fora dos meus ossos se quebrando, mas a poeira e o reboco que caíram sobre mim acabaram com aquela impressão. Kirill saiu de cima de mim com um xingamento, com o pênis aparecendo na calça aberta, e recuou alguns passos quando outra explosão estremeceu a cela.

ANNA ZAIRES

Aproveitando a chance, rolei para fora da cama e levantei-me, ignorando a dor latejante no rosto e na lateral do corpo. Ouvi o barulho de tiros acima de nós. Kirill ficou parado, com o olhar alternando selvagemente entre eu e a porta. Ele percebera que a instalação estava sendo atacada e senti o ódio dele por mim lutando contra o senso de dever. Ele deveria estar lá fora, defendendo os colegas, mas o que realmente queria era me fazer sofrer.

Esse último impulso pareceu vencer.

— Sua maldita traidora — disse ele por entre os dentes, com as veias da testa saltando. Em seguida, ele deu um passo na minha direção, com o punho erguido para me bater.

Por reflexo, eu me abaixei e, naquele momento, outra explosão estremeceu a cela, tirando o equilíbrio de Kirill e fazendo com que mais reboco caísse sobre nós. Um som profundo pareceu emanar das profundidades do prédio e um canto da cela subitamente desmoronou. Tijolos e reboco caíram em uma avalanche a menos de um metro de mim.

Soltando uma exclamação, pulei para o lado... e foi quando vi.

Um tijolo com uma vara de metal enferrujada presa nele.

Saltei para pegá-lo, deslizando de barriga pelo chão cheio de detritos. Pedaços de pedra e reboco arranharam minhas pernas nuas e minha barriga, mas minhas mãos se fecharam em volta da vara de metal.

Levantei-me bem a tempo de bater com o tijolo no rosto de Kirill quando ele correu na minha direção.

Ele cambaleou para trás, batendo na pia, e novamente ouvi o barulho furioso de armas automáticas acima de nós. Mas, desta vez, o ruído ensurdecedor não parou. Os atacantes tinham um poder de fogo impressionante. No entanto, eu não tive a oportunidade de imaginar quem seriam, pois vi Kirill colocar a mão dentro da pia e tirar uma arma.

Reagindo em um instante, soltei o tijolo pesado e joguei-me para o lado, rolando pelo chão na direção do meu atacante. Ouvi o disparo e senti a ardência da bala ao atingir meu braço. No momento seguinte, bati nos joelhos de Kirill com toda velocidade.

Ele provavelmente ainda não se recuperara do golpe anterior, pois cambaleou novamente para trás e, desta vez, o disparo passou longe. Levantei-me depressa, com um zumbido nos ouvidos por causa do tiro e dos disparos acima, e segurei o pulso direito dele, torcendo-o para o lado para tentar soltar a arma.

No instante seguinte, voei para o outro lado da sala. Ao bater em uma parede, percebi, estonteada, que ele me atingira com a outra mão. O ar fugiu dos meus pulmões e tentei respirar em agonia paralisada. Kirill apontou a arma para mim, com o rosto contorcido em uma fúria maníaca.

Ele ia me matar.

Isso injetou adrenalina diretamente no meu cérebro. Sem pensar duas vezes, joguei-me sobre Kirill, estendendo os braços de forma desesperada. Minha mão se fechou em volta do metal frio do cano da arma. Senti-o ceder sob meus dedos, ouvi o disparo mortal da bala e caí.

Caí, mas não estava morta.

Caí sobre Kirill, atordoada, com a mão segurando convulsivamente o cano da arma. Não consegui acreditar que estava viva. Instintivamente, puxei a arma, tentando tirá-la da mão dele e, para meu choque, consegui. Segurando a arma, rastejei para longe do corpo enorme de Kirill. Só quando estava a cerca de um metro de distância que entendi o que acontecera.

Uma parte do teto desmoronara sobre ele, deixando-o inconsciente. Havia um fio de sangue na têmpora dele e reboco por toda parte.

Kirill estava inconsciente, talvez até mesmo morto.

Meio estonteada, levantei-me e apontei a arma para ele, tentando estabilizar minha mão que tremia violentamente. Minha visão estava borrada e cada pensamento parecia exigir um esforço imenso. A única coisa de que eu estava ciente era o ódio. Escuro e potente, ele pulsava nas minhas veias, afastando qualquer pensamento racional. Meu dedo apertou o gatilho, quase por conta própria, e observei quando o primeiro disparo abriu um buraco no lado do corpo do meu estuprador.

O corpo dele estremeceu e atirei de novo, apontando a arma entre suas pernas. O pênis murcho e os testículos explodiram em uma nuvem de carne sangrenta. A tontura aumentou, minha cabeça doía muito e cerrei os dentes, determinada a permanecer consciente por tempo suficiente para acabar com ele.

Uma onda de disparos novos acima de mim chamou minha atenção. Subitamente, percebi que não tinha ideia do que estava acontecendo nem quem eram os atacantes. Quase imediatamente, lembrei-me de mais uma coisa.

Misha.

Meu irmão estava lá mais cedo.

Um terror gelado penetrou a tontura. Misha ainda estava lá? Ele poderia estar no andar de cima, naquela zona de guerra com os inimigos desconhecidos?

Antes que eu conseguisse processar aquele pensamento, já estava saindo da cela, correndo pelo corredor do porão.

Eu precisava chegar até Misha.

Se ele ainda estava vivo, eu precisava salvá-lo.

Ao chegar ao pé da escada, colidi com uma pessoa que corria na minha direção. Batemos um no outro e, ao cair no chão, percebi chocada que era Misha, que meu irmão corria para mim. Ele caiu sobre mim e, antes que eu conseguisse recuperar o fôlego, ele se levantou, respirando pesadamente.

— Misha! — Lutando contra a tontura, eu me levantei. Apesar de ainda estar segurando a arma de Kirill, consegui agarrar o braço de Misha antes que ele se afastasse. — Está ferido? Está machucado? O que está acontecendo? — Minhas perguntas saíram em uma mistura frenética de russo e ucraniano, mas Misha só balançou a cabeça, com os olhos arregalados e sem compreender. Ele parecia estar em choque. Sob a sujeira e o sangue que cobriam seu rosto, as bochechas pareciam doentiamente pálidas.

Meu coração bateu com força quando passei a mão livre nele, procurando ferimentos de bala ou ossos quebrados. Mas, além de alguns arranhões, ele parecia estar inteiro. Aliviada, segurei o braço dele novamente e puxei-o para dentro de uma das salas no corredor. — Venha, temos que sair daqui.

— Você... eles... — Ele parecia estar com dificuldades em falar. — Eles só...

— Sim, eu sei, vamos. — Arrastei-o para uma cela pequena, parecida com a que eu acabara de ocupar, e procurei um lugar para nos escondermos. Não havia e senti um frio no estômago quando os disparos no andar de cima pararam para, logo em seguida, recomeçarem com violência ainda maior.

— Misha. — Segurando a arma firmemente na mão direita, ergui a mão esquerda e toquei gentilmente no rosto dele. Meu irmãozinho já estava alguns centímetros mais alto que eu e, se a estatura magra fosse parâmetro, ele ainda tinha um tanto a crescer. Ele também tremia incontrolavelmente e a pele estava gelada sob meus dedos. — Mishen'ka, sabe como sair daqui?

Ele engoliu em seco. — Não.

— Ok. — Eu tremia, mas mantive a voz calma para não aumentar o terror dele. — Sabe o que está acontecendo lá em cima? Quem está atacando?

— Não sei. — O tremor dele aumentou. — Eles só... Eles mataram tio Vasya e...

— Obenko está morto? — Apesar de tudo, senti uma dor leve no peito. Deixando a emoção ilógica de lado, abaixei a mão e perguntei: — Quantos são? Algum deles disse alguma coisa?

Misha balançou a cabeça novamente, com os olhos cheios de lágrimas. — Eles mataram tio Vasya — sussurrou ele, como se não conseguisse acreditar. — E o agente Mateyenko. — O rosto dele murchou, como acontecia quando era criança.

— Ai, Misha... — Cheguei mais perto dele, engolindo minhas próprias lágrimas. — Lamento muito. — Mais do que tudo, eu queria abraçá-lo e consolá-lo, mas não havia tempo. Eu disse: — Temos que achar um jeito de sair daqui. Deve haver...

Fui interrompida pelo som de passos pesados descendo a escada. Misha ficou tenso e vi o terror em seus olhos. — Estão vindo atrás de nós. Eles vão...

— Shh. — Ergui o dedo até os lábios ao andar para trás e lançar um olhar desesperado pela sala. Eu não sabia se a arma de Kirill estava totalmente carregada quando ele a levara para minha cela. E, mesmo que estivesse, não deveria haver mais do que duas ou três balas nela. Ainda assim, eu poderia usar aquelas balas como distração para que Misha pudesse escapar.

— Venha — sussurrei, segurando o braço dele. — No minuto em que tiver a oportunidade de correr, você corre. Entendeu?

— Mas eles...

— Quieto — sussurrei, puxando-o pelo corredor. Quando chegamos à sala seguinte, empurrei meu irmão para dentro dela e disse baixinho: — Não faça nenhum som.

E, segurando a arma com as duas mãos, fui em direção à escada, pronta para encontrar meu destino.

ucas

Yulia.

Eu precisava encontrar Yulia.

O pensamento martelou meu cérebro enquanto eu descia a escada correndo, ignorando o sangue que escorria pelo braço. Uma bala atingira de raspão meu ombro e minhas costelas doíam com todo o movimento, mas mal percebi a dor. A luta acabara sendo longa e brutal. Mesmo pegos de surpresa e atordoados pelas bombas que colocamos, os agentes da UUR não eram fáceis de derrotar. Ser forçado a trocar tiros com eles enquanto Yulia era atacada no andar inferior quase me deixou louco. Assim que eliminamos dois dos três agentes que defendiam o primeiro andar da casa, corri para a escada do porão, deixando Diego e Eduardo para lidarem com o atirador restante. Torci para que conseguissem capturá-lo, em vez de matá-lo como acontecera com os outros dois. De qualquer forma, eu não precisava ficar lá.

Salvar Yulia seria sempre mais importante do que conseguir informações.

Quando cheguei ao pé da escada, forcei-me a reduzir o passo. O jovem agente correra para lá depois de matarmos o segundo atirador e o atacante de Yulia também poderia estar lá à minha espera. Ele não teria deixado de ouvir os disparos e as explosões no andar de cima. Pelo menos, era o que eu esperava. Dei a ordem de detonar as bombas antes de estarmos posicionados de forma ideal exatamente por aquele motivo: imaginei que o homem provavelmente não continuaria a atormentar Yulia quando percebesse que estavam sob ataque.

Segurando a M16, parei ao chegar à esquina. O corredor com todas as salas ficava à minha direita. Se eu me lembrava corretamente, a célula de Yulia deveria ser a quarta à esquerda.

Aquilo seria complicado. Eu não poderia atirar indiscriminadamente, como fizera no andar de cima... não sem arriscar a vida de Yulia.

Abaixando-me, arrisquei um olhar rápido para o corredor.

Ele estava vazio.

Arrisquei um segundo olhar, desta vez analisando a distância até a cela mais próxima com a porta aberta.

Cerca de três metros. Eu conseguiria.

Segurando a arma com mais força, mergulhei em direção à cela, rolando pelo chão. Meio que esperei sentir a ardência de balas, mas nada aconteceu quando me joguei pela porta aberta e levantei-me de um salto, varrendo a cela em busca de algum perigo.

Vazia. Não havia sinal de ninguém.

Respirei fundo para acalmar meu coração, que batia furiosamente. Saber que Yulia estava a poucas celas de distância era como fogo nas veias, mas eu sabia que precisava ser paciente. Em algum lugar ali embaixo, havia dois adversários potencialmente perigosos e eu teria que ter cuidado se quisesse sobreviver e tê-la de volta.

Encostando na parede perto da porta, estudei o corredor com todos os sentidos em alerta. Não havia dúvidas de que eles sabiam que eu estava lá, o que significava que era apenas uma questão de tempo até que alguém ficasse impaciente e tentasse me eliminar. Para combater a vontade de agir, contei mentalmente até dez, duas vezes.

Na terceira contagem, ouvi um barulho leve e percebi um movimento. Foi quase nada, apenas uma sombra mudando de formato perto de outra porta... mas eu sabia.

Era o inimigo.

O movimento mais seguro seria encher aquela porta de balas, mas eu não podia arriscar atirar em Yulia por acidente. Percebi que as bombas que explodimos tinham causado alguns danos naquele andar. O chão estava coberto de reboco e as luzes do teto piscavam selvagemente. A ideia de Yulia estar ferida de alguma forma era intolerável. Deixei o pensamento de lado, juntamente com o medo e a raiva que me apertavam o peito. Eu não podia me concentrar em nada daquilo até que tivesse Yulia segura comigo.

Respirando fundo novamente, medi mentalmente a distância até a outra porta.

Pouco menos de dois metros.

Respirando fundo mais uma vez, corri até ela, cobrindo a distância com três passos largos. Uma arma foi disparada, mas eu já estava arrancando a arma da mão do atirador e jogando-o no chão, mantendo o fuzil sobre a garganta dele.

Não, percebi uma fração de segundo depois.

Sobre a garganta *dela*.

Yulia estava deitada de costas sob mim, com os olhos azuis arregalados em choque. O rosto pálido estava sujo e arranhado, coberto de sangue e farelos de reboco, mas não havia dúvidas de que era ela.

— Lucas? — disse ela. Vi seu olhar subitamente virar para a direita.

Reagi de forma instintiva. Segurando Yulia com uma mão e a M16 com a outra, joguei-me para o lado e rolei o corpo, puxando-a comigo. Minhas costelas doeram muito, mas o tijolo que estava prestes a bater na minha cabeça caiu no chão. Fiquei de pé para enfrentar a nova ameaça... o jovem agente que eu vira no vídeo.

O garoto claramente tivera treinamento e era

rápido. Ao mirar minha arma na cabeça dele, o garoto se abaixou e simultaneamente chutou com a perna direita. Saltei para trás, fazendo com que ele errasse. Antes que ele pudesse se recompor, golpeei com a arma, atingindo seu peito com o cano.

O rosto dele ficou branco e seus joelhos cederam. Ele caiu no chão, lutando para respirar, e ergui a arma para matá-lo. Mas, antes que conseguisse mirar, vi um movimento ao meu lado.

Era Yulia saltando sobre mim, com os dentes arreganhados.

— Afaste-se! Não o machuque! — O grito dela beirava a histeria quando a peguei no ar e girei-a para segurá-la contra a parede. O pulso dela atingiu o lado do meu corpo, fazendo com que minhas costelas gritassem em agonia enquanto eu lutava para contê-la sem deixar cair a arma. Ela tentou pegar a arma, lutando para tirá-la de mim. Gemi de dor quando seu cotovelo atingiu novamente minhas costelas.

— Puta merda, Yulia, pare! — Eu não queria machucá-la, mas não podia deixar que pegasse aquela arma. Ela já atirara em mim uma vez. Não havia como saber o que faria com uma M16 totalmente carregada. Enquanto eu lutava com ela, vi pelo canto do olho uma sombra se mover no corredor.

Se fosse o outro agente entrando na luta, eu estaria fodido.

Preparando-me, virei e bati com o cotovelo nas costelas de Yulia. Foi um golpe cuidadosamente controlado, usei força suficiente para que ela ficasse sem ar. Em seguida, saltei para trás e virei-me para enfrentar o garoto, que ainda estava no chão, mas começava a se recuperar do meu golpe.

O garoto arregalou os olhos quando ergui a arma, apontando-a diretamente para ele. Pela primeira vez, consegui ver bem suas feições.

Feições que eram estranhamente familiares.

— Não!

Antes que eu tivesse a chance de processar o que via, Yulia jogou o corpo sobre mim com tanta força que cambaleei para trás antes de me recompor. O rosto dela estava contorcido com uma raiva aterrorizada ao lutar comigo para pegar a arma. Comecei a entender o que estava acontecendo.

— Misha! — gritou ela a plenos pulmões, seguido de uma palavra russa. Minha suspeita se cristalizou em certeza quando vi o garoto se levantar e correr para mim, com os dentes arreganhados de forma quase idêntica ao que Yulia exibia.

Filha da puta.

— Pare — rosnei, puxando com força a arma da mão de Yulia. — Não vou machucá-lo!

O garoto colidiu contra mim antes que eu terminasse de falar. Atingi-o na garganta, moderando a força do golpe para não esmagar a traqueia. Mesmo com o toque leve, ele caiu, engasgando e tendo que se esforçar para respirar. Eu ainda tinha que lidar com o ataque de Yulia.

Ela voou para cima de mim como uma criatura feroz, com dentes e garras, e os olhos arregalados de terror. Ela claramente não acreditou na minha promessa de não machucar o garoto. Eu não sabia o que ele era dela e Yulia lutava como uma ursa protegendo o filhote. Xingando, bloqueei a tentativa dela de me dar uma joelhada na virilha e abaixei-me para desviar de seu punho. Antes que ela conseguisse atacar novamente, agarrei-a e prendi seus braços nos lados do corpo, apertando-a com força. A M16 ainda estava na minha mão, mas não a usei. Só segurei Yulia contra mim, deixando-a se cansar com os movimentos desesperados.

Ela enfraqueceu mais depressa do que eu esperava, provavelmente por estar ferida. Em poucos minutos, ela ficou com o corpo mole nos meus braços, com a respiração rápida e trêmula. Senti seus músculos estremecerem de exaustão e, apesar da dor violenta nas minhas costelas, uma mistura familiar de desejo e ternura me invadiu, aquecendo meu peito e enrijecendo meu pênis.

Yulia.

Eu finalmente estava com minha Yulia.

Os seios dela eram macios contra meu peito, o corpo esguio e delicado em meu abraço. Ela cheirava a medo, suor e sangue, mas, sob tudo isso, havia o perfume leve de pêssegos, uma fragrância que eu associaria para sempre a Yulia. Respirei fundo, aproveitando o momento, mas logo lembrei-me da sombra que vira movendo-se mais cedo.

O outro agente, o atacante de Yulia, ainda estava à solta.

— Ele machucou você? — Minha voz transpareceu uma raiva crescente. — Aquele imbecil encostou em você?

O corpo inteiro de Yulia ficou rígido e ela começou a lutar novamente. — Solte-me. — As palavras dela saíram abafadas contra minha camiseta. — Solte-me, Lucas!

Apertei os braços em volta dela, ignorando a dor que isso me causou. — Responda.

Ela ficou quieta, respirando rapidamente, e vi que o garoto tentava se levantar. Cerrei o maxilar e virei Yulia para que a M16 ficasse apontada para ele, que congelou imediatamente. Tentei pensar no que fazer a seguir. Tudo em mim exigia que eu fosse para o corredor para capturar o agente que a atacara. Mas, se eu soltasse Yulia, ela me atacaria novamente. E eu não queria ter que machucá-la.

Além disso, havia o maldito garoto.

Enquanto eu avaliava meu dilema, percebi que não ouvia mais tiros... e que, na verdade, o silêncio se instaurara havia pelo menos dois minutos. Quando pensei nisso, ouvi passos correndo na escada e, um minuto depois, Eduardo entrou correndo na cela, pronto para abater os oponentes remanescentes.

— Espere — ordenei quando ele apontou a arma para o garoto. — Não atire nele.

Yulia começou a lutar novamente. Apertei-a com mais força e sussurrei em seu ouvido: — Acalme-se. Não vamos machucá-lo. Se eu o quisesse morto, ele já estaria morto.

Aquilo pareceu penetrar o cérebro dela. Ela parou de lutar e arrisquei afrouxar os braços em volta dela. Quando vi que ela ainda não me atacara, soltei-a e dei um passo atrás. No último momento, mudei de ideia e segurei o pulso dela com a mão esquerda, prendendo-a a mim.

Eu não arriscaria deixá-la fugir de mim nunca mais.

— Há mais um aqui embaixo em algum lugar — disse eu a Eduardo em tom duro. A ideia de que o atacante de Yulia estava à solta era intolerável. — Encontre-o e traga-o para mim.

Eduardo assentiu e desapareceu. Yulia me encarou, tremendo da cabeça aos pés. Ela parecia prestes a desmaiar ou sair correndo. — Você não... — A voz dela falhou. — Você não vai machucar Misha?

Olhei para o garoto, que, sabiamente, permanecera imóvel no chão. — Se aquele é Misha, então não. — Respirei fundo para me acalmar, tentando não me encolher com a dor nas costelas. — O que ele é seu?

Yulia arregalou os olhos. — Você não sabe? Mas você disse...

— Acho que é possível que eu tenha entendido errado — disse eu, mantendo a voz neutra. — Quem é ele? Seu primo?

Ela piscou algumas vezes. — Meu irmão.

Foi minha vez de ficar atônito. — Você disse que era filha única.

— Eu menti — disse ela. Em seguida, ela franziu a testa, confusa. — Mas você disse que sabia. Quando lhe pedi para não matá-lo, você disse que sabia. O que quis dizer? Por que você...

— Achei que ele era seu amante, ok? — A raiva, desta vez contra mim mesmo, surgiu na minha voz. — Por que você mentiu sobre ser filha única?

Yulia passou a língua sobre os lábios. — Porque eu não confiava em você.

Obviamente e, pelo jeito, com motivo. Forcei-me a respirar fundo de novo. Em um tom mais calmo, perguntei: — Está ferida? Aquele filho da puta machucou você?

Ela enrijeceu o corpo novamente. — Como você...

— Invadi a rede de vídeos deste lugar — respondi. Soltando o pulso dela, ergui a mão para correr os dedos de leve sobre o inchaço no lado esquerdo de seu rosto. — Ele fez isso com você? — perguntei, tentando reprimir a fúria. — Ele bateu em você?

— Ele... — Yulia engoliu em seco. — Eu lutei e ele me bateu. Depois você... — Ela parou. — Como você encontrou este lugar?

Estreitei os olhos, recusando-me a ser distraído. — Ele estuprou você?

— Ele tentou, mas não. — Ela abaixou o olhar. — Não desta vez.

— Desta vez? — Eu quase explodi ali mesmo. — Ele machucou você antes?

Ela olhou para mim, parecendo espantada. — Eu lhe contei sobre isso. Não se lembra?

— Aquele era...

— Kirill, sim. — Ela estreitou os lábios inchados. —

Eles mentiram para mim sobre ele. Ele estava vivo. Vivo e treinando Misha... — Ela olhou para o garoto, que ficara em silêncio absoluto durante nossa conversa. Eu não sabia se ele entendia inglês, mas, a julgar pelo olhar atordoado em seu rosto, devia ter entendido pelo menos parte dela.

Vi que Yulia estava prestes a começar a falar com ele e segurei seu queixo firmemente para que prestasse atenção em mim. — Vamos pegá-lo — prometi em tom sombrio. — Ele não vai escapar desta vez.

Para minha surpresa, a boca de Yulia se curvou em um sorriso pequeno quando abaixei a mão. — Está tudo bem. Eu cuidei dele.

— O quê?

— Ele está morto... ou, se ainda não estiver, estará em breve. — O sorriso de Yulia aumentou. — Ele está na minha cela. Quer dizer, o corpo dele deve estar lá.

Eu estava prestes a dizer a ela que me levasse até lá quando Eduardo entrou na cela. — Ele se foi — disse o guarda com desgosto evidente. — O idiota conseguiu chegar a um dos SUVs no quintal de trás e fugiu. Deve haver outra saída aqui embaixo. Ele sangrou pelo caminho todo até o carro, portanto, está bem ferido. Talvez morra de tanto sangrar.

Yulia franziu as sobrancelhas. — De quem você...

— Ele está falando sobre Kirill. — Lutei para manter a voz neutra. — Vi uma sombra se mover no corredor mais cedo, quando você e Misha estavam tentando esmagar minha cabeça. Ele não devia estar tão ferido como você achava, caso contrário...

— Atirei no pênis e nas bolas dele. — A declaração breve de Yulia fez com que eu e todos os outros homens na sala se encolhessem instintivamente. — E ainda atirei no lado do corpo dele — disse ela. Antes que alguém pudesse responder, ela correu porta afora e correu pelo corredor até a cela dela.

— Fique de olho nele — disse eu a Eduardo, acenando com a cabeça para o irmão de Yulia. Em seguida, fui atrás dela, determinado a nunca mais deixar que ficasse longe de minhas vistas.

 ulia

LUCAS ESTAVA ALI. ELE PROMETERA NÃO MACHUCAR MEU irmão. Kirill talvez tivesse escapado.

Eu não conseguia processar nada naquilo e parei de tentar. Ao entrar na cela onde Kirill me atacara, vi imediatamente que Eduardo tinha razão.

Kirill se fora.

Havia sangue por toda parte. Virei-me para seguir o rastro que levava para fora da cela, mas Lucas já estava lá, parado na porta como uma montanha humana. O maxilar duro tinha a sombra da barba por fazer e os olhos tinham a cor de um lago congelado. Com a roupa parecida com a da SWAT e a metralhadora, ele parecia um soldado sem misericórdia nenhuma.

Eu queria fugir dele e, ao mesmo tempo, pular em seus braços.

Não fiz nenhum dos dois. Em vez disso, falei: — Ele se foi. — Eu sabia que dizia o óbvio, mas todas as formas de pensamento superiores pareciam estar fora do meu alcance no momento. Minha cabeça latejava de dor e meus joelhos pareciam prestes a ceder a qualquer instante. A adrenalina que me sustentara durante a luta com Lucas desaparecera, deixando-me trêmula.

Kirill quase me estuprara novamente. Lucas me salvara. Lucas achara que Misha era meu amante.

Balancei a cabeça, com uma risada histérica escapando da garganta.

— Yulia... — Lucas estendeu a mão para mim, franzindo a testa, e minha risada aumentou. Eu não conseguia parar de rir, nem quando ele me puxou para me abraçar, com a M16 enterrando-se nas minhas costas, nem quando me balançou contra o próprio corpo, sussurrando no meu ouvido. Ele prometeu que encontraria Kirill para mim, que garantiria que o filho da puta sofreria, mas eu não escutei. Minha mente parecia uma bola de pingue-pongue, saltando de um fato insano para outro.

Lucas estava na Ucrânia. Meu irmão estava ali comigo. Lucas não pretendia matá-lo... apesar de pretender quando achara que Misha era meu amante.

Minha risada histérica se transformou em soluços igualmente histéricos. Eu sabia que era ridículo, mas não conseguia parar. Toda a dor e o estresse das horas anteriores se reuniram em uma bola na minha garganta e, não importava o quanto de ar inalasse, eu não parava de sentir que estava sufocando.

Misha poderia ter sido morto. Ele ainda poderia ser morto se Lucas mudasse de ideia. Eu queria implorar novamente pela vida do meu irmão, mas só consegui emitir um som estrangulado que se transformou em outro soluço.

— Shh, querida, vai ficar tudo bem... — A voz de Lucas era um murmurar suave no meu ouvido. — Vou proteger você dele, prometo.

Inclinando-se, ele me pegou no colo, embalando-me contra o peito. Passei os braços em volta do pescoço dele, encostando o rosto em sua garganta. Quase instantaneamente, senti-me mais calma e meus soluços diminuíram quando ele me carregou pelo corredor.

No entanto, quando passamos pela cela onde eu deixara meu irmão, vi que estava vazia e a sensação de sufocamento voltou. — Onde ele está? — Minha voz saiu aguda demais e empurrei os ombros de Lucas. — Onde está Misha?

— Suponho que Eduardo o levou para o andar de cima, que é para onde vou levar você agora — respondeu Lucas, pressionando-me com mais força contra o corpo. — Não se preocupe, querida. Ele vai ficar bem, e você também.

As palavras dele me reconfortaram um pouco. Eu ainda não confiava em Lucas, mas não sabia o que ele teria a ganhar mentindo para mim naquele caso. Como ele dissera, se quisesse Misha morto, já o teria matado.

— O que você vai fazer com ele? — Minha voz estava um pouco mais calma quando afastei a cabeça para olhar para meu carrasco. — Quer dizer, conosco.

— Você virá comigo e seu irmão também. — Os olhos de Lucas brilharam quando ele subiu os degraus de dois em dois. — Agora relaxe, resolveremos o resto em breve.

E, antes que eu pudesse perguntar mais alguma coisa, ele saiu para as ruínas do primeiro andar da casa.

AS HORAS SEGUINTES VIRARAM UM BORRÃO NA MINHA mente. Lembro-me de ter visto o corpo ensanguentado de Obenko quando Lucas me carregou para fora dos destroços, mas eu devia ter desmaiado logo depois, pois não me lembrava do percurso até o aeroporto nem do avião decolando. Minha última lembrança vaga era de meu irmão sentado no carro ao meu lado, com os olhos vermelhos e inchados, e as mãos algemadas às costas.

Algumas vezes, durante o voo, Diego me sacudiu para me acordar, fazendo-me dizer meu nome e quantos dedos ele mostrava. Na primeira vez em que isso aconteceu, perguntei sobre o meu irmão. Diego apontou para um amontoado sob um cobertor no sofá do outro lado da cabine.

— Demos a ele um sedativo para que parasse de

lutar contra nós — explicou o guarda. — Seu irmão não aceitou muito bem a morte dos outros agentes.

Tentei me levantar para verificar se Misha estava bem, mas meu corpo inteiro gritou em protesto, começando com o crânio. Caí de volta na poltrona com um gemido de dor, lutando contra uma onda de náusea.

— Não tente se mover — disse Diego, afivelando meu cinto de segurança. — Lucas acha que você sofreu uma concussão. Disse para eu ficar de olho em você enquanto pilota o avião.

— Mas Misha...

— Ele está bem. — Diego deu alguns passos e cutucou o ombro de Misha. Meu irmão emitiu um som incoerente e o guarda disse: — Viu? Ele está dormindo. Agora relaxe. Já estamos sobre o Atlântico e chegaremos em casa logo.

— Casa? — Tentei pensar, apesar da dor latejante nas têmporas.

— Nosso complexo. — O jovem mexicano sorriu. — O vento está a nosso favor, portanto, pousaremos muito em breve.

Eu queria argumentar que o complexo de Esguerra não era *minha* casa, mas a dor na cabeça aumentou e mergulhei na inconsciência novamente.

— ... VÁRIOS ARRANHÕES NAS COSTAS, NO ROSTO E NO abdômen. E sim, uma concussão leve. Vou dar a ela alguns remédios para dor para que possa descansar confortavelmente. Não é preciso acordá-la, não é um ferimento tão grave na cabeça. O corpo dela acabou de passar por um trauma e precisa se curar. Quanto mais ela dormir, melhor. Sugiro que também vá com calma. Você não está ajudando em nada suas costelas com toda essa atividade.

A voz era familiar. Abrindo ligeiramente as pálpebras, vi Lucas parado ao lado de um homem baixo e careca, o médico que me inspecionara quando eu fora levada para o complexo na primeira vez. Qual era o nome dele? Reprimindo um gemido, virei a cabeça para olhar em volta e percebi que estava no quarto de Lucas, deitada na cama confortável dele.

Eu também estava limpa e nua sob o cobertor. Lucas devia ter tirado minha roupa e lavado-me enquanto eu estava desmaiada.

— Onde está Misha? — As palavras saíram em um murmúrio mal audível. Limpando a garganta, tentei de novo: — Onde está meu irmão? — A julgar pelas cortinas fechadas e as luzes do quarto acesas, já era noite.

Lucas e o médico se viraram para olhar para mim. A boca de Lucas era uma linha dura, mas, no momento em que tentei me sentar, ele atravessou o quarto em poucos passos largos e sentou-se na beirada da cama. — Você precisa descansar. — O tom dele era ríspido, mas o toque foi gentil ao me empurrar de volta para a posição deitada. — Não se mexa.

Ele começou a se levantar e segurei sua mão, desesperada. — Preciso ver Misha.

Lucas hesitou por um momento e, em seguida, disse em tom rabugento: — Está bem. Vou pedir que o tragam aqui. Mas você vai descansar, entendeu?

Apertei a mão dele um pouco mais. — Onde você o está mantendo? — Agora que não estávamos em perigo imediato, um novo medo me invadiu. Meu irmão estava ali, no complexo de Esguerra, nas mãos de homens que poderiam acabar com a vida dele com tanta facilidade quanto esmagariam um inseto. Se eu não tivesse impedido Lucas naquele porão, ele provavelmente teria matado Misha... como matara Obenko e os outros agentes.

Meu carrasco era generoso e eu não podia me esquecer disso.

— Misha, ou Michael, como ele nos disse que prefere ser chamado, está no alojamento dos guardas — disse Lucas, com o músculo do maxilar contraindo-se. Ele parecia furioso com alguma coisa, mas eu não sabia o que era. — Diego e Eduardo estão de olho nele. Agora, se me der licença, vou telefonar para Diego para que traga seu irmão aqui.

Soltei a mão de Lucas e ele se levantou. — Dê a ela o remédio para dor — instruiu ele ao médico. — Voltarei em um minuto.

O homem assentiu e Lucas saiu depois de me lançar um último olhar duro. Mesmo com a dor nas têmporas, entendi o aviso silencioso dele:

Comporte-se, se não...

Se ele tivesse me perguntado, eu teria dito que aquele cuidado era desnecessário. Não só eu me sentia como se tivesse sido atropelada por um caminhão, como Lucas estava com meu irmão. Mesmo se eu quisesse fugir, não iria a lugar algum sem Misha... o que provavelmente fora o motivo para Lucas levá-lo para lá, percebi com um tremor.

— Aqui está — disse o médico, estendendo a mão na minha direção. Aceitei automaticamente as duas pílulas que ele me deu.

— Obrigada, dr. Goldberg — disse eu, finalmente lembrando-me do nome dele.

O homem me deu um sorriso gentil e ajudou-me a sentar, colocando dois travesseiros nas minhas costas enquanto eu segurava o cobertor contra o peito. Ele também me deu uma garrafa de água, que usei para engolir as pílulas. Não adiantava resistir. As pílulas poderiam enevoar minha mente, mas a dor de cabeça já fazia isso. Mesmo depois de dormir durante a viagem inteira, eu me sentia exausta e com o corpo inteiro dolorido.

— Você deveria descansar — disse o dr. Goldberg. Em seguida, ele se virou para arrumar a maleta. Apertei o cobertor um pouco mais contra o peito nu, prendendo-o no lugar com os braços.

Como que obedecendo às instruções dele, minhas pálpebras ficaram cada vez mais pesadas e meus pensamentos começaram a divagar enquanto o médico ficava parado, cantando baixinho. Eu estava quase dormindo quando me lembrei de algo que ele dissera mais cedo.

— Lucas está machucado? — Sentei-me um pouco mais reta e o sono desapareceu sob uma onda de preocupação. — Você mencionou as costelas dele.

O dr. Goldberg se virou, arqueando as sobrancelhas surpreso. — Ah, isso. Sim, costelas quebradas demoram para curar. Ele deveria se abster de atividades físicas, não correr por aí como Rambo.

Franzi a teta. — Quando ele quebrou as costelas? — Pela forma como o médico falava, parecia ser um ferimento antigo.

O dr. Goldberg me olhou de forma estranha. — Você não sabe? — Em seguida, o rosto dele suavizou e ele balançou a cabeça. — É claro que não sabe, o que estou pensando?

— Aconteceu alguma coisa aqui?

Ele hesitou e disse: — Acho que é melhor se Kent lhe contar.

— Contar o que a ela? — perguntou Lucas, entrando no quarto. Vi meu irmão entrar atrás dele, com as mãos algemadas em frente ao corpo.

— Misha! — Quase saltei da cama, esquecendo dos ferimentos, mas, no último momento, lembrei-me de que estava nua sob o cobertor. Corando, apertei os braços nos lados do corpo e abri um sorriso para o meu irmão. — Como você está? — perguntei em russo. — Está tudo bem?

Misha olhou para mim e vi que seu pescoço ficou

vermelho quando ele olhou para Lucas e depois para o dr. Goldberg.

Virei-me para meu carrasco. — Lucas, seria possível...

— Você tem cinco minutos — rosnou ele, saindo do quarto. O médico o seguiu para fora, fechando a porta atrás de si. Vi-me sozinha com o meu irmão pela primeira vez em onze anos.

 ucas

No momento em que a porta do quarto se fechou, virei-me para Goldberg e disse: — Prepare os rastreadores. Quero que sejam implantados antes que você vá embora.

O médico piscou algumas vezes. — Hoje à noite? Mas...

— Ela já está tomando remédios para dor e, machucada como está, nem sentirá o desconforto. — Cruzei os braços sobre o peito. — Você pode usar um anestésico local para que ela não sinta dor ao colocá-los. — Fiz uma pausa, franzindo a testa para Goldberg. — A não ser que ache que isso impedirá a recuperação dela.

— Não, mas... — Ele me olhou desconfiado. — Não acha que ela já passou por muita coisa?

— Como?

Goldberg suspirou e disse: — Deixe para lá. Percebi que você está decidido. Vou me preparar para o procedimento.

Ele foi até o sofá e sentou-se, abrindo a maleta médica para tirar uma seringa com uma agulha grossa e os implantes esterilizados que eu lhe dera mais cedo. Os rastreadores eram minúsculos, do tamanho de um grão de arroz, mas capazes de transmitir um sinal de qualquer lugar do planeta. Eu o observei por alguns momentos. Depois, andei até a janela e olhei para fora, sem ver nada, tentando conter a fúria que me devorava.

Kirill escapara.

Ele machucara Yulia e depois escapara. Eu não sabia como ele conseguira — se Yulia estivesse certa sobre os danos que causara, ele deveria estar à beira da morte —, mas o filho da puta fugira no SUV. Não pudéramos persegui-lo sem alertar as autoridades sobre nossa presença no país. Considerando todas as explosões e os disparos, seria apenas uma questão de tempo até que estivéssemos encrencados. Nossa melhor opção fora sair do país o mais depressa possível.

Obviamente, só fizemos aquilo porque Yulia estava ferida e eu queria levá-la para casa assim que possível. Caso contrário, teria perseguido o imbecil, preocupando-me mais tarde com a saída do país.

Ao pensar naquilo, em Yulia estar machucada e quase ter sido estuprada, uma nova onda de raiva surgiu dentro de mim. Eu não sabia com quem estava mais furioso: com Yulia por mentir sobre ser filha única e fugir, ou comigo por não ter pesquisado adequadamente antes de chegar a conclusões.

Misha era irmão dela, não amante.

O irmão adolescente dela.

Durante o voo, eu tivera tempo de pensar sobre tudo e, em retrospectiva, era óbvio que o ciúme tinha me deixado cego para a verdade. A ideia de Yulia estar apaixonada por outro homem fora tão intolerável que eu me recusara a ouvir suas súplicas.

Minha obsessão por ela quase a matara.

— Lucas? — A voz de Goldberg interrompeu meus pensamentos. Quando me virei para olhar para ele, o médico disse com cautela: — Acho que os cinco minutos deles terminaram. Se quer que eu faça o procedimento, estou pronto.

— Está bem. — Forcei minha voz a soar neutra. — Vamos.

Com ou sem desentendimentos, Yulia nunca mais escaparia de mim.

ulia

No segundo em que a porta se fechou atrás do médico, cheguei mais perto da beirada da cama, cuidando para que o cobertor cobrisse meu peito. Minha cabeça latejou com o movimento, mas eu disse: — Mishen'ka...

— É Mikhail, ou Michael, já que você gosta tanto do inglês — retrucou meu irmão. As sobrancelhas claras se franziram ferozmente. — Não sou uma criança.

— Não, posso ver que não. — Ignorando o latejar nas têmporas, estudei as feições dele, notando as mudanças causadas pela adolescência. Aos quatorze anos, ele já começara a transição para a idade adulta, com o rosto mais fino e mais duro do que eu me lembrava de ter visto nas fotografias de poucos meses antes.

Reprimindo uma vontade irracional de chorar, comecei de novo. — Michael... — A versão formal norte-americana do nome dele parecia estranha. — Quero conversar com você sobre... bem, sobre tudo.

Ele ficou parado, parecendo tenso e com raiva, e continuei. — Lamento sobre Obenko... quer dizer, seu tio. Eu sei que ele significava muito para você. E Mateyenko... Eles eram bons agentes. Eles realmente se importavam com o país e sei que Obenko se importava com você... — Percebi que divagava. Respirei fundo e disse: — Escute, sei que o homem que nos tem parece assustador, mas prometo, vou fazer tudo que estiver ao meu alcance para proteger você. Lucas disse que não ia machucar você e eu...

— Ele é seu amante? — O rosto de Misha ficou vermelho ao fazer a pergunta, mas ele não afastou o olhar acusador.

Senti meu rosto ficar vermelho. Aquela não era uma conversa que eu queria ter com meu irmão mais novo. — Ele é... é complicado. Mas você não precisa se preocupar com isso. Vou garantir que você esteja seguro, ok?

— É, como você garantiu que tio Vasya estava seguro. — O tom de Misha foi duro, mas senti o medo e o pesar sob ele. O treinamento que ele recebera nos dois anos anteriores não o teriam preparado para aquilo. Meu irmão talvez soubesse lutar e disparar uma arma, mas eu duvidava que ele tivesse visto a morte de perto antes do dia anterior.

Aquela parte só surgia mais tarde no programa.

— Michael... — mordi o lábio, pensando em como melhor abordar as mentiras de Obenko. — Sei que seu tio lhe contou algumas coisas sobre mim e...

— Você também vai acusá-lo de ser um mentiroso? Não chega ele estar morto por sua causa? — O rosto de Misha ficou tenso e seus olhos brilharam. — Aqueles assassinos foram atrás de *você*. Isso tudo aconteceu por sua causa.

— Não, Misha... Michael, isso não é verdade. — Meu coração ficou apertado ao ver a dor dele. — Escapei para que pudesse avisar Obenko sobre... — Eu me interrompi, percebendo que estava prestes a deixar meu irmão mais assustado ainda. Em um tom mais calmo, eu disse: — Olhe, sei como deve parecer para você, mas juro que tive a melhor das intenções. Tudo o que fiz desde que deixei o orfanato foi para que...

— Ora, por favor. — Misha deu um passo na minha direção, com as mãos algemadas em frente ao corpo. — Você me deixou lá para apodrecer. Um dia, prometeu que sempre estaria ao meu lado. No dia seguinte, tinha ido embora.

Chocada, abri a boca, mas ele não me deu a chance de responder. — Acha que não me lembro? — A voz dele ficou mais alta quando ele deu outro passo na minha direção. — Bem, eu me lembro. Eu me lembro de tudo. Você mentiu para mim. Disse que sempre ficaríamos juntos e foi embora!

— Já chega. — A voz de Lucas deixou nós dois imóveis quando a porta se abriu e ele entrou. Atrás dele, entrou o dr. Goldberg, que usava luvas de látex e carregava uma bandeja cirúrgica com seringas e agulhas de vários tamanhos.

Meu coração deu um salto e começou a bater freneticamente. — O que é isso? — Não consegui esconder o pânico ao olhar para Lucas. — Você disse...

— São os rastreadores sobre os quais falei com você — disse Lucas, atravessando o quarto. Parando em frente à cama, ele olhou para o meu irmão, cujo olhar aterrorizado estava fixo na bandeja. — Ela ficará bem — disse Lucas, segurando o braço de Misha e arrastando-o para longe da cama.

— Não, espere. — Comecei a suar frio quando o dr. Goldberg pegou uma seringa pequena e andou na minha direção. Eu não estava pronta para aquela batalha. — Lucas, por favor, eles não são necessários — implorei enquanto ele arrastava meu irmão para o outro lado do quarto, ignorando as tentativas de Misha de se jogar no chão e chutar seus joelhos. — Não vou fugir, prometo. Farei qualquer coisa que você quiser...

Lucas parou na porta e puxou Misha para segurá-lo pelo pescoço. O músculo do antebraço dele era mais grosso que o pescoço de Misha. — Eu sei — disse ele, com o olhar gelado. — Você vai. E, agora, quero que seja uma boa garota e deixe o médico aplicar um anestésico local para facilitar a inserção.

— Mas...

O rosto de Misha ficou roxo quando Lucas apertou

o braço e assenti rapidamente, com os olhos queimando com as lágrimas. — Está bem, sim. Vou deixar. Mas solte-o.

— Vou soltá-lo... quando os implantes estiverem instalados. — Soltando o pescoço de Misha, Lucas segurou a camiseta dele e arrastou-o para fora do quarto, fechando a porta atrás de si.

— Lamento — disse o médico, inclinando-se sobre mim. Os olhos castanhos estavam cheios de empatia. — Sei que não é fácil para você. Se puder, por favor, deitar-se de bruços...

Meus machucados doeram quando obedeci, estendendo os braços e as pernas, e virando-me de bruços. O médico puxou o cobertor e senti uma picada entre os ombros quando a agulha entrou na pele. Logo em seguida, senti outra picada na nuca e no braço. Minha pele ficou amortecida e fechei os olhos, com as lágrimas molhando os lençóis sob meu rosto.

Meu carrasco estava sendo mais cruel do que nunca e, desta vez, não havia como escapar.

 *ucas*

— O QUE VOCÊ QUER DE NÓS? — PERGUNTOU O GAROTO em inglês, esfregando a garganta com as mãos algemadas. O olhar dele passeou entre eu e a porta do quarto. Eu sabia que ele estava tentando decidir se deveria me atacar para salvar a irmã. — Você vai nos matar?

O inglês dele era bom, quase tão bom quanto o de Yulia, o que fazia sentido. A UUR devia tê-lo ensinado desde cedo.

— Não, Michael — disse eu. — Não se sua irmã fizer o que for pedido. — Eu não o mataria, e certamente não mataria Yulia, mas era melhor se o garoto não soubesse disso ainda. Ele podia ser jovem, mas era forte e habilidoso para a idade que tinha.

Eu precisaria de alguma vantagem para mantê-lo na linha.

Obviamente, o garoto ergueu o queixo em atitude beligerante. — Se não vai nos matar, por que nos trouxe para cá? Não vou trair o meu país, portanto, se acha que vai me fazer falar...

— Duvido que um treinando saiba de alguma coisa que valha a pena, portanto, relaxe. A tortura não está na programação de hoje.

Ele me olhou friamente e percebi que pesava as chances de me vencer em uma luta.

— Eu não faria isso se fosse você. — Dei um passo para a direita para ficar entre ele e a porta do quarto. — Prometi a Yulia que não machucaria você, mas, se continuar me atacando... — Deixei a ameaça no ar, mas o garoto ficou pálido e deu um passo atrás.

Satisfeito, acenei na direção do sofá. — Sente-se. Você pode assistir à TV até que Diego volte.

O garoto não se moveu. — Por que está fazendo isso com Yulia? O que você quer dela?

— Não é da sua conta. — Minhas palavras saíram mais duras do que eu desejara. Eu ouvira os dois irmãos conversando quando entrara no quarto e, apesar de não entender russo, ficara óbvio para mim que Michael acusara a irmã de alguma coisa. Ela parecera magoada, abalada pelo que o garoto lhe dissera. Eu quase mudara de ideia sobre forçá-la a colocar os implantes naquele dia.

Quase, mas não.

A necessidade de prender Yulia, de acorrentá-la a mim, era uma compulsão que eu não podia combater. Não a ter comigo nas semanas anteriores tinha sido a pior forma de tortura e eu não passaria por isso nunca mais. Esguerra certamente tivera a ideia certa ao usar os implantes na esposa. Os rastreadores me manteriam informado sobre o paradeiro de Yulia o tempo inteiro. Com os dispositivos instalados no pescoço e nas costas dela, apenas um cirurgião altamente qualificado conseguiria removê-los com segurança.

— Ela é minha irmã — retrucou o garoto, com os olhos azuis, muito parecidos com os de Yulia, queimando de fúria. — Se você a machucar...

— Você não poderá fazer nada a respeito — disse eu, achando melhor deixar aquilo bem claro. — O único motivo de você estar vivo e bem é porque eu o estou mantendo assim. Muitas pessoas neste complexo morreram por causa de sua agência e meu chefe quase morreu. Entendeu?

O garoto olhou para mim por alguns momentos. Em seguida, andou até o sofá e sentou-se, com os ombros tensos.

Ele parecia ter entendido.

Se alguma coisa acontecesse comigo, ele e Yulia estariam condenados.

Achei que deveria me sentir mal por assustar o garoto, mas ele precisava conhecer a realidade da situação. Até o momento, ele só dera problemas. Ele atacara Eduardo no avião, chutando a virilha dele. E, quando Diego o deixara na minha casa, o guarda me dissera que o garoto tentara pegar a arma dele no carro durante o percurso.

Para a própria segurança, o irmão de Yulia precisava aceitar as novas circunstâncias.

— Escute, Michael... — Aproximei-me do sofá e peguei o controle remoto. — Não tenho intenção alguma de machucar Yulia... nem você. Mas você precisa cooperar e parar de lutar contra nós.

O garoto me olhou furioso. — Vá se foder.

Eu provavelmente deveria castigá-lo pelo linguajar, mas fizera pior na idade dele. — O que quer assistir? — perguntei, acenando com o controle remoto para a TV.

Ele não respondeu por alguns instantes. Em seguida, disse com voz baixa: — Você matou meu tio.

Virei-me para ele surpreso. — Seu tio?

— Sim. — O garoto ficou de pé, com os punhos cerrados. — Lembra? O homem em cuja cabeça você atirou ontem?

Franzi a testa. A história era mais complicada do que eu pensara. — Ele era um dos agentes naquele local?

— Vá se foder. — O garoto se sentou novamente no sofá e olhou diretamente à frente. — Quero que você morra.

— Então será *Modern Family* — disse eu, ligando a TV e selecionando o programa de comédia popular. — Diego chegará a qualquer minuto, mas, por enquanto, acho que é isso.

O programa começou e fui até a porta do quarto.

Encostei na parede, ficando de olho no garoto enquanto ouvia os sons do quarto. Tudo estava quieto lá dentro e, alguns minutos depois, Diego apareceu.

— Fique de olho nele — disse eu ao guarda, baixando a voz até que fosse um sussurro. — Parece que matamos alguém da família dele. Preciso falar com Yulia para entender, mas, por enquanto, fique de olho nele. O garoto quer sangue.

Diego assentiu e seu rosto ficou sombrio. Percebi que ele entendera.

Não havia motivação maior do que vingança.

Levei-os até a porta, garantindo que o garoto não tentasse nada no caminho. Em seguida, voltei ao quarto, onde Goldberg já arrumava a maleta.

Yulia estava deitada de bruços, tensa e em silêncio, com curativos quadrados marcando os pontos dos rastreadores. O cobertor estava dobrado até a cintura dela, expondo as costas esguias e a linha elegante da espinha. O rosto dela estava virado para o outro lado e os cabelos espalhados em uma nuvem dourada sobre o lençol. Meu coração ficou apertado quando vi os arranhões e os machucados na pele macia.

No fim das contas, talvez tivesse sido melhor esperar para implantar os rastreadores.

Não. Afastando a dúvida incomum, olhei para o médico. — Deu tudo certo? — perguntei. Goldberg assentiu, pegando a maleta.

— Deu tudo certo — disse ele, andando até a porta. — O sangramento deverá parar em cerca de uma hora. Depois disso, se quiser, você poderá substituir os curativos por *band-aids*. Se mantiver os pontos de inserção limpos, não haverá cicatriz.

— Excelente, obrigado. — Aproximei-me da cama e sentei, esperando que o médico saísse. Assim que ouvi a porta da frente se fechar, estendi o braço e corri os dedos pelas costas nuas de Yulia, evitando as áreas machucadas. A pele dela era macia e estava fria. Senti quando ela estremeceu sob meu toque. Instantaneamente, meu desejo por ela despertou com uma fúria selvagem.

Xingando baixinho, tirei a mão, fechando-a para me impedir de tocá-la novamente. Eu não podia possuí-la ainda. Ela estava traumatizada e ferida, fraca demais para lidar com os meus desejos.

Eu precisava deixar que ela ficasse curada.

Para minha surpresa, Yulia rolou até ficar deitada de costas e estendeu os braços sobre a cabeça... um movimento que atraiu meu olhar para os seios redondos. — Não vai trepar comigo? — murmurou ela. Vi que seus mamilos ficaram rígidos como se ela estivesse excitada.

Meu pênis ficou rígido como uma pedra dentro da calça. Eu sabia que os mamilos dela provavelmente reagiam ao ar frio do ar-condicionado, mas ainda fiquei com a boca cheia d'água com a vontade de chupá-los, de lamber a pele pálida em volta das auréolas rosadas e de enterrar os dentes na parte macia sob os seios dela. Somente as marcas roxas no rosto e no abdômen dela me impediram de possuí-la naquele momento.

Com esforço, afastei o olhar dos seios dela. — Não — respondi com voz rouca. Eu sabia que deveria me levantar, afastar-me da tentação, mas não consegui me mexer. Eu a queria e não apenas para sexo. O desejo que me consumia emanava do fundo do meu ser. Só estivéramos separados por duas semanas, mas que pareceram anos. — Não vou encostar em você hoje.

Os lábios de Yulia se contraíram e os olhos brilharam de forma nada natural. Percebi rastros molhados em seu rosto. — Não? Não sou mais bonita o suficiente para você? — Havia uma provocação sombria na voz dela e percebi que me punia pelos rastreadores, que era a forma dela de obter controle.

Mesmo sabendo disso, mordi a isca dela. — Você é maravilhosa e sabe disso — respondi em tom duro. Se atormentar-me daquele jeito fazia com que Yulia se sentisse melhor, eu permitiria... nem que fosse para aliviar a culpa desconfortável que a visão de suas lágrimas criou.

Eu deveria ter esperado, maldição.

— Então vá em frente, trepe comigo — disse Yulia, jogando o cobertor longe. Ela estava nua, pois eu a despira e dera-lhe um banho quando chegáramos uma hora antes, e meu corpo ficou tenso ao ver o abdômen magro e as pernas esguias que pareciam não ter fim. E, entre aquelas pernas maravilhosas... O calor me invadiu, minha respiração ficou mais rápida e pesada enquanto eu olhava para as dobras brilhantes entre as coxas dela.

— Não vou encostar em você — repeti, mas, até

mesmo para os meus ouvidos, as palavras não tinham convicção alguma. Ela estivera inconsciente quando eu lhe dera banho e até mesmo aquele ato simples me deixara dolorosamente excitado.

Yulia totalmente acordada e provocando-me com o corpo era como um rato indefeso desfilando na frente de um gato faminto.

— Por que não? — Ela arqueou as costas, movendo os seios para cima em uma posição de estrela pornográfica. Reprimi um gemido torturado quando seus mamilos atraíram novamente minha atenção. — Não foi por isso que você foi atrás de mim? Para que pudesse trepar comigo?

Ela tinha razão, exceto que trepar era apenas uma parte. Eu queria o que tínhamos antes e muito mais.

Eu a queria inteira.

Considerando o desejo intenso que eu sentia, subi na cama e fiquei de quatro sobre ela, prendendo-a com meu corpo, mas sem encostar nela. Ela arregalou os olhos e percebi um toque de medo em seu olhar.

Ela não esperava que eu aceitasse a oferta.

Um sorriso sombrio se formou nos meus lábios. Abaixando-me, sussurrei em seu ouvido: — Sim, linda. Eu a trouxe aqui para trepar com você... e vou fazer isso. Em breve. Por enquanto, vamos fazer algo diferente.

Um tremor a percorreu quando meu hálito aqueceu seu pescoço. Ela soltou um gemido baixo quando beijei o ponto sensível sob sua orelha e mordi o lóbulo delicado. Os cabelos dela fizeram cócegas no meu rosto e o perfume de pêssegos encheu minhas narinas, fazendo-me queimar com a necessidade de possuí-la, de abrir a calça e penetrar o calor quente e macio.

A vontade foi quase insuportável, mas forcei-me a mover para baixo no corpo dela, ignorando o latejar insistente do meu pênis. Lambi o pescoço dela, beijei o colo e chupei cada mamilo ereto antes de sentir o gosto do abdômen trêmulo. Quando meu rosto estava paralelo ao V entre suas coxas, baixei a cabeça e respirei fundo, sentindo o cheiro feminino quente. Yulia ficou tensa, apertando as coxas para restringir meu acesso ao seu sexo. Com um toque gentil e firme, segurei a parte interna das coxas, abrindo suas pernas.

— Relaxe, não vou machucar você — murmurei, olhando para ela. Os olhos azuis estavam arregalados e incertos. A encenação de atriz pornô sumira sem deixar rastros. Senti a crescente ansiedade dela e a imagem de Kirill atacando-a surgiu na minha mente, resfriando ligeiramente meu desejo.

Apesar de toda a coragem que demonstrara, minha bela espiã não estava nem perto de pronta para fazer aquele tipo de jogo.

Mantendo o olhar no rosto dela, pressionei a boca na boceta, sentindo o gosto da carne molhada. Yulia estremeceu, fechando as mãos finas nos lados do corpo. Mordi de leve as dobras macias em volta do clitóris, provocando e lambendo a área sensível antes de correr a língua ao longo da fenda. Ela gemeu, fechando os olhos, e senti sua excitação crescente quando os músculos internos se contraíram sob minha língua.

— Sim, querida, isso mesmo... — Inalei o perfume intoxicante dela novamente. Em seguida, fechei os lábios em volta do clitóris e passei a língua na parte debaixo dele antes de chupá-lo com movimentos fortes. Ela gritou, erguendo os quadris, e senti a tensão dela aumentar. Meu próprio corpo respondeu com uma nova onda de sangue para o pênis e os testículos se contraíram quando senti as contrações dela começarem.

Lambi-a até que ela estivesse ofegante e imóvel depois do orgasmo e, finalmente, cedi à minha necessidade. Ficando de joelhos, abri a calça e fechei a mão em volta do pênis rígido.

Com alguns movimentos da mão, eu também gozei, espalhando meu sêmen sobre o abdômen e os seios pálidos dela. Não foi um orgasmo particularmente satisfatório, pois eu preferiria estar dentro dela, mas a visão do sêmen sobre o corpo dela foi erótica de forma interessante.

Em um nível primitivo, isso a marcava como minha propriedade.

Yulia não se mexeu nem disse nada quando saí da cama e fui para o banheiro. Ela só me observou, com os olhos semicerrados. Quando voltei com uma toalha úmida quente um minuto depois, ela permaneceu em silêncio, com expressão inescrutável, enquanto eu a limpava.

Quando terminei, tirei a roupa e deitei na cama ao

lado dela. Com cuidado, puxei-a contra mim, tentando não fazer pressão sobre seus ferimentos quando curvei meu corpo em volta do dela por trás. Minhas costelas doíam, mas ignorei a dor. Era gostoso demais tê-la nos meus braços, abraçá-la e saber que era minha.

Yulia ficou rígida no começo, mas, depois de alguns momentos, senti a tensão em seus músculos lentamente desaparecer. Em mais um minuto, a respiração dela ficou regular e percebi que o sono reparador a levara de novo.

Minhas pálpebras ficaram pesadas e passei de leve os lábios na têmpora dela antes de fechar os olhos. — Boa noite, linda — sussurrei. Um contentamento eufórico me invadiu quando ela se aconchegou a mim com um murmurar sonolento.

Eu tinha minha Yulia de volta e nunca mais a perderia de novo.

III

O CUIDADOR

ucas

O SOL BRILHAVA MUITO NO CÉU QUANDO ANDEI PARA O escritório de Esguerra. O ar úmido me fazia suar, apesar de ser cedo. Ainda assim, eu me sentia mais leve do que me sentira em semanas. Saber que Yulia estava dormindo na minha cama me enchia de uma mistura incandescente de satisfação e alívio.

Eu a encontrara. Eu a tinha.

Mesmo o fato de saber que Kirill escapara não foi suficiente para destruir meu humor naquela manhã. Deixei Diego cuidando de Yulia, que ainda estava dormindo, para que eu pudesse iniciar o processo de caçar Kirill, mas me senti muito mais calmo depois de oito horas de sono.

Tão calmo, na verdade, que minha pulsação mal aumentou quando vi Rosa andando pelo gramado na minha direção. Quando ela se aproximou, vi que parecia inquieta, com as mãos retorcendo a saia nos lados do corpo.

— Ouvi dizer que você esteve em outro tiroteio na Ucrânia — disse ela, estudando-me com curiosidade preocupada. — E que você a encontrou. É verdade? Você está bem?

Assenti, sentindo meu humor piorar a cada palavra dela. Antes de sair de casa, eu verificara o relatório de Thomas sobre Rosa e descobri que não havia nenhuma informação nova. A criada não tentara falar com ninguém fora do complexo nem ninguém tentara entrar em contato com ela. Se a garota trabalhava com a UUR ou qualquer um de nossos inimigos, era muito boa em esconder o fato ou meu palpite original sobre ciúmes estava correto.

Chegara a hora de lidar com aquele problema de uma vez por todas.

— Rosa — perguntei em tom suave, chegando mais perto dela. — Por que você ajudou Yulia a fugir?

O rosto bronzeado da criada ficou pálido. — O q... o que quer dizer?

— Alguém pagou você?

Ela deu um passo atrás, arregalando os olhos. — Não, claro que não! Eu... — Ela fez um esforço visível para se recompor. — Não sei do que você está falando — disse ela com voz quase normal. — Seja lá o que for que ela lhe disse, é mentira. Não tive nada a ver com a fuga dela.

Abri um sorriso frio. — Yulia não disse uma palavra, mas acho interessante você pensar que ela teria dito.

Rosa ficou ainda mais pálida e vi suas mãos se fecharem convulsivamente enquanto ela continuava a andar para trás. — Por favor, Lucas, não é o que você está pensando.

— Não? — Cheguei perto dela e agarrei seu braço antes que ela se virasse e corresse. — O que é então?

— É que... — Ela fechou a boca e balançou a cabeça negativamente, olhando para mim. — Não tive nada a ver com a fuga dela — repetiu ela, erguendo o queixo, e vi que não tinha intenção de admitir nada para mim.

— Está bem — disse eu, apertando um pouco mais o braço dela. — Como você é criada de Esguerra, vejamos o que ele tem a dizer sobre isso tudo.

E, ignorando a expressão aterrorizada dela, recomecei a andar na direção do escritório de Esguerra, arrastando Rosa comigo.

O ROSTO DE ESGUERRA FICOU RÍGIDO DE FÚRIA QUANDO mostrei os vídeos dos drones. Os vídeos tinham resolução baixa e estavam obscurecidos pelas árvores em alguns lugares, mas não havia dúvidas de que era o vulto de Rosa no uniforme de criada quando ela se aproximou da minha casa. Rosa estava sentada quieta, tremendo da cabeça aos pés, enquanto Esguerra assistia aos vídeos no computador. Foi só quando ele se virou para ela que Rosa começou a chorar.

— Por quê? — A voz dele parecia gelo quando ele se levantou. — O que você esperava ganhar com isso? Você sabe o que fazemos com traidores.

Rosa balançou a cabeça, chorando ainda mais quando Esguerra se aproximou dela. E, apesar da minha própria raiva, senti uma pontada de pena pela garota. Mas, no segundo seguinte, lembrei-me do que quase acontecera com Yulia por causa de Rosa e a pena desapareceu sem deixar rastros.

O que meu chefe fizesse com a criada, ela certamente mereceria.

— Por favor, *señor* Esguerra — ela implorou quando ele a segurou pelo cotovelo e arrastou-a para fora da cadeira em que estava sentada. — Por favor, não foi assim...

— Como foi, então? — perguntei, pegando o canivete suíço do bolso e abrindo a lâmina. Aproximando-me da criada, torci o punho nos cabelos dela, puxando-lhe a cabeça para trás enquanto Esguerra a segurava pelos braços. — Por que você ajudou minha prisioneira a escapar?

Lágrimas correram pelo rosto de Rosa, cuja boca tremeu quando pressionei a lâmina em sua garganta, furando-a de leve só para que sentisse a primeira picada. — Não, por favor... — Percebi o terror dela, mas, desta vez, ele me deixou frio. Eu e Esguerra estávamos no modo de interrogatório. Vi o brilho duro nos olhos dele.

Se a garota não falasse nos minutos seguintes, a pequena ferida que eu fizera em seu pescoço seria a menor de suas preocupações.

— Julian, você viu... — Nora parou ao entrar no escritório, arregalando os olhos ao perceber a cena.

— Merda — murmurou Esguerra, soltando Rosa abruptamente. Mal consegui segurá-la quando ela cambaleou para trás, caindo sobre mim. Antes que ela conseguisse fugir, segurei a criada que chorava, passando o braço em volta do pescoço dela e abaixando o canivete. Ao mesmo tempo, Esguerra andou na direção da esposa, dizendo: — Nora, querida, vá para casa. Isto é uma questão de segurança.

— Uma questão de segurança? — A voz de Nora estava aguda e seu olhar passeou selvagemente entre eu e o marido dela. — Do que você está falando?

— Rosa ajudou a prisioneira de Lucas a escapar — explicou Esguerra em tom tenso, segurando o braço de Nora e colocando a mão nas costas dela para levá-la para fora do escritório. Ela firmou os pés no chão, mas o corpo pequeno não era páreo para a força dele, que, de forma gentil e firme, a conduziu para a saída. — Nós a estamos interrogando para descobrir mais coisas. Não é nada com que precise se preocupar, meu bichinho.

— Você está louco? — A voz de Nora ficou mais alta quando ela começou a lutar e Esguerra parou, passando os braços em volta dela por trás. Ela tentou chutá-lo e depois dar-lhe uma cabeçada. — Ela é minha amiga. Não encoste nela!

A única resposta de Esguerra foi erguer a esposa contra o peito e segurá-la com força para impedi-la de lutar. Nora gritou, contorcendo-se nos braços dele. Os soluços de Rosa aumentaram quando Esguerra começou a carregar Nora para fora. Ele estava quase na porta quando Nora gritou: — Pare, Julian! Ela não fez nada. Fui eu... tudo eu!

Os soluços de Rosa pararam subitamente e Esguerra parou, colocando Nora de pé no chão.

— O quê? — A expressão dele estava tempestuosa ao segurar os ombros magros da esposa. — Do que diabos você está falando?

Eu quase perguntei a mesma coisa, mas, no último momento, mantive a boca fechada. Considerando o envolvimento inesperado de Nora, era melhor que Esguerra lidasse com a situação dali em diante.

Ele já me hostilizara antes por olhar da forma errada para a esposa dele.

— Fui eu. — Nora ergueu o queixo para encontrar o olhar furioso do marido. — Eu ajudei Yulia a escapar. Portanto, se vai interrogar alguém, deve ser eu. Ela não teve nada a ver com isso.

— Você está mentindo. — A voz de Esguerra foi letalmente suave. — Eu vi os vídeos dos drones. Ela foi à casa de Lucas logo antes da nossa partida.

Nora não pestanejou. — Certo. Porque eu pedi a ela que fosse.

Rosa emitiu um som estrangulado, com as mãos

apertando meu braço. Percebi que inadvertidamente apertara o braço em volta do pescoço dela. Xingando baixinho, abaixei o braço e empurrei Rosa para longe de mim, deixando-a cair sobre a cadeira em que estivera sentada antes. A esposa de Esguerra estava mentindo, eu tinha quase certeza disso, mas não sabia como provar. Não havia motivo para Nora ajudar Yulia. Ela não conhecia a espiã ucraniana e certamente não sentia nada por mim.

— Por que você faria isso? — exigiu Esguerra. Ele estava claramente pensando a mesma coisa que eu. — Você despreza aquela garota. Você a odeia por causa da queda do avião, lembra? — Ele encarou Nora, mas ela não recuou.

— E daí? — Ela se contorceu até se soltar de Esguerra e deu um passo atrás, respirando pesadamente. — Você sabe que eu tive um problema com Lucas torturando uma mulher na casa dele... até mesmo *aquela* mulher.

A compreensão surgiu no rosto de Esguerra antes que ele contraísse o maxilar ainda mais. Percebi chocado que talvez Nora tivesse feito aquilo. Esguerra comentou que ela e Rosa tinham ido à minha casa no dia em que Yulia chegara. Nesse caso, talvez Nora tivesse visto Yulia sentada na minha sala de estar, nua e amarrada a uma cadeira. Não era inconcebível que a visão tivesse perturbado a garota. Apesar da dureza encontrada recentemente, Nora era um produto da criação que tivera de classe média norte-americana.

A maioria das pessoas que desconhecia aquele tipo

de vida teria objetado ao fato de eu torturar Yulia e era possível que fosse o caso com Nora.

Puta merda. Se Nora não fosse a esposa de Esguerra...

Esguerra parecia à beira de um assassinato ao agarrar o braço de Nora e puxá-la para mais perto. — Explique-me tudo direitinho. — Os olhos azuis dele brilharam de raiva. — Você instruiu Rosa a fazer o que exatamente?

Rosa começou a chorar novamente e olhei para ela de relance antes de voltar a atenção para o drama que se desenrolava à minha frente. Eu nunca vira Esguerra tão furioso com a esposa. Se eu fosse Nora, recuaria imediatamente. As coisas que eu vira o marido dela fazer deixariam assassinos em série assustados.

O rosto de Nora estava branco quando ela olhou para Esguerra, mas a voz dela mal tremeu quando disse: — Pedi a ela que ajudasse Yulia a fugir. Não lhe disse como fazer isso, pois ela conhece este lugar melhor do que eu. Portanto, deixei o método exato a critério dela. Rosa não queria ajudar, mas eu lhe disse como isso me incomodava e, com o bebê e tudo o mais, ela cedeu ao meu pedido.

Filha da puta manipuladora. Eu queria torcer o pescoço de Nora e, ao mesmo tempo, aplaudi-la com admiração. Mencionar o bebê que tinham acabado de perder foi um golpe baixo, mas teve o efeito desejado. Esguerra afrouxou a mão que segurava Nora e a dor surgiu em seu rosto antes que ele se recompusesse.

Quando falou novamente, parte do tom letal desaparecera da voz dele.

— Por que não falou comigo a respeito disso? Se isso a incomodava tanto, por que não disse nada?

— Não acho que teria ajudado — disse Nora. Vi os olhos escuros dela se encherem de lágrimas. — Desculpe, Julian. Eu queria que a garota estivesse longe daqui quando voltássemos e pedi a Rosa que desse um jeito. Eu tinha certeza de que você não teria aceitado. — O queixo dela tremeu quando as lágrimas correram pelo rosto. — Por favor, se tiver que punir alguém, que seja eu, não Rosa. Ela só foi uma boa amiga para mim. Por favor, Julian. — Ela estendeu a mão livre e tocou no rosto dele. Desviei o olhar quando Esguerra segurou o pulso dela e encostou-lhe a mão inteira no rosto. A tensão entre os dois rapidamente se tornou sexual. De súbito, senti-me um intruso observando um momento íntimo.

Pigarreando, dei um passo na direção de Rosa e segurei seu braço, puxando-a para que se levantasse. — Vou deixar que vocês dois se entendam — disse eu, andando em direção à porta com a criada. — Enquanto isso, deixarei que Rosa seja vigiada pelos guardas.

Nem Esguerra nem a esposa dele responderam à minha declaração. Ao sair do prédio, ouvi o som de algo caindo, seguido do choro estrangulado de Nora. Rosa prendeu a respiração, pois também devia ter ouvido. Os ombros dela sacudiram com uma nova onda de lágrimas.

— Não se preocupe — disse eu, olhando a garota

com expressão gelada ao levá-la para longe do prédio.

— Esguerra pode ser um sádico, mas não a machucará... muito. Você, por outro lado, ainda é um ponto de interrogação. Se Nora mentiu para proteger você...

Não completei a frase, mas não foi necessário.

Nós dois sabíamos o que Esguerra faria com Rosa se ela tivesse permitido que Nora assumisse a culpa.

 ulia

ACORDEI ESTONTEADA E CONFUSA, SENTINDO DORES DA cabeça aos pés. Resmungando, saí da cama e fui até o banheiro. Ainda meio dormindo, fiz minhas necessidades. Só quando estava lavando o rosto foi que percebi que estava sozinha... e desamarrada.

Uma dor na nuca me lembrou do motivo para isso: os implantes dos rastreadores. Lucas precisava ter certeza de que eu não conseguiria fugir de novo.

Ergui a mão e toquei no curativo da nuca e virei-me para ver minhas costas no espelho. Além do ponto em que eu encostava, e dentre uma infinidade de arranhões, havia duas outras áreas onde foram colocados rastreadores. Os curativos nas feridas eram agora simples band-aids. Lucas devia tê-los trocado enquanto eu dormia. Lembrei-me vagamente de quando o médico deu instruções sobre isso.

Também lembrei-me do que aconteceu depois e meu rosto ficou violentamente vermelho, afastando os traços do sono. Eu não sabia por que tinha provocado Lucas daquele jeito, mas, naquele momento, pareceu fazer sentido. Ele claramente se importava muito pouco comigo como pessoa e eu queria que admitisse isso. Queria que Lucas me provasse, de uma vez por todas, que eu não era nada além de um corpo conveniente para trepadas, um objeto sexual que ele podia e machucaria à vontade.

Exceto que ele não me machucara. Ele me dera prazer e, depois, satisfizera os próprios desejos com a mão, deixando-me coberta de sêmen.

— Yulia? — Uma batida na porta me assustou e virei-me com o coração batendo alucinadamente. A voz não era de Lucas e eu estava completamente nua.

— Sim? — Respondi, pegando uma toalha grande da prateleira e enrolando-a no corpo.

— Lucas me pediu para cuidar de você esta manhã — disse o homem. Soltei um suspiro de alívio ao reconhecer a voz de Diego. — Espero não ter assustado você. Ele disse que talvez você dormisse até mais tarde. Eu estava na cozinha fazendo um lanche quando ouvi água correndo. Você está bem? Precisa de alguma coisa?

— Não, estou bem, obrigada — disse eu. Meu

coração se acalmou um pouco. — Só estou, ahm... já vou sair.

— Sem problemas. Não se apresse. Estarei na cozinha. — Ouvi passos afastando-se.

De forma automática, escovei os dentes e penteei os cabelos, desembaraçando-os os cachos loiros. Sinceramente, eu nem sabia por que tentava parecer apresentável. O rosto que me olhava no espelho era algo saído de um pesadelo. Meus lábios começavam a sarar, mas o lado esquerdo do rosto, onde Kirill me batera, era um machucado enorme e feio. Arranhões menores decoravam o restante do meu rosto e do meu corpo... exceto pelas costas, que pareciam ainda piores do que o rosto.

Não era surpresa eu ainda sentir dor.

Com cuidado, virei a cabeça de um lado para o outro, tentando aliviar a rigidez dos músculos. Minha cabeça doeu com o movimento, mas não tanto quanto no dia anterior. O médico estivera certo sobre a concussão ser leve. Eu desmaiara no avião tanto pelo choque e pela exaustão quanto pelo ferimento na cabeça propriamente dito.

Sentindo-me ligeiramente melhor, apertei a toalha em volta do corpo e andei até o quarto para vestir uma roupa. Todas as roupas que Lucas me dera ainda estavam lá. Escolhi uma bermuda e uma camiseta, fazendo uma careta de dor ao vesti-las.

Quando finalmente fui para a cozinha, encontrei Diego lá, colocando queijo em uma torrada.

— Ei — disse ele, abrindo o sorriso charmoso normal. — Está com fome?

Meu estômago escolheu aquele momento para roncar e o sorriso do jovem guarda aumentou. — Vou aceitar isso como um sim — disse ele, colocando o pão no prato e levantando-se. — O que quer? Cereal, torrada, frutas? Sente-se. — Ele gesticulou na direção da mesa. — Tenho ordens rigorosas para garantir que você não faça nada que canse.

— Ahm, cereal serve. — Andei até a mesa e sentei-me, sentindo-me desorientada. Parecia que, apenas minutos antes, eu estava na Ucrânia sob tiros e explosões e, agora, estava na cozinha de Lucas, conversando sobre cereal com um dos mercenários que matara meus colegas da UUR.

Meus *ex*-colegas da UUR, corrigi-me mentalmente. Eu deixara de ser parte da organização quando optara por desaparecer, em vez de realizar minha missão.

— Onde está meu irmão? — perguntei, lembrando-me do que Lucas dissera sobre os guardas ficarem de olho nele.

Diego abriu outro sorriso. — Ele está com Eduardo. O pobre coitado levou a pior.

Pestanejei. — Como assim?

— Digamos apenas que seu irmão não está muito feliz em estar aqui. — Diego foi até a geladeira e tirou uma caixa de leite. Em seguida, ele colocou o cereal em uma tigela, adicionou o leite, pegou uma colher e entregou a comida a mim. Antes que eu pudesse perguntar, ele disse: — Mas ele está bem, portanto, não se preocupe. Ninguém o machucará.

Peguei a colher, apesar de não sentir mais fome. Meu estômago estava apertado de ansiedade. Obviamente, Misha não estava feliz em estar ali. Como poderia? O tio dele fora morto em frente aos seus olhos e ele deveria estar com muito medo. E, se Obenko não mentira sobre o relacionamento de Misha com os pais adotivos, eles deveriam estar muito preocupados. A não ser que ele morasse nos dormitórios da UUR, como os outros treinandos. Nesse caso, talvez ainda não soubessem o que acontecera, mas eu tinha certeza de que alguém os notificaria em breve.

Que desastre... e fora tudo culpa minha. Se eu não tivesse sido tão fraca, Lucas não teria descoberto nada sobre a UUR. Deixei que meu carrasco me dobrasse e, inadvertidamente, eu o levara ao meu irmão... a única pessoa que eu tentava proteger. Lembrei-me da discussão do dia anterior com Misha, as acusações que ele me fez e senti vontade de me encolher e chorar.

— Você está bem? — Diego se sentou à minha frente e pegou o pão dele. — Você parece muito pálida.

— Estou bem — respondi de forma automática, mergulhando a colher no cereal e levando os flocos molhados aos lábios. — Só um pouco abalada.

— É claro. — Diego abriu um sorriso empático. — A diferença de fuso horário é muito chata. Além do mais, você passou por maus bocados ontem.

Ele se concentrou no pão e engoli algumas colheradas de cereal antes de largar a colher. Não menti sobre estar abalada. Meus pensamentos estavam muito confusos e minha mente saltava de uma pergunta a outra. O futuro, especialmente o do meu irmão, era como um buraco negro aterrorizante à distância. Portanto, tentei me concentrar no presente e no passado recente.

— Como vocês sabiam onde me encontrar? — perguntei a Diego quando ele terminou de comer o pão. — De forma geral, como localizaram aquela instalação?

— Ah, sim, isso... — O guarda se levantou e levou o prato até a pia. — Receio que seu resgate tenha sido um pouco de sorte do nosso lado, mas deixarei que Kent lhe conte.

Excelente. Mais uma pessoa que não queria me contar nada. Todas as pessoas naquele complexo me consideravam propriedade de Lucas a tal ponto que não podiam me responder por conta própria?

Reprimindo a frustração, forcei-me a comer mais uma colherada de cereal antes de jogar o restante no lixo.

— O que você está fazendo? Deixe comigo. — Diego me interceptou antes que eu chegasse à pia, tirando a tigela das minhas mãos. — Você precisa descansar hoje.

— Estou bem — disse eu. Em seguida, encostei-me no balcão, sentindo uma fraqueza nos joelhos. — Quero ver Misha... quer dizer, Michael. Pode trazê-lo aqui ou levar-me até ele?

— Não — respondeu Diego em tom animado. — Eduardo o levou para a academia de treinamento há uma hora. Por que não descansa por enquanto e veremos o que Kent diz mais tarde? — O guarda sorria, mas percebi o aço sob a fachada amigável. Ele não me deixaria fazer nada além de descansar e esperar que Lucas voltasse para casa.

Eu queria discutir, mas sabia que seria inútil. Além do mais, voltar para a cama até que era uma ideia atraente.

— Está bem — respondi. — Obrigada pelo café da manhã.

Voltando para o quarto, deitei na cama, sentindo-me exausta como se tivesse acabado de correr dez quilômetros. Minha cabeça latejava novamente e meus ferimentos doíam. Até mesmo minha garganta estava irritada e minha pele parecia esticada e dolorida por todo o corpo. Na mesinha de cabeceira ao lado da cama, vi as pílulas de analgésico do dia anterior e, depois de um momento de indecisão, peguei o frasco e tirei duas pílulas. Pegando a garrafa de água que alguém deixara sobre a mesinha, engoli as pílulas. Em seguida, deitei-me e fechei os olhos.

Não adiantaria lutar contra as ordens de Lucas naquele dia. Eu precisava guardar minha energia para quando fosse necessária.

 ucas

DEPOIS DE FICAR AFASTADO POR VÁRIOS DIAS, EU TINHA muito trabalho atrasado e não cheguei em casa até o horário do jantar. Quando finalmente entrei, vi Diego sentado no sofá assistindo à TV.

— Como ela está? — perguntei, olhando na direção do quarto. — Ainda dormindo?

Diego assentiu, levantando-se. — Sim. Como eu lhe disse nas mensagens, ela dormiu durante o almoço, acordou por mais ou menos uma hora, leu na cama e dormiu de novo. Fiz um sanduíche, mas ela não comeu quase nada. Ah, e ela perguntou o tempo todo sobre o irmão, mas eu disse que você precisaria autorizar.

— Entendi. Obrigado por ficar de olho nela. Avisarei se precisar de você amanhã.

Diego sorriu. — Sem problemas, cara.

Ele saiu e fui para o quarto para verificar Yulia. Dormir em excesso não era uma reação incomum a traumas físicos e a estresse emocional extremo, pois era a forma que o corpo tinha de sarar, mas a falta de apetite dela me preocupou.

Estava escuro no quarto. Fui até a cama e liguei um abajur. Yulia nem se mexeu com a luz fraca. Ela estava deitada de costas, com o cobertor puxado até o peito e o rosto virado na minha direção. Senti um aperto no peito ao ver o maxilar inchado e o olho roxo. Com a mão esguia virada para cima sobre o cobertor, ela parecia muito jovem e indefesa, uma criança ferida, em vez de uma mulher adulta.

Se Kirill ainda estivesse vivo, desejaria estar morto dez vezes quando eu terminasse com ele.

Naquela manhã, eu enviara mensagens a todos os nossos contatos na Europa e dera uma nova missão aos nossos *hackers*: encontrar Kirill Luchenko. Também entrei novamente em contato com Peter Sokolov para ver se ele conhecia alguém na Ucrânia que poderia ajudar. Ele respondeu imediatamente, prometendo verificar. Agora, era apenas uma questão de tempo até que encontrássemos o filho da puta.

Supondo que ele não morresse por causa dos ferimentos, claro. Como Yulia atirara no pênis dele, talvez ele não durasse muito.

Sentando-me na beirada da cama, estendi a mão e

acariciei a palma da mão dela virada para cima com a ponta do dedo, sentindo a maciez quente de sua pele. Como a garota propriamente dita, a mão dela era enganadoramente delicada, a personificação da feminilidade elegante. Mas eu sabia como ela podia ser perigosa... e, agora, Kirill também sabia.

O desgraçado morreria como um eunuco. Eu gostava muito daquela ideia.

Os dedos de Yulia se curvaram em resposta ao meu toque e um gemido leve escapou de sua garganta. Ela ainda não acordara e algum instinto me fez tocar na testa dela com a parte de trás da mão.

Merda.

Ela estava quente... quente demais. A testa dela estava queimando.

No instante seguinte, eu estava de pé tirando o telefone do bolso. Goldberg não atendeu na primeira vez e telefonei para ele novamente. E mais uma vez.

Na terceira tentativa, ele atendeu. — O que foi?

— Yulia está doente — disse eu sem preâmbulos. — Há algo realmente errado com ela. Preciso de você aqui. Agora.

— Estou indo.

Ele desligou. Sentei-me na cama e peguei a mão de Yulia, notando o calor seco emanado pela pele dela. Meu coração batia com um ritmo pesado quando levei o pulso dela ao rosto e pressionei os lábios contra a palma de sua mão.

— Você ficará bem — sussurrei, ignorando o medo

que me devorava por dentro. — Você vai ficar bem, querida. Tem que ficar.

~

— PARECE UMA GRIPE — disse GOLDBERG DEPOIS DE examinar Yulia. — É bem forte, provavelmente porque o sistema imunológico dela já estava sob estresse por causa dos ferimentos e tudo o mais. Vou lhe dar um antiviral e um remédio para baixar a febre. Além disso, basta mantê-la confortável e garantir que ela beba bastante líquido.

Enquanto ele falava, os olhos de Yulia se abriram e ela olhou para mim confusa. — Lucas? — A voz dela estava fraca e rouca. Ela rolou para ficar deitada de lado. — O quê...

— Está tudo bem, querida. Você só está com febre por causa da gripe — respondi, sentando-me na cama perto dela. Pegando a garrafa de água que estava sobre a mesinha, passei o braço pelas costas dela e ajudei-a a sentar apoiada nos travesseiros. Entreguei a ela a garrafa e as pílulas que Goldberg me dera e murmurei: — Tome, beba isso. Fará com que se sinta melhor.

Percebi o olhar divertido do médico enquanto ele fechava a maleta, mas eu não me importava mais com o que ele pensava ou dizia sobre minha fraqueza por Yulia.

Ela era minha e, desta vez, todos sabiam disso.

Yulia obedientemente engoliu as pílulas, bebendo toda a água restante na garrafa. — Onde está Misha? —

perguntou ela ao terminar. Suspirei, percebendo que aquela seria uma batalha contínua.

— Seu irmão teve um dia muito bom com Eduardo — respondi, colocando a garrafa vazia sobre a mesinha de cabeceira enquanto Goldberg saía do quarto discretamente. — Eles tiveram uma longa sessão de treinamento, em que Michael descarregou um pouco de sua agressividade contra o guarda. Agora, acredito que estejam jantando... que é o que deveríamos estar fazendo. Está com fome? Posso esquentar um pouco de canja. É enlatada, mas...

— Não estou com fome — disse ela, balançando a cabeça negativamente. — Só quero ver Misha.

— Que tal isto? Você toma um banho, come um pouco de sopa, bebe um chá e verei o que posso fazer para trazer Misha aqui de novo. — Eu queria que ela comesse para que pudesse se recuperar e aquela parecia a melhor forma de conseguir isso.

— Está bem. — Yulia afastou o cobertor das pernas e começou a se levantar, mas eu a peguei no colo e ergui-a contra o peito antes que ela conseguisse dar mais do que dois passos trêmulos. Ela me olhou espantada, mas passou os braços em volta do meu pescoço quando a carreguei até o banheiro.

Quando cheguei lá, botei Yulia cuidadosamente de pé e comecei a tirar sua roupa enquanto ela ficava parada em silêncio, com os olhos vidrados por causa da febre. Por algum motivo, lembrei-me de quando ela chegara lá na primeira vez, suja e desnutrida depois da prisão russa. Parecia impossível ter se passado apenas um mês... que eu a conhecera apenas três meses antes.

Parecia que eu estava obcecado por minha prisioneira desde sempre.

— Precisa de um momento? — perguntei. Yulia assentiu, com as partes não machucadas do rosto ficando vermelhas.

— Está bem. Estarei do outro lado da porta. Chame se sentir tontura ou alguma outra coisa.

Saí para deixá-la usar o banheiro e, quando ouvi o chuveiro ser ligado, entrei novamente. Ela já estava dentro do box do chuveiro, com a mão trêmula estendida para pegar o xampu.

— Deixe-me ajudar você — disse eu, tirando rapidamente as roupas e juntando-me a ela sob o chuveiro. — Não quero que se esforce.

— Estou bem — protestou ela, mas tirei o xampu de sua mão e derramei um pouco na palma da minha mão. Em seguida, parei sob o chuveiro para impedir que a água batesse no rosto dela. Enquanto eu lavava os cabelos dela, Yulia se apoiou em mim, fechando os olhos. Reprimi um gemido quando o traseiro firme e redondo pressionou minha virilha, levando-me de um estado semiereto a uma ereção completa. Até então, eu conseguira manter o olhar longe do corpo nu dela, esquecendo minha libido em favor da preocupação pela saúde de Yulia. Mas aquilo era demais.

Mesmo doente e ferida, ela me deixava insuportavelmente excitado.

Murche, filho da puta, murche, tentei convencer meu

pênis. O sangue parecia lava derretida nas minhas veias quando virei Yulia para o jato de água e lavei o xampu de seus cabelos antes de aplicar condicionador nos longos cachos loiros.

— Lucas... — A voz dela foi um sussurro trêmulo quando Yulia se virou para me encarar, com os olhos febris presos no meu rosto. Gotas d'água estavam penduradas nos cílios castanhos, enfatizando o tamanho deles. Quando ela estendeu a mão para mim, pareceu que meus pulmões não conseguiam obter ar suficiente. Ela passou a mão no meu abdômen, descendo para envolver o pênis dolorosamente ereto.

Precisei de toda a força de vontade para me afastar do alcance dela. — O que você está fazendo? — perguntei com voz rouca. O pênis ereto bateu no meu abdômen quando a água a atingiu no peito. — Você está gripada.

Ela me seguiu, piscando várias vezes para tirar a água dos olhos. — Deixe-me cuidar de você, pelo menos assim. — Os dedos dela encostaram novamente na minha ereção, mas segurei seu pulso antes que ela colocasse a mão em volta do pênis.

— Mas que merda, Yulia. — Olhei para ela incrédulo, vendo os círculos escuros sob seus olhos e a cor nada natural de sua pele. Ela estava prestes a desabar e queria me bater uma punheta?

Com a minha rejeição, os lábios de Yulia tremeram e ela abaixou o olhar. A mão ficou inerte. Ela parecia muito abalada e, quando olhei para sua cabeça baixa, uma possibilidade sombria me ocorreu.

— Você está fazendo isso porque acha que deve? — perguntei. — Está com medo que eu machuque seu irmão se não fizer sexo comigo?

Ela ergueu o rosto e vi que seus olhos estavam cheios de lágrimas. Percebi que era exatamente aquilo que ela temia, que achava que eu seria capaz daquilo. Ela não estava inteiramente errada, pois eu usaria o irmão para controlá-la se precisasse, mas não para isso.

Não enquanto ela estivesse naquela condição.

— Yulia... — Segurei gentilmente o queixo dela, cuidando para encostar apenas no lado não machucado de seu rosto. — Não vou punir você por estar doente, ok? Não sou tão monstro assim. Seu irmão está seguro. Você pode descansar e recuperar-se sem se preocupar com ele.

— Mas...

— Shh... — Pressionei a ponta dos dedos nos lábios dela.— Ele ficará bem com uma condição: que você pare de se estressar e fique curada. Acha que consegue?

Ela assentiu lentamente e abaixei a mão. — Ótimo. Agora, vamos terminar o seu banho e botá-la na cama. Hoje à noite, eu cuidarei de você, ok?

Yulia assentiu novamente e tirei o condicionador de seus cabelos. Em seguida, lavei cuidadosamente seu corpo inteiro, ignorando a ereção persistente. Eu disse a mim que era um médico cuidando de um paciente, que aquilo não era diferente de dar banho em uma criança, mas meu pênis não acreditou. Mesmo assim, consegui terminar o banho sem saltar sobre ela. Depois de secá-la e levá-la para a cama, eu estava quase controlado novamente.

— Agora, sopa e chá — disse eu, apoiando-a de novo nos travesseiros. Ela me olhou sem expressão, com a palidez ainda mais pronunciada.

— Ok — murmurou ela. — E depois meu irmão, certo?

— Sim — respondi. Entretanto, quando voltei com a sopa e o chá, ela já estava dormindo, com a pele ainda mais quente.

 ulia

Os DIAS SEGUINTES SE PASSARAM EM UMA NÉVOA DE febre e dor. Meus ossos doíam e minha garganta parecia queimar como se eu tivesse engolido uma bola de fogo. Até mesmo a raiz dos cabelos doíam, com o calor da febre consumindo-me por dentro. A doença me deixou fraca e trêmula, e as atividades mais simples, como ir ao banheiro e tomar banho, exigiam a ajuda de Lucas.

Dormi pelo que pareceram vinte horas por dia e, se não fosse Lucas me forçar a engolir água, chá e sopa em intervalos regulares, eu dormiria ainda mais. Mas ele me acordava para me alimentar com vários líquidos e eu estava exausta demais para resistir aos cuidados gentis e insistentes. Ele ficava comigo à noite, com o corpo grande curvado de forma protetora em volta do meu enquanto dormíamos, e ficava perto de mim durante o dia... o dia inteiro.

— Você não precisa ir a lugar nenhum? — perguntei na primeira vez em que vi meu carrasco ao lado da cama, trabalhando em um *notebook* em uma cadeira de aparência desconfortável. — Você normalmente não está aqui a esta hora.

A boca séria de Lucas se curvou em um sorriso. — Estou tirando um dia de folga por estar doente. Como está se sentindo? Com fome? Sede?

— Estou bem — murmurei, fechando os olhos. — Só muito, muito cansada. — A exaustão parecia ter se instalado nas profundezas dos meus ossos, agindo como uma âncora e puxando-me para baixo. Mesmo aquela conversa breve esgotara minha energia inexistente. Eu já estava quase dormindo novamente quando Lucas me fez sentar e beber água de um copo com um canudo curvo.

Engolir machucava a garganta, mas o líquido me revigorava o suficiente para que eu perguntasse sobre meu irmão. Lucas garantiu que ele estava bem, mas, quando continuei a insistir que queria ver Misha, Lucas pediu a Eduardo que fizesse um vídeo de dois minutos do meu irmão e enviasse-o por *e-mail*. No vídeo, meu irmão comia um hambúrguer e discutia com Diego sobre os méritos de Krav Maga em relação a Tae Kwon Do. Ele não parecia com medo nem sofrendo abusos, o que me deixou bem mais tranquila.

— Eu o trarei aqui quando você estiver um pouco mais forte — prometeu Lucas. — Goldberg disse que, até amanhã, o pior já terá passado.

Mas não passou. O dia seguinte foi ainda pior e a febre subiu de forma incontrolável. Acordei no meio do dia ouvindo Lucas discutir com o médico sobre a necessidade de me hospitalizar.

Abri os olhos e vi meu carrasco andando de um lado para o outro no quarto com um termômetro na mão. — A febre dela está muito alta. E se for uma pneumonia ou algo assim?

— Eu lhe disse, os pulmões dela estão limpos — disse o dr. Goldberg com um toque de exasperação. — Enquanto você continuar dando-lhe líquido suficiente, ela ficará bem. Você só precisa deixar a doença seguir seu curso. O corpo humano não lida muito bem com estresse extremo e, pelo que você me disse, ela passou por mais coisas nos últimos três meses do que a maioria das pessoas passa na vida inteira. Ela está traumatizada, física e emocionalmente, e precisa descansar para se curar. De certa forma, essa gripe é a forma de o corpo dela dizer que ela precisa ir com calma e cuidar-se.

Lucas parou em frente à cama com as mãos fechadas. — Se alguma coisa acontecer com ela...

— Sim, eu sei, você vai me picar em pedacinhos — disse o médico em tom sombrio. — Você já disse isso. Agora, se não se importa, há um guarda que levou um tiro na perna e precisa da minha atenção. Chame-me se a febre dela subir mais um pouco. E, por enquanto, alterne entre os dois remédios que lhe dei.

Ele partiu e fechei os olhos, mergulhando novamente no sono.

A FEBRE CONTINUOU POR MAIS TRÊS DIAS, SUBINDO E descendo de forma imprevisível. Sempre que eu acordava, sentindo-me como se estivesse morrendo, Lucas estava ao meu lado, pronto para me dar líquidos, colocar uma toalha molhada na minha testa ou carregar-me para o banheiro.

— Tem certeza de que você não é formado em enfermagem? — brinquei quando ele me colocou de volta na cama, depois de trocar os lençóis e afofar os travesseiros. — Porque você é realmente bom nisso.

Lucas sorriu e arrumou o cobertor em volta de mim. — Talvez eu faça isso, caso esse trabalho com Esguerra não dê certo.

Consegui abrir um sorriso fraco em resposta e apaguei novamente, exausta demais para ficar acordada.

Naquela noite, a febre me atormentou sem parar, desafiando os esforços de Lucas para baixá-la com remédios e toalhas frias. Eu me virei incansavelmente na cama, tremendo e suando, enquanto sonhos inquietos invadiam minha mente. O lobo da história infantil me encontrou, mordendo meu corpo, e gritei quando o focinho dele se transformou no rosto de

Kirill... um rosto que explodiu em pedacinhos quando atirei nele repetidamente. Lucas me sacudiu até que eu acordasse, segurando-me no colo até que os soluços histéricos parassem. Mas, assim que peguei no sono novamente, vi uma variação do mesmo sonho. Só que, desta vez, as balas não acertaram Kirill, e sim meu irmão. Kirill gargalhou, segurando o pênis ensanguentado de Misha.

— Yulia, shh, querida, não. Ele está bem. Misha está bem. — O reconforto na voz profunda de Lucas me acalmou até que mergulhei em outro sonho estranho. O ciclo vicioso continuou até que a febre desapareceu na manhã seguinte.

— Desculpe — sussurrei quando acordei e vi Lucas sentado ao meu lado, com olheiras profundas e a barba por fazer, franzindo a testa para algo no computador. — Eu o mantive acordado a noite inteira?

Ele ergueu o olhar para mim. — Não, claro que não. — Apesar da aparência cansada, os olhos dele estavam alertas quando ele estendeu a mão para a mesinha de cabeceira e entregou-me o copo com o canudo. — Como está se sentindo?

— Sem forças para matar uma mosca sequer — respondi com voz rouca depois de beber o copo inteiro de água. — Mas, no geral, melhor. — Pela primeira vez em dias, minha cabeça não doía e a pele parecia finalmente querer ficar grudada no corpo. Até mesmo minha garganta estava quase normal e havia uma sensação de vazio no estômago que se parecia muito com fome.

O olhar tenso de Lucas diminuiu quando ele colocou o computador sobre a mesinha de cabeceira e levantou-se. — Que bom. Mais algumas horas daquele jeito e eu teria levado você de avião a um hospital, independentemente do que Goldberg disse. — Inclinando-se sobre mim, ele me pegou cuidadosamente no colo e levou-me para o banheiro. Lá, ele me deu um banho, pois eu estava muito fraca para ficar de pé sozinha.

— Por que você está fazendo isto? — perguntei quando ele terminou de me lavar da cabeça aos pés. Agora que eu me sentia um pouco mais humana, percebi como tinham sido extraordinárias as ações de Lucas nos dias anteriores. Eu não sabia quantos maridos teriam cuidado da esposa com tanta dedicação.

— O que quer dizer? — Lucas franziu a testa ao me enrolar em uma toalha grossa e pegar-me no colo. — Você precisava de um banho.

— Eu sei, mas você não precisava ter me dado um banho — disse eu enquanto ele me carregava de volta para o quarto. — Você poderia ter pedido a um dos guardas que ajudasse ou... — Parei quando vi a expressão dele ficar sombria.

— Se acha que vou deixar outro homem encostar em você... — A voz dele era puro gelo e, apesar de tudo, estremeci quando ele me colocou na cama, afofando dois travesseiros nas minhas costas para me apoiar em uma posição meio sentada. Inclinando-se para a frente, ele rosnou: — Você é minha e só minha, entendeu?

Assenti com cautela. Eu me deixara esquecer por um momento o quanto perigoso e insanamente possessivo meu carrasco podia ser.

Endireitando o corpo, Lucas fez um esforço visível para recuperar o controle. O peito dele se expandiu ao respirar fundo e ele perguntou em tom mais calmo: — Está com fome? Quer um pouco de canja?

Passei a língua sobre os lábios rachados. — Sim. E talvez algo mais, como um sanduíche?

Ele ergueu as sobrancelhas. — É mesmo? Um sanduíche? Você deve estar bem melhor. Que tal ovos? Tentei fazer uma omelete recentemente e não saiu tão ruim assim.

— É mesmo? — Eu o encarei. — Ok, está bem, aceito ovos com prazer.

Lucas sorriu e desapareceu porta afora. Vinte minutos depois, ele voltou carregando uma bandeja com uma omelete de cheiro delicioso e uma xícara de chá preto fumegante.

— Aqui está — disse ele, colocando a bandeja sobre a mesinha de cabeceira e pegando o prato com o garfo. Espetando um pedaço de omelete, ele ergueu o garfo e ordenou: — Abra a boca.

— Eu posso comer sozinha — comecei, estendendo a mão para pegar o prato, mas ele o moveu fora do meu alcance.

— Fraca demais até para matar uma mosca, lembra? — Ele me lançou um olhar duro. — Agora, sente-se e abra a boca.

Suspirando,   obedeci,   sentindo-me

ANNA ZAIRES

desconfortavelmente como se tivesse dois anos de idade enquanto Lucas sentava na beirada da cama, alimentando-me com a eficiência de um enfermeiro. No entanto, o brilho nos olhos dele não tinha nada de enfermeiro e, para meu choque, percebi que, de certa forma, ele estava gostando da situação.

Ele gostava que eu estivesse indefesa e dependente dele.

Para testar minha teoria, eu o observei de perto quando ele levou novamente o garfo à minha boca. E lá estava: no momento em que meus lábios se fecharam em volta do garfo, o olhar dele desceu para minha boca e a mão apertou o cabo do garfo. O cobertor sobre meu colo bloqueava minha visão da parte inferior do corpo dele, mas suspeitei que, se verificasse, eu veria sua ereção sob o tecido da calça.

Uma onda de calor desceu pela minha espinha e meus mamilos ficaram rígidos sob o cobertor. A reação do meu corpo me pegou desprevenida. Eu não estava em condições de pensar em sexo. Mesmo assim, percebi uma umidade crescente entre as coxas enquanto Lucas continuava a me alimentar, inclinando-se sobre mim a cada vez que levava a comida aos meus lábios.

A omelete estava gostosa, Lucas realmente aprendera a fazê-la, mas mal registrei o sabor rico. Todo o meu foco estava no erotismo da situação. De certa forma, a insistência de Lucas em cuidar de mim era uma extensão de seu desejo de me possuir, de me controlar completamente. Fraca e doente, eu estava ainda mais à mercê dele e, por algum motivo perverso, saber disso deixava nós dois excitados.

Não demorou para que a omelete terminasse e caí sobre os travesseiros, satisfeita e exausta pelo simples ato de comer. Excitada ou não, eu ainda não estava bem. Lucas colocou um canudo no chá e deixou-me beber metade da xícara. Em seguida, peguei no sono novamente, pois meu corpo exigia mais descanso.

QUANDO ACORDEI, SENTI-ME MODERADAMENTE MAIS forte e lembrei-me de alguns dos pesadelos que tivera durante a noite.

— Por favor, posso ver meu irmão? — perguntei a Lucas quando ele me levou um sanduíche e um prato de sopa. — Eu realmente gostaria de falar com ele.

Lucas balançou a cabeça negativamente. — Você ainda não está bem o suficiente.

— Estou bem. Por favor, preciso muito falar com ele. — Coloquei a mão na coxa de Lucas, sentindo o músculo rígido sob o tecido da calça. — Só quero vê-lo com meus próprios olhos.

— Não quero que você se canse — disse Lucas, mas percebi que ele cedia.

— Que tal isto? — Sentei-me em uma posição um pouco mais reta. — Vou comer e, se eu não pegar no sono, você o deixa vir aqui. Só por pouco tempo. Por favor, Lucas.

ANNA ZAIRES

Ele estreitou os olhos. — Você comerá. E pensarei no assunto.

Assenti ansiosa e peguei o sanduíche, consumindo-o com várias mordidas grandes. Lucas insistiu em me dar a sopa ele mesmo, com os olhos pálidos semicerrados ao levar a colher até minha boca. Não objetei. Eu estava empolgada demais com a ideia de ver Misha e não me importei com aquele fetiche estranho que meu carrasco parecia ter desenvolvido. Além do mais, eu não queria que Lucas percebesse que não estava tão recuperada quanto achava. Mais uma vez, comer me deixou cansada e comecei a me sentir desconfortavelmente quente, como se a febre estivesse retornando.

Felizmente, Lucas não percebeu nada disso. Portanto, quando não peguei no sono imediatamente após a refeição, ele enviou uma mensagem a Diego para que levasse Misha para me ver.

— Vou lhe dar dez minutos com ele — disse Lucas, vestindo-me com uma das camisetas dele. — Mas, no momento em que se sentir cansada...

— Acabo com o encontro e descanso — disse eu, curvando os lábios no que torci para ser um sorriso brilhante e saudável. — Não se preocupe. Vai ficar tudo bem.

Lucas franziu a testa ao colocar a mão na minha testa, mas, naquele momento, houve uma batida na porta.

Meu irmão e Diego estavam lá.

— Dez minutos — advertiu Lucas, ajeitando os

cobertores em volta de mim. — Estarei logo ali fora, ok?

Assenti. — Você pode, por favor, colocar uma cadeira um pouco distante da cama? Não quero que Misha pegue minha doença.

Lucas fez o que pedi antes de sair do quarto e, alguns momentos depois, meu irmão entrou.

— Como está se sentindo? — perguntou ele em russo assim que entrou no quarto. Ergui a mão, sem querer que ele chegasse perto demais. Apesar de suspeitar que eu já passara do estágio contagioso da doença, ainda me sentia mais um trapo infestado de germes do que uma pessoa.

— Já estive melhor — respondi, gesticulando para que Misha se sentasse na cadeira que Lucas preparara para ele. Minha pele doía novamente, mas meu irmão não precisava saber disso. — Como você está? Como estão tratando você?

Misha hesitou e deu de ombros. — Tudo bem, acho. — Ele se sentou na cadeira e notei que, desta vez, suas mãos não estavam algemadas.

— Eles deixam você andar por aí sem restrições? — perguntei surpresa. Meu irmão assentiu.

— Eles não me deixam sozinho com armas e fico algemado à noite, mas sim, tenho uma certa liberdade.

— Ótimo. — Procurei um bom assunto para começar, mas decidi ser direta. — Michael — perguntei baixinho —, onde estão seus pais adotivos? Como você acabou na UUR?

Ele me lançou um olhar duro. — Tio Vasya disse que lhe contou tudo.

— Ele me contou... algumas coisas. Mas eu gostaria de ouvir de você. — Depois da traição de Obenko, eu não confiava nem um pouco na versão da história do meu ex-chefe. — Seus pais sabem o que você estava fazendo? Concordaram com seu treinamento?

Misha olhou para mim em silêncio.

— Mishen'ka... — Meus ossos doeram quando endireitei o corpo. — Só quero saber um pouco mais sobre sua vida. Você não tem motivos para acreditar em mim, mas, há onze anos, fiz um acordo com Vasiliy Obenko, seu tio Vasya. Prometi a ele que entraria para a UUR em troca de a irmã dele adotar você e dar-lhe uma vida boa. Foi por isso que fui embora, porque queria que você tivesse o tipo de vida que tínhamos antes que nossos pais morressem. O tipo de vida que eu não poderia lhe dar no orfanato...

Enquanto eu falava, Misha balançou a cabeça negativamente. — Você está mentindo — disse ele, levantando-se. — Você foi embora. Tio Vasya me disse que você entrou para o programa porque não queria a responsabilidade de cuidar de um irmão pequeno... porque estava cansada de estar no orfanato. Ele se sentiu mal por você me deixar para trás, contou à mamãe sobre mim e... — Ele parou, ofegante. — Ele não teria mentido para mim sobre isso. Não teria. — Ele repetiu aquilo como se estivesse tentando se convencer e percebi que meu irmão não tinha tanta certeza sobre Obenko quanto parecia. Ele tivera a oportunidade de testemunhar como o homem era implacável?

— Lamento — disse eu, recostando-me nos travesseiros quando minha breve onda de energia desapareceu. — Eu queria que isso fosse verdade, mas, para seu tio, o país dele sempre estava em primeiro lugar. Você sabe disso, não sabe?

Misha apertou os lábios e balançou a cabeça novamente. — Não. Ele disse que você é boa em torcer as coisas.

— Misha...

— É Michael. — Ele cruzou os braços sobre o peito. — E não quero mais falar neste assunto.

— Ok. — Eu ainda estava muito doente para discutir com um adolescente traumatizado. — Só me diga uma coisa... Eles são pessoas boas, esses seus pais adotivos? Trataram você bem?

Depois de um momento de hesitação, Misha assentiu e sentou-se na cadeira. — Eles eram... eles são. — O olhar dele ficou um pouco mais suave. — Mamãe faz panquecas de batata nos fins de semana e papai joga tênis de mesa. Ele é muito bom. Eu jogava com ele todas as noites quando era pequeno.

Lágrimas de alívio encheram meus olhos ao perceber a emoção sincera na voz dele. Não importava o que o fizera terminar na UUR, Misha amava os pais adotivos... amava-os como amara nossos pais.

— Você os vê com frequência? — Agora que meu irmão estava realmente falando comigo, fiquei desesperada para ouvir mais sobre a vida dele. —

Quero dizer, desde que você começou o treinamento? Está ficando no dormitório ou ainda mora em casa? O que seus pais acham de você fazer isso?

Misha piscou algumas vezes ao ouvir minhas perguntas rápidas. — Eu... eu os vejo uma vez por mês agora — respondeu ele devagar. — E sim, estou ficando no dormitório. Mamãe não queria, mas tio Vasya disse que seria melhor, que me ajudaria com a transição e tudo o mais.

Assenti de forma encorajadora e, depois de uma pausa breve, ele continuou: — De forma geral, eles aceitaram que eu entrasse para a agência. Quero dizer, eles entendem que servimos ao nosso país. — Ele desviou o olhar ao se mexer desconfortavelmente na cadeira e li nas entrelinhas.

Os pais dele talvez tivessem entendido, mas não estavam nada felizes de terem o filho adolescente recrutado para a causa.

— Acha que estão preocupados com você? — Ignorando a exaustão crescente, sentei-me um pouco mais ereta novamente. — Eles teriam ouvido falar sobre o que aconteceu?

— Eles... — A voz dele falhou quando ele olhou para mim, piscando rapidamente. — Sim, eles já devem saber. Alguém deve ter notificado mamãe sobre o tio Vasya.

— Lamento, Michael. — Mordi o lábio. — Lamento muito por ter acontecido daquela forma. Acredite, se eu pudesse voltar atrás...

— Não. — Misha se levantou com os punhos cerrados. — Não finja.

— Eu não...

— Chega. — A voz de Lucas estava afiada como uma faca quando ele entrou no quarto, aproximando-se do meu irmão com passos furiosos. — Eu lhe disse que não poderia deixá-la chateada. — Pegando Misha pela parte de trás da camiseta, ele o arrastou na direção da porta, rosnando: — Ela está doente. Que parte disso você não entendeu?

— Lucas, pare. — Joguei o cobertor longe, sentindo o coração bater mais depressa com um medo súbito. — Por favor, ele não fez nada.

Lucas instantaneamente largou Misha e cruzou o quarto na minha direção quando botei as pernas para fora da cama, prestes a me levantar apesar de uma onda de tontura.

— O que está fazendo? — Com um olhar frio para mim, ele pegou minhas pernas e colocou-as de volta sobre a cama, forçando-me a ficar meio sentada, apoiada nos travesseiros, antes de me prender entre os braços. Os olhos dele brilhavam furiosos quando ele aproximou o rosto a poucos centímetros do meu. — Você precisa descansar, entendeu?

— Sim. — Engoli em seco. — Desculpe.

Pelo jeito, aquilo deixara Lucas satisfeito, pois ele endireitou o corpo e virou-se para meu irmão. — Vamos — disse ele, apontando com o polegar na direção da porta. Misha me lançou um olhar de desculpas e saiu do quarto à frente de Lucas.

Exausta, recostei-me nos travesseiros e fechei os olhos.

Meu irmão estava bem por enquanto, mas aquele não era o lugar para ele. Eu precisava fazer com que ele voltasse para os pais.

Ele precisava ir para casa.

 *ucas*

DEPOIS DE ESCOLTAR MICHAEL PARA FORA DA CASA E entregá-lo a Diego, voltei para o quarto e encontrei Yulia dormindo novamente. Apesar de os machucados do ataque de Kirill mal serem visíveis agora, havia círculos escuros sob os olhos dela e seu rosto estava pálido e fino. Ela perdera peso durante a doença e novamente parecia perturbadoramente frágil, como um bibelô de vidro que poderia se quebrar ao menor toque.

Eu devia ser um pervertido, pois a queria mesmo assim.

Respirando fundo, tirei a roupa e deitei na cama ao lado dela. Os travesseiros estavam espalhados e arrumei-os para que ficassem mais confortáveis. Em seguida, deitei-me e puxei-a contra mim. Ela ainda vestia a camiseta, mas não me importei com a barreira entre nossos corpos.

Ela mantinha meu desejo por Yulia sob controle, ajudava-me a manter a ilusão de que eu era um enfermeiro neutro, em vez de um homem que tivera que tocar uma punheta duas vezes ao dia na semana anterior.

Na noite anterior, eu não dormira, portanto, deveria ter apagado muito depressa. Mas eu estava bem acordado ao sentir o calor subindo novamente da pele dela. A maldita febre voltara. Eu sabia que não devia ter dado ouvidos a Yulia, mas não consegui resistir à súplica nos olhos azuis imensos. Eu ainda não sabia de toda a história com o irmão dela, pois o garoto se recusava a responder a quaisquer perguntas, mas sabia que ela o amava.

Ela fugira para salvá-lo de mim.

Fechando os olhos, eu me xinguei pela milésima vez por não ter dado ouvidos a ela. Nos dias anteriores, eu tivera a oportunidade de relembrar as conversas antes da fuga dela e vi que não havia ninguém mais a culpar a não ser a mim mesmo pela confusão. Se eu tivesse deixado Yulia falar, teria descoberto quem era Misha e teria prometido não machucá-lo.

Até mesmo *eu* tinha limites.

Yulia murmurou algo no sono, aconchegando-se mais perto de mim. Beijei a orelha delicada, com um aperto no peito ao sentir a pele quente dela. Ela não estava tão doente quanto na noite anterior, mas ainda estava longe de estar bem.

Saindo cuidadosamente da cama, fui para o banheiro e voltei com uma toalha fria molhada. Quando tirei a camiseta dela e passei a toalha em seu corpo, Yulia acordou, pestanejando com os olhos azuis estonteados. Mas, antes que eu terminasse de passar a toalha, ela pegou no sono novamente.

Desliguei a luz e deitei novamente ao lado dela, puxando-a para os meus braços. O calor do meu corpo não era o ideal no momento, mas eu percebera que ela dormia melhor quando a abraçava.

Fechando os olhos, tentei não pensar na origem dos pesadelos dela, mas foi impossível. A doença de Yulia mudara minha rotina normal de trabalho, mas eu garantira que a busca por Kirill continuasse sem interrupções. Infelizmente, além de alguns rumores vagos e algumas pistas falsas, não houvera nada nos dias anteriores. Era como se o imbecil tivesse simplesmente desaparecido. Era viável que ele não tivesse sobrevivido aos ferimentos. Mas, nesse caso, teríamos encontrado um corpo ou ouvido algo sobre um funeral.

Não, meus instintos me diziam que o ex-treinador de Yulia estava vivo... provavelmente com dores horrendas, mas vivo. Eu teria que aumentar os esforços para encontrá-lo quando Yulia estivesse bem.

Entretanto, primeiro eu teria que deixá-la bem.

Beijando a têmpora dela, aconcheguei-a mais perto de mim, ignorando o desejo que enrijecia o pênis. Com sorte, o apetite melhor de Yulia significava que ela estava no processo de cura e logo eu a teria saudável e forte novamente.

Caso contrário, Goldberg desejaria nunca ter nascido.

PARA MEU ALÍVIO, NOS DOIS DIAS SEGUINTES, A recuperação de Yulia continuou sem mais atrasos. O apetite dela voltou com toda força e vi-me procurando na internet receitas simples e nutritivas. Eu ainda era horrível na cozinha, mas descobrira que, com concentração suficiente, conseguia fazer pratos básicos seguindo instruções e assistindo a vídeos *on-line*, algo que nunca me sentira motivado a fazer antes. Mas, com Yulia dependendo completamente de mim, parecia errado alimentá-la apenas com sanduíches e cereais.

Eu queria que ela comesse muito bem para recuperar a saúde.

— O que você está fazendo, cara? — perguntou Diego ao entrar na minha cozinha e ver-me cortando legumes para um cozido. — Nunca vi você cozinhando antes.

— É, bom, estou expandindo minhas habilidades — respondi, depositando todos os legumes em uma panela grande. Em seguida, olhei para o *notebook* aberto para ver o próximo passo do processo. — Nunca é tarde para aprender, certo?

— Ahã, claro. — Diego me olhou de forma dúbia. —

Por que simplesmente não pediu à criada de Esguerra para fazer comida extra para vocês? Ela normalmente não se importa.

— Não sou a pessoa favorita de Ana no momento — disse eu, medindo cuidadosamente uma colher de sal. — Você sabe, com a história de Rosa e tudo o mais.

— Ah, certo. — Diego se sentou e observou-me com fascinação evidente. — Ela está bem chateada com a história toda, hein?

— Nem me fale.

Apesar de a intervenção de Nora ter salvado Rosa de nosso interrogatório e posterior punição, a criada estivera presa dentro de casa na semana anterior enquanto Esguerra decidia o que fazer com ela. Se não fosse pela amizade de Nora com a garota, teria sido fácil, mas Esguerra não queria chatear a esposa executando sua amiga próxima.

Além do mais, nenhum de nós tinha certeza absoluta de que Nora dissera a verdade, o que significava que ainda havia a chance de que a criada estivesse trabalhando para alguém mais.

Agora que Yulia estava sentindo-se melhor, eu perguntaria a ela sobre o assunto... e sobre tudo o mais.

— Então é isso? Agora você é um *chef*? — perguntou Diego quando coloquei a quantidade sugerida de água dentro da panela e cobri-a antes de ligar o fogão. — Isso significa que eu e Eduardo podemos vir para o jantar?

— Claro que não. Façam seu próprio cozido, porra.

Diego caiu na gargalhada, mas rapidamente ficou sério quando me virei para encará-lo.

— Chega de conversa fiada — disse eu, limpando as mãos em uma toalha de papel. — Fale-me sobre os novos treinandos e como estamos em relação aos esforços de recrutamento.

O guarda começou a fazer o relatório diário e sentei-me à mesa, ficando de olho na panela para que não fervesse e derramasse.

QUANDO O COZIDO FICOU PRONTO, FUI VER YULIA E encontrei-a cochilando na poltrona na biblioteca, vestindo outra das minhas camisetas. Eu a levara para lá depois do almoço quando ela insistira em se levantar, reclamando que estava cansada de ficar deitada na cama o dia inteiro. A julgar pelo livro em seu colo, ela pegara no sono enquanto lia.

Franzindo a testa, encostei a mão na testa dela para ver se estava com febre. Para meu alívio, a pele dela estava com a temperatura normal. Ela ainda não estava totalmente recuperada, mas Goldberg estivera certo ao não me deixar entrar em pânico.

Olhei para o relógio.

Quatro horas da tarde. Faltava bastante tempo para o jantar.

Tomando uma decisão, saí em silêncio da sala e fui para fora da casa. Eu precisava fazer a ronda com os guardas e conversar com Esguerra. Com sorte, Yulia dormiria pelas próximas duas ou três horas enquanto eu trabalhava um pouco. Depois teríamos uma bela refeição juntos... nossa primeira refeição normal desde a volta dela.

Eu mal podia esperar.

 ulia

UMA SENSAÇÃO ENERVANTE ME ACORDOU. ERA QUASE como se alguém estivesse observando-me ou...

Soltando uma exclamação, endireitei o corpo na poltrona e olhei para a garota pequena de pele dourada parada no meio da biblioteca de Lucas. Ela vestia um vestido azul claro e os cabelos escuros brilhantes caíam sobre os ombros magros. Eu tinha quase certeza de que nunca a vira antes, mas algo sobre as feições delicadas era familiar.

— Quem é você? — Tentei manter a voz nivelada, o que não foi fácil com o coração batendo na garganta. Ainda estava fraca por causa da doença e, apesar de a criatura parecida com uma boneca à minha frente não parecer uma ameaça, eu sabia que as aparências podiam enganar. — O que está fazendo aqui?

— Sou Nora Esguerra — respondeu ela em inglês sem sotaque. Os olhos escuros me estudaram friamente. — Você conheceu meu marido, Julian.

Pisquei algumas vezes. Isso explicava como ela entrara na casa, pois devia ter as mesmas chaves que Rosa, e por que parecia familiar. A fotografia dela estivera nos arquivos que Obenko me dera em Moscou.

Além disso, eu vira aqueles olhos escuros uma vez antes.

— Você estava espiando pela janela no primeiro dia em que me trouxeram para cá— disse eu, puxando a camiseta de Lucas para baixo para cobrir um pouco mais minhas coxas. Se eu soubesse que receberia visitantes, teria colocado roupas decentes. — Com Rosa, certo?

A garota assentiu. — Sim, viemos olhar você. — Ela não pediu desculpas nem explicou, apenas estudou-me com os olhos ligeiramente estreitados.

— Ok, e hoje você está aqui porque... — Deixei minha voz sumir.

— Porque estive esperando uma chance de falar com você e esta é a primeira vez em que Lucas saiu de casa em vários dias — respondeu ela, aproximando-se da minha poltrona.

Sentindo-me inquieta, levantei. Apesar de ainda sentir as pernas muito fracas, eu conseguiria me proteger melhor de pé... se a necessidade surgisse.

— Sobre o que queria conversar? — perguntei,

ficando de olho cuidadosamente nas mãos da garota. Ela não parecia estar armada, mas algo na postura dela me dizia que talvez não fossem necessárias armas para causar ferimentos.

Percebi que ela tivera algum treinamento em luta.

— Rosa — disse a garota. Ela ergueu o queixo pequeno ao me olhar duramente. — Especificamente, o que você dirá a Lucas e a Julian sobre ela.

Franzi a testa, confusa. — O que quer dizer?

— Eles vão querer saber como você escapou e quem a ajudou — disse Nora. — E você dirá que foi Rosa agindo sob minhas instruções. Entendeu?

— O quê? — Era a última coisa que eu esperava ouvir. — Você quer que eu a culpe?

— Quero que você diga a verdade — retrucou ela friamente. — E sim, isso significa dizer a todos que Rosa ajudou você porque eu pedi.

— Ela não disse nada sobre ter sido porque você pediu — respondi, com a mente acelerada. Parecia que a criada estava encrencada e a esposa de Esguerra tentava protegê-la admitindo o próprio envolvimento. Exceto que...

— Não importa o que Rosa diga ou não diga. — A voz de Nora ficou tensa. — Estou lhe dizendo agora que Rosa agiu sob minhas ordens e é isso que você dirá quando Lucas e Julian lhe perguntarem. Entendeu?

— Se não? — Ouvi a ameaça no tom da garota, mas queria ver até onde ela iria. — Se não o quê, sra. Esguerra?

— Se não vou garantir pessoalmente que Julian

arranque cada pedacinho de carne de seus ossos. — Ela abriu um sorriso frio. — Na verdade, talvez eu mesma faça isso.

Eu a encarei, tentando me lembrar do que sabia sobre a garota. Ela era jovem, cerca de dois anos mais nova que eu, de acordo com o dossiê de Esguerra, e recentemente casada com o traficante de armas. Antes disso, supostamente ela fora sequestrada por ele. Houvera uma investigação do FBI que durara mais de um ano. Mas, independentemente do histórico dela, era óbvio que não era muito diferente do marido agora.

Ela não estava fazendo uma ameaça vazia.

— Está bem — disse eu lentamente. — Suponhamos que você tenha sugerido a Rosa que me ajudasse. Por quê? Qual teria sido sua motivação? Lucas vai querer saber.

— Ele entenderá minha motivação. Só o que você precisa fazer é dizer a verdade... toda a verdade, incluindo meu envolvimento.

Torci os lábios. — Certo. E suponho que toda a verdade não inclua sua visita a mim hoje.

— Correto. — Ela nem piscou. — Não há motivo para que Rosa pague pelas minhas ações. Tenho certeza de que você concorda com isso.

— Concordo. — Se a esposa de Esguerra queria que o marido notoriamente implacável achasse que tudo fora ideia dela, eu não tinha a menor intenção de ficar no caminho... especialmente depois daquela conversa.
— É tudo ou posso ajudá-la com mais alguma coisa?

— É tudo — respondeu ela. Em seguida, ela se virou

e começou a se afastar. Mas, antes que eu pudesse soltar o ar aliviada, ela parou na porta e olhou novamente para mim. — Só mais uma coisa, Yulia...

Ergui as sobrancelhas, esperando.

— Pelo que Julian disse, Lucas parece... incomumente enamorado por você. — A voz dela saiu estranhamente neutra. — Sorte sua, considerando o que aconteceu.

Percebi que ela falava sobre a queda do avião. Naturalmente, a esposa de Esguerra me culparia por isso. Pelo menos, eu não conseguira seduzir o marido dela. Tive a sensação de que, se Nora soubesse que Esguerra era minha missão inicial, talvez eu acordasse com a garganta cortada.

— Tenho certeza de que só estava fazendo seu trabalho — continuou ela no mesmo tom neutro. — Executando as ordens de seus superiores.

Assenti desconfiada. Eu não fazia ideia do que ela queria ouvir. Eu não sabia que minhas informações seriam usadas para derrubar o avião do marido dela. E, mesmo se soubesse, não tinha certeza de que isso teria mudado alguma coisa. Talvez eu tivesse tentado fazer com que Lucas não subisse naquele avião, apesar de ele ainda ser um estranho para mim na época, mas não teria levantado um dedo para salvar Esguerra. E ainda não levantaria.

Considerando tudo o que eu sabia sobre o homem, o mundo seria melhor sem ele... e a esposa dele também.

— Ótimo. Foi o que Lucas disse a Julian — falou Nora. — Não foi pessoal, por assim dizer.

Assenti novamente, querendo que ela chegasse logo à conclusão. O cansaço devido à doença fazia com que minhas pernas tremessem e eu suava pelo esforço de ficar de pé por tanto tempo. Entretanto, eu não queria mostrar vulnerabilidade na frente da esposa de Esguerra. Seria como expor o pescoço para uma loba pequena e mortal.

— Ok, Yulia... — Os olhos da loba brilharam com uma luz peculiar. — Acho que o que estou dizendo é que, para seu próprio bem, espero que corresponda aos sentimentos de Lucas. Porque, se algum dia ele parar de protegê-la... — Ela não concluiu a frase, mas entendi perfeitamente.

Meu irmão não era o único que não pertencia àquela propriedade.

— Entendido — consegui dizer calmamente. — Mais alguma coisa?

Ela me deu um sorriso apertado. — Não, isso é tudo. Espero que melhore logo.

Ela se virou e foi embora. Caí sobre a poltrona, tão exausta como se tivesse acabado de sair de uma guerra.

 ucas

Demorei mais do que o esperado para me atualizar sobre tudo o que negligenciara nos dias anteriores e, quando cheguei em casa, eram quase sete e meia da noite.

A primeira coisa que fiz quando entrei em casa foi ir até a biblioteca. Para minha surpresa, Yulia não estava lá.

— Lucas? — chamou ela. Percebi que a voz dela vinha da cozinha. Franzindo a testa, fui até lá.

— O que você está fazendo? — perguntei quando a vi carregando duas colheres para a mesa. Aproximando-me dela em dois passos largos, peguei os utensílios da mão dela e segurei seu cotovelo. — Você precisa descansar.

— Estou bem — protestou ela quando a conduzi até a mesa. — De verdade, Lucas, estou muito melhor. Fiquei cansada de estar sentada o dia inteiro e quis preparar a mesa para o jantar.

— Que merda. — Puxei a cadeira para ela. — Sente e cuidarei disso. Seu único trabalho agora é se recuperar, entendeu?

Yulia me lançou um olhar exasperado, mas obedeceu. Pela primeira vez desde que ficara doente, ela usava as roupas normais, uma calça *jeans* e uma camiseta curta, mas o traje somente enfatizava a gravidade da perda de peso. A barriga dela estava côncava e os braços muito finos. Eu não sabia por que ela exigia tanto de si mesma, mas não gostei da ideia.

— Você não vai mover um músculo — disse eu ao lavar as mãos e pegar duas tigelas. Yulia já tinha ligado o fogão para esquentar o cozido porque, quando verifiquei, encontrei-o borbulhando em fogo baixo. Servi uma porção generosa para cada um de nós e levei as tigelas para a mesa. — Não quero que você tenha outra recaída — disse eu, sentando-me à frente dela.

Ela cheirou o cozido, em vez de responder. — Você o fez? — perguntou ela, olhando para mim. Assenti, curioso para ver o que ela acharia. Eu o experimentara mais cedo e gostara, mas ainda tinha um longo caminho para chegar à altura de Yulia na culinária.

Ela mergulhou a colher no cozido e experimentou um pouco do molho. — Está gostoso, Lucas — disse ela. Não consegui reprimir um sorriso ao perceber a surpresa na voz dela.

— Fico feliz que tenha gostado — disse eu, começando a comer. — Não foi difícil fazer, portanto, acho que consigo repetir.

Yulia começou a comer com entusiasmo evidente e eu a observei, feliz em vê-la desfrutando dos meus esforços. Havia algo estranhamente satisfatório em vê-la à mesa da minha cozinha, comendo a comida que eu fizera e vestindo as roupas que lhe dera. Nunca pensei que eu faria aquilo, nunca considerara que talvez tivesse que cuidar de alguém, mas era precisamente o que queria fazer com ela. Era particularmente estranho porque, apesar da doença, Yulia era uma das mulheres mais capazes que eu já conhecera.

Ela ficou calada enquanto comemos o cozido e deixei-a comer em paz, preocupado com o fato de que até mesmo aquela refeição poderia ser desgastante demais. Quando terminamos, limpei tudo e fiz uma xícara do chá preto favorito de Yulia.

— Como está se sentindo? — perguntei quando levei a xícara para a mesa. Ela sorriu, batendo na barriga de leve.

— Extremamente cheia. O cozido estava maravilhoso. Obrigada.

— Foi um prazer. — Sorri quando ela reprimiu um bocejo antes de beber o chá. — Com sono?

— Só quase em coma por causa da comida, acho — disse ela com um meio bocejo. — Não posso querer dormir. Já dormi o suficiente para a vida inteira.

— Seu corpo precisava — disse eu. Minha diversão acabou quando lembrei do estado quase catatônico dela depois do ataque de Kirill. — Você passou por muita coisa.

Ela olhou para a xícara. — É, acho que sim.

— Yulia... — Sentei-me e estendi o braço sobre a mesa para cobrir a mão dela com a minha. — O que aconteceu? Como você acabou com Kirill?

Os dedos finos dela se contraíram sob minha mão, mas ela não olhou para cima.

— Yulia. — Apertei a mão dela de leve. — Olhe para mim.

Relutantemente, ela encontrou meu olhar.

— Você tem algum outro irmão que está escondendo de mim?

Ela balançou a cabeça negativamente.

— Alguém mais que você está tentando proteger?

Ela pestanejou. — Não.

— Então conte-me o que aconteceu. Por que você estava naquela cela? Eles acharam que você os tinha entregado?

— Eles... é... é complicado, Lucas. — Os lábios dela tremeram por um segundo antes que ela os apertasse.

— Entendi. — Levantei-me e dei a volta na mesa. Yulia me lançou um olhar perplexo quando a fiz levantar, mas só a peguei no colo e andei até a sala de estar, carregando-a contra o peito.

— O que está fazendo? — perguntou ela quando sentei no sofá, segurando-a no colo. Ela estava perturbadoramente leve, tão frágil como quando saíra da prisão russa.

— Estou procurando uma posição confortável para que possa me contar essa história complicada — disse eu, ajeitando-a mais seguramente no colo. Mesmo depois da perda de peso, seu traseiro era macio e redondo. Os cabelos dela cheiravam a pêssego misturado com baunilha. Meu corpo reagiu instantaneamente, mas ignorei a onda de desejo. Mantendo um braço em volta das costas dela, prendi um cacho de cabelos atrás de sua orelha com a mão livre e disse em tom suave: — Converse comigo, querida. Não vou machucar você nem seu irmão, prometo.

Yulia olhou para mim por alguns momentos e percebi que ela debatia o quanto deveria confiar em mim. Esperei pacientemente até que ela murmurou: — Por onde quer que eu comece?

— Que tal pelo começo? Conte-me sobre Michael. Quando vocês dois foram recrutados pela agência?

Yulia respirou fundo e começou com sua história. Eu ouvi, sentindo uma dor no peito quando ela me contou sobre uma garota de dez anos de idade cujos pais a deixaram para cuidar do irmão de dois anos em uma noite de inverno e nunca voltaram. Sobre a visita da polícia na manhã seguinte e os horrores do orfanato que se seguiram.

— Ninguém prestava muita atenção em mim. Como lhe disse, eu era magra e esquisita naquela idade, um patinho realmente feio. Mas Misha era lindo —

disse ela. — Ele poderia ter aparecido em comerciais de produtos para bebês. E eu não era a única que achava isso. A coordenadora o levava sempre para o escritório e eu via homens, diferentes a cada vez, entrarem. Não sei o que faziam com ele, mas voltava com machucados e, às vezes, sangue. E ele não parava de chorar por dias depois disso. Tentei denunciar, mas ninguém me deu ouvidos. O país estava em crise, ainda está, e ninguém se importava com os órfãos. Estávamos fora do caminho e era tudo o que importava. — Os olhos dela brilharam ferozmente ao dizer: — Eu teria feito qualquer coisa para tirar Misha de lá. Qualquer coisa.

A fúria latejou no meu crânio, mas fiquei em silêncio e continuei escutando enquanto Yulia me contava sobre uma visita de um homem bem vestido cujos olhos frios a assustaram, mas deram-lhe também esperança.

— Vasiliy Obenko me ofereceu um acordo que aceitei — disse ela. — Era a única forma de poder salvar Misha. Estávamos no orfanato havia menos de um ano e ele já estava um desastre: fazendo cena, chorando em momentos aleatórios, desobedecendo aos professores... Mesmo se uma boa família aparecesse, não iam querer adotar uma criança com aquele tipo de problema de comportamento, não importava o quanto ele fosse lindo. Eu estava tão desesperada que considerei pegar Misha e fugir, mas teríamos morrido de fome nas ruas ou algo pior. O mundo não é gentil com crianças sem lar. — Ela respirou fundo, estremecendo, e acariciei suas costas, tentando impedir que minhas próprias mãos tremessem de raiva.

Eu encontraria a coordenadora daquele orfanato e faria a piranha cafetina de crianças pagar caro.

— Então, sim — continuou Yulia depois de um momento —, quando Obenko veio me recrutar em troca de Misha ser adotado pela irmã e pelo cunhado dele, e de ele ter um bom lar, agarrei a oportunidade com unhas e dentes. Eu sabia que havia uma chance de estar fazendo um pacto com o diabo, mas não me importei. Eu só queria que Misha tivesse a chance de uma vida melhor.

Obviamente. Aquilo explicava muita coisa: a lealdade bizarra com uma organização que abusara dela, a vontade de realizar "missões" depois do que acontecera com Kirill. Não se tratara de patriotismo. O tempo inteiro, ela fizera aquilo pelo irmão.

— E Obenko cumpriu a parte dele do acordo? — Meu tom foi relativamente calmo.

— Mais ou menos... bem, não sei. — Ela mordeu o lábio. — Ainda estou tentando separar a verdade das mentiras. Misha deveria ter uma vida normal e parece que teve, pelo menos até uns dois anos atrás. Os pais adotivos dele não têm nada a ver com a agência. A irmã de Obenko é enfermeira e o marido dela é engenheiro elétrico. Parte do acordo era que eu ficasse longe de Misha e de sua nova família, portanto, só o via em fotografias. Eu não sabia que meu irmão tinha sido recrutado pela UUR até que segui Obenko até um galpão nos arredores de Kiev e vi Misha lá, sendo treinado por Kirill, juntamente com outros jovens.

— O Kirill que você achou que estava morto? — Minha raiva se intensificou quando imaginei a reação dela àquele golpe duplo, a uma traição tão cruel que nem mesmo eu conseguia entender.

Yulia assentiu. Seu olhar ficou duro ao me contar sobre sua captura e o interrogatório subsequente nas mãos da própria agência. — Eles acharam que eu tinha virado a casaca — disse ela. — Que eu os tinha traído.

— Não entendi uma coisa. — Coloquei a mão sob os cabelos dela e deixei-a em sua nuca, conseguindo manter minha fúria sob controle. — O que a levou a seguir Obenko até aquele galpão? Você suspeitou de alguma coisa?

— Não, não suspeitei de nada. — Os olhos azuis dela estavam velados. — Comecei a seguir Obenko na esperança de que ele acabasse me levando à família da irmã... ao meu irmão. Eu queria ver Misha apenas uma vez antes de... — Ela parou, mordendo o lábio inferior.

— Antes do quê?

Yulia não respondeu.

— Antes do quê, linda?

— Antes de partir para outra missão — sussurrou ela, piscando rapidamente.

As palavras dela me encheram de um ciúme tão violento que quase não ouvi quando ela acrescentou de forma quase inaudível: — E desaparecer para sempre.

— O quê? — Minha mão apertou a nuca dela. — O que diabos quer dizer com isso?

Ela se encolheu e afrouxei a mão, massageando a área que acabara de machucar. Entretanto, ela continuou sem dizer nada e os segundos se passaram, cada um deles aumentando minha fúria.

— Yulia... — Apenas o conhecimento do que acontecera na última vez em que eu deixara o ciúme me cegar me impediu de explodir. — O que diabos você quer dizer com isso?

— Nada. Eu só... — Ela fechou os olhos por um segundo antes de abri-los novamente e encontrar o meu olhar. — Eu ia sair, ok? — A voz dela tremeu. — Eu não conseguia mais fazer aquilo, não podia fazer outra missão para eles. Eu usaria as passagens de avião e as identidades que eles me deram para desaparecer e começar uma vida nova.

— É? — Baixei a mão para as costas dela quando parte da minha raiva esfriou. — Por quê? Por quê, depois de todos aqueles anos?

Ela deu de ombros e abaixou o olhar, evitando me encarar. — Achei que meu irmão estava seguro à essa altura... os pais adotivos dele não o colocariam de volta no orfanato depois de onze anos.

— Tenho certeza de que também não o colocariam de volta depois de cinco anos. — Segurei o queixo dela para forçá-la a olhar para mim. Senti o desconforto dela com o assunto e fiquei ainda mais determinado a desvendar aquele mistério. — Você não sabia ainda sobre Kirill e seu irmão. Então, por que decidiu fugir?

Ela permaneceu em silêncio.

— Yulia... — Inclinei-me para frente até quase

encostar o nariz no dela. Assim, tão perto, o perfume doce dela era intoxicante. Eu me senti à beira de perder o controle. Meu coração batia forte no peito e, quando falei, as palavras saíram roucas e tensas. — Por que você decidiu fugir, linda? O que mudou?

Ela abriu ligeiramente os lábios ao olhar para mim e a tentação de beijá-la, de sentir a maciez deliciosa de sua boca, foi insuportável. Eu estava absurdamente ciente de tudo sobre ela. O ritmo irregular da respiração, o calor da pele macia, a forma como os cílios longos se emaranhavam nos cantos dos olhos... tudo isso me atraía, aumentava o desejo que queimava nas minhas veias. Somente a convicção de que eu precisava daquela resposta, de que era algo realmente importante, me impediu de ceder ao desejo.

— Diga-me, querida — sussurrei, erguendo a mão para acariciar o rosto dela. — Por que não podia mais fazer aquilo?

Yulia prendeu a respiração e seus olhos se encheram de lágrimas quando ela empurrou meus ombros tentando se afastar. O desespero dela foi tão grande que quase a soltei, mas o instinto me impediu.

— Shh — disse eu, apertando o braço em volta dela para mantê-la no lugar. — Está tudo bem. Você está bem. Só me diga, querida. Diga-me por que ia sair.

— Lucas, por favor... — As lágrimas escorreram pelo rosto dela quando ela parou de me empurrar. — Por favor, não.

— Não o quê? — Senti-me como se estivesse atormentando uma gatinha, mas não consegui parar.

Chegando mais perto, beijei as lágrimas quentes em seu rosto e murmurei: — Não pergunte? Por que não? O que você não quer me dizer? O que está escondendo?

Yulia fechou os olhos e encostei os lábios nas pálpebras trêmulas. — Vamos, querida — sussurrei, recuando ligeiramente. — Só me diga. O que mudou para você? Por que não quis fazer a missão?

— Porque eu não consegui. — Abrindo os olhos, ela olhou para mim. Seus olhos estavam cheios de lágrimas novas. — Eu só não conseguia mais, ok?

— Por quê?

Ela tentou se afastar, mas apertei-a novamente, mantendo-a no lugar.

— Por quê, Yulia? — pressionei. — Diga-me.

— Porque eu me apaixonei por você! — Com força chocante, ela empurrou meu peito. Fiquei tão atordoado que a soltei, deixando-a sair do meu colo. O movimento brusco a jogou para trás, quase fazendo com que caísse. Mas, antes que eu conseguisse segurá-la, Yulia recuperou o equilíbrio e correu para o quarto, batendo a porta atrás de si.

 ulia

DURA! IDIOTKA! IMBECILE! DEBILKA!

Soluçando, encostei uma cadeira contra a porta do quarto, prendendo o encosto na maçaneta para mantê-la fechada. Meus braços tremiam do excesso de esforço e da adrenalina. O arrependimento era como uma marreta batendo no meu crânio. Como eu pudera ser tão idiota? Como pudera ter admitido meus sentimentos para Lucas *de novo*? Na última vez, pelo menos, achei que estava sonhando, mas não tinha desculpas para o que fizera hoje.

Totalmente acordada e consciente, eu cedera à ternura incessante de Lucas, esmagada pela insistência implacável de suas exigências gentis.

— Yulia! — A maçaneta fez barulho quando ele bateu na porta com força. — O que diabos está fazendo? Deixe-me entrar.

Com a respiração pesada, afastei-me da porta, colocando a mão sobre a boca para abafar os soluços. Por que eu fizera isso de novo? Era algum tipo de masoquista? Eu sabia o que era para ele: um brinquedo sexual, alguém que Lucas queria possuir. Se eu tivera alguma dúvida sobre isso, os rastreadores a teriam eliminado. O que ele fizera era a coisa mais próxima de colocar uma coleira em um ser humano. Não havia cuidados suficientes que compensassem a intenção dele de me manter prisioneira até que se cansasse de mim.

Amor e cativeiro não combinavam... pelo menos, para a maioria das pessoas sãs.

— Yulia. — Lucas bateu com o punho na porta. — Deixe-me entrar, caralho! — Ele chutou a porta e a cadeira fez um barulho estranho ao se mover alguns centímetros sobre o carpete, deixando uma fresta abrir.

Lancei um olhar desesperado pelo quarto. Eu não sabia o que procurava, mas não havia nada. Continuei a recuar enquanto Lucas começava a chutar a porta com muita força. A fresta aumentou com cada golpe violento e, quando minhas pernas trêmulas encostaram na cama atrás de mim, a cadeira quebrou e a porta abriu completamente.

— Lucas, eu... — Eu não sabia o que pretendia dizer, mas ele não me deu a oportunidade. Antes que eu conseguisse recompor meus pensamentos, ele estava sobre mim. O mundo ficou de cabeça para baixo quando caí sobre a cama. Ele se jogou sobre mim e, em um piscar de olhos, agarrou meus pulsos, estendendo meus braços acima da cabeça. Os olhos pálidos dele me encararam quando ele me pressionou sobre o colchão, com o corpo quente e pesado sobre mim. Ele já estava excitado, pois senti o inchaço duro em sua calça, e eu sabia que só havia um fim possível para a noite.

A folga que eu tivera por causa da gripe acabara.

As mãos dele apertaram meus pulsos e uma ansiedade sombria me invadiu, misturada com uma excitação perversa. Eu estava muito consciente da força do meu carrasco, do poder do corpo enorme. Quando Kirill estivera sobre mim daquela forma, eu só sentira terror e repulsa. Mas, com Lucas, era infinitamente mais complicado. Sob o medo instintivo e a desconfiança, havia uma atração potente misturada com um desejo mais profundo de conexão que não fazia sentido no contexto de quem e o que éramos.

Eu estava apaixonada por um homem que tinha todos os motivos para me desprezar... um homem que me assustava até a alma.

— Yulia... — murmurou ele, encarando-me. Respirei fundo, trêmula, sentindo-me como se não conseguisse ar suficiente. Eu me sentia dividida. Parte de mim queria que eu fugisse e escondesse-me, fingisse que aquilo não estava acontecendo. Mas a outra parte, a mais fraca, queria ceder novamente, dizer a ele o quanto significava para mim e implorar para que ficasse comigo para sempre.

Implorar a ele que me amasse como eu o amava... como eu sempre o amaria.

— Yulia, querida... — O olhar dele suavizou e percebi que eu chorava de novo, com meu corpo inteiro sacudido pelos soluços. — Shh, querida, não é tão ruim assim... Você está bem. Tudo ficará bem.

Mas eu não conseguia parar de chorar, nem mesmo quando ele me beijou, passando a língua sobre meus lábios, nem quando soltou meus pulsos e saiu de cima de mim para tirar minhas roupas. Eu não conseguia parar de chorar porque ele estava errado. Não ficaria tudo bem. Não havia futuro para nós, nenhuma esperança de ter algo parecido com uma vida normal. Ele era o braço direito de um traficante de armas, um homem sem consciência, e eu era sua prisioneira.

Não havia finais felizes para pessoas como nós.

A dor de saber disso foi tão consumidora que mal senti quando Lucas tirou minha calcinha e ficou sobre mim depois de tirar as próprias roupas. Meu peito estava agonizantemente apertado e minha visão estava borrada com lágrimas. Foi só quando Lucas se posicionou entre minhas pernas, com as coxas fortes abrindo as minhas, que a consciência animal retornou e meu corpo respondeu a ele, apesar do meu desespero. A ponta do pênis encostou nas minhas dobras úmidas, mas, em vez de forçar, ele ficou parado, mantendo-se apoiado nos cotovelos enquanto segurava meu rosto entre as mãos.

— Yulia... — Os olhos dele queimavam com um desejo sombrio. A pele bronzeada estava esticada sobre os ossos pronunciados do rosto. — Você é minha — disse ele com voz baixa e gutural. — Nada nem ninguém a tirará de mim. Chega de mentiras, de fugas, de se esconder. Vou cuidar de você, protegê-la. Você e seu irmão. Entendeu?

Consegui assentir de leve, movendo as mãos para colocá-las nos lados do corpo dele. O corpo forte vibrava como uma corda, com os músculos retesados como se estivessem prontos para lutar e percebi que ele lutava para se controlar. Em qualquer outra noite, ele já estaria dentro de mim, mas tentava se conter, ir devagar por causa da minha doença recente.

Algo sobre aquilo afrouxou o nó apertado no meu peito, afastou o pânico que eu sentia. Talvez eu não fosse só um brinquedo para ele.

Ele não estaria tentando se controlar se não se importasse.

— Está tudo bem, Lucas — sussurrei, piscando várias vezes para remover as lágrimas. Considerando o que ele prometera, deixá-lo ter meu corpo era o mínimo que eu podia fazer. — Estou bem.

As pupilas dele expandiram-se, escurecendo os olhos azuis. Em seguida, ele abaixou a cabeça, capturando meus lábios em um beijo profundo. A língua dele entrou na minha boca, conquistando e acariciando ao mesmo tempo. Meu abdômen se contraiu quando senti a pressão dura e insistente do pênis. O calor se acumulou dentro de mim, centralizado nas minhas pernas, mas uma onda de pânico também voltou. Apesar do reconforto, eu estava longe de pronta para aquilo... pelo menos, emocionalmente.

Sexo com meu carrasco nunca era casual e fácil.

Mas era tarde demais para expressar minha hesitação. Os lábios e a língua de Lucas me devoraram, deixando-me sem fôlego, e uma das mãos dele desceu pelo meu corpo, acariciando meus seios e, em seguida, descendo mais para tocar meu sexo. Os dedos dele encontraram o clitóris, brincando com ele até que eu estivesse molhada e latejando. Em seguida, ele guiou o pênis para minha entrada, erguendo a cabeça para olhar para mim ao mesmo tempo.

Os olhos dele brilharam ao encontrar os meus e nós dois respiramos fundo quando a cabeça larga e lisa do pênis entrou em mim, estendendo a carne apertada. Eu me esquecera de como ele era grande. Apesar da excitação, meus músculos internos precisavam se ajustar à sensação de tê-lo dentro de mim. Minha respiração ficou curta quando ele investiu mais fundo, com a penetração lenta, controlada e inexorável. Ao penetrar totalmente, ele parou, mantendo-se imóvel acima de mim, e vi gotas de suor formando-se em sua testa. Ele ainda tentava se conter, ser o mais gentil que alguém assim poderia ser.

— Eu amo você — sussurrei, sem conseguir segurar as palavras. Naquele momento, não importava o fato de ele talvez não sentir a mesma coisa por mim, que as chances estavam totalmente contra nós. — Eu amo você, Lucas, muito.

O olhar dele se encheu de um calor vulcânico. Os

músculos fortes ficaram ainda mais tensos e vi o restante do autocontrole dele se desintegrar. — Yulia — rosnou ele. Em seguida, Lucas recuou e investiu com tanta força que fiquei sem ar nos pulmões. Deveria ter sido demais, mas, de alguma forma, era simplesmente certo. Passei os braços e as pernas em volta dele, segurando-o com força quando ele começou a investir repetidamente, reclamando-me com intensidade feroz.

— Lucas... — O nome dele saiu como um gemido rouco quando o calor dentro de mim aumentou, transformando-se em uma tensão insuportável. — Ai, meu Deus, Lucas... — Cada músculo do meu corpo vibrou com o prazer agonizante e senti o coração batendo nos ouvidos. O momento pareceu se estender para sempre. Gozei com violência extasiante, com os músculos internos contraindo-se em volta do pênis quando cada terminação nervosa explodiu.

Lucas abaixou a cabeça, engolindo meu grito com a boca, e continuou a investir durante o meu orgasmo. Ele me fodeu como um homem possuído, agarrando meus cabelos para manter minha cabeça no lugar para os beijos vorazes. Senti outro orgasmo acumulando-se, com cada investida implacável deixando-me mais perto do abismo. Mas, antes que eu gozasse de novo, ele parou e ergueu a cabeça para olhar para mim.

— Diga de novo — exigiu ele, encarando-me. A pele dele brilhava de suor e seu peito subia e descia com a respiração pesada enquanto o pênis latejava dentro de mim. — Diga que me ama.

— Eu amo você — disse eu, erguendo os quadris em

uma tentativa desesperada de chegar ao orgasmo. — Por favor, Lucas, eu amo você!

Ele respirou fundo e senti-o inchar ainda mais dentro de mim ao investir uma última vez antes de jogar a cabeça para trás com um rosnado selvagem. O pênis se contraiu dentro de mim, com o sêmen derramando-se em vários jatos quentes. Ele moveu os quadris em um movimento circular, esfregando os quadris contra meu sexo. Para meu choque, os movimentos me lançaram no abismo e gritei, enterrando as unhas nas costas dele quando uma onda inacreditável de prazer me invadiu novamente, deixando-me trêmula.

— Puta merda, querida — murmurou Lucas. Senti um último espasmo do pênis antes que Lucas recuasse e saísse de cima de mim. Como eu, ele estava coberto de suor e respirando pesadamente. Mesmo assim, ele encontrou forças para me puxar para perto, abraçando-me por trás.

Enquanto meu coração desacelerava e a sensação do orgasmo começava a diminuir, fechei os olhos, tentando não pensar no que fizera.

Tentando ignorar o poder aterrorizante que Lucas tinha sobre mim agora.

 ucas

QUANDO MINHA RESPIRAÇÃO VOLTOU AO NORMAL E MEUS músculos começaram a me obedecer novamente, levantei-me e carreguei Yulia para o banheiro para um banho rápido. Ela estava silenciosa e retraída, praticamente cambaleando enquanto eu a lavava. Eu sabia que tinha exagerado, que fora rude demais muito cedo. Deveria ter dado a ela pelo menos mais dois dias para que recuperasse as forças. Mas, em vez disso, eu a ataquei como um homem das cavernas, sem levar em consideração seu estado frágil.

O arrependimento me invadiu, misturado com preocupação com a saúde dela. Mas, sob a culpa pesada, havia um brilho de satisfação quente e sombria. Além do prazer incrível, além do alívio físico do sexo, havia um sentimento que me aqueceu por dentro, fez com que eu me sentisse no topo do mundo.

Yulia me amava. Não havia mais dúvidas sobre isso. Ela me amava, não um fantasma dos sonhos nem um amante que eu inventara.

Era ridículo, mas eu me sentia como se tivesse ganhado na loteria.

Quando terminamos o banho, ajudei Yulia a sair e enrolei-a em uma toalha antes de pegá-la novamente no colo. Cuidar dela daquele jeito parecia a coisa mais natural agora e a sensação se intensificou quando ela passou os braços em volta do meu pescoço, repousando a cabeça no meu ombro quando a carreguei de volta para o quarto.

— Como está se sentindo? — perguntei, parando ao lado da cama. Inclinando-me para baixo, coloquei-a gentilmente sobre o lençol e esclareci: — Não machuquei você, não é?

— Não — sussurrou Yulia, fechando os olhos. Ela parecia exausta e fiquei novamente preocupado. E se aquilo causasse uma recaída? Eu deveria ter me contido, deveria ter me controlado melhor. Ora, eu deveria ter esperado para obter respostas até que ela estivesse completamente bem, em vez de ceder à impaciência.

Afastando a culpa, desliguei a luz e deitei na cama ao lado dela, puxando-a para meus braços. A sensação das curvas quentes dela me deixou excitado novamente, mas, desta vez, consegui ignorar a reação do meu corpo.

— Boa noite, linda — sussurrei, puxando o cobertor sobre nós. — Durma bem.

Em menos de um minuto, o ritmo da respiração de Yulia estava regular e fechei os olhos, sentindo a alegria voltar ao abraçá-la firmemente.

Ela me amava e era minha.

A vida não poderia ficar melhor.

PARA MEU ALÍVIO, NA MANHÃ SEGUINTE YULIA ACORDOU sem sinais de uma recaída. Eu estava na cozinha preparando o café da manhã quando ela entrou, vestindo uma bermuda e uma camiseta, com os cabelos penteados e os olhos brilhantes e alertas.

— Olá — disse ela em tom suave, parando na porta. Um vermelho delicado cobriu seu rosto quando ela olhou para mim. — Vai ficar em casa hoje de novo?

— Só um pouco — respondi, sorrindo para ela. — Como está se sentindo?

— Estou bem. — Ela abriu um sorriso leve em resposta. — Só com um pouco de fome.

— Ótimo. A omelete está quase pronta.

— Quer ajuda? — perguntou ela, aproximando-se do fogão. — Eu posso...

— Obrigado, mas não precisa. — Eu a afastei. — Se quiser, pode fazer chá para nós. Já vou colocar a comida na mesa.

ANNA ZAIRES

Yulia seguiu minha sugestão e, cinco minutos depois, estávamos sentados para comer.

— Quero ver Misha hoje — disse ela, depois de comer metade da comida em tempo recorde. — Já que estou bem e tudo o mais.

— Vou providenciar — disse eu. — Vou pedir a Diego que o traga esta tarde. — Eu ainda estava furioso com o moleque por tê-la deixado chateada no outro dia, mas sabia que não podia mantê-lo longe dela... não depois do que ela me contara na noite anterior.

Yulia largou o garfo com expressão inescrutável. — Lucas... — Ela ergueu a mão para correr os dedos pela nuca. — Ainda sou uma prisioneira nesta casa, mesmo com os rastreadores?

Franzi a testa. — Não, não é. — Eu já decidira que lhe daria liberdade de andar pelo complexo depois da implantação dos rastreadores. — Eu já lhe disse isso.

— Então, por que Diego precisa trazer meu irmão aqui? Não posso eu mesma ir vê-lo?

Hesitei, olhando para ela. Em teoria, eu gostava da ideia de dar alguma independência a Yulia, mas, agora que o momento chegara, senti-me inquieto com a ideia de ela andar sozinha pela propriedade.

— Você pode — disse eu finalmente. — Mas não hoje. Primeiro, preciso apresentar você a mais pessoas aqui. Eles precisam saber quem você é e o que significa para mim.

— Por causa da minha conexão com a queda do avião — disse ela. Assenti, sentindo-me aliviado por ela entender. Apesar de parte da minha inquietação ser

282

proveniente de uma possessividade irracional, havia motivos para ser cauteloso.

Os guardas que morreram na queda do avião tinham amigos e familiares, alguns dos quais residiam no complexo. E, apesar de Esguerra e eu termos feito o possível para manter os detalhes da queda em segredo, havia rumores sobre o envolvimento de Yulia.

Até que eu a declarasse publicamente como minha, ela não estaria segura sozinha.

— E o meu irmão? — perguntou ela, pegando a xícara de chá. Percebi que ela parara de comer e tinha os olhos intensamente fixados em mim. — Ele está em perigo?

— Não — garanti. — Diego e Eduardo estão sempre com ele.

— Então *ele* é prisioneiro?

Suspirei. — Yulia, seu irmão é... bem, é uma situação complicada. Assim que tivermos certeza de que ele não atirará em ninguém nem tentará fugir, nós também lhe daremos mais liberdade, ok? Só demorará um pouco.

Ela tomou alguns goles de chá e recomeçou a comer, mas percebi que sua testa estava ligeiramente franzida. Estava preocupada com Michael, o irmão que não parecia apreciar os sacrifícios que ela fizera por ele.

— Sobre o que vocês estavam discutindo? — perguntei quando terminamos de comer. — Seu irmão parecia bravo com você.

Yulia terminou o chá e disse baixinho: — Ele está confuso. Obenko contou a ele um monte de mentiras sobre mim quando o recrutou. E era tio dele, portanto... — Ela deu de ombros, como se não importasse, mas vi a sombra de dor em seus olhos.

A traição da UUR era mais profunda do que eu pensara.

— Então, Michael não sabe o que você fez por ele? — Minha mão apertou a xícara com mais força quando imaginei todas as coisas que faria com os ex-colegas de Yulia.

— Acho que não, mas não importa. — Ela tentou abrir um sorriso. — Misha está aqui agora e só preciso conversar com ele, esclarecer tudo.

— Está bem — disse eu, tomando uma decisão. A fúria queimava dentro do meu peito, mas mantive a voz neutra ao dizer: — Vamos lá, vou levá-la para vê-lo.

Yulia arregalou os olhos. — Agora? Você não precisa trabalhar?

— O trabalho pode esperar. — Largando a xícara, levantei-me e dei a volta na mesa. — Está a fim de dar um passeio?

Ela imediatamente se levantou. — Com certeza — respondeu ela, sorrindo. — Vamos.

SAÍMOS DA CASA PELA PORTA DA FRENTE. PEGUEI A MÃO de Yulia, apertando os dedos dela de leve. Ela me olhou desconfiada.

— Não vou fugir, sabia? — disse ela. Sorri, sentindo parte da raiva desaparecer.

— Não é para impedir você de fugir — respondi, apertando um pouco mais a mão dela. Yulia era minha agora e ninguém a machucaria de novo... pelo menos, não sem responder a mim.

— Ah. — Ela olhou em volta, para os guardas e outros transeuntes, a maioria dos quais olhava para nós. — Então é estratégico?

— Parcialmente. — Eu estava segurando a mão de Yulia porque queria, mas anunciar nosso relacionamento aos outros certamente era um bônus, especialmente porque alguns dos guardas olhavam as pernas longas e elegantes dela com apreciação óbvia.

Eu os encarei friamente e eles rapidamente afastaram o olhar.

Filhos da puta.

Yulia olhou para mim e chegou mais perto de mim, quase encostando o corpo em mim ao andarmos. Dei a ela um aceno aprovador com a cabeça. Era inteligente que ela aceitasse publicamente minha proteção. Assim que todos no complexo soubessem que era minha, ela estaria segura.

Passamos pelo alojamento dos guardas e Yulia olhou para mim novamente. — Para onde vamos? — perguntou ela. — Achei que Michael estava ficando aqui.

— Ele está, mas Diego me disse que estavam no campo de treinamento esta manhã. Portanto, é para lá que vamos.

— Ah, entendi. — Yulia ficou em silêncio ao passarmos por um grupo pequeno de guardas. Assim que estávamos longe o suficiente deles, ela reduziu o passo e olhou para mim. — Lucas... — disse ela baixinho. — Há algo que eu queria perguntar a você.

— O que é?

— Quando voltamos para cá, o dr. Goldberg disse que você tinha sido ferido recentemente. O que aconteceu? Houve algum problema na sua viagem?

— Problema? — Com a mão livre, toquei de forma inconsciente nas costelas, que me incomodavam menos a cada dia. — É, pode-se dizer que sim. — E, enquanto andávamos, contei a Yulia sobre o que acontecera em Chicago, do ataque a Rosa na boate à perseguição e o que acontecera depois. Tentei dourar alguns dos detalhes mais sangrentos, mas, mesmo assim, quando terminei, Yulia estava pálida e com a mão gelada.

— Você poderia ter sido morto — sussurrou ela horrorizada. — E Rosa... Ai, meu Deus, coitada da Rosa...

— Sim, sobre isso... — Não estávamos longe do campo de treinamento, portanto, parei e virei-me para encarar Yulia. — Por que não me conta sobre Rosa? Quero saber como ela ajudou você a fugir.

A mão de Yulia ficou rígida na minha, mas, em seguida, ela relaxou. — O que quer dizer? — perguntou ela, franzindo as sobrancelhas em aparente confusão. A expressão dela era uma imitação perfeita de confusão sincera. Se eu não tivesse sentido a mão dela enrijecer, não saberia que minha pergunta a abalara. — Ela não...

— Chega de mentiras, lembra? — interrompi. — Temos um acordo.

Yulia passou a língua nos lábios. — Lucas, eu...

— Você não vai entregá-la, se é o que a preocupa — disse eu, soltando a mão dela. Chegando mais perto, segurei o queixo de Yulia, inclinando a cabeça dela para cima para encontrar o meu olhar. — Sabemos o que Rosa fez e temos o vídeo para provar.

— Sabem? — Vi Yulia engolir em seco. — Você... ela está bem?

— Por enquanto. — Abaixei a mão, mas não me preocupei em explicar. — Agora, diga-me exatamente o que aconteceu. Como você fugiu?

Ela olhou para mim e notei que estava decidindo se deveria acreditar sobre o vídeo. Finalmente, ela disse baixinho: — No dia antes de sua partida, Rosa apareceu e entregou-me uma lâmina e um grampo de cabelo. Ela também me contou um pouco sobre os horários dos guardas, incluindo o fato de que os da Torre Norte Dois jogam pôquer nas tardes de quinta-feira.

— Entendi. — Isso explicava por que Yulia passara por aquela torre naquele horário exato. — E por que ela ajudou você? Sua agência entrou em contato com ela?

— Não, claro que não. — Yulia pareceu surpresa. — Como poderiam?

— Não sei. Mas então por que ela fez isso?

Yulia hesitou novamente e disse devagar: — Foi estranho. Ela agiu como se não gostasse de mim, portanto, não entendi no começo. Mas depois...

— Depois o quê? — perguntei quando ela não continuou.

— Depois ela mencionou algo sobre Nora — disse ela, encarando-me com os olhos um pouco arregalados. — Pareceu que ela tinha lhe pedido para fazer aquilo. Mas Rosa não me disse o motivo.

Ora, merda. Eu queria dar um soco em alguém.

No fim das contas, a esposa de Esguerra não mentira.

— Você sabe por que Nora me ajudou? — perguntou Yulia. Percebi que estava só parado, com uma fúria silenciosa. — Ela é a esposa de Esguerra, certo?

— Ela é — disse eu em tom sombrio, virando-me para continuar a andar. — Infelizmente, é.

Se não fosse, já estaria morta. Mas, do jeito como as coisas estavam, a não ser que Esguerra optasse por punir Nora, ela era intocável. E, se Rosa agira sob as ordens dela, talvez também fosse.

 *ulia*

AO RECOMEÇARMOS A ANDAR EM DIREÇÃO AO CAMPO DE treinamento, olhei de relance para Lucas, tentando ver se ele acreditara na minha história. Até então, parecia que sim. O maxilar dele estava rígido de raiva e a boca era uma linha fina e dura. Ele parecia pronto para matar alguém e, para minha surpresa, senti uma pequena pontada de culpa por mentir sobre Nora.

Era como se estivesse traindo a confiança dele.

Não. Afastei aquele sentimento ridículo. Nunca houvera confiança entre nós. Desejo, sim, e até mesmo uma ternura absurda, mas não confiança. Eu podia não estar mais algemada, mas, com os rastreadores implantados no meu corpo, ainda era prisioneira de

Lucas e apaixonar-me por ele não me tornava cega. Eu sabia o tipo de homem que ele era e do que era capaz. Se Lucas soubesse que Nora me dissera para implicá-la na minha fuga, era muito provável que a criada fosse morta... o que, imaginei, fora o motivo para que a esposa de Esguerra assumisse a culpa no lugar dela. Se era que isso acontecera. Era possível que a garota simplesmente estivesse falando a verdade e, nesse caso, eu não mentira para Lucas. Só não mencionei a visita de Nora, o que era uma questão totalmente diferente.

Além do mais, quando pensei no que acontecera com Rosa, senti-me enjoada. Eu sabia como ela devia estar sentindo-se horrível. A última coisa que eu queria era que fosse machucada ainda mais.

Por sorte, ao andarmos, a raiva de Lucas pareceu se dissipar. E, quando chegamos a um campo gramado grande, ele pareceu ter se livrado completamente dela.

— É aqui? — perguntei, olhando para o campo. Ele era dividido igualmente em uma área de tiro e um percurso de obstáculos. Em um lado, havia também um prédio de telhado plano, provavelmente um ginásio interno, e o que parecia ser um galpão de suprimentos no canto.

— Sim, esta é a área de treinamento — disse Lucas ao passarmos por alguns guardas que praticavam artes marciais variadas. — E acho que seu irmão está lá. — Ele apontou para um grupo de homens no percurso de obstáculos.

Os cabelos loiros claros de meu irmão se destacavam como um farol entre os guardas em sua maioria latinos. Ele fazia exercícios de apoio no chão perto de um guarda magro de cabelos castanhos que parecia ser apenas poucos anos mais velho.

Ao nos aproximarmos, percebi que era uma competição. Os outros homens estavam parados em um semicírculo, torcendo e apostando em uma mistura divertida de inglês e espanhol. Misha e o rapaz com quem ele competia estavam sem camisa e suados, e fiquei imaginando por quanto tempo estavam fazendo aquilo. Não que precisasse de muito esforço para suar naquele clima. A minha camiseta estava grudada nas costas só de andar até lá.

— Parece que Michael está ganhando — comentou Lucas e percebi um toque de diversão sombria em sua voz. — Terei que aumentar o regime de treinamento dos novos recrutas. Assim não servirá.

Eu o cutuquei para que ficasse quieto, pois não queria interromper a concentração do meu irmão. O rosto de Misha estava vermelho e seus braços tremiam como se estivessem prestes a ceder. O outro guarda, no entanto, estava ainda pior e, enquanto eu observava, o jovem desabou, incapaz de continuar.

— Vai, Michael! — gritou alguém. Virei-me e vi Diego batendo palmas. Ele sorria de orelha a orelha. Virando-se para os outros guardas, ele estendeu a mão e disse: — Eu falei que o garoto conseguiria. Agora, paguem.

Enquanto ele falava, meu irmão também caiu no gramado. Ofegante, ele rolou para ficar deitado de costas e vi um sorriso imenso em seu rosto. Ele parecia tão feliz quanto naquelas fotografias.

Corri na direção dele com um sorriso alegre. — Excelente trabalho, Michael — gritei, sentindo como se estivesse prestes a explodir de orgulho. — Você foi incrível.

Ele se sentou, arregalando os olhos ao me ver. — Yulia? — disse ele em russo. — Como está se sentindo?

— Estou muito melhor, obrigada — respondi no mesmo idioma. Em seguida, percebendo que alguns dos guardas começaram a franzir a testa, eu disse em inglês: — Estou feliz em ver que vocês estão se divertindo.

Misha se levantou, limpando a terra e a grama da bermuda. — Ahm, sim — disse ele em inglês, lançando um olhar constrangido aos outros. — Só estávamos, você sabe...

— Sim, ela sabe — disse Lucas, aproximando-se por trás de mim. Cruzando os braços sobre o peito, ele olhou para os guardas, que rapidamente se dispersaram, resmungando algo sobre terem trabalho a fazer.

Somente Diego ficou para trás, com um sorriso largo no rosto. — Nós deveríamos contratá-lo — disse ele. — Ele já é melhor do que alguns desses caras novos. E, com um pouco mais de treinamento...

Lucas ergueu a mão, interrompendo Diego. — Michael virá conosco por um algum tempo — disse ele. — Chamarei você quando precisar.

— Está bem — concordou Diego. — Estarei por aqui.

Ele se afastou para se juntar aos outros. Lucas se virou para Misha, que o olhava desconfiado.

— Preciso falar com alguns dos guardas — disse Lucas. — Posso confiar que você ficará aqui no campo e não arrumará problemas se eu deixá-lo sozinho com sua irmã?

O rosto de Misha parecia feito de pedra, mas ele assentiu.

— Ótimo. — Lucas segurou meu cotovelo e puxou-me. Abaixando a cabeça, ele me deu um beijo rápido e duro nos lábios antes de recuar. — Vejo vocês dois daqui a pouco. Fiquem à vista. Entendeu?

— Sim — respondi, tentando ignorar o calor nas bochechas. — Estaremos aqui.

Lucas foi embora e virei-me para encarar Misha. Meu constrangimento se intensificou quando vi que o rosto dele também estava corado. Eu sabia por que Lucas me beijara daquele jeito, pois hoje resolvera me reclamar em público, mas isso não significava que quisesse que meu irmão de quatorze anos testemunhasse aquilo.

Misha já não me tinha em boa conta.

— Quer dar uma volta? — ofereci, tentando fingir que o beijo não acontecera. — Não vi esta área antes. Talvez você possa me mostrar o lugar.

— Claro. — Misha pareceu contente por ter algo a fazer. Pegando a camiseta que estava no chão, ele a vestiu e disse: — Vamos por aqui.

Ele me levou na direção do percurso de obstáculos e eu o segui, ignorando a mistura de olhares hostis e curiosos dos guardas.

— Como você está? — perguntei em inglês. Eu queria me acostumar a falar com Misha em inglês para que Lucas e os outros não achassem que estávamos tentando esconder alguma coisa. — Ainda estão tratando você bem?

Ele assentiu. — Eles me vigiam o tempo todo — respondeu ele em inglês. — Mas, tirando isso, tratam-me bem.

— Ótimo. — Dei a ele um sorriso aliviado. — Como é sua acomodação?

Ele deu de ombros ao nos desviarmos de dois guardas que praticavam escalada em uma cerca de arame farpado. — É boa. Um pouco melhor que o dormitório, acho.

— Que bom. E...

— Por quanto tempo vão nos manter aqui? — interrompeu ele, lançando-me um olhar longo. — Os guardas não me dizem nada.

— Certo. Sobre isso... — Respirei fundo. — Vou falar com Lucas. Mas, antes disso, preciso saber um pouco mais sobre sua situação.

Misha franziu a testa. — O que quer dizer?

Aquilo seria difícil. — Como você acabou na UUR, Michael? — perguntei com cuidado, usando o nome que ele preferia. — Seu tio lhe pediu para entrar nela?

— Não. — Misha não pestanejou. — A ideia foi minha.

Parei, encarando-o chocada. — Sua?

Meu irmão me encarou firmemente. — Eu estava com problemas na escola e tio Vasya veio falar comigo. Ele me disse como eu estava sendo idiota, quantos garotos teriam matado para ter uma chance na vida igual à minha. E eu disse a ele que não era o que queria. Eu não queria ser contador, advogado nem enfermeiro. Queria ser um agente, como ele.

Franzi a testa, confusa. — Isso era discutido abertamente na sua família? A UUR e tudo o mais?

— Não, claro que não. Meus pais eram muito reservados sobre o trabalho de tio Vasya, mas eu sempre ouvia algumas coisas. Além disso, eu sabia que tinha uma irmã que trabalhava para o nosso país. Meus pais me contaram isso porque eu sempre perguntava a eles por que você tinha me deixado. — Eu me encolhi ligeiramente, mas ele continuou. — De qualquer forma, juntei uma coisa com a outra e, naquela visita, confrontei tio Vasya sobre o assunto. Ele admitiu que você entrara para o programa e, depois, contou-me como eu fora adotado pelos meus pais.

— Michael, não foi...

— Não minta. Ele disse que você mentiria sobre isso. — O tom de Misha ficou mais duro. — Ele era um homem bom. Morreu pela Ucrânia.

— Eu sei disso, mas... — Respirei fundo para me acalmar. — Escute, Michael. Seu tio e eu tínhamos um acordo. Sua adoção foi parte dele. Você deveria ficar seguro, não ser recrutado para esta vida. Era para ser somente eu. Entrei para a agência porque queria proteger você e não poderia fazer isso no orfanato. Obenko me prometeu...

— Pare. Não quero ouvir. — Misha deu um passo atrás, balançando a cabeça. — Você está mentindo. Eu sei que está.

— Não, Mishen'ka. — Meu coração se apertou com a raiva e a confusão no olhar dele. — Seu tio não lhe contou tudo. Eu não fui embora porque estava cansada do orfanato. Fui embora porque era a única forma de manter você seguro.

Misha continuou balançando a cabeça, mas não me interrompeu novamente. Portanto, contei a ele sobre a visita do homem de terno e o acordo que ele me ofereceu, incluindo como deveria ficar afastada de Misha e as fotografias que recebia de vez em quando. Enquanto eu falava, vi a incerteza substituir parte da raiva nos olhos do meu irmão.

Ele não sabia em quem acreditar e eu não podia culpá-lo.

— Ainda tenho todas aquelas fotografias — disse eu quando ele continuou em silêncio. — Eu as carreguei para um serviço de nuvem seguro há alguns meses. Posso mostrá-las a você algum dia, se quiser.

Misha me encarou. — Você as guardou?

— É claro. — Meu peito estava dolorosamente apertado, mas tentei abrir um sorriso. — Você é minha única família, Michael. Guardei todas elas.

Ele engoliu em seco e afastou o olhar, voltando a caminhar. Eu o acompanhei e andamos sem falar por alguns minutos. Havia um milhão de coisas que eu queria perguntar, mas não queria começar outra discussão.

Era bom apenas ter a companhia do meu irmão por enquanto.

Para minha surpresa, Misha quebrou o silêncio primeiro. — Eu não sabia que era você naquele dia — disse ele baixinho ao pararmos para observar dois guardas arremessando facas.

— O quê? — Virei-me para olhar para ele. — Do que está falando?

— Aquele dia no galpão, quando eu os ajudei a pegar você. Não sabia que era você. — A testa de Misha estava franzida de tensão. — Só descobri depois.

— Ah, claro. — Não me ocorrera que talvez ele soubesse. — Você não me via desde que tinha três anos e eu estava usando uma peruca. Além do mais, por que esperaria que sua irmã estivesse escondida do lado de fora da instalação de treinamento?

— Certo. — Ele cruzou os braços sobre o peito. — E por que você estava lá? Tio Vasya disse que você tinha nos traído, que não era mais leal à UUR.

— Eu nunca traí a agência, mas pretendia sair dela — respondi, decidindo ser completamente honesta. — Eu estava seguindo Obenko na esperança de que ele me levasse até você para que o visse uma última vez antes de ir embora.

Misha piscou algumas vezes. — Você o seguiu para me ver? Mas por que ia sair da agência?

— É uma longa história, Michael.

— Foi por causa dele? — Misha olhou para o outro

lado do campo, onde Lucas conversava com um grupo de guardas. — Porque... — o rosto dele ficou vermelho — vocês dois são amantes?

— É... — Minha nossa, por que aquilo era tão difícil? *Eu* não tinha quatorze anos. — É uma relação complicada — consegui dizer finalmente. — O chefe dele está com problemas com a Ucrânia há algum tempo e...

— Kent está forçando você? — Os olhos de Misha brilharam como fogo. — Porque eu o matarei se estiver...

— Não, claro que não — interrompi, com o coração dando um salto. A última coisa de que eu precisava era Misha no modo de defensor. — Quero ficar com Lucas — disse eu firmemente. — É só que é uma situação complicada por causa da UUR e tudo o mais.

Meu irmão não pareceu convencido e acrescentei rapidamente: — E sim, o fato de sermos amantes foi uma grande parte do motivo de eu querer sair da agência.

O rosto de Misha ficou vermelho de novo e ele afastou o olhar. — Ok — murmurou ele. — Foi o que pensei.

— Sim. E você tinha razão. — Afastando o desconforto, abri um sorriso. — Você é muito inteligente e praticamente adulto agora. Terei que me acostumar com isso. Na última vez em que o vi, sua maior conquista era ir ao banheiro sozinho. Portanto, terei que me ajustar a ver você crescido desse jeito.

Misha sorriu, tão feliz com o elogio quanto

qualquer outro garoto de quatorze anos, e percebi como meu irmão agia de forma madura na maior parte do tempo. Eu não tinha muita experiência com adolescentes, mas duvidava que muitos deles teriam lidado tão bem com a situação como ele.

Na verdade, poucos adultos teriam mantido a calma ao serem sequestrados, levados para o outro lado do mundo e mantidos prisioneiros em um complexo de um traficante de armas no meio da selva.

Enquanto eu pensava nisso, um movimento no outro lado do campo chamou minha atenção.

— Temos que voltar — disse eu, percebendo que Lucas acenava para mim. — Acho que Lucas está nos chamando.

Misha assentiu, acompanhando meus passos. E, enquanto voltávamos, tentei pensar na melhor forma de falar com meu carrasco sobre mandar meu irmão para casa.

_ucas

DEPOIS DE CONVERSAR COM OS NOVOS RECRUTAS NO campo, atraí a atenção de Yulia e acenei para ela para que voltasse. Ela e o irmão começaram a andar de volta e fui até a barra para me exercitar enquanto esperava.

Eu estava no meio da primeira sessão de exercícios quando vi Esguerra se aproximar.

— E aí? — perguntei, soltando a barra e caindo de pé sobre o gramado. O sol estava insuportavelmente quente e usei a parte debaixo da camiseta para limpar o suor do rosto. — Estava me procurando?

— Precisamos resolver a situação de Rosa — disse ele sem preâmbulos. — Nora está no meu pé para remover a prisão domiciliar dela, mas ainda não sabemos se...

— Na verdade, sabemos — interrompi. — Eu ia falar com você mais tarde. Acabei de receber confirmação de Yulia de que Nora *estava* envolvida.

O rosto de Esguerra ficou sombrio. — O que exatamente a sua espiã disse?

Contei minha conversa com Yulia. — Portanto, sim — concluí. — Parece que não foi iniciativa de Rosa... não que isso signifique que ela deva se safar. — Nem Nora, na minha opinião, mas eu sabia que não deveria dizer isso.

— Merda. — Esguerra se virou, com a postura rígida de fúria, e vi o momento em que ele percebeu as duas pessoas que se aproximavam. Olhando para mim, ele disse incrédulo: — Aqueles são...

— Sim. — Olhei para ele friamente. — É Yulia e o irmão dela, Michael. Eu lhe disse que o peguei durante a viagem para a Ucrânia, lembra?

O canto do olho intacto dele começou a tremer. — Que o pegou, sim. Que deu a ele passe livre no complexo com a irmã traiçoeira, não. Que merda você está fazendo, Lucas? Você disse que ela não ia se safar.

— E eu lhe disse que ia ficar com ela. — O aço na minha voz correspondeu ao gelo na expressão dele. — Ela é minha para punir ou não. Do mesmo jeito que Nora é sua.

Por um momento, tive certeza de que Esguerra me bateria e fiquei tenso, pronto para revidar. Mas ele respirou fundo e deu um passo atrás, deixando as mãos nos lados do corpo. Virando-se, ele olhou para Yulia e o irmão, que estavam agora a poucos metros de distância.

Yulia deveria ter visto Esguerra, pois passou a andar mais devagar com o rosto ansioso. O irmão dela andava ao seu lado, mas, ao chegarem mais perto, ela segurou o pulso dele e parou à sua frente, como se estivesse tentando escondê-lo das vistas de Esguerra.

— Ela é minha — repeti com voz baixa e dura quando Yulia parou completamente a poucos metros, com o olhar passando de mim para Esguerra e de volta. — Se fizer alguma coisa com eles...

Esguerra virou a cabeça para olhar para mim. — Não vou. — Os olhos dele brilharam friamente. — Mas Lucas, faça um favor para nós dois. Mantenha-a o mais longe possível de mim.

Inclinei a cabeça, mas ele já se afastara, indo na direção oposta de onde Yulia e o irmão estavam.

Durante o percurso para casa, Yulia ficou em silêncio e eu sabia que ela estava preocupada com Esguerra. Diego surgiu para buscar Michael logo depois do meu confronto com Esguerra. Yulia sorriu e abraçou o irmão em despedida. Entretanto, desde então, ela mal dissera uma palavra, seu olhar estava distante e seus ombros estavam tensos ao andar ao meu lado.

Eu queria reconfortá-la, dizer que estressava por causa de nada, mas as palavras ficaram presas na minha garganta. O complexo de Esguerra era grande em termos de espaço, mas, em termos de população, parecia uma pequena vila. Todos se encontravam regularmente e manter Yulia longe de Esguerra não seria fácil... pelo menos, se eu cumprisse minha palavra e deixasse que ela passeasse por conta própria.

Esguerra talvez não pretendesse feri-la em um futuro próximo, mas também não a perdoaria.

Ao chegarmos mais perto de casa, Yulia diminuiu o passo e percebi que a longa caminhada provavelmente a cansara, esgotando as reservas recentemente recuperadas. Sem pensar duas vezes, abaixei-me e peguei-a nos braços, ignorando o gritinho assustado dela e a dor leve nas minhas costelas.

— O que você está fazendo? — exclamou ela quando recomecei a caminhar. — Lucas, você não precisa me carregar...

— Shh. — Apertei-a um pouco mais contra o peito, ignorando as tentativas dela de me afastar. — Estou carregando você para casa.

Ela parou de lutar e, depois de um momento, passou os braços em volta do meu pescoço e apoiou a cabeça no meu ombro. — Lucas... — A voz dela foi a mais desanimada que eu já ouvira. — Não vai dar certo, você sabe.

— Do que está falando?

— Você e eu. — Ela ergueu a cabeça para olhar para

mim e vi uma sombra de desespero em seu rosto. — Não vai dar certo.

— Besteira. — Apressei o passo, com uma onda de fúria fazendo-me avançar. — Vai dar certo se eu quiser.

Yulia balançou a cabeça lentamente. — Não. Talvez em outra vida...

— Em outra vida, nossos caminhos nunca teriam se cruzado, linda. Esta é a única forma de você poder ser minha.

Se os pais dela não tivessem morrido naquele acidente de carro, se eu não trabalhasse para Esguerra, se a UUR não tivesse dado aquela missão a ela... As várias formas de eu *não* tê-la conhecido eram infinitas. Mas eu a conhecera e não havia chance alguma de desistir dela.

Yulia suspirou e apoiou novamente a cabeça no meu ombro, deixando-me carregá-la sem mais protestos. Entretanto, eu sabia que ela não estava convencida.

Como eu, ela vira coisas demais neste mundo para acreditar em finais felizes.

— LUCAS, ACHO QUE MISHA DEVERIA IR PARA CASA.

Parei a colher na metade do caminho até a boca. — Casa?

— Para os pais dele — esclareceu Yulia, largando a própria colher. A tigela de sopa fumegava à frente dela, quase no fim. — Os pais adotivos dele.

— Achei que ele estava agora na sua agência. — Larguei a colher e limpei a boca com o guardanapo.

Eu esperara algo parecido desde o incidente naquela manhã e não estava ansioso para ter aquela conversa.

— Ele estava na UUR por vontade própria, sim. Mas, de acordo com todos os indícios, ele também é próximo dos pais. — O olhar de Yulia não hesitou. — Deixaram que ele entrasse para a agência contra a vontade deles e tenho certeza de que devem estar loucos de preocupação agora.

Tamborilei com os dedos na mesa. — Então, você quer que eu faça o quê? Leve-o de volta para eles? E o fato de você não o ter visto em onze anos? Não quer passar algum tempo com o seu irmão?

O rosto de Yulia ficou tenso. — É claro que quero, mas não posso ser tão egoísta. Aqui não é o lugar de Misha e ele não está seguro. Vi a forma como Esguerra olhou para ele... para nós dois. Ele nos odeia, Lucas. Eu sei que você disse que nos protegeria, mas...

— Ele não encostará um dedo em nenhum de vocês dois — disse eu, falando muito sério. Por mais que respeitasse Esguerra, eu o mataria antes de deixá-lo machucar Yulia. — Você está segura e seu irmão também.

— Mas por quanto tempo? — Ela se inclinou para a frente. — Até que você canse de mim? E depois disso? Estaremos à mercê de Esguerra?

— Não vou me cansar de você. — Eu não conseguia imaginar um dia em que não a quereria. Eu sentira desejo por mulheres antes, mas nunca daquele jeito. A vontade de estar perto de Yulia era parte de mim agora, como algo impresso no meu DNA. — Você não precisa se preocupar com isso.

— Você não pode esperar que eu acredite nisso. Mas vamos supor por um momento que seja verdade. — Ela empurrou a tigela para o lado. — Isso ainda nos deixa com o fato de que seu trabalho é perigoso, Lucas. A sua vida é perigosa. Olhe só o que aconteceu quando foi a Chicago. Se houver uma bala indo na direção de Esguerra, é mais do que provável que ela atinja você primeiro.

Olhei para ela em silêncio, sabendo que tinha razão. Eu dissera a mesma coisa para Michael. Se algo acontecesse comigo, Yulia e o irmão dela ficariam sozinhos em um lugar onde ninguém ergueria um dedo para ajudá-los.

Não, era pior do que isso. Se eu me fosse, eles provavelmente seriam mortos imediatamente.

— Não posso mandar Michael de volta agora — disse eu depois de alguns momentos. Recostando-me na cadeira, entrelacei os dedos na nuca e olhei para Yulia. — Pelo menos, não se você quiser mantê-lo seguro.

A cor sumiu do rosto dela. — Por quê?

— Porque a Operação UUR está em pleno vapor. — O programa de invasão que usáramos durante o ataque no galpão baixara e transmitira muitos dados confidenciais dos computadores da agência. Agora tínhamos nomes e identidades secretas de praticamente todos os agentes da UUR e estávamos sistematicamente eliminando-os. Mas não expliquei isso a Yulia. Só o que disse foi: — Seria perigoso demais para o seu irmão.

Ela entendeu e seu rosto ficou ainda mais pálido. — E os pais dele? Eles estão...

Abaixei os braços e inclinei-me para a frente. — Já avisei que a família da irmã de Obenko não deve ser tocada. — Eu fizera aquilo assim que percebera a conexão de Michael com eles. — No entanto, o nome deles está em nossos arquivos — continuei antes que Yulia pudesse dizer mais alguma coisa. — E, considerando o envolvimento muito direto de seu irmão com a agência, é melhor se ele ficar aqui por enquanto.

— Ai, meu Deus. — Ela empurrou a cadeira para trás e levantou-se, com a mão sobre a boca. Ela tremia visivelmente. — Você está matando todos eles, não está?

Franzi as sobrancelhas. — Você me pediu para poupar Michael e é exatamente o que estou fazendo. — Levantei-me e dei a volta na mesa. Passei os dedos em volta do pulso dela e puxei sua mão para baixo, afastando-a dos lábios trêmulos. — Era o que você queria, não era? — Puxei-a para perto de mim. — Seu irmão ileso, apesar de estar conectado à agência? E estou até mesmo estendendo a cortesia para os pais adotivos dele. Portanto, veja, tudo vai dar certo.

Lágrimas brilharam nos olhos de Yulia quando ela balançou a cabeça, mas não se afastou quando soltei seu pulso e segurei seus quadris, moldando seu corpo contra o meu. Minha ereção crescente encostou no abdômen dela e minha respiração ficou acelerada quando um calor invadiu minhas veias. Nosso jantar inacabado, a UUR, o irmão dela... nada disso importava no momento.

A única coisa em que eu conseguia me concentrar era a bela garota nos meus braços e a dor em seus olhos azuis enormes.

— Yulia... — Respirei fundo ao sentir o cheiro dela e meu desejo aumentou quando ela passou a língua nos lábios. Inclinei-me para a frente para testar a suavidade brilhante daqueles lábios quando ela colocou as mãos contra meu peito, empurrando-me com toda a força.

— Lucas, por favor, escute-me... — O peito dela subia e descia rapidamente. — A maioria dos agentes não teve nada a ver com a queda do avião. Foi ideia de Obenko e agora ele está morto. Você não precisa...

— Esqueça deles — rosnei, apertando os quadris de Yulia quando ela tentou se afastar. Meu desejo frustrado aumentou minha raiva e meu tom ficou mais ríspido: — A agência não é mais problema seu. Você está comigo agora, entendeu?

— Mas, Lucas, eles...

— Estão vivendo no lucro — interrompi duramente. — Quer dizer, os que ainda estão vivos. Sua agência matou dezenas de nossos homens e eles pagarão por isso. Os únicos que serão poupados são você e seu irmão.

As lágrimas escorreram pelo rosto dela, mas a

visão não me abalou. Não havia nada que ela pudesse dizer que me convencesse a perdoar nossos inimigos. Eles optaram por nos atacar e agora estavam colhendo as consequências de suas ações. Era simples assim.

Ainda assim, eu não gostava de ver Yulia chateada.

Soltando os quadris dela, ergui a mão para limpar as lágrimas. — Não chore por eles — disse eu em um tom ligeiramente mais suave. — Eles não merecem. Você sabe disso.

— Isso não é verdade. — A voz dela saiu tensa. — Alguns deles talvez não mereçam, mas muitos não têm outra culpa além de querer servir ao país deles e...

— E os quarenta e cinco homens que morreram naquele avião não tinham outra culpa além de trabalhar para Esguerra. — Deixei a mão cair quando minha raiva voltou com toda a força. — Ninguém é inocente neste negócio, linda... nem mesmo você.

Yulia deu um passo atrás, mas segurei seu braço antes que ela fosse longe.

— Você não perguntou sobre Kirill — disse eu friamente. Meu pênis latejava contra a calça, mas deixei o desejo de lado, sabendo que precisava lidar com aquilo de uma vez por todas. — Não quer saber que medidas estamos tomando para encontrá-lo?

Ela piscou algumas vezes. — Supus que ele estivesse morto. Os ferimentos dele...

— Não há cadáver nem registro nenhum de enterro. Nenhum sinal dele, ponto final. Homens mortos não são muito bons em cobrir seus rastros.

Yulia respirou fundo, trêmula. — Então, o que está dizendo?

— Estou dizendo que o imbecil provavelmente está vivo... e escondido com a ajuda de outros da sua agência. — Fiz uma pausa, tentando conter a fúria. Quando falei de novo, minha voz estava moderadamente mais calma. — As pessoas que você está tentando salvar são as mesmas que deixaram aquele monstro manter o emprego e mentiram sobre o assunto. Nossa operação na Ucrânia não se trata mais apenas de retaliação. É também para encontrá-lo.

Yulia me encarou e vi o conflito em seu olhar. Ela queria Kirill morto tanto quanto eu queria, mas não queria que agentes da UUR morressem no processo. Eu entendia aquilo até certo ponto. Ela devia ter conhecido muitos deles durante o treinamento, talvez até mesmo ficado amiga de alguns, e não queria a morte daquelas pessoas na consciência.

Infelizmente para aqueles agentes, a *minha* consciência conseguia lidar muito bem com a morte deles.

— Então, o que digo a Misha? — perguntou Yulia finalmente. A voz dela ainda estava rouca, mas as lágrimas secavam em seu rosto. — Ele deve ficar parado e esperar até que você extermine todos na UUR? Treinar com os guardas e torcer para que os pais dele sobrevivam à eliminação?

— O que você vai dizer a ele é decisão sua — disse eu, recusando-me a morder a isca. — Se eu fosse você, seria mais diplomático. Mas ele é seu irmão e você sabe melhor do que eu. Agora... — puxei-a para mais perto de mim — onde estávamos?

Yulia me olhou como se fosse dizer mais alguma coisa, mas a discussão terminara para mim.

Passando os braços em volta dela, inclinei a cabeça e pousei a boca sobre os lábios dela.

ulia

O BEIJO DE LUCAS TINHA UM TOQUE DE RAIVA. OS LÁBIOS e a língua dele eram punitivos quando ele invadiu minha boca. Uma excitação medrosa aqueceu minhas entranhas, aumentando meu tumulto.

O homem que eu amava estava matando meus ex-colegas e era culpa minha. Se eu não tivesse deixado Lucas me fazer ceder naquela vez, se não tivesse vindo atrás de mim, nada disso estaria acontecendo. Racionalmente, eu entendia que havia outros fatores em jogo, por exemplo, o ataque malsucedido de Obenko contra o avião de Esguerra, mas ainda me sentia responsável pela confusão atual.

Se a família adotiva do meu irmão morresse, seria culpa minha.

Não ajudava o fato de que, por baixo de toda a culpa, eu não lamentava. Em algum momento no caminho, uma raiz de ódio nascera dentro de mim e eu não a percebera até que Lucas mencionara o nome de Kirill. Eu reprimira todos os pensamentos sobre meu ex-treinador, dizendo a mim mesma que já conseguira minha vingança. Mas, assim que Lucas o mencionou, percebi que o dano que eu causara não fora suficiente.

Eu queria Kirill morto, eliminado da face da Terra... juntamente com qualquer um que o estivesse ajudando.

Lucas aprofundou o beijo, apertando os braços um pouco mais em volta de mim, e minha cabeça se inclinou para trás sob a pressão de sua boca. A língua dele me explorou com um desejo que beirava a brutalidade, seus dentes morderam meu lábio inferior e gemi, movendo as mãos para segurar os ombros musculosos quando ele me empurrou contra a parede da cozinha, prendendo-me lá. Ele vestia calça *jeans* e uma camiseta. Eu também estava vestida, mas, mesmo sobre as camadas de tecido, senti o calor do corpo enorme e o cheiro da pele dele. A ereção de Lucas era como uma pedra contra meu abdômen e meus mamilos ficaram rígidos quando meu corpo respondeu ao desejo dele.

— Caralho, Yulia, eu quero você — murmurou ele, erguendo a cabeça. Arquejei quando uma das mãos grandes deslizou pelo meu corpo e segurou com força meu sexo por cima da bermuda. A palma da mão dele fez pressão sobre o clitóris e um líquido surgiu no meu centro quando ele a moveu em um semicírculo, com um ritmo rude extremamente erótico.

— Isso. — Meu coração batia com força nos ouvidos e meus músculos estavam tensos com o prazer crescente. — Ai, meu Deus, assim... — Eu não sabia o que dizia, sabia apenas que o queria... aquele homem, aquele assassino implacável que era muito errado para mim. Eu o queria e, ao mesmo tempo, sentia medo dele. Eu o odiava e amava. A dicotomia das minhas emoções me dividia, cortava-me em pedaços, mas tudo também parecia certo, como se eu devesse estar ali, nos braços dele.

Como se eu pertencesse a ele.

Ele baixou a cabeça para me beijar novamente e prendi-me à sua boca, respondendo com a mesma necessidade feroz. Enterrei os dentes no lábio dele até sentir o gosto de sangue e isso despertou algo violento dentro de mim, uma selvageria que eu não sabia que existia. Eu estava presa no abraço dele, mas, naquele momento, senti-me livre... livre para ficar furiosa, livre para machucá-lo como fora machucada. Parecia que uma corrente se partira e desfrutei da sensação. Minha impotência deu lugar ao triunfo quando ele afastou a boca e vi a macha de sangue em seus lábios. O peito largo de Lucas subia e descia pesadamente quando ele olhou para mim. Os olhos pálidos estavam entreabertos, queimando de desejo, e senti-me ainda mais selvagem, esquecendo do medo e da razão.

Eu o queria e não me negaria aquilo.

Segurei o rosto de Lucas com as duas mãos e puxei sua cabeça para baixo para encontrar sua boca. Ele ainda estava com a mão entre minhas pernas. A pressão da mão dele me mantinha à beira do orgasmo, mas não era suficiente. Mordi o lábio dele novamente, tão desesperada pela dor dele quanto pelo meu alívio.

Ele estremeceu em resposta e, com uma rapidez estonteante, virou-me, encostando-me na beirada da mesa. O braço dele se moveu em um arco violento e meu coração saltou quando ouvi as tigelas quebrarem e os restos do jantar se espalharem pelo chão. O barulho quase me tirou do estado de transe, mas ele já me deitara sobre a mesa. O calor me invadiu novamente, centralizado em uma dor pulsante entre as coxas, quando ele tirou minha bermuda e abriu o zíper da calça *jeans*.

Ainda estávamos no meio do beijo, com os lábios e as línguas duelando ferozmente, quando ele me penetrou. Arquejei, ficando tensa com a onda de sensações. Minha carne estremeceu em volta dele, tentando se ajustar, mas ele não parou, não diminuiu o ritmo. Ele começou a investir e afastei a boca, com a respiração saindo em soluços doloridos enquanto ele me movia para a frente e para trás sobre a mesa dura. Ele me possuiu de forma violenta, mas eu queria mais, queria mais do calor sombrio e selvagem dele.

Eu queria que ele correspondesse ao animal dentro de mim, que me machucasse como o machucava.

Ergui as pernas, passando-as em volta dos quadris dele, e enterrei os dentes no músculo de seu pescoço, sentindo o gosto salgado masculino. O corpo grande estremeceu e ele xingou, aumentando o ritmo de forma alucinada. Minhas mãos agarraram a camisa suada de Lucas e a tensão dentro de mim aumentou, bem como o calor entre minhas pernas. Ele parecia ter tomado todos os meus sentidos, apagando tudo exceto a necessidade de gozar.

— Lucas — arquejei, sentindo o calor chegar perto do máximo. — Ai, merda, Lucas!

De forma inacreditável, ele aumentou o ritmo das investidas e eu gozei, com o orgasmo atingindo-me com uma força incrível. O prazer se espalhou pelas minhas terminações nervosas, de forma tão intensa que foi quase dolorosa, e gritei, contraindo e relaxando os músculos em ondas pulsantes. Meu coração bateu de forma incontrolável quando as ondas de prazer percorreram meu corpo, mas Lucas ainda não chegara lá. Antes que eu conseguisse respirar fundo, ele se afastou e virou-me de bruços, meio deitada sobre a mesa.

— É isto que você quer? — perguntou ele, penetrando-me novamente. Segurando meus cabelos, ele forçou a parte de cima do meu corpo a sair da mesa. — Que eu foda você? Que a use, que a machuque?

— Sim! — Ai, meu Deus, sim. O pênis era grosso e quente dentro de mim, uma ameaça e uma promessa ao mesmo tempo. Eu não sabia que queria aquilo, mas queria. Eu queria que a dor causada por ele fosse a única na minha mente, que seu toque fosse o único na minha memória. Era doentio e ilógico, mas eu queria que Lucas me machucasse para que conseguisse esquecer Kirill.

— Está bem. — A voz do meu carrasco saiu sombria e tensa. — Lembre-se, você pediu.

Meu coração deu um salto, mas ele já puxava meus cabelos com mais força, fazendo meu pescoço dobrar em um ângulo quase impossível. Gritei, erguendo as mãos para segurar o pulso dele, mas Lucas ignorou meus braços e enfiou dois dedos da mão livre na minha boca, fazendo-me engasgar com o ataque súbito. Os dedos dele estavam levemente salgados e pareciam muito grandes na minha boca, quase tão grandes quanto um pênis. Ele os empurrou tão fundo que engasguei novamente e cuspi saliva... que parecia ser o que ele queria.

Tirando os dedos molhados da minha boca, ele usou a mão nos meus cabelos para me empurrar para baixo, encostando meu rosto na mesa.

— Espere, Lucas... — O pânico explodiu no meu cérebro quando ele moveu a mão da minha boca para o meu ânus e começou a mover um dedo para dentro do músculo apertado. — Eu não... isto não é... — Estendi os braços para trás cegamente, empurrando os quadris dele, mas eu não tinha apoio naquela posição. Eu estava dobrada sobre a mesa com o pênis dentro de mim. Mesmo se ele não fosse musculoso como era, haveria pouco que eu poderia fazer.

— Shh... vai ficar tudo bem. — Lucas acompanhou as palavras com uma investida leve do pênis e respirei fundo quando o dedo dele pressionou mais fundo, com minha saliva facilitando o caminho. — Você vai ficar bem, querida. — A mão dele soltou meus cabelos e foi para minhas costas para me manter no lugar. — Já fizemos isto antes, lembra?

Era verdade. Ele usara o dedo e eu gostara até certo ponto, mas Lucas queria ir mais longe agora. Eu conseguia sentir o desejo dele, que me aterrorizou. Eu queria afastar as lembranças ruins, substituí-las com uma dor escolhida, mas aquilo era demais, era próximo demais dos meus pesadelos. Contraí as nádegas, tentando mantê-lo fora, mas o segundo dedo já estava entrando em mim, fazendo com que minha carne se estendesse e queimasse com a invasão.

— Espere, assim não... — Além da dor, havia uma satisfação estranha e desconfortável, uma sensação de estar cheia. O pênis se flexionou dentro de mim, aumentando a sensação, e minha respiração ficou curta quando o suor escorreu pelas minhas costas. — Por favor, Lucas...

Ele ignorou minha súplica, lentamente trabalhando com os dedos escorregadios no meu ânus. Meu corpo cedeu ao avanço inexorável dele, com os músculos estendendo-se porque não havia outra opção. Ofegante, fiquei deitada com o rosto pressionado contra a superfície dura da mesa e senti o pênis latejar na minha boceta. Os dedos dele estavam totalmente dentro de mim agora, o que *era* demais. Meu corpo não fora feito para aquilo. Tudo naquela penetração parecia errado e nada natural, como quando...

Lucas começou a investir, distraindo-me dos meus

pensamentos, e percebi que, em algum momento, os músculos tensos tinham relaxado ligeiramente e a sensação de queimadura da invasão diminuiu. Ele não movia os dedos, só os mantinha dentro de mim. E, com o pênis entrando e saindo em um ritmo lento e cuidadoso, a sensação não era mais tão desconfortável.

Fechei os olhos e tentei deixar minha respiração regular. Os dedos dele ainda pareciam grandes demais, mas não havia dor. A percepção me deixou um pouco mais calma, atraindo minha atenção para a tensão que lentamente se acumulava no meu sexo. Os movimentos ritmados do pênis reacendiam minha excitação e a invasão no meu ânus não parecia diminuí-la. De uma forma perversa, ela aumentava a intensidade.

Talvez eu sobrevivesse àquilo, no fim das contas.

— Yulia. — A voz de Lucas estava rouca quando ele retirou o pênis quase todo. — Agora vou foder você com força.

Meu coração ficou apertado e toda a ilusão de calma desapareceu. — Espere...

Mas foi tarde demais. Antes que eu terminasse de falar, ele me penetrou novamente, empurrando-me contra a beirada da mesa. Gritei, deslizando as mãos à frente para me segurar, mas ele investia de forma ritmada. O movimento dos quadris dele fez com que eu me movesse contra seus dedos e gritei novamente, ficando tensa com as sensações. Ele continuou investindo, continuou fodendo-me, e o desconforto se transformou em algo mais: um calor sombrio e latejante que se espalhou por todo meu corpo. Meu coração galopava, minha respiração ficou frenética e senti-me chegando novamente perto do orgasmo, com a invasão dupla no meu corpo intensificando todos os sentidos. O cheiro quente de sexo no ar, o estremecer da minha carne estendida, a pressão da mão dele nas minhas costas, tudo aumentou a sobrecarga de sensações, deixando-me cada vez mais tensa. Meus gritos ficaram mais altos e explodi com uma força que me deixou sem fôlego, borrando minha visão. Meus músculos se contraíram em volta do pênis e dos dedos dele. Ouvi o gemido rouco de Lucas quando ele investiu uma última vez e parou, pulsando dentro de mim ao gozar.

Estonteada e trêmula, fiquei deitada sobre a mesa, incapaz de dizer ou fazer alguma coisa enquanto Lucas lentamente tirava os dedos de dentro de mim e erguia a mão das minhas costas. O pênis ainda estava dentro de mim, mas, depois de um momento, ele também o retirou. O ar frio bateu na minha pele quente quando ele recuou um passo e senti o líquido escorregadio cobrindo minhas dobras... minha própria umidade combinada com o sêmen dele.

— Espere um pouco, querida — murmurou ele, afastando-se. Ouvi a torneira da pia sendo aberta.

Um minuto depois, ele voltou, segurando uma toalha de papel molhada. Eu já me recuperara o suficiente para sair de cima da mesa e ficar de pé, com as pernas trêmulas. Peguei a toalha da mão dele, usando-a para limpar a umidade entre as pernas. Lucas me observou com o olhar velado, já vestindo a calça *jeans*, e senti o rosto quente quando vi minha bermuda no chão perto das tigelas quebradas e da comida espalhada.

Engolindo em seco, amassei a toalha de papel usada e virei-me para pegar a bermuda, mas Lucas segurou meu braço.

— Deixe comigo — disse ele com os olhos pálidos brilhando. — Vá tomar um banho. Daqui a pouco eu me juntarei a você.

Não discuti e, um minuto depois, estava parada sob a água quente, com a mente vazia. Como prometido, Lucas se juntou a mim logo depois e fechei os olhos, apoiando-me nele enquanto ele me lavava da cabeça aos pés, cuidando de mim mais uma vez. Fiquei feliz por ele não dizer nada nem fazer perguntas. Eu não sabia se um dia conseguiria expressar por que quisera algo tão sombrio dele... por que, mesmo agora, depois de ele ter me levado muito além dos meus limites, eu me sentia grata pela experiência.

Quando estávamos limpos, Lucas me conduziu para fora do chuveiro e envolveu-me em uma toalha antes de pegar uma para si mesmo. Ele ainda estava em silêncio, com o olhar estranhamente vigilante. Finalmente, senti a necessidade de falar.

— Você não me fodeu por trás — disse eu, torcendo as mãos na toalha. — Por quê?

— Porque você não estava pronta. — Ele terminou de se secar e pendurou a toalha, revelando o corpo em toda sua masculinidade poderosa. — Sem falar que precisamos de um bom lubrificante para isso. Você é apertada e, bem... — Ele olhou para o pênis que, mesmo mole, tinha um tamanho impressionante.

— Certo. — Engoli o nó súbito de medo na garganta. — Você é maior do que seus dois dedos.

— Sim, um pouco — respondeu ele secamente e vi um brilho de diversão em seus olhos.

Por algum motivo, saber que ele achava aquilo divertido me fez corar novamente. Virando-me, dei um passo na direção da porta para sair do banheiro, mas Lucas parou à minha frente com a expressão ficando séria.

— Não se preocupe, linda — murmurou ele, segurando meu queixo. O polegar dele acariciou gentilmente meu lábio. — Cada parte de você será minha em algum momento. Você o esquecerá, prometo.

Eu o encarei, atônita e assustada com a percepção dele, mas Lucas já baixara a mão e virara-se para sair do banheiro.

— Venha — disse ele, abrindo a porta. — Vamos nos vestir e preparar alguma outra coisa para o almoço.

Ele percorreu o corredor e eu o segui, com a mente tumultuada.

Eu não sabia o que esperara do meu novo cativeiro, mas certamente não era aquilo.

IV

O NOVO CATIVEIRO

ulia

NAS DUAS SEMANAS SEGUINTES, LUCAS E EU VOLTAMOS A algo que parecia nossa antiga rotina. Recuperando rapidamente as forças, assumi a cozinha e outras tarefas domésticas. Lucas voltou ao horário normal de trabalho, voltando para casa apenas à noite e nos horários das refeições. Enquanto ele estava fora, eu lia e fazia exercícios para manter a forma. E, quando estávamos juntos, discutíamos os livros que eu lera. Também saímos para caminhadas matinais juntos. A principal diferença entre agora e antes era a presença do meu irmão na propriedade e que, tecnicamente, eu podia passear sozinha.

Tecnicamente porque, na primeira vez em que eu ia

aproveitar a oportunidade, Lucas me avisou para evitar Esguerra o máximo possível.

— Ele não fará nada com você, mas é melhor se não atrair a atenção dele desnecessariamente — disse Lucas. Eu li nas entrelinhas.

Se não fosse por Lucas, Esguerra ficaria feliz em fazer como a esposa dele ameaçara e arrancaria cada centímetro de carne dos meus ossos.

Com isso, repensei a ideia de andar até o alojamento dos guardas para conversar com meu irmão. Em vez disso, pedi a Diego que o levasse até a casa de Lucas. Eu não tinha medo por mim, pois vivia no lucro desde que fora capturada em Moscou, mas não aguentava pensar que algo poderia acontecer a Misha. Aquela possibilidade me preocupava tanto que, quando Diego apareceu, chamei discretamente o jovem guarda de lado e pedi a ele que mantivesse meu irmão longe do chefe dele.

— De Esguerra? — Diego me olhou surpreso. — Por quê? Ele não se importa com Michael. Ele viu o garoto meia dúzia de vezes desde sua chegada e nunca mostrou interesse nele.

Aquilo me deixou mais tranquila. No campo de treinamento, Esguerra me olhara com ódio inconfundível. Se ele se sentia diferente em relação ao meu irmão... ou, na verdade, indiferente... era algo bom. Ainda assim, meu medo permaneceu. Mesmo se a animosidade do traficante de armas fosse reservada exclusivamente para mim, eu sabia do que ele era capaz. Se Esguerra decidisse me ferir, não importaria o fato de Misha ter quatorze anos nem o fato de que não tivera nada a ver com a queda do avião.

Meu irmão poderia acabar pagando pelos meus pecados.

— Tem certeza de que Misha está mais seguro aqui do que na Ucrânia? — pressionei Lucas naquela noite. — Talvez se os pais dele se mudassem para outra parte do país ou...

— A Ucrânia é uma zona de guerra no momento — disse Lucas. — Temos três dúzias de homens lá agora e mais estão sendo enviados neste momento. Não posso garantir que seu irmão não será pego no fogo cruzado. Você quer correr esse risco?

— Não, claro que não. — Mordi a parte de dentro da bochecha, tentando bloquear imagens mentais do massacre que deveria estar acontecendo. — Mas e os pais adotivos de Misha? Eles provavelmente estão muito preocupados... sem falar que devem estar aterrorizados se têm alguma ideia do que está acontecendo.

— O máximo que posso fazer é enviar a eles uma mensagem de que Misha está vivo e bem — respondeu Lucas. — E lembrar aos nossos homens que eles não devem ser tocados. Mas, como eu disse, não posso garantir nada. A situação é difícil e, como não estou lá para supervisionar a operação pessoalmente, os homens receberam muita autonomia para realizar a missão como acharem melhor.

Engoli em seco. — Entendi... e obrigada. Agradeço muito por qualquer coisa que possa fazer para manter os pais de Misha seguros — disse eu, falando sério. Talvez eu não conseguisse impedir Lucas e Esguerra de se vingarem, mas, se conseguisse manter a família do meu irmão a salvo, não me sentiria em um conflito tão grande... impotente e cúmplice ao mesmo tempo.

Eu não só estava dormindo com um monstro, como estava apaixonada por ele.

E o monstro sabia disso. Ele gostava disso, fazia com que eu admitisse meus sentimentos quase todos os dias. Eu não sabia por que Lucas gostava tanto daquilo. Eu não podia ser a primeira mulher a ter me apaixonado por ele, mas Lucas certamente gostava de ouvir aquelas palavras de mim. Ele me forçava a gritá-las quando trepava comigo e sussurrá-las quando me segurava gentilmente nos braços. A justaposição constante de possessividade violenta e cuidados ternos me confundia, mantinha-me desequilibrada. Eu não sabia qual era a posição do meu carrasco. Em um minuto, tinha certeza de que me via como seu brinquedo sexual e, no seguinte, via-me torcendo por algo mais.

Eu me via sonhando que, algum dia, ele também me amasse.

Não ajudava o fato de que Lucas continuava fazendo coisas que me faziam sentir como se estivéssemos em um relacionamento de verdade. Sempre que ele descobria uma comida ou bebida de que eu gostava, surpreendia-me trazendo-a para mim. Na semana anterior, recebemos entregas de doces russos difíceis de encontrar, uma caixa de caquis maduros de Israel, cinco variedades exóticas de chá preto e pães alemães recém-assados. Ele também encomendara uma variedade maior de roupas para mim, algumas das quais me permitiu escolher *on-line*, e inúmeros produtos de toalete e banho, incluindo meu xampu favorito com perfume de pêssegos.

Eu era tão mimada que ficava assustada.

E não era só as coisas que Lucas comprava para mim. Era tudo o que ele fazia. Se eu sequer sofresse um arranhão, ele fazia um curativo. Se meus músculos estivessem doloridos depois de fazer exercícios, ele fazia uma massagem em todo o meu corpo. Começamos a assistir a programas de TV juntos todas as noites e ele adotara o hábito de acariciar meus cabelos ou minha mão enquanto eu me sentava enrolada ao lado dele. Era um tipo de afeição despreocupada, como acariciar um gato, mas isso não diminuía o impacto que tinha em mim. Era o que eu queria, o que quisera por tanto tempo. Todas as vezes em que meu carrasco me dava um beijo de boa noite, sempre que me abraçava, as fendas secas e vazias em volta do meu coração curavam um pouco, reduzindo ligeiramente a dor pelas minhas perdas.

Com Lucas, a solidão aterrorizante dos onze anos anteriores parecia uma lembrança distante.

O que mais me emocionava, no entanto, era que Lucas entendia minha devoção por Misha e não tentava interferir com a reconstrução de nosso relacionamento. Apesar do antagonismo contínuo de Misha em relação a Lucas, ele me deixava convidar meu irmão sempre que eu quisesse. Nós três começamos a fazer refeições juntos... refeições que frequentemente eram cobertas de uma tensão constrangedora.

— Seu irmão não gosta muito de mim, não é? — disse Lucas secamente depois do primeiro almoço em conjunto. — Por alguns momentos, achei que ele daria uma de Yulia e tentaria me esfaquear com um garfo.

— Desculpe — respondi, preocupada que ele quisesse manter Misha longe. — Falarei com ele. É só que, com o tio dele e o que aconteceu na Ucrânia...

— Está tudo bem, querida, eu entendo. — Inesperadamente, o olhar de Lucas ficou mais suave. — Ele ainda é uma criança e passou por muita coisa. Ele tem todos os motivos para me odiar. Não vou guardar isso contra ele.

Pisquei algumas vezes. — Não?

— Não. Ele superará. E, se não superar... bem, ele é seu irmão, portanto, vou aguentar.

Senti um nó na garganta de emoção. — Obrigada — consegui dizer. — De verdade, Lucas, obrigada por isso... e por tudo.

Eu sabia que, ao me caçar na Ucrânia, Lucas provavelmente salvara a minha vida... e certamente salvara minha sanidade. Eu não sabia se teria sobrevivido a um segundo ataque de Kirill, portanto, de certa forma, recapturar-me também fora um resgate.

— De nada — disse Lucas, dando um passo na minha direção. A ternura em seu olhar se transformou em um calor sombrio familiar. — O prazer é todo meu, acredite.

E, quando ele me pegou nos braços, esqueci todas as preocupações... pelo menos, por enquanto.

— Você está apaixonada por ele? — perguntou Misha depois de quase seis semanas de nossa permanência no complexo. — Ele é seu namorado de verdade?

— O quê? — Olhei surpresa para meu irmão. Estávamos passeando pela floresta para minimizar as chances de encontrar Esguerra e, até aquele momento, discutíamos assuntos neutros: o antigo colégio de Misha, o melhor amigo dele, Andrey, e os tipos de filmes que garotos da idade dele gostavam. Aquele assunto saíra do nada. — Por que pergunta? — disse eu com cautela.

Misha deu de ombros. — Não sei. No começo, achei que você o estivesse manipulando para que fosse mais fácil irmos embora daqui. Mas, quanto mais vejo vocês dois juntos, menos parece ser isso. — Ele me lançou um olhar indecifrável. — Você ainda quer ir embora?

— Michael, eu... — Respirei fundo, sabendo que precisava ter cuidado. Nosso relacionamento estava indo muito bem. Na semana anterior, eu finalmente conseguira convencer Lucas a me deixar acessar a internet e mostrara a Misha as fotografias que transferira para a nuvem. Ele as viu

ANNA ZAIRES

silenciosamente, sem acusações de mentiras nem de manipulações, e achei que finalmente estávamos fazendo algum progresso. A última coisa que eu queria era voltar ao começo cheio de antagonismos.

— Escute, Michael — disse eu finalmente. — Estou tentando levar você de volta para sua família. Eu lhe disse, seus pais foram avisados de que você está bem e, assim que as coisas na Ucrânia melhorarem um pouco...

— Não é isso que estou perguntando. — Misha parou e virou-se para me encarar. — Você quer ir embora? Se tivesse a oportunidade de se afastar dele, você a usaria?

Eu também parei, atônita com a pergunta. No mês anterior, eu nem pensara em fugir. Mesmo se não tivesse os rastreadores sob a pele, o fato de que Lucas me encontrara na Ucrânia mostrava que não havia para onde fugir. Mesmo se eu conseguisse escapar de novo, Lucas simplesmente me encontraria para me levar de volta.

Mas não era isso que Misha queria saber.

— Não — respondi baixinho, mantendo o olhar dele. — Eu não iria embora, mesmo se pudesse.

Ele assentiu. — Foi o que pensei.

Ele recomeçou a andar e corri para acompanhar seus passos largos. Misha parecia ter crescido alguns centímetros desde que chegáramos ao complexo, com os ombros ficando mais largos e cheios. Suspeitei que, quando ficasse totalmente adulto, ele teria a altura e a

332

compleição de Lucas. Mas, por enquanto, ele ainda era um garoto... e eu era sua irmã mais velha.

— Michael, escute. Só porque não quero ir embora, não significa que não esteja trabalhando para que isso aconteça para você. Por favor, acredite em mim. Estou fazendo todo o possível para que você vá para casa.

— Eu sei. — Ele olhou para mim com as sobrancelhas franzidas. — Eu só queria que você fosse comigo. Muitas pessoas aqui odeiam você, sabia?

— Eu sei. — Sorri para eliminar a expressão estressada no rosto dele. — Mas não se preocupe comigo. Ficarei bem.

— Porque você tem a ele.

— Lucas? Sim. — Eu notara que meu irmão não gostava de chamar Lucas pelo nome, preferindo dizer apenas "ele". — Ele me manterá segura.

Misha ainda estava com a testa franzida. Estendi o braço e mexi nos cabelos dele de forma brincalhona. — Sabe, esse esfregão na sua cabeça está ficando comprido. Quer que eu corte seus cabelos ou está tentando chegar ao ponto de fazer um rabo de cavalo?

— Credo, não. — Misha fez uma careta e ergueu a mão, com os dedos desaparecendo dentre os cachos loiros. — Sim, acho que preciso cortá-los — disse ele em tom rabugento. — Você corta cabelos bem?

— Tenho certeza de que consigo. — Sorri ao ver a expressão duvidosa dele. — Se eu estragar tudo, pediremos a Lucas que conserte. Ele corta os próprios cabelos a cada duas semanas.

Ao ouvir o nome de Lucas, Misha ficou tenso

novamente e desviou o olhar. — Não tem problema — resmungou ele, subitamente fascinado com um formigueiro à nossa esquerda. — Tenho certeza de que você conseguirá.

Suspirei, mas não insisti. Eu não podia forçar meu irmão a gostar de Lucas. O ataque brutal ao local da UUR e a morte de Obenko deixaram uma impressão indelével na mente jovem dele. Misha considerava Lucas como inimigo, com razão.

Se Lucas não tivesse percebido quem era Misha, meu irmão teria sido uma das fatalidades daquele ataque.

Andamos em silêncio por alguns minutos, mas, ao nos aproximarmos da beirada da floresta, toquei no braço de Misha, fazendo com que parasse. — Lamento o que aconteceu naquele dia — disse eu quando ele se virou para olhar para mim. — De verdade, lamento. Se eu pudesse voltar atrás e mudar tudo, voltaria. A última coisa que eu queria era colocar você e os outros em perigo, acredite.

Misha me encarou e disse lentamente: — Não foi culpa sua... de verdade. Lamento ter dito isso antes. Além do mais, se eles não tivessem aparecido... — Ele parou e vi seu pomo de adão se mover.

— O quê?

— Você provavelmente teria sido morta. — As palavras dele mal eram audíveis. Virando-se, ele continuou a caminhar e corri atrás dele, sentindo um nó no estômago.

— Quem lhe disse isso, Michael? — Alcançando-o,

segurei seu braço para que parasse de novo. — Por que você disse isso?

— Porque é verdade. — O rosto de Misha estava sombrio e seu braço ficou tenso sob minha mão. — Ouvi tio Vasya falando sobre isso com Kirill Ivanovich. Eu não quis acreditar no começo, achei que tinha entendido errado ou ouvido as palavras deles fora do contexto. Mas, quanto mais pensei no assunto, mais claro ficou. Eles iam matar você e dizer a mim que fugira com o seu amante. — Ele respirou fundo. — Eles iam mentir, como mentiram sobre você o tempo inteiro.

— Ai, Michael... — Soltei o braço dele e senti um aperto no coração ao ver a dor nos olhos dele. Eu não conseguia imaginar como aquela traição era agonizante para ele. Obenko fora meu chefe e meu mentor, mas, para meu irmão, fora muito mais. Misha devia ter lutado muito contra aquilo, tentando negar a verdade pelo máximo de tempo possível. — Talvez você tenha entendido errado — disse eu, incapaz de aguentar o sofrimento dele. — Talvez fosse...

— Não, pare. Você disse isso o tempo inteiro e eu fui burro demais para acreditar. E, quando me mostrou aquelas fotografias na semana passada... — Balançando a cabeça, Misha deu um passo atrás. — Eu deveria ter dado ouvidos a você desde o começo. Só não queria acreditar no que você dizia, sabe? — O rosto dele se contraiu em uma careta. — Ele estava morto e...

— E ele era seu tio, um homem que era um exemplo para você. E eu era a irmã que o deixou quando você tinha três anos. — Mantive a voz suave. — Você não tinha motivos para acreditar em mim, em vez de acreditar nele. Eu entendo... e entendi isso antes também. — Respirei fundo para diminuir o nó na garganta. — E lamento, Michael. Lamento de verdade que as coisas tenham acontecido assim.

A expressão de Misha não mudou. — Você não tem que lamentar nada — disse ele com voz tensa. — Tio Vasya... Obenko... é um mentiroso e fui um idiota por acreditar nele. Kent disse... — Ele parou de novo e, por algum motivo, seu rosto ficou vermelho.

— Lucas? — Encarei Misha. — Você conversou com ele?

— Ontem — murmurou Misha, começando a caminhar de novo. — Quando ele me levou de volta ao alojamento depois do jantar.

— O que ele disse? — perguntei, acompanhando os passos dele. Misha não respondeu e perguntei em tom mais firme: — O que ele disse, Michael?

— Ele disse que Kirill Ivanovich a machucou quando você tinha a minha idade — respondeu ele relutantemente. — E que Obenko lhe disse que tinham cuidado dele, mas não cuidaram. — Ele olhou para mim, com o rosto pálido. — É verdade? Ele... — Misha parou, bloqueando meu caminho — ... fez alguma coisa com você?

Ai, meu Deus. A onda de sangue que me subiu ao cérebro quase me deixou tonta. Meu rosto ficou quente e, em seguida, ficou gelado quando a raiva me invadiu. Como Lucas ousara dizer aquilo a um garoto de quatorze anos? Eu não queria que Misha soubesse sobre Kirill. Pelo que eu conseguira sondar dele, parecia que meu irmão reprimira a maior parte do que lhe acontecera no orfanato. Ele se lembrava de que fora ruim, mas não sabia o quanto. Algo assim poderia trazer de volta aquelas lembranças horríveis. E, mesmo se isso não acontecesse, eu não o queria exposto àquele tipo de horror. Era ruim o suficiente que o tio de Misha o tivesse enganado. Agora, meu irmão pensaria que o mundo inteiro era feito de pessoas ruins.

Por um momento, fiquei tentada a negar tudo, mas aquilo só me transformaria em mais uma pessoa que mentira para Misha. — Sim — respondi com voz tensa. — É verdade. Mas eu era um pouco mais velha que você, tinha quinze anos, e eles o mantiveram longe de mim depois que descobriram o que aconteceu.

Misha cerrou os punhos enquanto eu falava. — Você está arrumando desculpas para eles? — A voz dele tinha um toque de incredulidade. — Para aqueles... aqueles *monstros*? Depois de tudo o que fizeram para você? Achei que Kent estava inventando para que eu o odiasse menos, mas não estava, estava? Era disso que vocês dois estavam falando no local da UUR. Eu ouvi vocês, mas havia tanta coisa acontecendo que não registrei direito. Kirill machucou você e eu... — O rosto dele se contraiu dolorosamente. — Ai, merda, eu treinei com o cara. Eu gostava dele.

— Mishen'ka... — Deixando de lado a raiva de Lucas, toquei no ombro de Misha, mas ele se afastou, balançando a cabeça.

— Eu sou tão idiota. — Tropeçando em uma raiz, ele se apoiou em uma árvore e continuou a recuar, resmungando em tom amargo: — Eu sou tão idiota, caralho...

— Michael. — Deixando de lado a preocupação com as lembranças reprimidas dele, falei em tom firme: — Não quero que use esse tipo de linguajar. Você me entendeu? Você não é idiota e certamente não é nenhum caralho. Você não tinha como saber disso, como não tinha como saber que Obenko estava mentindo. Nada nesta situação é culpa sua.

Misha piscou algumas vezes. — Mas...

— Mas nada. — Removendo toda a emoção do rosto, cheguei mais perto e parei à frente dele. — Não quero ouvir mais choramingos. O que está feito, está feito. Está no passado. Isto, aqui e agora, é o presente. Estamos aqui e não vamos olhar para trás. Sim, passamos por coisas bem ruins e conhecemos algumas pessoas más, mas sobrevivemos e estamos mais fortes agora. — Suavizando ligeiramente a voz, apertei a mão dele. — Não é?

— Sim — sussurrou Misha, com os dedos apertando os meus. — Estamos.

— Ótimo. — Soltei a mão dele e dei um passo atrás. — Agora, vamos. Diego me disse que talvez o levasse para praticar tiro esta tarde, já que você se comportou e tal. Não quero que se atrase.

Virei-me e comecei a andar. Misha andou perto de mim, com a amargura do rosto substituída por uma expressão de espanto. Eu nunca falara com ele assim antes e Misha não sabia como encarar a situação.

Apesar da raiva que eu estava sentindo de Lucas, sorri ao nos aproximarmos da casa dele.

Eu era a irmã mais velha de Misha e era uma sensação boa agir assim.

ucas

— Como pôde fazer isso?

No minuto em que entrei pela porta da frente, Yulia andou na minha direção com os cabelos loiros esvoaçando. Os olhos azuis estavam semicerrados e as narinas só faltavam lançar fogo.

— Fazer o quê? — perguntei confuso. Eu recebera uma atualização um tanto horrível da Ucrânia naquela manhã, mas não sabia como Yulia poderia ter descoberto. — Do que está falando?

— Misha — sibilou ela, parando à minha frente, com as mãos contraídas nos lados do corpo. — Você contou a ele sobre Kirill.

— Ah. — Quase sorri, mas pensei melhor. Yulia

parecia pronta a me atacar e, considerando a saúde restaurada dela, talvez conseguisse me atingir uma ou duas vezes antes que eu a subjugasse. Mantendo a expressão cuidadosamente neutra, eu disse em tom amigável: — Por que não deveria ter contado a ele? Ele merece saber a verdade. Você sabe que parte da raiva dele é porque se sente enganado, certo? Ninguém gosta de ser manipulado.

Yulia bateu os dentes com força. — Ele tem quatorze anos, ainda é uma criança. Não se conta a uma criança sobre estupros brutais, especialmente crianças com o tipo de criação dele. Kirill era o treinador dele. Misha o admirava...

— Sim, exatamente. — Segurei os pulsos dela em uma medida defensiva. — Seu irmão ficava falando sobre o imbecil e todas as coisas que ele lhe ensinou. Acha que isso era bom para ele? Saudável? Como acha que Michael teria se sentido se descobrisse que você o deixou respeitar seu estuprador? E ele teria descoberto, acredite. A verdade sempre vem à tona.

Os pulsos de Yulia estavam rígidos nas minhas mãos, mas ela não tentou me chutar nem se afastar. Entendi como um sinal de que ela estava ouvindo-me e disse: — Além do mais, ele não é realmente uma criança. Você sabe que seu irmão já dormiu com uma garota, certo?

— O quê? — Yulia ficou de boca aberta.

— Sim, ele contou a Diego. — Usei o choque dela para puxá-la mais para perto, encostando a parte inferior de seu corpo no pênis enrijecido. — Os treinandos foram a uma boate há alguns meses e ele ficou com uma garota mais velha lá. Ele tem muito orgulho disso, como qualquer outro adolescente teria.

Ela engoliu em seco. — Mas...

— Não se preocupe, ele usou proteção. Diego perguntou.

E, antes que Yulia conseguisse se recuperar, abaixei a cabeça e beijei-a, gostando da forma como ela lutou antes de se derreter contra mim.

Demorou bastante até que nos sentássemos para jantar naquela noite, mas não me arrependi de nem um minuto do atraso.

À MEDIDA QUE NOSSA NOVA VIDA JUNTOS PROSSEGUIA, vi-me cada vez mais obcecado com todas as coisas que diziam respeito a Yulia. Tudo nela me fascinava: a forma como cantava baixinho ao cozinhar, como se espreguiçava ao acordar, o gemido que escapava de seus lábios quando eu beijava seu pescoço. Ela recuperara o peso perdido e a cor doentia de sua pele sumira. Bastava um olhar para aquela beleza dourada para que eu ficasse excitado. Eu trepava com ela sempre que podia, mas ainda não era suficiente. Eu a queria constantemente, com uma necessidade que me consumia. Sempre que a possuía, era a melhor sensação do mundo, mas eu ainda queria mais.

Algumas vezes, eu achava que levaria o desejo por ela para o túmulo.

Se fosse apenas um desejo sexual, talvez eu tivesse conseguido lidar com ele. Mas era algo mais profundo. Eu queria saber de tudo sobre ela, cada detalhe minúsculo de sua vida. Eu não gostava de pensar no meu passado e nunca tivera interesse no passado de outras pessoas. Mas, com Yulia, minha curiosidade não tinha limites.

— Sabe de uma coisa? Você nunca me disse seu nome de verdade — disse eu enquanto almoçávamos um dia. — Quero dizer, o seu sobrenome.

— Ah. — Ela pestanejou. — E por que você se importa com isso?

— Porque sim. — Larguei o garfo sobre a mesa e encarei-a intensamente. — Você não tem mais ninguém a quem proteger, portanto, diga-me, querida.

Ela hesitou e disse: — É Molotova. Quando nasci, recebi o nome Yulia Borisovna Molotova.

Molotova. Fiz uma anotação mental do nome. Eu não me esquecera do que ela me contara sobre a supervisora do orfanato e pretendia usar aquela informação para rastrear a mulher. Considerei contar isso a Yulia, mas não sabia como ela reagiria. Portanto, decidi não dizer nada por enquanto.

Mudando de assunto, perguntei: — Você alguma vez matou alguém? Não em uma luta ou como autodefesa, mas simplesmente matou.

Para minha surpresa, Yulia assentiu. — Sim, uma vez — murmurou ela, olhando para o prato.

— Quando? — Estendi o braço sobre a mesa para

cobrir a mão fina dela com a minha. — Como aconteceu?

— Foi durante o treinamento, como última parte do programa — disse ela. Seu olhar estava velado ao erguer o rosto. — Nenhum de nós deveria virar um assassino, mas eles queriam ter certeza de que conseguiríamos puxar o gatilho se fosse necessário.

— E o que eles fizeram? Obrigaram você a matar alguém?

— De certa forma. — Ela passou a língua sobre os lábios. — Eles levaram um morador de rua à beira da morte. Ele tinha câncer de fígado, estágio quatro. Só tinha alguns dias de vida e sentia muita dor. Eles o encheram de drogas e depois, em vez de usar um alvo de papel, penduraram o homem. Nosso objetivo era atirar para matar.

— Então todos vocês atiraram nesse homem?

— Sim. — Os dedos de Yulia se contraíram sob a minha mão. — Usamos balas marcadas e ele foi autopsiado depois para ver quais balas tinham atingido o alvo. Alguns treinandos não conseguiram atirar nele.

— Mas você sim.

— Sim. — Ela puxou a mão, mas não afastou o olhar do meu. — A autópsia revelou que três balas atingiram o coração dele.

— A sua era uma delas? — perguntei, recostando-me na cadeira.

— Não. — O olhar dela não se desviou. — A minha foi encontrada no cérebro dele.

Naquela noite, Yulia se agarrou a mim com uma paixão que beirava o desespero. Percebi que meu interrogatório trouxera de volta algumas lembranças ruins. Eu sabia que deveria tê-la deixado em paz, deixá-la viver no presente como claramente queria fazer, mas as perguntas continuaram me perturbando até que me fizeram ceder.

— Você já dormiu com um homem por iniciativa própria? — perguntei enquanto estávamos deitados abraçados depois de uma longa sessão de sexo. Eu deveria dormir, mas meu corpo vibrava com energia e meus pensamentos ficavam voltando para aquele assunto.

Yulia enrijeceu nos meus braços. Virando-se, ela olhou para mim. — O que quer dizer? Só fui forçada naquela vez...

— Quero dizer, você já saiu com alguém que não fosse uma missão? — perguntei, colocando a mão no quadril dela. — Já foi a bares, boates? Saiu com um cara só para se divertir? — Eu quisera que a pergunta fosse casual, mas, ao dizer as palavras, percebi que Yulia com outro homem nunca seria um assunto casual para mim.

Minha vontade era de cometer um assassinato só de pensar que alguém que não fosse eu encostando nela.

O olhar de Yulia suavizou com compreensão. — Não — disse ela em tom suave. — Nunca saí com ninguém assim. Não teria sido justo com o cara.

— Então houve um cara? — Meu ciúme aumentou. — Alguém que você queria?

— O quê? — Para meu alívio, ela pareceu espantada com a pergunta. — Não, não houve ninguém. O que quis dizer é que eu estava sempre em alguma missão e teria sido uma péssima namorada.

— Então, nem mesmo uma saída casual? — insisti.

— Não. — Ela mordeu o lábio. — Não vi motivo para isso. Eu tinha aulas e trabalhos escolares além do trabalho e não tinha muito tempo livre.

— Então, está dizendo que, além dos outros três amantes designados e de mim, nunca esteve com ninguém antes?

O rosto dela ficou tenso. — Você está se esquecendo de Kirill.

— Não estou me esquecendo dele. — O fato de ainda não o termos encontrado, nem o cadáver, era como um espinho na minha carne. Reprimindo a raiva, eu disse: — Ele foi um atacante, não um amante.

— Nesse caso, sim. — Os olhos de Yulia eram sinceros ao olhar para mim. — Tive quatro amantes, incluindo você.

Eu a encarei, mal acreditando nos meus ouvidos. Minha espiã sedutora, a bela garota que usava o corpo para obter informações, dormira com menos homens do que uma universitária comum.

— E você? — ela devolveu a pergunta, apoiando-se em um cotovelo. — Com quantas mulheres você dormiu? — A expressão nos olhos dela era uma imagem espelhada do meu ciúme anterior.

— Provavelmente não tantas quanto você pensa — respondi, feliz com a possessividade dela. — Mas certamente mais do que quatro. Como seu irmão, comecei relativamente cedo e... bem, eu não era exatamente um cara bom para ter um relacionamento na época.

Ela estreitou os olhos. — É mesmo? E agora é?

— Estou em um relacionamento com você, não estou? — disse eu, sentindo o pênis se contrair com a visão do mamilo dela aparecendo sob o cobertor. — Portanto, sim, eu diria que sou.

Yulia abriu a boca para responder, mas eu já estava tirando o cobertor. Rolando para cima de Yulia, abri suas pernas com meus joelhos e segurei o pênis, posicionando-o na abertura dela. Ela ainda estava molhada do sexo anterior e penetrei-a, invadindo a abertura sedosa sem preliminares. Ela não pareceu se importar, passando os braços e as pernas em volta de mim, e comecei a me mover mais depressa. Só demorou alguns minutos para que o orgasmo começasse a se acumular. Forcei-me a reduzir o ritmo, querendo prolongar o momento.

— Diga que me ama — exigi, penetrando-a bem fundo. — Quero ouvir você dizer.

— Eu amo você, Lucas — disse ela baixinho no meu ouvido, apertando as pernas em volta dos meus quadris. A boceta dela era como uma luva quente e escorregadia em volta de mim e investi com mais força quando senti os espasmos dela começarem. Explodimos juntos e, naquele momento, senti como se fôssemos um só, como se nossas metades tivessem se fundido, formando algo inquebrável. Nossos pulmões trabalharam em uníssono e, quando ergui a cabeça e vi Yulia olhando para mim, algo quente e denso se expandiu dentro do meu peito.

— Sempre vou amar você — sussurrou ela, colocando a mão no meu rosto. A sensação ficou mais forte e o calor se espalhou até encher cada recanto vazio da minha alma.

Com Yulia, eu me sentia completo, uma sensação extremamente preciosa.

 *ulia*

DE UMA FORMA BIZARRA, PARECIA QUE LUCAS E EU
éramos recém-casados, e que aquele período incomum,
aquela longa trégua entre nós, era nossa lua de mel.

Parte disso certamente era o sexo. Longe de
diminuir com o tempo, a atração entre nós só
aumentava a cada dia. Nossos corpos estavam afinados
um com o outro de uma forma que eu nunca teria
imaginado. Um olhar, uma respiração, um toque eram
suficientes para acender as chamas. Nenhum dos dois
conseguia ficar satisfeito. Não importava quantas vezes
Lucas me procurasse, eu respondia, pois meu corpo
precisava do dele mesmo estando dolorido de tanto
sexo. O toque dele me reduzia a alguém que eu não

reconhecia, um ser primitivo que tinha apenas desejos. Era como se eu tivesse sido programada para existir unicamente para o prazer dele, para desejá-lo de todas as formas. Ele me levava além dos meus limites e eu queria mais. Rude ou gentil, meu carrasco me consumia, minha necessidade dele prendendo-me mais do que qualquer corda.

No entanto, além do sexo, havia uma crescente intimidade emocional entre nós. Todos os dias, Lucas exigia meu amor e eu lhe dava, incapaz de fazer qualquer outra coisa. Não era uma troca justa. Lucas nunca retribuíra as palavras nem me dera qualquer indicação de seus sentimentos. Mas, depois de fazermos sexo, ele me abraçava, como se tivesse medo que eu me afastasse para o outro lado da cama. Eu sabia que aqueles momentos silenciosos e ternos eram tão importantes para ele como eram para mim. Eles me davam esperança de que, algum dia, talvez eu tivesse mais dele... que eu conseguisse chegar ao homem sob a casca dura.

— Sabe, você nunca me contou como acabou aqui... como passou de fuzileiro naval para braço direito de Esguerra — murmurei uma noite enquanto estávamos deitados daquele jeito, enrolados um no outro tão completamente que era impossível dizer onde um terminava e onde o outro começava. Traçando um círculo no peito dele com o dedo, eu disse: — Só o que sei foi o que li no seu dossiê e não havia nada explicando os motivos.

— Que matei meu comandante? — A voz de Lucas

não traiu qualquer emoção, mas o músculo do ombro dele se contraiu sob minha cabeça. — É isso que você quer saber? Por que matei o filho da puta?

— Sim. — Recuei ligeiramente para poder olhar para ele. Na luz fraca do abajur, o rosto dele estava mais duro do que eu jamais vira. Mas isso não me deteve. — Por que você o matou? — perguntei em tom suave.

— Porque ele matou meu melhor amigo. — Uma raiva gelada e antiga surgiu na voz de Lucas. — Jackson, o meu amigo, pegou Roberts vendendo armas para o Talibã e ia denunciá-lo. Mas, antes que pudesse fazer isso, Roberts fez com que ele fosse morto... fez parecer que foi uma emboscada de pessoas hostis. Eu estava lá quando aconteceu.

— Ai, Lucas, lamento tanto... — Ergui o braço para tocar no rosto dele, mas ele interceptou minha mão, prendendo-a com muita força.

— Não. — Ele olhou para mim com os olhos semicerrados. — Foi no Afeganistão, há muito tempo. — O olhar dele voltou para o teto, mas ele não soltou minha mão. Segurando meus dedos firmemente, ele disse: — De qualquer forma, eu sobrevivi. Demorei vários dias para voltar para a base, mas consegui. E, quando cheguei lá, matei o filho da puta. Peguei a arma dele e enchi-o de balas.

Obviamente ele fizera isso. Encarei meu carrasco com uma mistura de tristeza e compreensão amarga. Como eu, ele fora traído por alguém em quem confiava, alguém que deveria tê-lo protegido. Eu não sabia o que teria feito com Obenko se ele não tivesse morrido, mas não fiquei chocada nem abalada pelo fato de Lucas ter escolhido aquele método brutal de retaliação.

— E o que aconteceu depois? — perguntei quando Lucas permaneceu em silêncio com o olhar fixo no teto. — Você foi preso?

— Sim. — Ele ainda não olhou para mim. — Fui levado para uma corte marcial nos Estados Unidos. Roberts tinha amigos no alto escalão e minhas alegações contra ele foram varridas para debaixo do tapete antes que eu conseguisse fazer um relatório formal.

— Então, como você escapou?

Lucas finalmente se virou para olhar para mim. — Meus pais — respondeu ele com voz dura. — Eles não podiam tolerar o constrangimento de ter o filho julgado por assassinato e providenciaram para que eu desaparecesse. Meu pai fez um acordo comigo: ele me ajudaria a desaparecer na América do Sul e eu nunca mais entraria em contato com eles.

— Eles queriam você fora da vida deles? — Eu o encarei, incapaz de imaginar um pai fazendo um acordo assim. — Por quê? Por causa da acusação de assassinato?

— Porque, de acordo com meu pai, sou uma maçã podre... "podre até a alma", foi o que ele disse.

— Ai, Lucas... — Meu coração se despedaçou em nome dele. — Seu pai estava errado. Você não é...

— Não sou um homem ruim? — Ele ergueu a sobrancelha e um sorriso sardônico se instalou em seu rosto. — Ora, vamos, linda, você sabe o que sou. Meus pais me mandaram para as melhores escolas, deram-me todas as vantagens possíveis e o que fiz? Joguei tudo fora, entrei para a marinha para satisfazer minha vontade de lutar. O que é muito errado. Pode realmente culpar meus pais por não quererem ter nada a ver comigo?

— Sim, posso. — Engoli em seco, mantendo o olhar dele. — Você ainda era filho deles. Deveriam ter apoiado você.

— Você não entende. — Os olhos de Lucas brilharam como pedras de gelo. — Eles nunca quiseram um filho. Eu era para ser o legado deles. Uma extensão perfeita deles... o ápice das ambições deles. E arruinei tudo quando virei um soldado. A acusação de assassinato foi apenas a última gota d'água. Meu pai estava certo ao me oferecer aquele acordo. Eu não cabia na vida deles, nunca coube, e eles certamente não cabiam na minha.

Mordi a parte de dentro da bochecha, tentando conter as lágrimas que me queimavam os olhos. Consegui imaginar Lucas como um garoto volátil e inquieto, constantemente forçado a ser algo que não queria ser. Também vi como os pais, advogados corporativos, deviam ter passado dificuldades para criar um filho que era, no fundo, um guerreiro... um garoto que, por alguma artimanha estranha da genética, era totalmente diferente deles.

Ainda assim, dizer ao filho que nunca mais queriam vê-lo...

— Então, você não falou mais com eles depois disso? — perguntei, mantendo a voz neutra. — Nem uma única vez?

— Não. — O olhar dele era aço puro. — Por que falaria?

Realmente, por que falaria? Para mim, família era algo sagrado, mas meus pais eram diferentes da família de Lucas. Eu não conseguia imaginar meus pais afastando-se de mim ou de Misha, não importava o caminho que escolhêssemos seguir na vida. Eles teriam nos apoiado incondicionalmente, como eu apoiaria meu irmão.

E como apoiaria Lucas, percebi com um choque súbito. Na verdade, já estava apoiando Lucas, mesmo enquanto ele e Esguerra eliminavam a organização para quem eu trabalhara. O pai dele não estivera errado, Lucas realmente não era um cara legal, mas isso não mudava o que eu sentia por ele.

Talvez eu também fosse podre até a alma, mas, em algum momento, meu carrasco implacável se tornara algo como família para mim.

Deixei de lado a revelação inquietante para me concentrar no restante da história. — Então, como você acabou com Esguerra? — perguntei, apoiando-me no cotovelo. — Você só o encontrou em algum lugar na América do Sul e ele o contratou?

— Foi... um pouco mais complicado que isso. — Os cantos da boca de Lucas se contraíram. — Na verdade, eu fui contratado por um cartel mexicano para proteger uma remessa de armas que tinham comprado de Esguerra. Mas, quando apareci para fazer o meu trabalho, descobri que um dos líderes do cartel ficara ganancioso e decidira roubar a remessa para si mesmo, traindo Esguerra e seu próprio pessoal. Houve um tiroteio intenso e, no fim, Esguerra e eu estávamos entre os poucos sobreviventes, cada um de nós atrás de uma cobertura. Ele estava ficando sem munição e eu só tinha poucas balas sobrando. Então, em vez de continuar tentando matar um ao outro, ele ofereceu para me contratar de forma permanente. Nem é preciso dizer que aceitei. — Ele deu uma risada sombria antes de continuar: — Ah, e depois atirei em um cara que se esgueirava atrás de Esguerra para tentar matá-lo. Aquilo sacramentou o negócio, por assim dizer.

— Foi por isso que você disse que Esguerra lhe deve? — perguntei, lembrando-me das palavras dele de muito tempo antes. — Porque você salvou a vida dele dessa vez?

— Não. Eu só estava fazendo meu trabalho. Esguerra me deve por outra coisa.

Olhei para ele, aguardando, e, depois de um momento, Lucas suspirou e disse: — Esguerra foi ferido no ano passado na explosão de um depósito na Tailândia. Eu o carreguei para fora e levei-o a um hospital, mas ele ficou em coma por quase três meses. Mantive as coisas em ordem para ele durante aquele tempo, cuidando dos negócios, da segurança da esposa dele etc.

— Entendi. — Não era surpresa que Lucas estava confiante de que Esguerra o deixaria ficar comigo. A verdadeira lealdade devia ser mais rara do que unicórnios no mundo do traficante de armas. — E nem uma vez você ficou tentado a tomar tudo para si mesmo? O negócio de Esguerra deve valer bilhões.

— Vale, mas Esguerra me paga muito bem. Portanto, de que adiantaria? — Lucas me olhou secamente. — Além do mais, eu gosto do cara. Esguerra usou seus contatos para tirar meu nome das listas de procurados depois que comecei a trabalhar para ele. Sem falar que ele não finge ser nada além do que realmente é, o que me serve.

Obviamente. Percebi como isso seria atraente depois da traição do comandante dele no Afeganistão. Ainda assim, muitos homens na posição de Lucas ficariam cegos pela ganância. O fato de isso não acontecer com ele dizia muito sobre seu caráter.

Meu carrasco podia não ser próximo da família, mas, de uma forma própria, era tão leal quanto eu.

ENQUANTO NOSSA PSEUDO LUA DE MEL PROLONGADA continuava, vi-me com um estranho problema: eu tinha tempo livre em excesso. Não tinha atribuições nem aulas, nenhuma responsabilidade de verdade. Inicialmente, fora algo bom. A doença e os eventos traumáticos que a precederam tinham exigido muito de mim, deixando-me mental e fisicamente exausta. Por várias semanas, eu me contentara em ler, assistir à TV, passar tempo com Misha e andar preguiçosamente pela casa. Mas, quando as semanas se transformaram em meses, comecei a precisar de mais. Eu sempre estivera ocupada, primeiro como aluna, depois como treinanda e, nos últimos anos, como espiã ativa em missões. Tempo livre fora um luxo de que eu sempre gostara, mas, agora, ele era excessivo e não era agradável.

Para encher as horas, comecei a experimentar novas receitas. Lucas me deu acesso à internet, em um computador monitorado por não confiar totalmente em mim, e naveguei em vários sites em busca de pratos novos e interessantes. Lucas apoiou totalmente meu novo passatempo, pois gostava dos resultados em cada refeição, e gradualmente desenvolvi um repertório culinário que variava de pratos russos clássicos, como *borscht*, à culinária de fusão exótica que incorporava elementos das cozinhas asiática, francesa e latina. Até mesmo inventei minhas próprias variações, como sushi com curry e rabanetes picados, pato recheado com repolho e maçã e berinjelas à moda russa.

— Yulia, isto está fenomenal — disse Lucas quando fiz massas delicadas com cogumelos shiitake e queijo Camembert. — De verdade, está mais gostoso do que qualquer restaurante sofisticado. Você deveria ter sido *chef*.

— Realmente está incrível — comentou meu irmão,

devorando a quarta porção. Ele passara a almoçar conosco quase todos os dias e suspeitei de que minhas comidas eram boa parte do motivo. Ele até mesmo estava disposto a tolerar Lucas, apesar de ainda estarem longes de serem melhores amigos.

— Ótimo, fico feliz por terem gostado — disse eu, levantando-me para carregar meu prato para a pia. Eu estava muito cheia depois de comer duas porções, mas Misha e Lucas pareciam ter espaço infinito no estômago. Reprimi um sorriso quando Lucas pegou a penúltima porção e, instantaneamente, meu irmão pegou a última, enfiando-a na boca como se estivesse com receio de que ela fugisse.

— Sobrou alguma coisa? — perguntou Misha depois de engolir. — Diego e Eduardo imploraram que eu levasse um pouco para eles.

— Mas que merda? — Lucas olhou Misha friamente. — Eles podem fazer a própria comida. Não teremos sobras.

— Na verdade, fiz um pouco a mais como garantia — disse eu, indo até o fogão. Não era a primeira vez que os dois guardas imploravam por comida a meu irmão e suspeitei de que não seria a última. Se Lucas permitisse, eles comeriam lá todos os dias. Mas, como ele não permitia, os dois encontravam outras formas de se beneficiar do meu novo passatempo. — Só diga a eles para comerem antes que a comida esfrie completamente. Ela não ficará tão gostosa se for reaquecida no micro-ondas.

— Claro — disse Misha enquanto eu embalava a

bandeja em um plástico para entregá-la a ele. — Vou dar a eles logo.

Lucas nos observou com a testa franzida e uma expressão infeliz. — Mas e...

— Farei mais em breve — prometi, sorrindo. — Para o jantar, vou fazer macarrão enoki com molho de caju e pudim de chocolate com cobertura de frutas. Se ainda estiver com fome depois disso, farei essa massa novamente, ok?

Misha ouviu com inveja clara antes de perguntar: — Acha que sobrará pudim se eu vier depois do jantar? Os guardas me convidaram para um churrasco hoje à noite, mas provavelmente sobrará espaço para a sobremesa...

— Sim, claro. — Sorri para ele. — Vou guardar um pouco para você.

— Sim, para ele e para metade dos guardas — resmungou Lucas, levantando-se para lavar seu prato. — Daqui a pouco, estaremos alimentando o complexo inteiro.

Eu ri, mas não demorou muito para que Diego e Eduardo começassem a inventar várias desculpas para ir até a casa de Lucas, frequentemente levando alguns amigos com eles. Eu não me importava em cozinhar porções maiores, era um desafio divertido, mas Lucas ficava irritado, especialmente quando nossas refeições eram interrompidas por visitantes frequentes.

— Isto não é uma merda de restaurante — rosnou ele para Diego quando o jovem guarda "só deu uma passada por lá" com seis amigos no horário do almoço.

— Yulia cozinha para mim e para o irmão dela, entendeu? Agora, dê o fora daqui antes que eu lhe dê um turno extra.

Os guardas foram embora chateados, mas, no dia seguinte, Eduardo chegou logo antes do horário em que Lucas voltava para almoçar. — Por algum acaso você ainda tem um pouco daquela salada de camarão? — perguntou ele, mantendo um olhar desconfiado na porta da frente. — Michael disse que você fez essa salada na noite passada e...

— Claro. — Reprimi um sorriso. — Mas é melhor se apressar. Acho que Lucas e Michael devem estar chegando.

Dei-lhe um pote com o resto da salada e ele agradeceu, correndo porta afora. No dia seguinte, Diego copiou a manobra de Eduardo, passando na casa meia hora antes do jantar, e dei a ele um frango inteiro recheado de mirtilo e arroz que fizera especialmente para tal ocasião. Ele me agradeceu profusamente e, durante a semana seguinte, alimentei os guardas daquela forma. Mas, na segunda-feira, Lucas me pegou fazendo isso e não ficou contente.

— Que merda é essa? — rosnou ele, entrando na cozinha no momento em que eu entregava uma bandeja de tortas de carne recém-assadas para Diego. Parando perto de nós, ele lançou um olhar furioso ao guarda. — Eu avisei você...

— Lucas, está tudo bem. Fiz o suficiente para todos — garanti a ele. — De verdade, está tudo bem. Não me importo de cozinhar para eles, gosto de fazer isso.

— Viu? Ela gosta de fazer isso. — Diego sorriu, pegando a bandeja das minhas mãos. — Obrigada, princesa. Você é demais.

Ele saiu correndo da cozinha e Lucas se virou para mim com o maxilar cerrado. — Que merda você está fazendo? Não é seu trabalho alimentar os guardas. Eles têm um restaurante no alojamento, sabia?

— Eu sei. — Impulsivamente, aproximei-me dele e coloquei a mão em seu rosto, sentindo os músculos contraídos sob a pele com barba por fazer. — Mas não tem problema. Eu me divirto fazendo isso. Gosto do fato de os guardas adorarem minha comida. Faz com que eu me sinta... — parei, procurando a palavra certa.

— Útil? — perguntou Lucas, suavizando a expressão. Assenti, surpresa por ele ter entendido tão bem.

Ele suspirou e cobriu minha mão com a dele antes de levar meus dedos à boca. Passando os lábios de leve sobre minha mão, ele me estudou, com uma expressão mais perturbada do que furiosa. — Yulia, querida... você é útil para mim, ok? Não precisa alimentar todas as pessoas deste complexo para provar seu valor.

Eu o encarei, sentindo um nó inexplicável no estômago quando ele soltou minha mão. — E se eu não quiser ser útil só para você? — sussurrei. — E se eu precisar de mais além de esquentar sua cama e cuidar da sua casa? Você sabe que eu realmente me formei na universidade, certo? — Vi o olhar de Lucas ficar sombrio enquanto eu falava, mas não parei e minha voz ficou mais forte a cada palavra. — Tenho diploma

ANNA ZAIRES

em língua inglesa e relações internacionais. Fui uma excelente intérprete, bem como espiã. Por seis anos, morei em uma das cidades mais cosmopolitas do mundo e interagi com o alto escalão do governo russo. Eu sempre ia a lugares, fazia coisas, e agora mal saio de sua casa porque não quero que Esguerra se lembre de que existo. — Parei para respirar e percebi que um músculo tremia no maxilar de Lucas.

— É mesmo? — perguntou ele, com a voz mortalmente baixa. — Sente falta de ser espiã?

Instantaneamente amaldiçoei minha língua solta. Eu deveria ter sabido como Lucas interpretaria minhas palavras. — Não, claro que não...

— Sente falta de trepar com homens em missões? — Ele chegou mais perto, empurrando-me contra o balcão da cozinha.

Meu coração deu um salto. — Não, não foi isso que eu...

A mão dele agarrou meu pescoço, apertando o suficiente para que eu sentisse a força de seus dedos. Inclinando-se para a frente, ele sussurrou no meu ouvido: — Ou é só que não sou suficiente para você? — O hálito dele aqueceu minha pele, fazendo com que meus braços se arrepiassem. — Precisa de mais variedade, linda?

— Não — respondi com esforço quando minha respiração ficou difícil. Um Lucas com ciúmes era algo aterrorizante. — Não é nada disso. Eu só quis dizer que...

— Você é minha — rosnou ele, erguendo a cabeça

para me olhar com expressão gelada. — Não dou a mínima para o tipo de vida que você tinha antes. Eu a peguei, marquei e agora você é minha. Nenhum homem jamais encostará em você de novo. E, se eu quiser mantê-la em uma porra de uma gaiola pelo resto de sua vida, farei isso. Entendeu?

Ele afrouxou a mão no meu pescoço, mas minha garganta se fechou e uma onda de dor me invadiu. Por semanas, eu existira em uma bolha de felicidade doméstica, brincando de casinha com um homem que não me via como nada além de um objeto, uma escrava sexual que ele "marcara" com os rastreadores. Qualquer outra mulher teria lutado com unhas e dentes pela liberdade, mas eu abraçara meu cativeiro como se tivesse nascido para isso, deixando-me imaginar que nosso relacionamento pervertido poderia um dia se transformar em algo real.

Devido ao desejo de ter o amor do meu carrasco, eu novamente construíra castelos de areia.

— Entendi — consegui sussurrar por entre os lábios amortecidos. — Desculpe.

Lucas me soltou e deu um passo atrás, com o rosto ainda furioso. Virei-me, procurando cegamente algumas louças para lavar.

Nossa "lua de mel" terminara.

Naquela noite, Lucas chegou em casa tarde, e Misha e eu jantamos sozinhos. Coloquei uma máscara feliz no rosto para o meu irmão, mas percebi que ele sentiu que havia algo de errado. Foi um alívio quando me despedi dele, que foi embora com sobras de comida para os guardas. Mais do que qualquer outra coisa, eu queria ficar sozinha para lamber minhas feridas.

Eu estava terminando de tomar banho quando Lucas chegou. Ele entrou no banheiro no momento em que saí do box e, sem dizer uma palavra, pegou-me nos braços e carregou-me para o quarto. O rosto dele estava duro e a antiga inquietação me invadiu. Não achei que ele fosse realmente me machucar, pelo menos fisicamente, mas isso não diminuiu minha ansiedade. Lucas naquele humor era imprevisível e eu mal conseguia me conter para não desmoronar. Por um momento insano, considerei lutar contra ele, mas instantaneamente descartei a ideia. Eu não teria chance alguma de vencer. Além do mais, de que adiantaria tentar resistir? Como ele dissera, eu era dele para que fizesse o que quisesse.

Minha vida e a de meu irmão estavam nas mãos dele.

Se eu conseguisse me agarrar à dormência que me envolvera a tarde inteira, seria mais fácil, mas tudo estava nítido e claro na minha mente, cada sensação era dolorosamente vívida. Senti o calor da pele dele sobre as roupas e a forma como os músculos de seu braço flexionaram quando ele me colocou sobre a cama. Vi o brilho pálido de seus olhos e senti o aroma masculino. Ele se inclinou sobre mim e meu corpo voltou à vida, com um calor familiar surgindo em minhas entranhas.

Meus mamilos ficaram rígidos e meus seios desejaram o toque dele. Meu sexo ficou molhado quando ele me beijou, com a língua invadindo minha boca em investidas duras e exigentes. As mãos grandes seguraram meus pulsos, prendendo-os acima da minha cabeça, e fechei os olhos, mergulhando na ignorância quente do desejo. A dor e a ansiedade se dissiparam e o instinto animal assumiu o comando. Gemendo, arqueei o corpo contra Lucas, encostando os mamilos rígidos na camiseta dele. Minhas entranhas se contraíram quando senti o volume enorme na calça dele pressionando meu quadril nu.

Sim, possua-me, trepe comigo, faça-me esquecer... O cântico erótico se repetiu em minha mente. Por enquanto, eu não precisava me preocupar com o futuro, com minha vida com um homem que me via como um brinquedo exclusivo. Eu não precisava pensar no fato de que talvez nunca fosse nada além de um objeto do desejo dele. Eu podia só me concentrar nos beijos dele e no peso de seu corpo sobre o meu.

Foi só quando ele passou meus pulsos para apenas uma das mãos e vasculhou a gaveta da mesinha de cabeceira com a outra que despertei o suficiente para sentir um toque de inquietação. Abrindo os olhos, afastei os lábios dos dele. — Lucas, o que você...

Ele me interrompeu com outro beijo profundo e, no momento seguinte, tive minha resposta. Um metal gelado tocou no meu pulso esquerdo e ouvi um clique quando a algema fechou. Soltando uma exclamação, virei a cabeça e tentei tirar o outro pulso da mão dele, mas Lucas usou o movimento para me virar de lado e arrastou meu braço algemado na direção do poste de metal que instalara ao lado da cama durante os primeiros dias do meu cativeiro. Sentando-se sobre mim, ele passou a algema em volta do poste e segurou meu outro pulso, prendendo-o antes que eu oferecesse alguma resistência real.

Minha inquietação se transformou em medo. Eu estava deitada de lado e com os pulsos presos no poste... como nos velhos tempos.

— Por que está fazendo isto? — Minha voz saiu aguda quando virei a cabeça para olhar para Lucas, que agora procurava alguma outra coisa na gaveta. — Lucas, não, por favor. — Meus cabelos estavam espalhados sobre meu rosto, interferindo com a visão. Antes que eu conseguisse afastá-los, um pano escuro macio caiu sobre meus olhos.

— Shh — sussurrou Lucas, amarrando o pano em volta da minha cabeça. — Você vai ficar bem, querida.

Bem? Ele acabara de me algemar e vendar. Meu coração batia alto nos ouvidos e minha excitação sumiu sob o pânico. — Lucas, por favor... O que você vai fazer?

Ainda sentado sobre mim, ele se inclinou para a frente e senti seu hálito quente no lado do rosto. — Você me ama? — murmurou ele. Os lábios dele encostaram no lóbulo da minha orelha e sua língua acompanhou o contorno dela. — Você me ama, Yulia?

Engoli em seco. — Sim, você sabe que sim.

— Você confia em mim?

Não. A verdade quase saiu dos meus lábios, mas fechei-os bem a tempo. Eu não confiava em Lucas, nunca confiara, mas certamente não pretendia admitir isso naquele momento. Eu não sabia as regras daquele jogo novo e, até que soubesse, não o jogaria.

— Entendi — murmurou ele. Percebi que a falta de resposta era, por si só, uma resposta. Meu coração bateu ainda mais forte.

— Lucas, eu...

— Está tudo bem. — Ele mordeu de leve minha orelha. — Você não precisa mentir. — Ele saiu de cima de mim e ouvi o barulho de roupas sendo tiradas, seguido do ruído da gaveta sendo aberta. Fiquei tensa, mas não ouvi mais nada. Um momento depois, Lucas me virou para que ficasse deitada de costas, com os braços algemados em um dos lados do corpo.

Eu estava prestes a perguntar de novo o que ele pretendia fazer, mas Lucas já se movera para baixo, abrindo minhas pernas, com as mãos fortes prendendo minhas coxas contra o colchão.

O primeiro toque da língua dele nas minhas dobras foi incrivelmente suave, uma carícia em vez de um ataque. Isso me desorientou e desarmou. Eu estava preparada para algo assustador e brutal, mas os toques leves da língua dele não eram nada disso. Ele me lambeu como se tivesse todo o tempo do mundo, com os lábios e a língua brincando com a pele sensível pelo que pareceram horas antes de chegar perto do clitóris latejante. A essas alturas, eu estava molhada e gemendo o nome dele, movendo os quadris incontrolavelmente quando a excitação voltou com força total. Se não fosse pelas mãos dele segurando minhas coxas, eu teria esfregado meu sexo contra a boca dele, forçando o orgasmo que estava logo fora de alcance.

— Por favor, Lucas, eu — implorei quando a língua dele circulou o clitóris com toques insanamente leves. — Só mais um pouco, por favor...

Para minha surpresa, ele me atendeu, chupando o clitóris e causando uma sensação que me percorreu até a ponta dos pés. Um grito estrangulado saiu da minha garganta quando meus músculos internos se contraíram e o orgasmo me atingiu, eliminando tudo exceto o prazer devastador. Gozei com tanta intensidade que vi pontos brilhantes, meus quadris quase saíram da cama apesar da pressão das mãos dele. As pulsações continuaram por vários momentos e, quando terminaram, fiquei deitada ofegante e exausta pelas sensações.

Eu sabia que Lucas ainda não terminara, mas ainda me assustei quando ele me virou de bruços, fazendo com que as algemas batessem no poste de metal. Agora meus braços estavam esticados para o lado oposto e, pela primeira vez, percebi a versatilidade assustadora daquele tipo de prisão.

Lucas poderia fazer qualquer coisa que quisesse comigo, em qualquer posição, e eu não conseguiria fazer nada para impedi-lo.

Ele se sentou sobre minhas pernas, imobilizando-as contra a cama, e o medo me invadiu novamente, afastando parte das endorfinas pós-orgasmo. Um segundo depois, senti algo frio e molhado sendo derramado entre minhas nádegas e percebi que minha ansiedade era justificada.

Lucas derramara lubrificante em mim.

— Não, por favor. — Puxei as algemas que me prendiam ao poste, com o coração batendo muito depressa. — Por favor... assim não.

— Está tudo bem, linda. — Ignorando minhas tentativas de me soltar, Lucas colocou dois travesseiros grossos sob meus quadris, levantando meu corpo até que eu quase ficasse de quatro. — Eu lhe disse, você ficará bem.

Mas eu não ficaria. Eu sabia por experiências anteriores. Ele me rasgaria, pois o pênis era grande e longo demais para que meu corpo o aceitasse daquele jeito. Ele experimentara com meu ânus várias vezes nas semanas recentes, usando os dedos e alguns brinquedos pequenos, mas nunca fora além disso e, tolamente, eu começara a acreditar que isso não aconteceria. Começara a acreditar que ele respeitaria meus desejos em relação àquilo. Obviamente, eu deveria ter imaginado que não.

O desejo dele não tinha limites em se tratando de mim.

Ele se inclinou sobre mim, com o calor de seu corpo aquecendo minha pele gelada. Percebi que eu tremia e minhas costas estavam cobertas de suor. As mãos dele acariciaram o lado do meu quadril e encolhi-me antes de conseguir controlar a reação. Meus músculos se fecharam, esperando a dor que certamente viria.

— Yulia... — Ele puxou meus cabelos para o lado, afastando-os das minhas costas suadas. Senti os lábios dele na minha nuca ao mesmo tempo em que o pênis rígido pressionou minha perna. — Não vou machucar você, querida, prometo.

Não vou machucar você? Eu queria gritar que aquilo era uma mentira, que ele não me prenderia e vendaria se pretendesse fazer amor comigo docemente. Mas não tive a oportunidade porque, naquele momento, Lucas colocou os dedos entre minhas pernas e encontrou o clitóris. Pressionando-o gentilmente, ele beijou meu pescoço novamente. Chocada, senti um toque de algo que não era medo... um prazer quente e tímido que de alguma forma coexistia com meu pânico.

— Não vou machucar você — repetiu ele, sussurrando as palavras enquanto seus lábios percorriam meu pescoço. Parte da minha ansiedade sumiu, derretendo no calor que começava a pulsar em mim. Lucas já conhecia tudo sobre meu corpo e usou aquele conhecimento sem remorso, usando os dedos para criar sensações que deveriam estar além do alcance.

O segundo orgasmo me pegou de surpresa e ofeguei contra o colchão quando as ondas de prazer me percorreram. Eu não me esquecera do que me aguardava, mas era difícil me agarrar ao medo quando o cérebro nadava em endorfinas. E Lucas ainda não acabara de me dar prazer. A mão dele encontrou a entrada da boceta e enfiou um dedo longo, localizando com exatidão meu ponto G. Não demorou muito para que a tensão se acumulasse e outro orgasmo, apesar de mais fraco, invadisse meu corpo.

— Chega, por favor — gemi quando o dedo dele saiu de dentro do meu canal e circulou o clitóris inchado. — Não vou conseguir de novo.

— Ah, querida, vai conseguir sim. — Ele mordeu meu pescoço de leve e sussurrou na minha orelha: — De novo e de novo, quantas vezes for necessário.

No fim das contas, foram mais dois orgasmos. Ou, pelo menos, foi o que Lucas me forçou a ter antes que meus músculos se transformassem em geleia e eu estivesse exausta demais para gozar de novo. Àquela altura, eu parara de me preocupar com a umidade perigosa entre minhas nádegas... eu parara de pensar, ponto. E, quando os dedos dele saíram da boceta molhada e subiram pelas minhas nádegas, só fiquei deitada, exausta, mal reagindo quando dois dos dedos longos pressionaram meu ânus, um depois do outro, deslizando para dentro quase sem resistência.

— Isso mesmo, querida. Boa garota — murmurou Lucas quando permaneci relaxada, aceitando os dois dedos sem me contrair. Ainda não era uma sensação muito boa. A penetração parecia estranha e invasiva, mas não havia dor e eu estava cansada demais para resistir quando ele começou a mover os dedos lentamente para dentro e para fora. — Boa garota... — O ritmo suave era estranhamente hipnótico, fazendo-me sentir que a mente estava desconectada do corpo. Eu tinha ciência, de leve, de que deveria ter medo, de que deveria protestar contra aquela violação, mas o esforço não parecia valer a pena, particularmente quando a outra mão de Lucas pressionou gentilmente o clitóris de novo, causando um toque de prazer na pele excessivamente estimulada.

Eu estava tão mergulhada naquele estado desconectado que não me assustei quando ele tirou os dedos e algo macio e grosso pressionou meu ânus. Meu corpo continuou relaxado, mesmo quando senti uma pressão muito grande e ouvi Lucas gemer baixinho: — Puta merda, querida, você é apertada... — A pressão aumentou, chegando perto da dor, e foi só então que parte do medo voltou, juntamente com a vontade de contrair os músculos contra a intrusão.

— Não, querida, não aperte. Só respire. — O comando foi feito com voz baixa e tensa. Percebi naquele momento o quanto custava a Lucas se conter para evitar me machucar. Estranhamente, isso me deixou um pouco mais calma e respirei fundo, devagar, tentando manter os músculos relaxados.

— Sim, isso mesmo — disse ele com voz rouca. Senti-o começar a me penetrar, com a cabeça larga do pênis esticando o músculo apertado do ânus. Senti uma queimação, com a vontade de me contrair quase insuportável, mas continuei a respirar fundo. Lentamente, ele avançou, penetrando o pênis enorme milímetro a milímetro.

Quando a cabeça do pênis entrou totalmente, ele pausou, acariciando meu quadril de forma reconfortante. Depois de alguns momentos, senti a dor diminuir. Consegui relaxar um pouco mais e Lucas retomou o avanço lento. No entanto, quando ele me penetrou mais fundo, minha calma desapareceu. Ele era grande, grande demais. Meu coração bateu mais depressa e minha respiração ficou frenética. O lubrificante diminuía o atrito, mas não alterava o tamanho dele. Minhas entranhas queimaram quando Lucas forçou um pouco mais, esticando-me além dos meus limites. Gemi contra o colchão e ele beijou minha nuca. O gesto terno foi um contraste muito grande com a invasão implacável do meu corpo.

— Só mais um pouco — murmurou ele. Percebi que, inadvertidamente, eu contraíra os músculos em volta dele, tentando impedi-lo de ir mais fundo. — Você consegue, querida.

Não, não consigo. Eu queria protestar, mas só consegui emitir um ruído incoerente, algo entre um gemido e um soluço. Eu tremia e suava, com as mãos apertando o poste de metal ao qual estava algemada. Aquilo não era nada parecido com a dor horrível que Kirill me infligira naquele dia, mas, de uma forma própria, era igualmente agonizante. Os movimentos lentos e cuidadosos de Lucas me permitiram senti-lo em toda sua extensão... absorver a pressão imensa que forçava minhas entranhas. O pênis parecia me encher completamente, violando e possuindo ao mesmo tempo, levando-me a um lugar em que a escuridão e o erotismo se encontravam em uma sinfonia perversa.

— Caralho, Yulia, você é demais — gemeu Lucas. Percebi que ele estava totalmente dentro de mim e que os testículos pressionavam meu sexo. A mão dele ainda estava entre minhas pernas, pressionando o clitóris, e reprimi um grito quando ele se moveu dentro de mim. Tive uma sensação estranha no estômago. — Você é apertada... tão apertada. — Ele pressionou o clitóris com mais força, apertando-o com dois dedos, e um prazer inesperado surgiu dentro de mim, fazendo-me gritar.

— Sim, isso mesmo, linda... — A voz de Lucas beirava uma satisfação sombria. — Você consegue. Goze mais uma vez para mim. — Os dedos dele começaram a se mover e, chocada, percebi que meu corpo ficou tenso com uma onda de calor. O volume extremo dentro de mim aumentava e continha as sensações, e a dor latejante do clitóris lutava contra a agonia do ânus estendido. O pênis dele parecia um cano de aço dentro de mim, mas a forma como os dedos dele me tocavam fazia com que minhas entranhas se contraíssem em uma forma de prazer diferente. Gritei, estremecendo ao sentir o orgasmo se aproximar. Lucas beliscou o clitóris com mais força, quase dolorosamente.

— Isso mesmo, bem assim, querida... — Ele beliscou o clitóris novamente e explodi, com as terminações nervosas exaustas eletrificadas pelo toque rude. Espasmos se espalharam pelo meu corpo repetidamente e contraí-me em volta dele, soluçando por causa do êxtase dolorido, de como aquilo tudo era errado. O prazer foi sombrio e brutal. Quando ele começou a se mover dentro de mim, o orgasmo se intensificou, com as sensações estranhas aumentadas pela venda e pelo aço gelado em meus pulsos. Não notei quanto tempo demorou para que Lucas gozasse, com o sêmen quente enchendo minhas entranhas. Mas, quando ele saiu de dentro de mim e tirou as algemas, só consegui ficar deitada, fraca e trêmula, sentindo o ânus queimando e o clitóris latejando.

Silenciosamente, ele me abraçou e chorei contra seu peito, sentindo-me partida e libertada.

O passado com Kirill estava oficialmente para trás. Todas as partes de mim agora pertenciam a Lucas, para o melhor ou para o pior.

ulia

DURANTE O CAFÉ DA MANHÃ, LUCAS ESTAVA
incomumente quieto, com o olhar fixo em mim de
forma pensativa. Tive que me esforçar para não corar
sempre que erguia o olhar e via aqueles olhos pálidos
observando-me. Eu queria perguntar no que ele estava
pensando, mas uma timidez bizarra me manteve em
silêncio. Não ajudou em nada o fato de eu estar
dolorida e cada movimento me lembrar do que
acontecera entre nós. Ele não me machucara como eu
temera, mas ainda estava muito ciente de que algo
grande e grosso estivera dentro de mim, levando-me a
lugares a que não sabia que poderia ir... fazendo-me
sentir coisas que eu não sabia que podia sentir.

Para acelerar a refeição, comi depressa o quiche de espinafre com cogumelos e levantei-me para levar o prato para a pia. Quando voltei para a mesa para pegar o prato de Lucas, ele me surpreendeu pegando meu braço. Os dedos longos se fecharam em volta do meu pulso.

— Yulia. — Os olhos dele brilhavam com algo indefinível. — Estava delicioso, obrigado.

— Ah. — Pisquei algumas vezes. — De nada. — Esperei que Lucas soltasse meu pulso, mas ele continuou segurando-o sem dizer mais nada.

— Ahm, deixe-me pegar seu prato... — De forma desajeitada, estendi a outra mão para pegar o prato, mas Lucas o moveu para o lado, fora do meu alcance.

— Não se preocupe, eu o lavarei. Yulia... — Ele respirou fundo. — Você está bem?

— Estou bem. — Meu rosto ficou vermelho, até a raiz dos cabelos, mas forcei-me a não desviar o olhar como se fosse uma virgem. — Está tudo bem.

— Ótimo. — Os olhos dele ficaram sombrios. — Eu não queria machucar você.

— Não machucou. — Engoli em seco. — Pelo menos, não muito.

Lucas me estudou por mais alguns momentos e assentiu, parecendo satisfeito. Soltando meu pulso, ele se levantou e carregou o prato para a pia. Ele lavou os dois pratos e fiquei parada, sem saber se aquela conversa estranha terminara. Finalmente, decidi sair da cozinha. Entretanto, antes que conseguisse sair, Lucas secou as mãos e virou-se para mim.

ANNA ZAIRES

Com poucos passos largos, ele se aproximou, parando a poucos centímetros de mim. — Só para que você saiba — disse ele baixinho —, eu nunca machucaria você de verdade. Você é minha, mas isso não quer dizer que eu algum dia abusaria de você. Sua felicidade importa para mim, Yulia. Você pode acreditar ou não, mas é a verdade.

Abri a boca e fechei-a logo em seguida, sem conseguir formar uma frase coerente. Aquilo fora o mais próximo que Lucas chegara de me dizer o que sentia... e de reconhecer coisas dolorosas que foram ditas no calor do ciúme. Mesmo assim, não havia arrependimento no rosto dele, nenhum pedido de desculpas real em suas palavras. O que ele dissera na noite anterior era a verdade absoluta. Naquele relacionamento, eu tinha todos os direitos de uma escrava e era algo que ele não negaria. Mas o que ele prometia era ser um proprietário bom e, estranhamente, achei aquilo reconfortante. Na noite anterior, ou em qualquer noite, ele poderia ter me machucado muito, mas não fez isso. Ao olhar para o homem duro à minha frente, percebi com certeza súbita que ele nunca faria isso.

Podia ser algo idiota da minha parte, mas eu confiava no meu carrasco... naquilo, pelo menos.

Antes que eu conseguisse formular uma maneira de dizer isso a ele, Lucas abaixou a cabeça, beijou meus lábios e saiu da cozinha, deixando-me parada lá, estonteada... e cheia de uma esperança nova e frágil.

~

NÃO DISCUTIMOS NOVAMENTE O PROBLEMA DE EU cozinhar para os guardas, mas, uma semana depois, recebi a entrega de equipamentos de cozinha profissionais, de um forno enorme a panelas e tigelas imensas. Diego e Eduardo passaram dois dias remodelado a cozinha e instalando tudo. Quando terminaram, eu tinha tudo o que era necessário para cozinhar para um pequeno exército.

E, no final daquela mesma semana, foi exatamente o que eu estava fazendo. Assim que Lucas saía para o trabalho, eu me ocupava preparando-me para a loucura que era o almoço. Diego e Eduardo deviam ter contado aos outros guardas que Lucas cedera e a cozinha ficava cheia de visitantes das dez horas da manhã até o fim da tarde. Era quando a loucura do jantar começava. Um dia, setenta e nove guardas passaram lá, contei só para ter certeza de que não estava exagerando, e percebi que teria que fazer alguma coisa para cuidar da situação. Lucas era extremamente estoico sobre tudo, aguentando a interrupção insana de nossa rotina sem reclamar, mas eu tinha certeza de que ele não deixaria que aquilo continuasse para sempre. Eu mesma sentia falta das refeições apenas com Lucas e com Misha, quando ele aparecia. Havia uma grande diferença entre dar algumas sobras para os guardas e operar o que rapidamente se tornava uma operação de restaurante que tomava o dia inteiro. Quando o jantar terminava, eu estava exausta a ponto de desmaiar e, várias vezes, acabei pegando no sono na sala de estar enquanto assistíamos à TV... uma situação que normalmente resultava em Lucas me carregar para a cama e trepar comigo antes de me deixar dormir novamente.

Havia também outro problema um pouco mais complicado.

— Lucas, os guardas estão ajudando com as despesas da comida? — perguntei um dia enquanto misturava a massa para *blinis*, os crepes russos. — Ou Esguerra está pagando os ingredientes?

— Não e não — respondeu Lucas, observando-me de forma velada. Eu não sabia se ele queria os crepes ou se minha bermuda minúscula o deixara intrigado, mas havia uma expressão de desejo no rosto masculino.

Recusando-me a deixar que isso me distraísse, larguei o misturador sobre uma toalha de papel e franzi a testa para Lucas. — Não? Mas é muita comida... e alguns dos ingredientes são muito caros.

— E daí? — O olhar dele passeou pelo meu corpo, parando no abdômen exposto pela camiseta curta. — Você está gostando e nós podemos pagar.

Puxei a camiseta para baixo e esperei que os olhos dele encontrassem os meus novamente. — Nós?

— Claro — disse Lucas sem pestanejar. — Eu lhe disse, Esguerra me paga bem e acumulei uma boa quantia no decorrer dos anos.

— Certo. — Decidi que ele usara o pronome incorretamente e voltei ao assunto. — Mas isso não significa que você tenha que pagar a comida de todos

— disse eu. — Quero dizer, estamos falando de centenas de dólares por dia.

Lucas deu de ombros. — Está bem. Se você está preocupada, direi aos guardas que comecem a pagar as refeições. Sua comida certamente é boa o suficiente para um restaurante sofisticado, portanto, acho uma boa ideia cobrar de acordo.

— Sério? — Eu o encarei. — Você quer que eu opere um restaurante de verdade?

— Querida, não sei se percebeu, mas você *está* operando um restaurante de verdade. — Lucas se levantou e andou até mim. Os olhos dele brilharam ao parar à minha frente e dizer: — Um restaurante muito bom, como evidenciado pelo fato de que um terço dos guardas vem aqui pelo menos uma vez por dia. E o restante... Bem, muitos ainda estão presos à queda do avião, mas a maioria dos que não vêm simplesmente não pode... eles têm tarefas que os impedem de deixar o posto.

— Ah. — Eu não percebera que minha comida era tão popular, apesar do fato de setenta e nove visitantes terem aparecido em um dia ser uma dica.

— Sim, ah. — Lucas afastou um cacho de cabelos da minha testa. — Você estava se divertindo com isso e eu não disse nada. Mas, agora que estamos conversando sobre isso, acho que é uma boa ideia fazer os filhos da puta pagarem. E pagarem bem. Isso talvez afaste alguns dos idiotas mais muquiranas e reduza sua carga de trabalho.

— Está bem — concordei depois de um momento

de deliberação. — Se acha que não tem problema, tentarei.

~

Segui a sugestão de Lucas com hesitação, certa de que ninguém em sã consciência desejaria pagar pela minha comida quando poderia comer de graça no restaurante. O principal motivo para eu fazer aquilo era que não queria deixar Lucas falido com meu passatempo. Ele era muito generoso comigo, mas eu não podia pedir que subsidiasse as refeições de todos para sempre. Além disso, eu não me opunha a uma carga de trabalho menor. Apesar de o desafio ter sido divertido, trabalhar na cozinha por mais de dez horas ao dia era muito trabalho. Eu ficava tão cansada que precisava esconder as olheiras. E eu sabia que, se Lucas as percebesse, poderia acabar com toda a operação.

Minha saúde ainda era a preocupação maior dele.

Para minha surpresa, quando publiquei os preços, que realmente eram de um restaurante sofisticado, escritos com caneta preta em uma folha de papel presa à porta da frente, ninguém protestou. Quando o dia terminou, eu tinha recebido mais de seis milhões de pesos colombianos, quase dois mil dólares.

Atônita, mostrei o dinheiro a Lucas. — Eles pagaram. Consegue acreditar nisso? Eles realmente pagaram.

— Infelizmente, consigo. — Ele olhou para a pilha

de dinheiro sobre a mesa. — Eles não são tão muquiranas quanto esperei.

E a loucura continuou. Meu negócio, pois era assim que tinha que pensar nele, era muito lucrativo, mas também muito exaustivo. Eu fazia tudo, de cozinhar a servir e limpar. Depois de três semanas, percebi que, se queria operar como um restaurante, precisaria obter ajuda ou limitar o escopo do que fazia.

— Acho que vou servir só almoço — disse eu para Lucas enquanto lavava as panelas do jantar. — E, se não se importa, vou colocar algumas mesas no quintal de trás, transformando-o em uma espécie de restaurante, em vez de servir todo mundo. Assim, se vierem mais pessoas do que for possível sentar confortavelmente enquanto está aberto, terão que fazer reservas para outro dia.

— É uma ideia excelente — disse Lucas, aproximando-se para me ajudar a tirar uma panela pesada de dentro da pia. — Quanto a hoje à noite, por que não vai para a cama cedo? Terminarei aqui antes de me juntar a você.

— Não, está tudo bem, posso fazer isto — disse eu, mas ele me empurrou para o lado e começou a lavar as panelas remanescentes. Vendo que ele não tinha intenção de parar, suspirei e agradeci antes de sair da cozinha para tomar um banho.

Àquela altura, eu aceitaria qualquer ajuda.

NO DIA SEGUINTE, COMECEI A IMPLEMENTAR MINHAS ideias. No começo, alguns guardas resmungaram sobre não terem jantar, mas, quando Lucas apareceu e lançou um olhar gelado a eles, os resmungos pararam. Quando a semana terminou, eu conseguira passar de uma operação desorganizada para um pequeno restaurante muito procurado que só servia almoço.

— Já tenho reservas para as próximas três semanas — contei a Lucas com incredulidade durante um passeio matinal, nosso primeiro em quase duas semanas. — Sério, estou tendo que fazer reservas para o próximo mês.

— Claro, o que você esperava? — Ele abriu um sorriso terno. — Eu sempre lhe disse que sua comida é incrível.

Sorri, feliz com o elogio. Eu suspeitava que Lucas estava mais empolgado com a volta de nossos jantares privados do que com a popularidade do restaurante, mas isso não mudava o fato de que ele me dera total apoio. Eu tinha certeza de que o lucro do restaurante não era pouco, mas ele me apoiara em tudo mesmo quando meu passatempo drenava suas finanças.

— O que você tem feito com o dinheiro? — perguntei, imaginando pela primeira vez o que acontecia com a pilha de dinheiro que eu dava a Lucas todas as noites. — Você o deposita em algum lugar? Investe?

— Coloco na sua conta, é claro. O que mais faria?

— Minha conta? — Ergui as sobrancelhas. — O que quer dizer, minha conta?

— A conta que abri para você nas Ilhas Caimã — respondeu Lucas casualmente, como se aquele tipo de coisa fosse feito todos os dias. — Bem, tecnicamente, a conta está no seu nome e no meu, de acordo com o conselho do meu contador, mas você é a titular.

— O quê? — Parei e franzi a testa para ele, certa de que entendera algo errado. — Você está depositando o dinheiro em uma conta para mim? Por quê?

— Porque é o seu dinheiro — respondeu ele, como se fosse algo óbvio. — Você o ganhou, o que mais eu faria com ele?

— Ahm, ficar com ele, considerando que estou cozinhando com os ingredientes que você comprou e usando equipamentos que pagou.

— Sim, mas não sou eu que estou cozinhando — disse Lucas em tom razoável. — Além do mais, eu deduzo as despesas dos ingredientes antes de fazer os depósitos. O dinheiro que vai para a conta é puramente o lucro do *seu* negócio.

Senti a cabeça girar ao olhar para ele. — Mas o que espera que eu faça com esse dinheiro? E quanto dinheiro há nessa conta?

— Até ontem, pouco mais de quarenta mil dólares. — Ele voltou a caminhar e corri atrás dele, sentindo-me como se tivesse caído na toca de um coelho. — Quanto ao que quer fazer com ele, é decisão sua. Se quiser, posso pedir ao meu gerente que o invista para você. Ou, se quiser brincar com o mercado de ações, também pode fazer isso. Ou pode deixá-lo lá até que tenha uma ideia melhor do que quer fazer com ele.

A sensação de Alice no País das Maravilhas aumentou. — Posso investir no mercado de ações?

— Se é o que quer fazer. Ou pode deixar isso para os profissionais. Winters, o gerente do meu portfólio, é muito bom.

Certo. Porque todos sabiam que prisioneiros tinham acesso a excelentes gerentes de portfólio. Minha mente girou enquanto eu tentava entender as implicações. — Lucas, você... — Olhei para ele com cautela. — Você vai me libertar?

Ele parou e virou-se para me encarar. A postura casual desapareceu sem deixar rastros. — O que quer dizer com isso? — Os olhos pálidos brilharam perigosamente. — Está dizendo que quer ir embora?

— Não, mas... — Engoli em seco, com o coração acelerando — ... você deixaria se eu quisesse? — Lucas tinha mudado de ideia sobre o nosso relacionamento? Era possível que ele se importasse comigo o suficiente para me dar aquela opção?

Ele deu um passo na minha direção, com os ombros largos bloqueando o sol que passava pelas árvores. — Nunca — disse ele em tom duro. — Você não vai me deixar. Pode fazer o que quiser, administrar mil restaurantes, ganhar milhões, se quiser, mas sempre do meu lado. Não vou deixar você ir embora, Yulia, nem agora, nem nunca.

Eu o encarei, com o coração batendo com uma mistura contraditória de desalento e emoção. — Nunca? E se você se cansar de mim?

— Isso não vai acontecer.

— Não pode dizer isso com certeza...

— Sim, posso. — Ele chegou ainda mais perto, forçando-me a encostar contra uma árvore. Colocando as mãos no tronco grosso atrás de mim, ele se inclinou para a frente com os olhos brilhando. — Eu nunca quis uma mulher como quero você. Você é como fogo sob a minha pele. Quero você todos os minutos de todos os dias. Não importa a frequência com que trepamos. No momento em que saio de você, quero entrar de novo, sentir seu calor molhado, sentir seu cheiro... seu gosto. — Ele respirou fundo e o peito musculoso se expandiu. Senti minha respiração acelerar quando ele encostou nos meus mamilos rígidos. Minhas mãos se apoiaram na árvore atrás de mim, com a casca irregular enterrando-se na minha pele. Eu estava presa por ele e o fogo sobre o qual Lucas acabara de falar também queimava sob minha pele.

Involuntariamente, passei a língua sobre os lábios para umedecê-los, e vi o olhar de Lucas ficar sombrio.

— Yulia... — Ele pressionou a parte inferior do corpo contra mim e senti o volume em sua calça. — Não consigo parar de querer você, não importa o que eu faça — disse ele com voz rouca e baixa. — Todas as noites, quando a abraço, penso que, talvez, o dia seguinte será o dia em que essa obsessão diminuirá, quando conseguirei passar algumas horas sem pensar em você, sem querê-la como se fosse uma maldita de uma droga. Mas isso não acontece. Acordo tão viciado quanto antes. E sabe de uma coisa, querida?

— O quê? — consegui sussurrar, com a boca seca e

o coração acelerado. O que Lucas dizia, a forma como olhava para mim...

— Eu meio que gosto disso. — Ele abaixou a cabeça até que sua boca estivesse a menos de um centímetro da minha. Senti o cheiro de chá preto em seu hálito, vi o preto de suas pupilas e os anéis azuis da íris à volta delas. — Você me deu algo que eu não sabia que queria. E não pretendo deixar que isso acabe.

— O quê... — Respirei fundo, sentindo uma onda de calor subindo e descendo pela minha espinha. — O que eu lhe dei?

— Isto. — Os lábios dele pousaram sobre os meus e a ternura do beijo contrastou com o desejo selvagem que senti nele. — Você. Da forma como eu quiser. — A boca de Lucas passeou pelo meu maxilar, quente e macia sobre minha pele, e fechei os olhos. Um gemido escapou dos meus lábios quando minha cabeça se inclinou involuntariamente para trás. Senti-me quente e tonta, meu corpo latejava com um calor sombrio que não tinha nada a ver com o sol da manhã sobre a copa das árvores acima de nós. Eu estava embriagada, drogada com o coquetel químico que meu cérebro criava na presença de Lucas. Ele não me dissera nada que eu já não soubesse, pois a obsessão sexual dele comigo fora óbvia desde o início, mas a parte carente em mim procurou um significado mais profundo nas palavras dele, tentando decifrá-las como se fossem um quebra-cabeça. Seria aquela a forma de ele me dizer que gostava de mim? Que me amava?

Abri os olhos, lutando contra a sensação alucinante

para que pudesse encontrar coragem de perguntar, mas foi quando ouvi.

A risada de uma mulher, seguida do som de galhos estalando sobre os pés de alguém.

Lucas também ouviu, pois me soltou e virou-se, mantendo-me protetoramente atrás de si.

Um segundo depois, uma garota pequena de cabelos escuros apareceu correndo, com um sorriso no rosto bronzeado e uma camiseta branca esportiva suada. Dois passos atrás dela, estava um homem alto e bonito. Ele não usava nada além de uma bermuda cinza e o corpo moreno musculoso brilhava com suor. Os dentes brancos dele estavam à vista em um sorriso largo.

Os olhos azuis dele encontraram os meus atrás da proteção do corpo de Lucas e o calor dentro de mim se transformou em gelo.

Eram Julian e Nora Esguerra.

Eles tinham saído para uma corrida.

Vendo-nos, eles pararam, respirando pesadamente. O sorriso desapareceu do rosto dos dois sem deixar rastros.

— Olá — disse Lucas calmamente, parecendo não notar a tensão no ar. — Como está a corrida de vocês?

— Quente. Úmida. Você sabe, o de sempre — respondeu Esguerra no mesmo tom casual, mas percebi o maxilar rígido dele ao chegar mais perto de Nora. Ele ficou parado ao lado da silhueta pequena dela. O bíceps dele tinha quase a mesma largura que a cintura estreita dela. Um raio de sol bateu no rosto de Esguerra e notei uma cicatriz leve em sua bochecha esquerda. Ela corria até o topo da sobrancelha, atravessando o olho esquerdo.

O olho esquerdo falso dele, lembrei-me com um tremor gelado. Ele perdera o olho depois da queda do avião que eu causara.

— Desculpe, não queríamos interromper — disse Nora. O tom frio desmentia o pedido de desculpas. Os olhos escuros dela passaram de mim para Lucas e novamente para mim quando ela acrescentou: — É minha culpa. Normalmente, não corremos por aqui, mas resolvi sair de nosso caminho normal hoje.

Os ombros enormes de Lucas se moveram ligeiramente em um gesto indiferente. — A propriedade é de vocês. Podem ir para onde quiserem. — A voz dele ainda era casual, mas os músculos de seus braços ficaram tensos. Quando olhei para Esguerra, vi que ele me encarava com um olhar intenso e ameaçador.

A sensação gelada dentro de mim desceu até os pés. Eu não tinha medo por mim, mas não conseguia aguentar a ideia de colocar Lucas em perigo, que estava parado à minha frente como um escudo humano. Senti que ele estava pronto para lutar por mim.

Para me proteger, ele enfrentaria Esguerra e morreria... se não na própria luta, depois, pelas mãos de duzentos guardas supostamente leais ao chefe.

— Lucas — disse eu baixinho, segurando o pulso dele. — Vamos. É melhor irmos embora.

Ele não se moveu. Nem Esguerra. Os dois homens pareciam enraizados no lugar, com os músculos fortes tensos ao se encararem friamente. Lucas era alguns centímetros mais alto e tinha o peito ligeiramente mais largo que Esguerra, mas eu tinha a sensação de que não seria uma luta desigual. A violência era a linguagem que eles falavam, como demonstrado pelas cicatrizes nos corpos e a selvageria nos olhos.

Se a linha de confiança fosse cruzada, somente um deles deixaria a floresta vivo.

Parecendo chegar à mesma conclusão, Nora disse em tom suave: — Sim, Julian, é melhor irmos embora. — Imitando meu gesto, ela segurou o pulso largo do marido. A mão minúscula dela parecia a de uma criança perto da dele. Esguerra ficou ainda mais tenso e, por um momento, tive certeza de que ele se soltaria da mão dela, afastando-a com a facilidade de um adulto livrando-se de uma criança chata, mas isso não aconteceu.

— Sim — respondeu ele, fazendo um esforço visível para relaxar. — Você tem razão. Vamos embora. Tenho trabalho a fazer.

Nora assentiu e baixou a mão, virando-se. — Vou ganhar de você! — gritou ela para Esguerra por sobre o ombro. E, com um último olhar na nossa direção, ela correu para longe, desaparecendo entre as árvores. O marido a seguiu e, alguns momentos depois, estávamos sozinhos novamente.

Lucas se virou para olhar para mim. — Você está bem? — perguntou ele baixinho.

— É claro. — Forcei-me a sorrir. — Por que não estaria? — Dando um passo para a esquerda, passei por ele e apressei-me a voltar para a casa dele, sem vontade de ficar na floresta mais um minuto que fosse.

Eu não tinha mais dúvidas sobre o meu futuro ali.

Na próxima vez em que Esguerra me visse, sangue seria derramado.

 *ucas*

QUANDO CHEGAMOS EM CASA, YULIA PEDIU LICENÇA E desapareceu no banheiro para tomar um banho antes de começar a preparar o almoço. Considerei me juntar a ela, mas decidi que era melhor não.

Por mais que quisesse confortá-la depois do que acontecera, havia algo que eu precisava fazer antes.

Meia hora depois, entrei no escritório de Esguerra. Ele devia ter tomado um banho e trocado de roupa, pois seus cabelos estavam úmidos. Ele se levantou para me encarar, com os olhos duros e o maxilar rígido de raiva.

Não me dei ao trabalho de fazer rodeios. — Ela é

minha — disse eu em tom duro, aproximando-me da mesa dele. — Que parte disso não ficou clara?

O olhar de Esguerra ficou ainda mais duro. — Não encostei nela.

— Não, mas você quer, não é? — Coloquei os punhos sobre a mesa e inclinei-me para a frente. — Você quer fazer com que ela pague pelo que aconteceu.

— Sim... e você também deveria. — Ele espelhou minha postura agressiva. A mesa grande era a única barreira contra a violência que vibrava no ar. — Quase cinquenta de nossos homens morreram e ela fica andando por aí como se nada tivesse acontecido... com um caralho de um restaurante dentro da *minha* propriedade. — As palavras dele saíram com uma raiva mal contida. — Você sabe que uma reserva no restaurante de Yulia é a mercadoria mais procurada no complexo hoje em dia? Os guardas tratam as vagas como se fossem de ouro.

Endireitei o corpo, encarando-o friamente. — Sim, claro que sei. — No dia anterior, eu tivera que apartar uma briga entre dois guardas... uma briga que resultara de um jogo de cartas em que o prêmio era uma reserva às onze e meia da sexta-feira.

— E você está deixando que isso aconteça? — Dando a volta na mesa com passos largos, Esguerra parou à minha frente com os punhos cerrados. — É a *minha* propriedade. Eu a estou deixando viva porque lhe devo, mas não quero ser relembrado da existência dela todos os dias, entendeu?

— Perfeitamente. — Encontrei o olhar furioso dele com o meu. — E é por isso que estou indo embora.

Esguerra ficou imóvel e a raiva dele se transformou em algo mais frio. — Como?

— Foi isso que vim discutir — disse eu, cruzando os braços sobre o peito. Empurrando a raiva para longe, eu disse em tom neutro: — Você nunca a perdoará e eu nunca desistirei dela. Portanto, no meu ponto de vista, temos duas opções. Podemos matar um ao outro por causa disso ou posso levá-la, e eu junto, para longe daqui.

— Você está se demitindo?

— Se é o que você quer. Trabalhamos bem juntos, mas talvez tenha chegado a hora de nos separarmos. Treinarei uma pessoa para me substituir antes de ir embora, é claro. Thomas é um excelente piloto, o que supre a sua necessidade disso. Diego é inteligente e leal, ele dará um excelente braço direito para você. Ou... — Deixei a voz morrer.

Esguerra franziu as sobrancelhas. — Ou o quê?

— Ou podemos encontrar uma forma de trabalharmos juntos sem que eu more aqui. — Fiz uma pausa, deixando que ele absorvesse aquilo. — Antes de você decidir tornar este complexo em seu lar permanente, íamos para onde os negócios nos levavam. Foi bom nos assentarmos aqui, e certamente mais seguro para você e Nora, considerando a situação com a Al-Quadar. Mas você sabe, tão bem quanto eu, que tivemos que desistir de algumas oportunidades lucrativas porque você queria limitar as viagens.

As narinas dele se expandiram. — O que exatamente está sugerindo?

— Quando você estava em coma, cuidei da organização inteira. Cuidei de tudo, dos fornecedores aos clientes, e passei a conhecer todos os aspectos do negócio. Se quiser, e se confiar em mim o suficiente, posso ser mais do que seu braço direito trabalhando ao seu lado. Posso nos representar internacionalmente, fazer o que for necessário para aumentar os negócios no exterior.

Toda a emoção sumiu do rosto de Esguerra. — Você quer ser meu sócio.

— Pode chamar assim, mas um gerente executivo de operações talvez seja um rótulo mais preciso. Você teria a palavra final nas decisões importantes, mas eu cuidaria pessoalmente de novos negócios e das operações existentes. Eu poderia montar uma base em algum lugar central, como a Europa ou Dubai, e viajar o quanto fosse necessário para manter as coisas funcionando de forma tranquila.

— Você pensou bem no assunto.

— Sim. Eu já sabia que isso não daria certo por muito tempo.

— Por causa *dela.*

— Sim, por causa de Yulia. — Mantive o olhar gelado dele. — Não pretendo deixar que nada aconteça com ela.

— E se eu não concordar com isso?

— Seu negócio, sua decisão — respondi. — Gosto de trabalhar com você, mas tenho outras opções. Por exemplo, posso abrir uma empresa de segurança em algum lugar. Se não quiser, basta me dizer que irei embora.

Ele me encarou e eu sabia no que estava pensando. Ele não podia me deixar ir embora, pois eu sabia demais sobre as entranhas do negócio dele, portanto, tinha duas opções: matar-me ou concordar com a minha proposta. Retribuí o olhar calmamente, pronto para qualquer uma das possibilidades. Eu sabia que estava correndo um risco ao pressioná-lo daquela forma, mas não vi outra forma de resolver a situação. Yulia não podia passar o resto da vida escondendo-se na minha casa e tentando não atrair a atenção de Esguerra. Em algum momento, alguma coisa daria errado e, quando isso acontecesse, não seria bonito.

Eu tinha que levá-la para longe antes disso.

Quando achei que Esguerra tinha decidido que minha lealdade não valia a pena, ele suspirou e deu um passo atrás, abrindo as mãos. — Ela realmente significa tanto assim para você? — Havia um toque de resignação na voz dele. — Não consegue encontrar outra loira para foder?

Ergui as sobrancelhas. — Você conseguiria encontrar outra morena miúda?

Um sorriso sem humor surgiu no rosto dele. — É desse jeito, é?

— Ela é tudo para mim — respondi sem pestanejar. — Então, sim, acho que é desse jeito.

Esguerra olhou para mim sem sorrir. Em seguida, disse abruptamente: — Dez por cento dos lucros dos negócios novos, mais o mesmo salário. É a minha oferta.

— Setenta por cento — respondi de imediato. — Farei todo o trabalho, portanto, é justo.

— Vinte por cento.

— Sessenta.

— Trinta.

— Cinquenta e é minha oferta final.

— Quarenta e cinco.

Balancei a cabeça negativamente, apesar de não me importar nem um pouco com aqueles cinco por cento.

— Cinquenta por cento — repeti. Se quisesse que Esguerra me respeitasse como sócio, eu precisava manter minha posição. Seria melhor para um relacionamento de trabalho de prazo mais longo. — É pegar ou largar.

Ele me estudou friamente e inclinou a cabeça. — Está bem. Cinquenta por cento dos lucros de novos negócios.

— Negócio fechado. — Estendi a mão e ele a apertou. — Vou começar a providenciar tudo para irmos embora o mais depressa possível — disse eu, soltando a mão e dando um passo atrás. — Só mais uma coisa...

Esguerra apertou os lábios. — O que é?

— Você sabe tão bem quanto eu que nossa linha de trabalho é perigosa, especialmente fora do complexo — disse eu. — Considerando isso, preciso que prometa que *nunca* irá atrás de Yulia nem da família dela. Não importa o que aconteça comigo.

Esguerra assentiu. — Você tem a minha palavra.

Naquela noite, Yulia estava quieta e retraída, com o olhar fixo no prato durante a maior parte da refeição, apesar da presença do irmão. Várias vezes, Michael tentou envolvê-la na conversa, mas, depois de receber apenas respostas monossilábicas, ele desistiu e rapidamente terminou de comer.

— O que aconteceu com ela? — perguntou ele quando eu o acompanhei até o alojamento. Yulia ficara em casa para limpar a cozinha. — Ela está brava comigo ou algo assim?

— Não tem nada a ver com você — respondi. — Ela só está preocupada.

— Com o quê? — O rapaz olhou para mim com expressão ansiosa. — Aconteceu alguma coisa?

— Não. — Abri um sorriso reconfortante. Durante as semanas anteriores, eu passara a gostar do irmão de Yulia e não queria que ele se preocupasse. — Ela acha que sim, mas está errada.

O garoto franziu a testa, confuso. — Então está tudo bem?

— Sim, Michael — disse eu ao nos aproximarmos do prédio. — Está tudo bem, prometo.

Ele me lançou um olhar duvidoso, mas, ao pararmos em frente à entrada, disse em tom alegre: — Diga a Yulia que falei "Boa noite e pare de se preocupar". Ela se preocupa demais, às vezes.

— É mesmo, não é? — Sorri para o garoto. — E diga a Diego que preciso falar com ele bem cedo amanhã, ok?

Ele assentiu e entrou no prédio. Andei de volta para casa e, ao chegar lá, encontrei Yulia sentada na poltrona da biblioteca com o nariz enterrado em um livro.

— Ei, linda — disse eu, atravessando a sala. — O que está lendo?

Ela olhou para cima. — *Gone Girl*. — Ela largou o livro e levantou-se. — Vou tomar um banho. Estou cansada.

— Yulia. — Segurei o braço dela quando tentou passar por mim. — Precisamos conversar.

Ela hesitou e disse: — Está bem, vamos conversar. Lucas... — Ela respirou fundo. — Você sabe que isso não pode continuar assim para sempre. Mais cedo ou mais tarde, você e Esguerra vão ter problemas um com o outro por minha causa e não vou aguentar. Se alguma coisa acontecer com você... — A voz dela sumiu. — Você precisa me deixar ir embora.

— Não. — Puxei-a para perto, sentindo minhas entranhas se contraírem com a sugestão. — Não vou deixar você ir embora.

— Você precisa. — O olhar dela ficou suplicante. — É a única forma.

— Não, querida. — Subi as mãos para segurar os braços dela. — Há outra alternativa. Vamos ir embora juntos.

— O quê? — Yulia abriu a boca, chocada. — O que quer dizer?

— Vou supervisionar a expansão da organização de Esguerra — expliquei. — Haverá várias viagens envolvidas, portanto, não moraremos aqui. Montaremos uma base em algum lugar da Europa ou do Oriente Médio... você pode me ajudar a escolher exatamente onde.

Os olhos dela se arregalaram quando ela me encarou. — Você quer ir embora daqui? Mas é sua casa. E...

— Morei aqui menos de dois anos — disse eu em tom divertido. — Qualquer lugar pode ser meu lar com a mesma facilidade. Esta é a propriedade de Esguerra, não minha.

— Mas achei que você gostasse daqui.

— Gosto, mas também vou gostar de outro lugar. — Segurando o queixo dela, ergui seu rosto. — Qualquer lugar onde você estiver será meu lar, querida.

A respiração dela ficou trêmula. — Mas...

— Nada de mas. — Coloquei o polegar sobre os lábios macios dela. — Não estou sacrificando nada, acredite. Serei o parceiro de Esguerra nesses novos negócios, com cinquenta por cento. Portanto, se tudo der certo, nós ficaremos muito ricos.

— Nós? — sussurrou ela quando afastei o polegar.

— Sim, você e eu. — E, antes que ela pudesse perguntar, acrescentei: — Levaremos seu irmão de volta para os pais dele. As coisas estão ficando mais calmas na Ucrânia, portanto, é seguro voltar. Nós o visitaremos sempre que você quiser, é claro. E, se ele quiser ficar conosco, também é uma opção.

— Lucas... — Ela franziu a testa. — Tem certeza disso? Se está fazendo isso por mim...

— Estou fazendo por nós. — Abaixando as mãos, segurei as nádegas dela e puxei-a contra mim, sentindo o pênis enrijecer quando suas pernas encostaram na minha. Mantendo o olhar dela, eu disse: — Quero ter certeza de que você está segura, que ninguém conseguirá tirá-la de perto de mim. Você terá os melhores guarda-costas que o dinheiro puder comprar, homens que sejam leais apenas a mim. Construiremos uma fortaleza nossa, linda... um lugar onde você não precisará mais ter medo de nada nem de ninguém.

Yulia colocou as mãos no meu peito. — Uma fortaleza? — Os olhos dela brilharam com esperança e com uma inquietação estranha.

— Sim. — Apertei as nádegas dela um pouco mais, gostando da sensação da carne firme mesmo sob o tecido grosso da bermuda. Forçando a mente para longe do desejo que pulsava em minhas veias, esclareci: — Nada tão extremo como o complexo de Esguerra, mas um lugar seguro só nosso. Ninguém poderá encostar em você lá.

— Exceto você — murmurou ela, agarrando minha camiseta com as mãos finas.

— Sim. — Meus lábios se contorceram em um sorriso sombrio. — Exceto eu. — Ela nunca estaria segura contra mim, não importava para onde fosse nem o que fizesse. Eu a protegeria de todo mundo, mas nunca a deixaria ser livre.

— Quando... — Ela passou a língua sobre os lábios. — Quando iremos embora?

— Logo — disse eu, seguindo o movimento da língua dela com os olhos. — Talvez em um mês ou até menos.

E, antes que meus testículos explodissem, abri o zíper da bermuda dela e capturei seus lábios em um beijo profundo e faminto.

 ulia

O MÊS SEGUINTE PASSOU DEPRESSA EM UM RITMO frenético de trabalho e preparações para a partida. Continuei a operar o restaurante, pois não faria mal o dinheiro extra, mas parei de pedir novos suprimentos e limitei o cardápio à medida que diversos produtos acabavam. O restaurante me mantinha ocupada, o que era bom, pois Lucas trabalhava incessantemente, com frequência trabalhando de dezoito a vinte horas por dia. Em quatro semanas, ele treinou Diego para supervisionar os guardas no complexo, montou instalações de fabricação na Croácia, encontrou clientes para as armas que seriam fabricadas nelas e comprou uma casa na península Karpass em Chipre, um país que escolhemos como lar devido ao clima quente, à proximidade estratégica com a Europa e o Oriente Médio, e à porcentagem relativamente alta de população fluente em inglês ou russo.

— A casa fica em um penhasco com vista para uma praia particular — disse Lucas ao me mostrar fotografias da nova propriedade. — Ela tem apenas cinco quartos, mas há uma piscina infinita, uma sacada no segundo andar e uma academia totalmente equipada no porão. Ah, e vou remodelar a cozinha para que fique exatamente como você quer.

— É linda — disse eu ao olhar cada fotografia. Apesar de ter "apenas" cinco quartos, a casa era grande e espaçosa, com aposentos amplos e janelas de parede inteira viradas para o Mediterrâneo. E, mais importante para Lucas, ficava em um terreno de dez acres que ele pretendia cercar e proteger com guarda-costas, cães de guarda e uma variedade de *drones* de vigilância.

Estaríamos morando em uma fortaleza... mas uma fortaleza bela na beira da praia.

Parecia tão surreal que frequentemente eu tinha vontade de me beliscar. A vida que Lucas planejava para nós não era nada do que eu teria imaginado quando os homens de Esguerra me tiraram daquela prisão em Moscou. Eu ainda era prisioneira de Lucas, e as marcas leves onde os rastreadores tinham sido implantados eram um lembrete diário disso, mas a falta de liberdade me incomodava menos agora. Talvez fosse devido à garota carente dentro de mim, mas a possessividade feroz de Lucas me reconfortava quase tanto quanto me assustava.

Eu pertencia a ele e havia uma estabilidade reconfortante nisso.

Obviamente, mesmo se eu pudesse deixar Lucas, não faria isso. Com cada beijo, com cada gesto de carinho, pequeno ou grande, meu carrasco me prendia um pouco mais a ele, fazia com que eu o amasse um pouco mais. E, apesar de ele retribuir as palavras, eu tinha cada vez mais certeza de que ele também me amava até onde um homem como aquele era capaz de amar alguém. O que tínhamos juntos não era normal, mas nós também não éramos. O meu "normal" terminara com o acidente dos meus pais e o de Lucas talvez nunca tivesse existido. Mas, como descobria rapidamente, eu não precisava do normal. Meu mercenário implacável me dava tudo o que eu queria. Ao parar para pensar nisso, eu estava presa por partes iguais de felicidade e medo.

As coisas iam tão bem que eu tinha muito medo de que algo acontecesse para tirar tudo de mim.

— Está tudo bem? — perguntou Misha durante o jantar um dia. Lucas estava novamente trabalhando até mais tarde e éramos apenas nós dois pela terceira noite seguida. — Você parece preocupada.

— Pareço? — Afastando o prato de risoto de cogumelos, fiz um esforço consciente para relaxar os músculos tensos da testa. — Desculpe, Mishen'ka. Só estou pensando, mais nada.

Misha franziu a testa, terminando de comer rapidamente. — Sobre o quê?

— Isso, aquilo... a transição — disse eu, dando de ombros. — Nada em particular. — Eu não queria contar ao meu irmão adolescente que o futuro, apesar de brilhante e ensolarado, me assustava a ponto de me dar pesadelos todas as noites. Nem que um punho duro e frio parecia permanentemente alojado no meu peito, apertando meu coração sempre que eu pensava em como a felicidade podia ser frágil e efêmera. Deixando o pensamento sombrio de lado, sorri para Misha e perguntei: — E você? Está empolgado para voltar para casa?

— Sim, claro. — O rosto de Misha se iluminou quando ele serviu uma segunda porção do risoto. — Lucas me deixou falar com meus pais ontem. Mamãe estava chorando, mas eram lágrimas de felicidade, sabe? E papai já está planejando todas as coisas que faremos juntos.

— Ah, isso é maravilhoso. — Saber que eu me separaria do meu irmão era como uma queimadura de ácido no meu coração, mas a alegria em seus olhos fez com que valesse a pena. — Como eles estão?

Lucas me mostrara as fotografias que a vigilância tirara dos pais de Misha e agora eu conseguia visualizá-los na mente. Natalia Rudenko, irmã de Obenko e mãe adotiva de Misha, era uma morena magra parecida com o irmão. O pai de Misha, Viktor, era gordo e careca, um engenheiro típico de meia idade. Ele era quase dez anos mais velho que a esposa, que tinha quarenta e poucos anos, e parecia ter aquela idade, mas tinha um rosto gentil. E, em muitas das fotografias que vi, ele olhava para a esposa com um sorriso amoroso.

— Estão bem — respondeu Misha. — Do mesmo jeito, sabe? — A expressão dele ficou sombria ao acrescentar: — Mamãe está de luto por tio Vasya, mas papai disse que ela já está melhor. Eles sempre souberam que o trabalho dele era perigoso e o que aconteceu não foi uma surpresa muito grande. Ajudou o fato de Lucas ter entrado em contato com eles na época para dizer que eu estava bem.

— Certo. — A mensagem de Lucas explicara que eu, a irmã perdida de Lucas, saíra de uma missão clandestina prolongada para levar Misha para um lugar seguro por algum tempo. — E o que eles disseram sobre isso?

— Bem, eles tinham um milhão de perguntas, como era de se esperar. Mas, na maior parte, estavam apenas aliviados por eu estar voltando para casa e... — a expressão dele ficou ligeiramente chateada — voltar para a escola.

Sorri, também sentindo-me bastante aliviada. Parecia que os eventos recentes tinham esfriado parte do entusiasmo de meu irmão por carreiras não tradicionais... pelo menos por algum tempo. — Você terá aulas extras para recuperar o tempo perdido? — perguntei. Já estávamos em outubro e Misha perdera pelo menos algumas semanas do nono ano.

— Não, acho que não — disse ele, comendo o risoto. — Abordamos a maioria dos assuntos ensinados na escola durante o treinamento da UUR.

— Ah, sim, é verdade. — Eu quase me esquecera de que o motivo pelo qual pudera começar a faculdade aos dezesseis anos fora porque o currículo dos treinandos incluíra matemática, ciências, história e idiomas em níveis muito além daqueles ensinados na escola. — Então você está em dia com os estudos.

Misha assentiu, pegando um copo de água que estava ao lado do prato. — Sim, estarei bem. — Ele bebeu a água e eu o estudei, notando novamente as linhas mais duras em seu rosto. A cada dia que passava, meu irmãozinho crescia um pouco mais, amadurecendo bem em frente aos meus olhos. Logo, ele não seria mais um garoto, como não era mais o bebê das minhas lembranças.

Senti a garganta apertada ao pensar novamente na partida dele. — Vou sentir saudades de você — disse eu, tentando não soar tão abalada como me sentia. — Muita.

Misha largou o copo sobre a mesa. — Também vou sentir saudades de você, Yulia. — A expressão dele estava ainda mais sombria. — Mas você vai me visitar, não é?

— É claro. — Incapaz de ficar sentada, levantei-me, engolindo as lágrimas que me queimavam a garganta. — Estaremos a apenas três horas de voo. Praticamente vizinhos. — Pelo menos, enquanto não estivéssemos viajando pela Europa, pela Ásia e pelo Oriente Médio, como Lucas me dissera que teríamos que fazer. Deixando aquilo de lado, eu disse com animação forçada: — E você irá nos visitar. Durante os verões, as férias escolares e tal.

— Sim, será ótimo. — Terminando de comer, Misha se levantou. — Serei a inveja de todos os meus amigos, passando férias no Chipre.

— Isso mesmo. — Eu sorri, apesar de a vontade ser de chorar. — Você será o garoto mais popular da escola.

— Ah, eu já era — respondeu ele com total falta de modéstia. — Então está tudo certo.

Eu ri e dei a volta na mesa para abraçá-lo. Ele até mesmo retribuiu o abraço com os braços fortes. Quando me afastei e olhei para ele, percebi que meu irmão crescera mais alguns centímetros no mês anterior e senti-me engasgada de novo.

— Ora, vamos — murmurou Misha quando as lágrimas que eu estivera segurando escorreram pelo meu rosto. Puxando-me para outro abraço, ele bateu de leve nas minhas costas de forma desajeitada. — Não chore. Vamos, vai ficar tudo bem. Nós nos veremos com frequência, trocaremos *e-mail*, conversaremos pelo Skype...

— Eu sei. — Afastei-me e sorri para Misha, limpando as lágrimas do rosto com as costas da mão. — É só que fico me lembrando de como você era pequeno. E agora está crescendo tão depressa, mudando para este jovem... — Funguei. — Desculpe, só estou sendo boba.

— Bem, você é uma garota — disse ele, coçando a nuca. — Pode ser boba, acho.

Soltei uma gargalhada ao ouvir o comentário machista e, pelo restante da refeição, não falamos mais na separação.

NA TARDE ANTES DE NOSSA PARTIDA, FIZ UMA GRANDE festa no quintal de Lucas, convidando todos os clientes do meu restaurante e quem mais quisesse comparecer. Usando o que restara dos suprimentos, fiz uma variedade de canapés e, com a ajuda de Lucas, Eduardo e Diego, preparei duas churrasqueiras onde assei carne, hambúrgueres e costelas de carneiro. Cuidar das churrasqueiras era um trabalho quente e suado, mas senti-me feliz quando guarda após guarda se aproximou para se despedir de mim e expressar gratidão pelas refeições.

— Vamos sentir sua falta aqui — disse um dos guardas em tom rabugento. — Sério, a comida do seu restaurante foi a melhor que já comi.

— Obrigada. — Sorri para ele e virei-me para sorrir para outro guarda que dizia algo similar a mim em espanhol. A maioria daqueles homens era de ex-soldados, assassinos duros e experientes, armados até os dentes. O fato de me agradecerem daquele jeito me deixou extremamente emocionada.

Obviamente, a maioria dos guardas hoje era de novos recrutas ou aqueles que não tinham amigos dentre as vítimas da queda do avião, mas não deixei que isso me incomodasse. Eu sabia que nunca seria totalmente aceita na propriedade de Esguerra, afinal de contas, era por isso que estávamos indo embora. Ver tantas pessoas expressar pesar com a minha partida foi um presente que eu nunca teria esperado.

— Você é um filho da puta sortudo — disse um guarda ruivo a Lucas quando coloquei um pedaço de carne no prato dele. — Sério, cara. A sua mulher é a melhor.

— Eu sei — respondeu Lucas, passando um braço possessivo em volta da minha cintura. — Agora, mexa-se, O'Maley. Você está atrasando a fila.

Depois que todo o churrasco foi devorado e os últimos canapés desapareceram dos pratos, a festa começou a murchar. Lucas saiu para mais um telefonema para novos fornecedores. Diego, Eduardo e Misha carregaram as bandejas vazias para dentro e recolheram todo o lixo. Exausta, entrei para lavar as mãos e, quando saí, vi que todos os guardas tinham ido embora. Somente uma pessoa estava parada no meio do quintal de Lucas, com a silhueta cheia de curvas coberta pelo vestido preto normal.

Atônita, encarei a criada que me ajudara a fugir. — Rosa? O que está fazendo aqui?

Ela lançou um olhar nervoso para a casa, onde Misha e os dois guardas ainda limpavam, e disse em tom hesitante: — Você tem um momento? Eu queria conversar com você a sós.

Automaticamente eu a estudei para ver se tinha alguma arma. Sem encontrar nada suspeito, eu disse: — Ok, claro. Quer andar um pouco?

Ela assentiu e desapareceu por entre as árvores. Eu a segui, curiosa e inquieta. Eu tinha certeza razoável de que ela não me atacaria fisicamente, mas não sabia o que Rosa queria e isso me deixou nervosa. Ao mesmo tempo, lembrei-me do que Lucas me contara sobre os eventos em Chicago e a empatia reduziu minha desconfiança.

Eu podia não saber quais eram as motivações de Rosa, mas certamente entendia pelo que ela passara.

Quando a alcancei, Rosa parou e virou-se para me encarar. — Yulia, eu... — Ela respirou fundo. — Eu queria lhe agradecer pelo que disse a Lucas. Nora disse que falou com você. Mas eu não sabia se você faria ou não o que ela pediu.

— Bem, Nora não me deixou muita opção — disse eu secamente, lembrando-me da ameaça da garota. — Mas de nada. Suponho que Nora e você estejam bem.

Rosa assentiu, corando. — Sim. Fiquei presa dentro da casa por algum tempo e não tenho mais acesso àquelas chaves, mas o *señor* Esguerra me devolveu minha posição na casa principal há algumas semanas.

Sorri, sinceramente feliz por ela. — Ótimo, fico feliz. E acho que eu deveria agradecer você por me ajudar daquela vez. Foi muito simpático de sua parte...

Para minha surpresa, Rosa balançou a cabeça negativamente. — Não foi simpático — murmurou ela. — Foi idiota. Eu fui idiota.

O sorriso nos meus lábios morreu. — O que quer dizer?

O rosto de Rosa estava agora muito vermelho. — Eu

tinha uma queda por Lucas e achei que, se você fosse embora... — As mãos dela torceram o tecido da saia. — Desculpe. Eu não sei o que tinha na cabeça. Eu só queria acreditar que ele era diferente. Mas ele estava mantendo você presa daquele jeito e... — Ela parou, apertando os lábios.

— E isso estava arruinando a imagem que você tinha dele — disse eu, finalmente começando a entender. — Achou que, se me ajudasse a fugir, estaria fazendo algo bom, ao mesmo tempo em que aumentava as chances com o homem que quer. — Vendo o olhar tenso no rosto dela, parei e disse em tom gentil: — Exceto que não é realmente ele que você quer, não é?

— Não. — Os olhos castanhos dela ficaram sombrios. — Não é. Nunca foi. Inventei o homem que eu queria e coloquei-o no rosto bonito mais próximo.

— Ai, Rosa... — Cedendo a um impulso súbito, dei um passo à frente e apertei a mão dela de forma reconfortante. — Escute — disse eu em tom suave. — Você encontrará a pessoa certa e ele poderá não ser quem imaginou. Mas você vai querê-lo, com todos os defeitos e tudo o mais. Não será perfeito, mas será real e você saberá... você sentirá. Os dois sentirão.

Ela engoliu em seco e puxou a mão. — Foi assim com você e Lucas?

— Sim — respondi. A verdade naquilo me invadiu. — Não é terno e bonito como achei que seria. Alguns podem até dizer que é algo feio. Mas é como somos. É nossa realidade, nossa versão da perfeição. E você também terá isso um dia, sua versão da perfeição. Pode não ser o que espera nem com quem espera, mas fará você feliz.

Os lábios da garota tremeram por um segundo. Logo depois, o rosto dela ficou inexpressivo e ela recuou um passo. — Você precisa ir — disse ela, com as mãos novamente torcendo a saia. — Começarão a procurá-la se não voltar logo.

— Certo.

Eu estava prestes a me virar para voltar para casa quando Rosa disse baixinho: — Adeus, Yulia. Desejo tudo de bom para você e Lucas. De verdade.

— Obrigada, para você também — respondi, mas Rosa já se afastara, com a silhueta vestida de preto misturando-se com o verde da floresta e desaparecendo.

 *ucas*

EU ESPERAVA QUE YULIA E O IRMÃO DORMISSEM DURANTE o voo para a Ucrânia, mas eles passaram o tempo inteiro conversando. Sempre que eu colocava a cabeça para fora da cabine, eles estavam mergulhados em uma conversa. Eu voltava para a cabine, sem querer me intrometer.

Eu teria Yulia só para mim logo.

Quando nos aproximamos do espaço aéreo da Ucrânia, entrei em contato com nossos homens no solo. Na semana anterior, eles finalmente tinham encontrado e eliminado os últimos três associados conhecidos da UUR, de acordo com minhas ordens.

Para meu desapontamento, nenhum deles protegia Kirill, o que significava que o ex-treinador de Yulia estava completamente fora do radar ou, como Yulia achava, o filho da puta acabara morrendo por causa dos ferimentos e só não tínhamos ainda encontrado o cadáver. A segunda possibilidade me dava pouca alegria, pois eu queria matar o filho da puta com as próprias mãos, mas era melhor do que a primeira. Os homens também encontraram a supervisora do orfanato de Yulia. A mulher já estava presa por abuso infantil e tráfico humano, portanto, tive que me contentar em mandar um assassino que a encurralara em um banheiro e demonstrara como as vítimas dela tinham sofrido. O vídeo da morte dela, todas as três horas dele, fora o ponto alto da minha quarta-feira na semana anterior. Algum dia, talvez eu o mostrasse para Yulia. Mas, por enquanto, decidi não fazer isso para evitar que lembranças ruins voltassem.

— Você recebeu permissão para pousar — informou Thomas quando falei com ele no telefone. Sorri, satisfeito ao ver que a campanha de suborno que conduzimos se provou tão efetiva. Apesar da guerra sangrenta que tínhamos travado com a UUR, a maioria dos burocratas ucranianos estava disposta a desviar o olhar... especialmente porque a ex-agência de Yulia era estritamente clandestina.

Ninguém se preocupava com alguns espiões oficialmente inexistentes quando cheques gordos estavam em jogo.

Quando pousamos no aeroporto particular, havia um SUV blindado aguardando-nos e fomos diretamente para a casa dos pais de Michael. Thomas e dois outros guardas nos acompanharam no carro, enquanto uma dezena de outros de nossos homens nos seguiu em outros carros. Eu não esperava que houvesse problemas, mas era sempre bom ter cuidado em território hostil.

Com ou sem subornos, a Ucrânia não tinha muito amor por qualquer pessoa conectada à organização de Esguerra.

— Tem certeza de que meu irmão ficará seguro? — perguntara Yulia na noite anterior. Garanti a ela que, graças aos nossos *hackers* e à destruição subsequente dos arquivos da UUR, era praticamente impossível conectar o filho adotivo de dois civis a ela e, por extensão, a mim e a Esguerra. Mas, como garantia, contratei pessoalmente dois guarda-costas para vigiar Michael e a família dele nos meses seguintes. Eu não achava que ele corria perigo, mas sabia o quanto o garoto significava para Yulia. E, para ser sincero, ele passara a significar muito para mim também. Yulia provavelmente ficaria chateada se soubesse disto, mas havia algo em Michael que lembrava eu mesmo naquela idade.

Vasiliy Obenko não estivera totalmente errado ao recrutá-lo. O garoto teria sido um excelente agente se tivesse concluído o treinamento.

Durante o percurso, depois de sairmos do

aeroporto, Yulia e Michael ficaram em silêncio e eu sabia que estavam pensando na separação próxima. Teoricamente, eu poderia ter contratado mais homens para garantir a segurança de Michael e deixá-lo voltar para casa mais cedo, mas quisera dar a Yulia mais tempo com o irmão. E não me arrependi. O garoto mudara muito do adolescente desafiador que só ouvira mentiras sobre a irmã. Os dois agora eram muito próximos e eu sabia que isso deixava Yulia feliz... o que também me deixava feliz.

Se eu pudesse voltar no tempo e apagar toda a dor do passado dela, faria isso sem pensar duas vezes. Mas, como não podia, teria que me contentar em garantir que ela nunca mais sofresse.

Ela era minha e eu cuidaria dela pelo resto de nossas vidas.

OS PAIS DE MICHAEL MORAVAM NO QUINTO ANDAR DE um prédio de apartamentos no subúrbio de Kiev. Os dois guarda-costas que eu contratara nos receberam na entrada do prédio e informaram que estava tudo quieto. Agradeci e liberei-os pelo restante do dia. Em seguida, instruí Thomas e os outros que esperassem lá. Não havia elevador e Yulia, Michael e eu subimos pela escada.

Yulia andou a poucos passos à minha frente. Ela usava botas sem salto e uma calça *jeans* justa, compras que fizera *on-line* recentemente, e não consegui tirar os olhos do traseiro redondo, que flexionava a cada degrau.

— Cara, aguente firme por pelo menos mais alguns minutos — murmurou Michael, que subia a escada ao meu lado. Abri um sorriso para ele, nem um pouco constrangido por ter sido pego observando a irmã dele.

— Por quê? — respondi baixinho. — Sua irmã é gostosa. Você não sabia disso?

— Eca. — Ele fez uma careta e Yulia olhou com expressão suspeita por sobre o ombro.

— Sobre o que vocês estão falando? — perguntou ela ao chegarmos ao terceiro andar.

— Nada — respondeu Misha depressa, corando profundamente. — Só coisas de homem.

— Ahã. — Ela nos lançou um olhar exasperado, mas não insistiu, e subimos os dois andares restantes em silêncio. Fiquei contente por não termos encontrado nenhum vizinho, pois eu estava com a M16.

Depois do que acontecera em Chicago, eu não ia a lugar algum sem uma arma.

Quando chegamos ao quinto andar, Yulia parou em frente ao apartamento 5A e tocou a campainha.

Minha primeira dica de que havia algo de errado foi o rosto pálido da mulher de cabelos escuros que abriu a porta. Era Natalia Rudenko, a mãe adotiva de Michael, que reconheci-a pelos olhos das fotografias da vigilância. Em vez de sorrir e avançar para abraçar o filho, ela abriu totalmente a porta e deu um passo atrás, com a boca trêmula.

Instantaneamente, percebi o motivo.

Enroladas na barriga dela e parcialmente escondidas pelo avental que ela usava, havia uma confusão de fios e uma caixa preta com uma luz piscando.

— Mamãe? — disse Michael em tom incerto, dando um passo à frente. Instintivamente, segurei o braço dele, puxando-o para trás, e parei em frente a Yulia, protegendo-a da bomba. Meu coração deu um salto com um surto de adrenalina, e o terror e a raiva me invadiram com uma onda de choque tóxica.

Yulia, Misha e uma bomba.

Puta que pariu, que caralho.

— Está tudo bem, deixe o garoto entrar — disse uma voz masculina em inglês com sotaque forte. — Ele está tão seguro lá fora quanto aqui dentro. Há o suficiente para explodir este prédio inteiro.

Não me mexi, apesar de todos os instintos gritarem para que eu entrasse correndo e atacasse, que protegesse Yulia e o irmão. Somente o fato de saber que isso significaria a morte certa para eles me manteve imóvel.

Buscando todos os meus anos de experiência em combate, bloqueei o medo e avaliei a situação.

Além da mulher, havia dois homens parados no saguão. Um deles era um homem de meia idade, que tinha os mesmos fios e a caixa preta que a mãe de Michael. Eu também reconheci o rosto aterrorizado dele. Era Viktor Rudenko, o pai adotivo de Michael. Mas não foi ele que manteve minha atenção.

Foi o homem enorme parado atrás dele, com os lábios finos curvados em um sorriso cruel.

Kirill Ivanovich Luchenko, o homem que estivéramos procurando.

Mas, em vez disso, ele nos encontrara.

4 8

 *ulia*

Eu nunca sentira um terror tão intenso, tão devastador. Lucas era uma parede humana à minha frente, mas consegui ver além do corpo forte dele e a cena surreal fez com que meu estômago afundasse.

Kirill estava parado no saguão iluminado atrás dos pais de Misha, que estavam enrolados em fios. Havia uma arma na mão direita dele e, na esquerda, ele segurava algo pequeno e preto.

Um detonador, percebi com um pânico nauseante.

Ele estava com o dedo sobre o botão do detonador.

— Entrem — disse ele em inglês, olhando para Lucas e Misha antes de se concentrar em mim. Um sorriso grotesco surgiu em sua boca quando seu olhar

423

encontrou o meu. — Fiquem à vontade. Afinal, somos uma família feliz, não somos?

Lucas não moveu um músculo, nem mesmo quando Misha tentou empurrá-lo para o lado, com o rosto jovem contorcido com o mesmo terror que me mantinha paralisada. Eu sabia o que se passava na mente do meu irmão. Como eu, ele provavelmente vira aquele tipo de detonador no treinamento sobre explosivos.

Era a versão da UUR de um colete suicida, projetada para ser usada apenas nas circunstâncias mais desesperadoras. Kirill não precisava apertar um botão para acionar os explosivos. Ele só precisava tirar o dedo do botão.

Se o dedo dele escorregasse, por exemplo, se ele atirasse, a bomba seria acionada.

Lucas também devia ter percebido, pois não encostou na M16 presa às costas.

— Deixe-me passar — sibilou meu irmão quando Lucas não se mexeu. — São meus pais. Deixe-me passar, caralho!

Desta vez, fui eu quem segurou o braço de Misha. — Não — disse eu baixinho. Ele congelou no lugar. Eu não sabia se meu irmão achava que havia um plano ou se foi a calma falsa na minha voz, mas ele parou de empurrar Lucas e ficou parado, olhando fixamente para o saguão.

— Não quer entrar? — perguntou Kirill. — Muito bem, podemos fazer da forma difícil.

Em um movimento rápido, ele ergueu a mão direita

REIVINDIQUE-ME

e disparou. O tiro saiu abafado, pois a arma de Kirill tinha um silenciador, mas os gritos que se seguiram eram inconfundíveis. Saltei para a frente, aterrorizada por Lucas, mas ele ainda estava parado, recusando-se a se mover mesmo quando meu irmão recomeçou os esforços para entrar no apartamento.

A bala atingiu a perna do pai de Misha, percebi ao olhar além do meu irmão. O homem mais velho estava no chão, gritando enquanto segurava a perna que sangrava, e a mãe de Misha estava ajoelhada ao lado dele, chorando histericamente.

— A próxima bala vai para a cabeça dele — disse Kirill. Misha ficou imóvel de novo. — E, a seguinte, para o cérebro dela. — Ele acenou com a arma para a mulher que chorava. — Ah, e se algum de vocês tentar correr, atirarei nos dois imediatamente. E as bombas explodirão antes que consigam descer um andar da escada. — O sorriso dele aumentou ao avaliar a expressão em nossos rostos. — Como eu disse, entrem e fiquem à vontade.

— Lucas, por favor — sussurrei quando ele continuou sem se mover. Senti bile queimando minha garganta. — Por favor, precisamos fazer isso. Não podemos deixá-lo matá-los na frente de Misha. — Eu não sabia se Kirill era louco o suficiente para se sacrificar detonando os explosivos, mas não tinha dúvidas de que ele atiraria nos pais de Misha sem pensar duas vezes.

— Você. Solte a arma antes de entrar — disse Kirill, acenando para Lucas com a arma. — Você não quer que isso dispare acidentalmente. — Ele ergueu a mão esquerda, que segurava o detonador, para ilustrar exatamente o que queria dizer.

Sem dizer uma palavra, Lucas tirou a M16 das costas e soltou a arma no chão. E, ainda em silêncio, entrou no saguão.

Misha e eu o seguimos. O rosto do meu irmão estava mortalmente pálido e seus olhos estavam arregalados de medo. Eu não tinha dúvidas de que estava do mesmo jeito. O terror era um poço gelado e oco no meu estômago. Quando Kirill me capturara antes, eu estivera sozinha e pudera escapar para os cantos escuros da mente. Mas não havia para onde escapar ali, não quando as duas únicas pessoas que eu amava estavam em perigo ao meu lado... em perigo por minha causa.

Eu sabia por que Kirill estava fazendo algo tão insano. Ele estava atrás de mim. Queria me punir pelo que eu fizera com ele e não se importava com quem se ferisse no processo. Lucas ainda estava à minha frente, com o corpo formando um escudo entre eu e meu ex-treinador, mas ele não conseguiria me salvar.

Tínhamos a vantagem dos números e os homens embaixo do prédio, mas Kirill tinha o dedo naquele detonador.

— Venha cá, piranha — disse meu ex-treinador, movendo o olhar para mim. Os olhos escuros dele brilhavam com raiva e algo próximo da loucura. — É você que eu quero.

Ignorando o terror que me contorcia as entranhas,

passei pelo meu irmão, empurrando-o para trás de mim, mas Lucas bloqueou meu caminho.

— Ela não vai a lugar algum. — A voz dele era puro aço letal.

— Não? — Kirill ergueu a arma, apontando-a para a têmpora de Viktor Rudenko. O homem congelou e seus gritos diminuíram. Os olhos de Kirill se viraram para mim quando o choro de Natalia ficou mais alto. — Não me faça repetir.

— Lucas, deixe-me ir. — Tentei passar por ele, mas o saguão estreito era repleto de móveis e quase tropecei em um banquinho colocado em frente a um espelho alto. Arrepios de terror subiram e desceram pela minha espinha quando o maxilar de Kirill ficou duro ao olhar para a postura de Lucas. Freneticamente, agarrei o braço de Lucas e tentei empurrá-lo para o lado. — Por favor, Lucas, deixe-me passar.

Ele me ignorou. Cada músculo de seu corpo estava tenso e, quando olhei para seu rosto, a fúria gelada nos olhos pálidos aumentou ainda mais meu terror.

Ele não escutaria à razão.

Para me proteger, ele deixaria que os pais de Misha morressem... e acabaria sendo morto.

— Por que você a quer? — perguntou ele a Kirill com um tom inexplicavelmente calmo. — Você sabe que vai morrer aqui hoje.

— Sei? — Kirill riu, mas foi um som estranhamente estridente. Pela primeira vez, notei as mudanças na aparência dele. Os cabelos estavam mais grisalhos do que castanhos, o rosto estava inchado e o corpo que sempre fora puro músculo parecia meramente gordo. Era como se ele tivesse envelhecido dez anos nos meses anteriores. — E o que faz você pensar que me importo com isso?

A expressão de Lucas não mudou. — Eu sei que não se importa. É por isso que está aqui, não é? Para morrer em uma explosão de glória, em vez de viver como o meio homem ridículo que se tornou? — O rancor surgiu na voz dele — Você deveria ter vindo atrás de nós desde o começo. Eu teria deixado as coisas muito mais simples para você, teria tirado você desse sofrimento sem pau muito mais cedo.

O que Lucas está fazendo? Meu coração bateu aterrorizado quando vi o rosto de Kirill se contorcer de raiva e a mão direita dele subir, com a arma apontando diretamente para o peito de Lucas.

Era como se Lucas estivesse tentando levar um tiro.

E, no instante seguinte, percebi que era exatamente o que ele estava fazendo. Meu carrasco queria se sacrificar para que ganhássemos tempo. Para fazer o quê, eu não sabia. Estávamos no quinto andar de um prédio sem elevador. Mesmo se os guardas lá embaixo ouvissem o tiro, o que era improvável por causa do silenciador que Kirill usava, nunca chegariam ali a tempo. E, mesmo se chegassem, ainda havia o problema dos explosivos.

Independentemente disso, mesmo se Lucas tivesse um plano, eu não podia deixar que ele fizesse aquilo.

Em uma fração de segundo, surgi com a única solução que podia.

— Ah, sim, isso mesmo — disse eu em voz alta. Atrás de mim, vi Misha prender a respiração, mas eu o ignorei. — Quase esqueci que atirei em seu pau e em suas bolas — continuei, colocando o máximo possível de escárnio na voz. — Como é, hein? Deve ser difícil não poder estuprar garotas de quinze anos.

A fúria que contorceu as feições de Kirill foi demoníaca. O rosto inchado ficou roxo e a arma se moveu na minha direção. Lucas se moveu para me bloquear da visão de Kirill, mas saltei para o outro lado, expondo-me novamente.

Era eu que meu ex-treinador queria. Se eu conseguisse fazer com que ele me matasse, havia uma chance de que os outros conseguissem escapar.

— Vá em frente — provoquei o homem, saltando de um lado para o outro para evitar as tentativas de Lucas de me proteger. — Atire em mim como o covarde que é, como o verme miserável em que se transformou. — As palavras saíam da minha boca cada vez mais depressa. — Olhe só para você. O famoso Kirill Luchenko, nunca derrotado em combate. E o que aconteceu com você? Teve seu pau arrancado. Aposto que deve ter doído. Aposto como não consegue mijar sem chorar como um bebê. Obviamente, eu não saberia como é, mas...

A arma disparou, com o ruído ensurdecedor apesar do silenciador. Algo bateu em mim e caí para trás.

Meu último pensamento foi uma esperança desesperada de que Misha e Lucas sobrevivessem.

49

Lucas

Tudo aconteceu em um instante. No segundo em que a arma disparou, eu já estava em movimento, saltando em Kirill. Não ousei olhar para trás porque, se visse Yulia morta ou agonizando, perderia o resto da sanidade. E não podia deixar que isso acontecesse.

Eu precisava salvar o irmão dela.

Batemos na parede e Kirill virou o corpo para proteger a arma, mas não era ela que eu queria. Com as duas mãos, segurei a mão esquerda dele e apertei-a com força, forçando os dedos a permanecerem fechados e o polegar a continuar sobre o detonador. Ao mesmo tempo, recuei e joguei-me contra ele de novo, torcendo o corpo ligeiramente para que meu ombro atingisse o braço direito dele. A arma caiu no chão, mas, antes que eu conseguisse comemorar a vitória, ele usou o corpo para me empurrar para trás e golpeou minha têmpora com o punho direito.

Minha visão ficou escura por um segundo e houve um zumbido nos meus ouvidos, mas agarrei-me à consciência e forcei-o contra a parede. A raiva e o pesar que queimavam dentro do meu peito me deram uma força sobre-humana. *O filho da puta atirou em Yulia.* Com um grito, apertei os dedos com mais força e ouvi os ossos dele quebrando. Ele gritou e tentou me golpear com o punho direito, mas, desta vez, desviei, mantendo as mãos em volta da mão esquerda dele. À distância, percebi que os pais de Michael tentavam sair do caminho, mas bloqueei seus gritos de pânico. A luta acontecia com uma velocidade estonteante. Mesmo um segundo de falta de atenção poderia ser fatal.

Meus ouvidos zuniram e senti gosto de sangue quando outro golpe me atingiu no maxilar, mas movi a perna a tempo de bloquear o joelho de Kirill que voou na direção da minha virilha. Simultaneamente, recuei para me desviar de um terceiro golpe e virei de lado para dar uma cotovelada nas costelas dele. Atingi-o com força, mas, desta vez, ele nem gemeu. O filho da puta parecia um tanque e, apesar de não ter reflexos tão bons quanto os meus, sabia o que estava fazendo. Em circunstâncias normais, teria sido uma luta difícil. Mas, com as duas mãos apertando o punho esquerdo dele, eu estava em muita desvantagem. No entanto, eu não podia soltar a mão dele, pois tinha certeza de que ele explodiria aquela bomba.

Àquelas alturas, o filho da puta só se importava com a vingança e morreria para consegui-la.

Ele estuprou Yulia quando ela tinha quinze anos. Ele atirou nela.

A fúria foi como combustível para os meus músculos. Girando o corpo, bati com a parte de trás da cabeça no nariz dele, esmagando ossos e cartilagens. Antes que ele conseguisse se recuperar, usei a mão dele que eu segurava como apoio para girá-lo e jogá-lo contra a parede oposta.

Os olhos dele se reviraram para trás quando a cabeça bateu na superfície dura, mas ele conseguiu chutar, atingindo meu rim. O ar fugiu dos meus pulmões e afrouxei as mãos por um momento. Ele se jogou no chão, arrastando-me consigo quando apertei as mãos novamente. Colidimos e rolamos. No momento seguinte, percebi o que ele queria.

A arma que deixara cair.

Ele a pegou com a mão direita e mirou diretamente na minha cabeça.

Vi o dedo dele começar a apertar o gatilho e tudo pareceu ficar lento. Registrei tudo com clareza vívida, como se meu cérebro tivesse decidido tirar uma última fotografia, deixando meus sentidos muito aguçados. Naquela fração de segundo antes que eu morresse, vi o sorriso vitorioso de Kirill, senti o fedor do suor rançoso que escorria no rosto dele e ouvi os gritos dos pais de Michael. Também pensei em Yulia e como queria desesperadamente que ela sobrevivesse.

Eu morreria mil vezes para mantê-la viva.

A arma disparou com uma explosão ensurdecedora.

Mas eu não morri.

Em vez disso, Kirill gritou quando seu braço direito explodiu em pedaços sangrentos. Atônito, olhei para cima e vi Michael segurando minha M16. O garoto estava ofegante, com o rosto pálido manchado de suor e sangue. No instante seguinte, ele apertou o gatilho novamente, disparando uma rodada de balas no ombro direito de Kirill.

Gritando, Kirill tentou chutar Michael. Concentrei-me novamente no meu adversário.

Estava na hora de acabar com aquilo.

Mantendo os dedos firmemente em volta do punho esquerdo de Kirill, bati com a testa no nariz dele repetidamente, adorando o barulho enquanto martelava os fragmentos de osso em seu cérebro. Não era assim que eu queria que o desgraçado morresse, mas teria que servir.

Quando ele ficou deitado imóvel, com o rosto todo ensanguentado, olhei para Michael. Minha cabeça latejava. — Atire no braço esquerdo dele — ordenei com voz rouca. O garoto obedeceu imediatamente.

Sem hesitar, ele disparou outra rodada de balas no braço do homem morto. As balas cortaram o osso completamente. Só o que precisei fazer foi puxar a mão dele para separar o braço do corpo.

Ignorando o sangue que espirrou, levantei-me,

ANNA ZAIRES

segurando o braço arrancado pelo punho enrolado no detonador. Meu coração batia em um ritmo irregular quando me virei para a entrada do apartamento. Atrás de mim, a mãe de Michael chorava e o pai dele gemia de dor, mas não me importei.

Eu só me importava com Yulia.

Ela estava deitada imóvel sobre fragmentos do espelho quebrado. O corpo estava amontoado como se fosse uma boneca de pano. Os cabelos loiros longos cobriam seu rosto, mas havia sangue por toda parte, por todo o corpo esguio.

O vazio no meu peito aumentou.

Não. Caralho, não.

Ela não podia estar morta. Não podia.

— Yulia — sussurrei, ajoelhando-me ao lado dela. Parecia que eu ia sufocar, que meus pulmões estavam entrando em colapso dentro do peito. — Yulia, querida...

Ela não se mexeu.

Amortecido, apertei a mão esquerda em volta do punho de Kirill, pressionando o polegar para manter o detonador no lugar. Com a mão direita, encostei nela. Meus dedos estavam molhados com o sangue de Kirill e, ao afastar os cabelos dela, tive uma sensação súbita horrível de que a estava poluindo com meu toque, que estava destruindo algo puro e belo... um anjo que não pertencia ao meu mundo feio.

Os cílios dela pareciam meias luas escuras sobre as bochechas pálidas. A boca estava parcialmente aberta.

Era como se ela estivesse dormindo, só que havia sangue.

Muito, muito sangue.

— Yulia... — Minha mão tremeu quando toquei no rosto dela, deixando marcas de sangue na pele de porcelana. O vazio dentro de mim se expandiu, quase fazendo com que meus ossos rachassem por causa da pressão. Eu não conseguia imaginar a vida sem ela. Caralho, eu não conseguia imaginar uma semana sequer sem ela. Em poucos meses, ela se tornara meu mundo. Se ela estivesse morta... Meus dedos foram para o lado do pescoço dela, procurando uma pulsação. Fiquei imóvel quando um tremor violento me sacudiu.

Havia uma pulsação. Muito fraca, mas inconfundível.

— Yulia! — Eu me inclinei para a frente, puxando-a contra mim com o braço livre. Ela estava macia e quente, indiscutivelmente viva. Senti sua respiração no meu pescoço e meu coração bateu com uma felicidade feroz.

Ela estava viva.

Minha Yulia estava viva.

Por um momento, foi o suficiente. Mas, quando minha cabeça clareou, um novo medo me invadiu.

Por que ela está inconsciente? E de onde veio esse sangue todo?

Abaixando-a até o chão, apalpei-a freneticamente procurando o ferimento da bala. Ela tinha inúmeros cortes pequenos por causa do espelho quebrado e havia um corte ensanguentado no lado da cabeça, mas não encontrei o local onde a bala entrou.

— Ela está bem? — perguntou Michael. Olhei para ele, que estava parado de pé. Ele cambaleou, com o rosto muito pálido. Por um momento, achei que ele vomitaria ao ver o braço arrancado que eu ainda segurava. Mas, enquanto eu o observava, ele caiu de joelhos ao meu lado... mais precisamente, desmoronou sobre os joelhos.

Franzindo a testa, comecei a estender o braço para ele e parei.

Havia sangue escorrendo sob a camiseta escura de Michael.

— Misha? — chamou Yulia com voz rouca e virei a cabeça, vendo suas pálpebras abertas. Quando ela focalizou o olhar em nós, sua expressão foi de horror e percebi que chegara à mesma conclusão.

O irmão dela fora baleado.

 *ulia*

Nos dez minutos seguintes, tudo pareceu acontecer ao mesmo tempo. Havia sangue por toda parte: em Misha, que estava deitado ao meu lado; em Lucas, em volta do corpo mutilado de Kirill e no braço arrancado que Lucas segurava. A alguns metros de distância, o pai de Misha gemia em agonia, com a perna sangrando incontrolavelmente, e a mãe chorando e correndo de um lado para o outro, entre o marido e o filho. Os homens de Lucas, que deviam ter escutado os disparos sem silenciador, chegaram correndo, com as armas prontas, e Lucas começou a gritar ordens para eles. Em um minuto, dois homens trabalhavam para desarmar os explosivos e dois outros tentavam estancar o sangramento de Misha e do pai dele. Tentei me levantar para ajudar, mas, toda vez que tentava me mexer, uma onda de náusea me invadia e eu precisava deitar novamente. Meu crânio latejava no local onde eu batera a cabeça no espelho. Minhas perguntas frenéticas ficaram sem resposta no meio do caos. Quando voltamos para o SUV blindado e fomos para um hospital, comecei a entender o que acontecera.

Não fora uma bala que me atingira. Fora meu irmão. Misha me empurrara para fora do caminho e caí, batendo a cabeça no espelho que se despedaçou. Ele acabou sendo atingido pela bala que era para mim. De acordo com Lucas, ela atravessou a carne do ombro dele, derrubando-o sobre mim. Em sua maioria, era o sangue de Misha que me cobria, apesar de também haver sangue meu proveniente do ferimento na cabeça e dos cortes na pele por causa dos fragmentos do espelho.

— Ele ficará bem — disse Lucas pela quinta vez quando toquei em Misha, que desmaiara no banco traseiro ao meu lado. — Ele perdeu bastante sangue, mas contivemos o sangramento e ficará tudo bem. Ele salvou todos nós. Se ele não tivesse pegado minha M16... — Ele parou de falar, mas senti um arrepio na espinha quando preenchi as palavras não ditas.

Todos nós estivéramos a poucos segundos da morte. Em um evento rápido, eu poderia ter perdido meu irmão e o homem que se tornara minha vida inteira.

Com a mão tremendo, apertei a palma de Misha.

Em seguida, estendi a mão para Lucas, que estava sentado ao meu lado.

Mas ele não me deixou segurar sua mão. No segundo em que encostei nele, Lucas me puxou para o colo, envolvendo-me firmemente em seus braços, e enterrou o rosto nos meus cabelos. Senti os tremores do corpo enorme e não consegui mais me conter.

Segurando-o com toda minha força, chorei.

Só segurei Lucas e chorei.

Um hospital local cuidou dos ferimentos de bala de Misha e Viktor, bem como do ferimento na minha cabeça. Em seguida, voamos para a Suíça para nos recuperarmos em uma clínica particular que Lucas usara antes. Os pais de Misha foram conosco, pois não queriam se separar do filho, apesar do medo que sentiam de mim e de Lucas.

Fiz o possível para garantir que estavam seguros, mas eu sabia que, para eles, éramos estranhos assustadores de um mundo violento... um mundo que invadira a vida deles da forma mais brutal. O que Kirill fizera, a forma como os aterrorizara, deixara cicatrizes que nunca desapareceriam.

Antes daquele dia horrível, eles sabiam o que o irmão de Natalia fazia pelo país dele, mas não compreendiam de verdade.

— Acordamos naquela manhã e ele estava lá, segurando uma arma apontada para nós — disse

Natalia chorando ao nos contar o que acontecera. — Ele amarrou Viktor e prendeu a bomba em mim. Em seguida, fez o mesmo com Viktor. Achamos que ele era um terrorista, achamos que íamos morrer. Mas ele começou a falar sobre você e como a estava esperando. Foi quando percebemos o que ele realmente queria... — Ela teve uma crise histérica nesse momento e Lucas teve que chamar uma enfermeira para sedá-la.

Viktor, o pai adotivo de Misha, estava em um estado similar, mas tentou manter uma expressão corajosa pela esposa. Sempre que Natalia começava a chorar, ele a reconfortava, dizendo que estava bem. Mas as enfermeiras me contaram que ele acordava gritando por causa de pesadelos.

A bala que atingira a perna de Viktor destruíra a patela e talvez ele nunca mais conseguisse caminhar sem mancar.

O único ponto bom na confusão toda foi que o ferimento no ombro de Misha realmente foi superficial como Lucas dissera. Meu irmão perdeu muito sangue, mas os médicos confirmaram que ele estaria praticamente recuperado, mas com o braço em uma tipoia, em cerca de uma semana.

Enquanto nos recuperávamos, os homens de Lucas praticamente desmancharam o apartamento dos Rudenkos para descobrir como Kirill entrara sem ser visto. O que eles descobriram nos deixou atônitos. O novo apartamento dos pais de Misha, para onde tinham sido realocados depois da minha volta, fora originalmente um local seguro da UUR. Assim, ele tinha um apartamento secreto escondido atrás da parede da sala de estar, um lugar repleto de suprimentos médicos, munição e comida suficiente para durar vários meses. Provavelmente fora para lá que Kirill fora para se curar ao escapar do local onde atirei nele. Como ele sobrevivera à viagem e escondera os rastros sempre seria um mistério. Mas, a julgar pelo estado do apartamento, ele permanecera lá durante todo o tempo em que o procuramos. Os pais de Misha juraram que não sabiam que ele estava lá e, depois de interrogá-los extensamente, Lucas chegou à conclusão de que diziam a verdade.

Pelo jeito, eles ouviram ruídos na sala de estar várias vezes, mas atribuíram-nas à acústica estranha do novo prédio.

— Achei que era um fantasma — sussurrou Natalia Rudenko, com os olhos vermelhos e inchados no rosto pálido. — Viktor me disse que eu estava sendo idiota e parei de falar. Mas eu deveria ter dado ouvidos aos meus instintos. Nunca me perdoarei pelo que aconteceu.

Lucas começou a fazer mais uma pergunta a ela, mas eu o interrompi, colocando a mão em seu braço. A pobre mulher não tinha condições de continuar. — Não foi culpa sua — disse eu em tom gentil. — Kirill era um agente experiente. Se ele queria ficar escondido, vocês não tinham a menor chance.

— Foi o que Viktor disse. Ainda assim, eu deveria ter sabido. — Fechando os olhos, ela colocou os dedos trêmulos sobre o nariz. — Houve algumas dicas, como nosso computador sendo invadido uma vez e algumas coisas que, às vezes, pareciam ter mudado de lugar...

Secretamente, concordei que ela deveria ter suspeitado daquelas coisas, eu certamente teria. Mas ela era uma civil e eu não. Pessoas comuns não eram treinadas para procurar aquele tipo de padrão e, apesar de Natalia não ser totalmente estranha ao mundo clandestino de organizações de inteligência, não poderia ter imaginado que um agente secreto estava escondido em seu apartamento.

— Provavelmente Kirill descobriu que estávamos vindo ao invadir o computador — comentou Lucas em tom sombrio. Assenti, concordando. Eu não sabia se meu ex-treinador usara o apartamento dos Rudenkos porque era o melhor esconderijo ou porque suspeitava que eu poderia voltar com Misha um dia. De qualquer forma, ele estava bem posicionado para atacar quando menos esperássemos.

Os guardas vigiaram em busca de perigos externos, mas, durante o tempo todo, o inimigo estivera do lado de dentro.

Para meu alívio, Misha parecia muito menos traumatizado do que os pais. Eu não sabia se era devido ao treinamento dele na UUR ou pelo que vivera durante o ataque de Lucas ao local da organização, mas meu irmão se recuperava rapidamente de várias formas. Longe de se sentir abalado e cheio de remorsos pelo papel que teve na morte de Kirill, Misha parecia orgulhoso de ter participado da eliminação do homem que me machucara e quase matara os pais dele.

— Fico feliz por ter atirado no filho da puta — disse ele ferozmente quando Lucas e eu o visitamos no leito do hospital. — Era o mínimo que ele merecia.

— Você fez bem, garoto — disse Lucas, batendo de leve no ombro ileso dele. — Suas mãos nem tremeram quando atirou no braço dele.

Fiz uma careta ao imaginar a cena, mas Misha só assentiu, aceitando o elogio. Ele e Lucas pareciam estar mais afinados agora, como se lutar contra Kirill juntos os tivesse deixado mais próximos. Gostei daquilo, mas era perturbador ver meu irmão de quatorze anos soar tão casual sobre a morte horrível de um homem.

— E por que ele deveria estar abalado? — perguntou Lucas quando comentei sobre minha preocupação naquela noite em nosso quarto particular no hospital. — Ele tem idade suficiente para entender que é preciso fazer o que for necessário para sobreviver e proteger aqueles de quem você gosta. O garoto está crescendo e, queira você admitir ou não, ele não é uma flor delicada.

— Nem é um assassino sem remorso... pelo menos, não deveria ser — retruquei, mas Lucas simplesmente se sentou na beirada da cama e pegou minha mão. O olhar dele estava duro e velado, mas o toque foi gentil. Ele estivera assim, atencioso e distante, desde que chegáramos àquela clínica. E, por mais que eu tentasse, não conseguia descobrir por que ele não fazia nada além de me abraçar à noite.

Os médicos tinham me liberado para fazer sexo dois dias antes, mas Lucas ainda não tocara em mim.

— Querida — murmurou ele, apertando minha mão de leve —, seu irmão não é como você. Nunca foi nem nunca será. Foi opção dele entrar para a UUR e, goste ou não, ele pertencia mais àquele lugar do que você.

A convicção na voz de Lucas me distraiu do quebra-cabeça do comportamento dele. Franzindo a testa, eu disse: — Não acho. Misha provavelmente achou que ser um espião seria algo glamoroso ou algo assim. Tenho certeza de que foi por isso que ele quis ser parte da UUR, para que pudesse brincar de ser James Bond. Mas, quando viu como realmente era...

— Ele ainda queria — disse Lucas baixinho. — Ou, devo dizer, ainda quer.

Atônita, eu o encarei: — O que quer dizer? Ele vai voltar para a escola.

— Ele vai... mas só para agradar você e os pais.

— O quê? Como sabe disso?

Lucas suspirou, acariciando a palma da minha mão com o polegar. — Ele me disse. Ontem. Quer trabalhar comigo quando for mais velho, mas, por enquanto, acha que é uma boa ideia terminar a escola para que possa "se misturar melhor com a população geral". — Ele fez uma pausa e acrescentou em tom suave: — São palavras dele, não minhas.

— Entendi. — Tirei a mão da dele e levantei-me, sentindo um latejar nas têmporas devido a uma dor de cabeça que não tinha nada a ver com o ferimento cicatrizando na minha testa. Eu deveria estar surpresa, mas não estava. De alguma forma, eu já sabia daquilo.

Como Lucas, meu irmão era atraído pelo perigo e, em algum momento, abraçaria aquele tipo de vida.

A dor me invadiu. No começo, foi uma dor leve, mas, a cada segundo, ficava mais forte, aumentando até o ponto em que me sufocou por dentro. Minha garganta se fechou e senti-me começando a hiperventilar. Lutei para respirar, puxando o ar freneticamente para encher os pulmões. Soltei um soluço, depois outro e mais outro. Lucas se levantou, puxando-me para seus braços quando sons guturais saíram da minha garganta. Parecia que eu estava sendo partida por dentro. Tentei parar, tentei me controlar, mas os soluços continuaram.

— Yulia, querida, está tudo bem... Vai ficar tudo bem. — Os braços de Lucas me seguravam firmemente e saber que ele estava lá, que eu não estava mais sozinha, abriu ainda mais a barragem. As lágrimas saltaram, queimando e limpando ao mesmo tempo, uma inundação tóxica que destruía e renovava ao mesmo tempo.

Chorei pelo futuro do meu irmão e pelo nosso passado, por todas as mentiras, as perdas e as traições. Chorei pelo que poderia ter sido e pelo que já passara, pela crueldade do destino e sua misericórdia incongruente.

Chorei porque não conseguia parar e porque sabia que não precisava.

Confiei em Lucas para me segurar enquanto eu desmoronava, em emprestar-me sua força quando era mais necessária.

De alguma forma, acabamos de volta na cama, comigo encolhida em seus braços enquanto ele me embalava no colo como se eu fosse a coisa mais preciosa do mundo. E continuei a chorar. Chorei até que minha garganta estivesse ardendo, até que a agonia foi superada pela exaustão. Eu estava semiconsciente quando Lucas me deitou e tirou minhas roupas. E, quando ele deitou ao meu lado, eu estava dormindo.

Dormindo depois de eliminar todos os meus medos.

Acordei e vi Lucas sentado na beirada da cama, observando-me. Instantaneamente, as lembranças da noite anterior voltaram e corei, constrangida pelo colapso inexplicável.

— Desculpe — murmurei, segurando o cobertor contra o peito ao me sentar. — Não sei o que deu em mim.

Lucas não se moveu. — Você não precisa se desculpar, querida. — Apesar das palavras reconfortantes, o olhar dele era inescrutável. A expressão dele ainda estava fechada e distante. — Você merecia chorar.

— Sim, bem, certamente chorei. — Sentindo-me constrangida, saí da cama e peguei um roupão. Em seguida, fui para o banheiro adjacente para tomar um banho rápido e escovar os dentes antes da ronda matinal das enfermeiras.

Quando saí, vi que Lucas ainda estava sentado na cama sem se mover. Os arranhões no rosto dele por causa da luta com Kirill tinham quase desaparecido. E, com a luz da manhã batendo nas feições masculinas duras, ele parecia mais a estátua de um guerreiro do que um ser humano. Somente os olhos davam essa impressão: atentos, eles seguiram cada um dos meus movimentos, da mesma forma como um gato observava a presa.

Prendi a respiração e andei na direção dele. Minhas pernas me carregaram para a cama quase contra a minha vontade.

Quando cheguei perto dele, Lucas passou o braço em volta da minha cintura, puxando-me para que eu me sentasse ao seu lado.

— Lucas... — Eu o encarei, sentindo-me estranhamente nervosa. — O que você...

— Shh. — Ele colocou dois dedos sobre os meus lábios com um toque incrivelmente gentil. Os olhos pálidos dele mergulharam nos meus e, chocada, vi uma sombra de agonia neles. — Só vou dizer isso uma vez e quero que me escute — disse ele baixinho, abaixando a mão. — Depositei uma quantia em sua conta... dois milhões, para começar. Depois, depositarei mais, mas isso deve ser o suficiente para que você se estabeleça no começo. Claro, se algum dia precisar de alguma coisa, você e Michael podem me procurar...

— O quê? — Recuei, certa de que não tinha entendido direito. — Do que está falando?

— Deixe-me terminar. — O maxilar dele estava

rígido. — Também providenciarei guarda-costas para você — continuou ele. A cada palavra, a voz dele ficava mais tensa. — O trabalho deles será proteger você, mas espero que seja inteligente e não faça nada para se colocar em perigo. Se tiver que voar para algum lugar, enviarei alguém para levá-la e supervisionarei pessoalmente o perímetro de segurança em volta de sua nova casa. Além disso...

— Lucas, do que você está falando? — Trêmula, fiquei de pé de um salto. — É algum tipo de brincadeira?

— Claro que não. — Ele se levantou, com os músculos vibrando de tensão. — Acha que isso é fácil para mim? Caralho! — Ele girou o corpo no lugar e, logo depois, começou a andar de um lado para o outro. Cada movimento era cheio de violência mal controlada.

Atônita, eu o observei por alguns momentos. Em seguida, meus neurônios começaram a funcionar. Dando um passo à frente, segurei o braço dele, sentindo a força contida. — Lucas, você... — Engoli em seco. — Isso significa que você está me deixando ir embora?

Ele estreitou os olhos perigosamente. — O que mais significaria, caralho?

Meu coração bateu mais forte quando baixei a mão. — Mas por quê? É por causa disto? — Constrangida, toquei na faixa fina de cabelos raspados na minha cabeça, onde os pontos eram visíveis apesar dos meus esforços para escondê-los. Como os arranhões de

Lucas, os do meu rosto tinham quase desaparecido, mas as cicatrizes do espelho quebrado não. Elas estavam curando e os médicos tinham me garantido que ficariam praticamente invisíveis algum dia. Mas, por enquanto, eu não estava nada bonita e subitamente percebi que a distância de Lucas talvez tivesse uma causa muito óbvia.

O desejo dele por mim esfriara.

— O quê? — A incredulidade surgiu na voz dele quando seus olhos seguiram o movimento da minha mão. — *Você* está brincando? Acha que não a quero por causa desse ferimento?

— Você não encostou em mim na noite passada. — Eu sabia que soara como uma colegial insegura, mas não consegui me conter. Lucas era um homem muito sexual e, para deixar passar uma chance de trepar comigo...

— É claro que não encostei em você — disse ele por entre os dentes. — Você ainda está se recuperando e eu... Merda. — Ele ameaçou se virar, mas conteve-se. Estendendo a mão, ele segurou meu braço. — Yulia... se eu tivesse tocado em você, se a tivesse possuído de novo, não conseguiria fazer isto, entendeu? — A voz dele ficou rouca. — Eu a manteria comigo porque sou um filho da puta egoísta e você nunca teria a oportunidade de ir embora.

Todo o ar fugiu dos meus pulmões. — Não, não entendi. Se ainda me quer, por que está fazendo isso?

— Porque você não pertence a este mundo... ao *meu* mundo. Eles a forçaram a entrar nessa vida, transformaram você em alguém que nunca quis ser. Quando a vi caída lá, machucada e sangrando... — A voz dele falhou, mas ele continuou em seguida com voz trêmula: — Você nunca deveria ter corrido aquele tipo de perigo, nunca deveria ter conhecido homens como Kirill e Obenko... — Ele respirou fundo. — Homens como eu.

Eu o encarei, sentindo uma dor estranha no peito. — Lucas, você não é...

— Sim, sou. — Ele torceu a boca. — Não vamos fingir. Sou como eles, como os homens que a machucaram, usaram e manipularam. Você nunca teve opção alguma sobre isso. Eu também não lhe dei opção. Eu a tomei para mim porque queria você. E eu a mantive porque não conseguia imaginar a vida sem você. Quando você fugiu, eu teria destruído o mundo procurando você, linda. Teria feito qualquer coisa para tê-la de volta.

Senti um arrepio na espinha. — Então por que está me deixando ir embora? — sussurrei, com o coração batendo em ritmo irregular. Seria possível? Lucas estava...

— Porque não aguento perder você — respondeu ele com voz rouca. — Quando a vi caída lá, coberta de sangue, achei que estava morta. Achei que ele tinha matado você. — Um tremor visível percorreu o corpo de Lucas. Ele se aproximou de mim, erguendo as mãos para segurar meus ombros. Inclinando-se para a frente, ele disse com fúria mal controlada: — E que merda você estava pensando, provocando o filho da puta daquele jeito? Deveria ter ficado quieta, deixado que eu...

— Deixado que você levasse um tiro? — Tudo dentro de mim se revoltou com a simples ideia disso. — Nunca. Ele estava atrás de mim, não de você nem de Misha...

— E você tentou se sacrificar por nós, como fez pelo seu irmão a vida inteira? Achou mesmo que havia alguma chance de que eu a deixaria fazer isso? — Ele enterrou os dedos nos meus ombros. Mas, antes que eu sentisse qualquer dor, ele afrouxou os dedos e sua expressão se suavizou. — Yulia — sussurrou ele —, não sabe que eu levaria mil balas, morreria mil vezes, antes de deixar que alguma coisa acontecesse com você?

Meu coração acelerou. — Lucas...

— Você agora é minha razão para existir. — Os olhos dele brilharam ferozmente. — Você é tudo para mim. Quero você na minha cama, mas eu a quero na minha vida ainda mais. Foi assim desde o começo. Mesmo quando a odiava, eu a amava. Se você tivesse morrido...

— Você me ama? — Meus pulmões pararam quando me agarrei àquelas palavras. Eu suspeitara, torcera, até mesmo dissera a mim mesma que sabia. Mas, até que ele dissesse, eu não tivera certeza. Para que Lucas finalmente admitisse...

— É claro que amo você. — As mãos dele seguraram meu rosto, com as palmas grandes quentes sobre minha pele. Olhando para mim, ele disse: — Eu a amei desde o momento em que vi Diego carregá-la para fora daquele avião, magra, suja e tão linda que fez com que meu peito doesse. Eu disse a mim mesmo que era só desejo, fingi que poderia fodê-la até que a tirasse da cabeça, mas acabei me apaixonando ainda mais, querendo você mais e mais a cada dia. Sua lealdade, sua coragem, seu calor... era tudo que eu nunca soube que precisava. Antes de você entrar na minha vida, eu não tinha ninguém, não me importava com ninguém e estava muito bem assim. Mas, quando a conheci... — Ele respirou fundo. — Caralho, foi como se eu tivesse visto o sol pela primeira vez. Você deixou meu mundo muito mais brilhante, muito mais cheio...

Minha garganta estava tão apertada que mal consegui falar. — Então, por quê...

— Porque você foi feita para ter amor e família, para coisas bonitas e palavras suaves. — A voz dele estava cheia de dor quando ele abaixou as mãos. — Você deveria ter sido adorada pelos seus pais e seu irmão, idolatrada por namorados amorosos e amigos leais. Em vez disso...

— Em vez disso, eu me apaixonei por você. — Estendendo a mão, peguei a mão forte dele. Lágrimas borraram minha visão quando ergui os olhos para meu carrasco implacável, o homem que, agora, era tudo para mim. — Eu me apaixonei pelo homem que me salvou de Kirill e da prisão russa, que cuidou de mim até que ficasse saudável e que me devolveu meu irmão. Lucas... — Coloquei a mão no maxilar duro dele. — Você pode ser como eles, mas sempre me deu muito mais do que pediu. Sempre.

Ele me encarou e vi uma frustração crescente em seu rosto. — Yulia... — disse ele com voz baixa e letal. — Se vai embora, diga-me agora. Vou lhe dar só esta chance, entendeu?

— Sim. — Meus lábios tremeram com um sorriso quando abaixei a mão. — Entendi.

Os músculos dele se contraíram, como se ele estivesse preparando-se para um golpe. — E?

— E vou ficar.

Por um segundo, Lucas ficou imóvel, como se estivesse congelado pela incredulidade. Em seguida, ele estava sobre mim, seus lábios devorando-me com uma necessidade violenta e gentil ao mesmo tempo. As mãos dele percorreram meu corpo em um toque rude, mas contido, devido aos meus ferimentos. Cambaleamos de costas até a cama, arrancando as roupas um do outro. Em algum lugar lá fora, havia enfermeiras e médicos, meu irmão e seus pais adotivos, o mundo inteiro. Mas, ali, naquele quarto particular, éramos apenas nós e o calor que ficava maior a cada momento.

— Eu amo você — gemi quando Lucas me penetrou e ele sussurrou as palavras de volta, com a voz rouca ao se mover dentro de mim, reivindicando-me repetidamente. Gozamos juntos em perfeita sintonia. E, enquanto estávamos deitados juntos depois do sexo, Lucas manteve meu olhar. Nos olhos dele, havia desejo e possessividade, fome e necessidade. E, sob tudo isso, a ternura quente do amor.

Em alguns minutos, chegariam as enfermeiras e

nossa pequena bolha estouraria. Trabalharíamos na cura e para construir nossa vida nova, em nosso novo lar. Mas, por enquanto, não precisávamos nos preocupar com o que o futuro nos reservava.

O que Lucas e eu tínhamos juntos nunca seria bonito, mas era perfeito.

Era nossa própria versão da perfeição.

EPÍLOGO BÔNUS: NORA E JULIAN

APROXIMADAMENTE TRÊS ANOS
DEPOIS

ALERTA DE SPOILER: Se você não leu a trilogia
Perverta-me, pare e leia-a primeiro. O que se segue é
para aqueles que adoraram a história de Nora e Julian,
e pediram um vislumbre do futuro deles além do
epílogo de *Segure-me (Perverta-me nº 3)*. Há também um
vislumbre do futuro de Lucas e Yulia.

Julian

O grito de Nora ecoou pelas paredes e o som
atormentado me rasgou por dentro. Encostei-
me no batente da porta, tremendo por causa do esforço
necessário para ficar parado e não atacar as pessoas de
branco que pairavam sobre minha esposa. Minha
camiseta estava encharcada de suor e minhas mãos se
flexionavam convulsivamente. A necessidade de

proteger Nora lutava contra o fato de saber que eu só atrapalharia os médicos.

O bebê estava duas semanas adiantado e eu nunca me sentira tão inútil na vida.

— Quer que eu busque alguma coisa para você? — perguntou Lucas baixinho. Percebi que ele percorrera o corredor para ficar ao meu lado. — Água, café... uma dose de vodca? — A expressão dele era incomumente empática.

— Estou bem. — Minha voz parecia uma lixa sobre madeira e pigarreei antes de continuar. — Disseram que não deve demorar muito mais. Foi por isso que desistiram da anestesia.

Lucas assentiu. — Certo. Estive lendo sobre o assunto.

— É? — A declaração bizarra, e a ausência momentânea dos gritos de Nora, despertaram minha curiosidade. — Você e Yulia...?

— Não, ainda não, mas Yulia fala nisso desde o casamento. — Ele soltou a respiração audivelmente. — Eu achei que não seria tão ruim, mas, agora que vi isto...

— Julian!

O grito agonizado de Nora interrompeu o que ele estava prestes a dizer. Eu me esqueci de tudo e praticamente saltei para dentro do quarto em resposta ao chamado dela.

— Sr. Esguerra, por favor, você precisa se afastar...

— Ela precisa de mim — rosnei para o médico que bloqueava meu caminho. Se ele não fosse o melhor obstetra da clínica suíça, já estaria morto. Empurrando o idiota para o lado, avancei para segurar a mão trêmula de Nora. A palma dela estava escorregadia de suor, mas seus dedos se entrelaçaram nos meus com uma força assustadora. Os nós dos dedos dela ficaram brancos quando a barriga enorme ondulou com outra contração. O rosto pequeno de Nora era uma máscara de dor e seus olhos estavam fechados. Meu peito subiu e desceu com uma fúria impotente quando outro grito saiu de sua garganta. Eu daria tudo para trocar de lugar com ela, de tirar aquela dor dela. Mas não podia, o que me deixou em pedaços.

— Estou aqui, querida. — Minha voz estava rouca e minha mão livre instável quando afastei os cabelos suados da testa dela. — Estou aqui do seu lado.

Nora abriu os olhos e meu coração ficou apertado quando seu olhar encontrou o meu e ela tentou sorrir. — Está tudo bem — ofegou ela. — Ficará tudo bem. Só preciso... — Mas, antes que terminasse de falar, o rosto dela se contorceu novamente e ouvi os médicos gritando, dizendo a ela que fizesse força, que aguentasse firme. A mão de Nora apertou a minha com força inacreditável. Os dedos delicados quase esmagaram os ossos da minha mão. Seu corpo inteiro pareceu passar por um espasmo imenso e ela arqueou a cabeça para trás com um grito que me cortou como mil facas. A agonia dela eliminou toda minha pretensão de demonstrar calma e razão. Minha visão ficou vermelha e o sangue pulsou nas minhas têmporas. Eu sabia que não conseguiria aguentar aquilo por muito mais tempo.

Segurando a mão de Nora, virei-me e gritei para os médicos: — Ajudem-na, caralho! Agora!

Mas nenhum deles prestava atenção em mim. Os três médicos estavam reunidos no pé da cama, onde um lenço escondia a parte inferior do corpo de Nora. Vi um deles se inclinar para a frente e...

— Lá vem ela! — O médico que bloqueara meu caminho antes endireitou o corpo, segurando algo pequeno e ensanguentado. Ele se virou, trabalhando com movimentos rápidos e eficientes. E, no instante seguinte, o grito de um bebê cortou o ar. Foi fraco e incerto no começo, mas logo ganhou força. O choque daquele grito estridente e exigente foi como uma onda explosiva, deixando-me paralisado. Quando finalmente virei a cabeça para olhar para Nora, percebi que a mão dela estava mole na minha e suas feições não se contorciam mais em agonia. Em vez disso, ela chorava e ria ao mesmo tempo. Ela tirou a mão da minha e estendeu-a para o bebê que o médico lhe entregava... a criatura minúscula cujos gritos eram cada vez mais altos.

— Ai, meu Deus, Julian — disse ela entre soluços quando o médico colocou o bebê nos braços dela e levantou a cama para uma posição meio sentada. — Ai, meu Deus, olhe só para ela... — Nora segurou o bebê contra o peito. A camisola do hospital se abriu para revelar um seio inchado pela gravidez. Enquanto eu olhava com choque silencioso, a coisinha começou a procurar o seio. A boquinha rosada abriu e fechou várias vezes antes de segurar o mamilo de Nora.

Ela. Nossa filha.

Nora e eu tínhamos uma filha. Uma filha que sugava o seio de Nora como uma profissional.

Minha visão se estreitou e os sons do hospital desapareceram. Uma bomba nuclear poderia ter caído perto de nós que eu não teria notado. Só o que via, só o que percebia era meu bichinho precioso, com os cabelos desgrenhados caindo para a frente como uma nuvem escura enquanto ela se inclinava sobre o bebê. Hipnotizado, cheguei mais perto, tentando perceber todos os detalhes, e minha pulsação ficou estranhamente audível. Era como se eu estivesse ouvindo o coração de outra pessoa com um estetoscópio. *Tum-tum.* Um punho minúsculo repousou sobre a maciez do seio farto de Nora. *Tum-tum.* A boquinha trabalhava laboriosamente, com as bochechas pequenas movendo-se cada vez que sugava. *Tum-tum.* Os cabelos na cabecinha minúscula eram escuros, com aparência tão suave quanto a pele ligeiramente dourada.

— Que cor são os olhos dela? — sussurrei quando consegui falar. Nora soltou uma risada trêmula, olhando para mim.

— Que cor você acha que são? — O rosto dela brilhava com ternura. — Azuis, como os seus.

Como os meus. As palavras me atropelaram. Eu não me importava com a cor dos olhos dela, pois os olhos de muitos bebês mudavam quando cresciam, mas saber que aquele ser minúsculo era meu, que era *minha* filha, me deixou sem fôlego. Minha mão tremeu quando toquei gentilmente em um de seus pezinhos. Meus dedos eram chocantemente grandes perto dos dedos do pé do bebê. Parecia impossível que algo tão pequeno pudesse existir. Ela parecia uma bonequinha... uma bonequinha humana, viva e respirando.

Minha Nora em miniatura, só que infinitamente mais vulnerável e frágil.

Meu peito ficou apertado e afastei a mão, sentindo um medo irracional súbito. Era normal que um recém-nascido fosse tão pequeno? Ela nascera duas semanas antes da hora. E se eu machucasse aquele pé minúsculo só de encostar nele? Erguendo a cabeça, lancei um olhar mortal para o médico. — Ela é...

— Ela é saudável — garantiu o médico com um sorriso. — Um pouco pequena, com apenas dois quilos e setecentos gramas, mas perfeitamente normal.

— Ela *é* perfeita — murmurou Nora, olhando para o bebê com um amor tão absoluto que fiquei novamente sem ar.

Minha esposa. Minha filha. Minha família.

Minha visão ficou borrada por um momento, meus olhos arderam e tive que piscar algumas vezes para afastar as lágrimas. Eu não chorava desde que era criança, mas, se me lembrava corretamente da sensação, a queimação atrás dos olhos significava que estava prestes a chorar.

— Venha cá — sussurrou Nora, olhando para mim novamente. Cheguei mais perto, sem conseguir me conter. Lentamente, ergui a mão e acariciei a cabeça do bebê com um dedo. Tudo dentro de mim parou quando o bebê soltou o mamilo de Nora e olhou para mim. Nora estava certa, registrei na fração de segundo antes que o rostinho se contraísse.

Ela tinha os olhos azuis.

Abrindo a boca, minha filha soltou um grito e Nora riu, ajudando o bebê a encontrar o mamilo novamente. No mesmo instante, a criaturinha ficou quieta, sugando com força, e abaixei a mão, observando aquela maravilha.

— Que nome quer dar a ela? — perguntei baixinho enquanto o bebê continuava a mamar. Por causa do aborto espontâneo de Nora três anos antes, concordamos em não escolher o nome do bebê até que nascesse, mas eu suspeitava que meu bichinho já pensara no assunto.

E, com certeza, Nora olhou para mim e sorriu. — Que tal Elizabeth?

Uma dor amarga apertou meu peito. — Por causa de Beth?

— Por causa de Beth — confirmou Nora. — Mas acho que podemos chamá-la de Liz, ou Lizzy. Ela não parece uma Lizzy?

— Parece. — Passei de leve os dedos na cabecinha do bebê. — Parece muito.

Nora e o bebê dormiram, cansadas depois de todo o

trabalho, e saí do quarto para buscar uma garrafa de água e esticar as pernas. Para minha surpresa, quando cheguei ao fim do corredor, vi duas cabeças loiras perto uma da outra na sala de espera.

A esposa de Lucas, a garota ucraniana que estivera envolvida na queda do avião, estava com ele.

Quando me aproximei, Yulia olhou na minha direção. Instantaneamente, ela se levantou, com o rosto pálido ficando ainda mais branco. Lucas também se levantou, parando na frente dela de forma protetora.

Soltei um suspiro. Eu prometera a Lucas que não a machucaria, mas ele ainda não confiava em mim perto dela, apesar de Nora e eu termos ido ao casamento deles no Chipre no ano anterior. Eu não o culpava por ser superprotetor, pois normalmente a simples visão da ex-espiã fazia com que minha pressão subisse, mas, naquele dia, não estava com humor para conflitos.

Eu estava feliz demais para me preocupar com qualquer coisa que não fosse Nora e nossa filha.

Lizzy, lembrei a mim mesmo.

Nora e Lizzy.

Senti um aperto no coração. *Tenho uma filha chamada Lizzy.*

— Parabéns — disse Yulia suavemente, segurando o braço do marido. Percebi que ela falava comigo. — Lucas e eu estamos muito felizes por vocês.

Para minha surpresa, senti um sorriso abrindo-se nos meus lábios. — Obrigado — disse eu, e falei sério. Eu nunca perdoaria a garota por quase me matar e por colocar Nora em perigo. Mas, no decorrer dos anos, minha fúria esfriara para uma raiva tépida. Ela fazia Lucas feliz e Lucas ganhava muito dinheiro para mim com os novos negócios. Portanto, eu não fantasiava mais sobre arrancar a pele dela.

— Como está Nora? — perguntou Lucas, passando o braço em volta da cintura estreita de Yulia e puxando-a para perto de si. — Deve estar exausta.

— Ela está. Pegou no sono logo depois de falar com os pais, com Rosa e com Ana. Todos ficaram chateados por não conseguirem chegar aqui a tempo, mas entenderam que o bebê tem o próprio tempo. — Soltei um suspiro e corri a mão pelos cabelos. — Nora está dormindo agora. E Lizzy também.

— Lizzy? — disse Yulia e vi o rosto bonito dela suavizar. — É um lindo nome.

— Obrigado, nós gostamos dele. — Eu o adorara, na verdade, mas não pretendia conversar com a esposa de Lucas sobre nomes de bebês. Tolerância, o que significava não matá-la imediatamente, era o máximo que eu estava disposto a ter.

Voltando minha atenção para Lucas, eu disse: — Obrigado por vir tão depressa e por tirar os homens daquele projeto da Síria. As coisas estão bem tranquilas ultimamente, mas segurança extra nunca é demais. — Especialmente no que dizia respeito à minha esposa e à minha filha. Imaginei Lizzy em perigo e minhas entranhas se transformaram em gelo.

Eu colocaria os rastreadores nela assim que os médicos permitissem e contrataria uma dezena de guarda-costas extras para vigiá-la o tempo inteiro. Se ela machucasse um dedinho que fosse, a equipe de segurança dela responderia a mim.

— Sem problemas — disse Lucas. — Estávamos a caminho de Londres para a inauguração do novo restaurante de Yulia. Michael já está nos esperando lá.

Ah, então era por isso que Yulia estava lá. Eu me perguntara por que Lucas a levara. Se eu me lembrava corretamente, aquele seria o quarto restaurante a que a esposa de Lucas emprestava sua marca e suas receitas... um negócio interessante para uma ex-espiã.

— De qualquer forma — disse Yulia, olhando-me desconfiada —, não queremos segurar você. Provavelmente precisa voltar para Nora e o bebê.

— Preciso — respondi, sem me dar ao trabalho de negar. Mas, como eu ainda estava de bom humor, acrescentei: — Se eu não a vir de novo, boa sorte na inauguração.

E, sem esperar uma resposta, continuei a andar pelo corredor.

Eu estava massageando os pés de Nora, o único contato físico permitido por enquanto, quando as enfermeiras levaram o bebê de volta para mamar. Lizzy gritava como um monstrinho, mas, no momento em que foi colocada nos braços de Nora, ficou quieta e começou a procurar o mamilo. Observei, hipnotizado, quando a boquinha minúscula encontrou o alvo e começou a sugar. Nora falou baixinho com ela, acariciando-a gentilmente, e só fiquei observando, sem conseguir afastar o olhar. Meu lindo bichinho era mãe... a mãe do meu bebê. Eu não achei que fosse possível ser mais possessivo em relação a Nora, mas era. Ela pertencia a mim de um jeito totalmente diferente agora e vê-la daquela forma causou emoções que nunca achei que eu conseguiria sentir. Era como se minha vida inteira tivesse me levado àquilo: à minha esposa e à minha filha, àquela felicidade incandescente e aterrorizante.

— Quer segurá-la? — murmurou Nora quando o bebê soltou o mamilo. Congelei, sentindo todos os músculos imóveis. Eu enfrentara terroristas e traficantes, lidara com generais e chefes de estado, mas nunca me sentira tão intimidado.

— Tem certeza? — Minha voz saiu estrangulada. — Não acha que posso machucá-la?

— Não. — Os lábios macios de Nora se curvaram em um sorriso. — Tome. — Com cuidado, ela me entregou o bebê e fiz o possível para segurá-lo da forma como Nora fizera, apoiando-a no braço enquanto segurava a cabecinha com a mão. Lizzy era incrivelmente leve, um pacotinho minúsculo e quente, com cheiro doce. Enquanto eu olhava, ela piscou de novo para mim e fechou os olhos.

— Ela está dormindo — sussurrei maravilhado. — Nora, ela está dormindo nos meus braços.

— Eu sei — sussurrou Nora de volta. Ergui o olhar e vi-a sorrindo, mesmo com lágrimas escorrendo pelo seu rosto. — Vocês dois... meu Deus, eu nunca teria imaginado isso.

— Nem eu. — Tomando cuidado para não balançar Lizzy, segurei os dedos delicados de Nora com a mão livre e levei-a aos lábios. Beijando-a, murmurei: — Eu amo você, querida, muito.

Os lábios de Nora tremeram em um sorriso. — E eu amo você, Julian.

Sentei-me e observamos nossa filha dormindo. Eu sabia que era só o começo.

Nossa história de verdade estava prestes a iniciar.

AGRADECIMENTOS

Obrigada por ler! Eu agradeceria muito se pudesse deixar uma avaliação.

Se desejar receber uma notificação quando o próximo livro for lançado, registre-se para receber meu boletim informativo em www.annazaires.com/book-series/portugues/.

Se você gostou de *Capture-me*, talvez goste destes outros livros de Anna Zaires:

- *Perverta-me: A Trilogia Completa* – a história de *Julian* e *Nora*
- *A Trilogia de Mia e Korum* – Um romance sombrio de ficção científica

Colaborações com meu marido, Dima Zales:

- *O Código de Feitiçaria* – Fantasia épica

E agora, vire a página par ver uma amostra de *Encontros Íntimos* e *Perverta-me*.

TRECHO DE ENCONTROS ÍNTIMOS

Nota da Autora: *Encontros Íntimos* é o primeiro livro de minha trilogia de romance erótico de ficção científica, as Crônicas dos Krinars. Apesar de não ser tão sombrio quanto *Perverta-me*, ele tem alguns elementos que leitores de erotismo sombrio poderão gostar.

Um romance sombrio que atrairá os fãs de relacionamentos eróticos e turbulentos...

No futuro próximo, os krinars governam a Terra. Uma raça avançada de outra galáxia, eles ainda são um mistério para nós — e estamos completamente à mercê deles.

Tímida e inocente, Mia Stalis é uma universitária na cidade de Nova Iorque que sempre teve uma vida muito comum. Como a maioria das pessoas, ela nunca teve qualquer interação com os invasores. Até que um dia no parque muda tudo. Tendo atraído o olhar de Korum, ela agora deve lidar com um krinar poderoso e perigosamente sedutor que quer possuí-la e nada o impedirá de tê-la para si.

Até onde você iria para recuperar a liberdade? Quando sacrificaria para ajudar seu povo? O que escolheria ao começar a se apaixonar pelo inimigo?

Respire, Mia, respire. Em algum lugar na parte de trás da mente, uma voz racional fraca continuava repetindo aquelas palavras. Aquela mesma parte estranhamente objetiva dela notou a estrutura simétrica do rosto dele, com a pele dourada esticada sobre as bochechas altas e o maxilar firme. As fotografias e os vídeos dos Ks que ela vira não lhes faziam justiça. Parado a não mais de dez metros de distância, a criatura era simplesmente deslumbrante.

Enquanto ela continuava a encará-lo, ainda congelada no lugar, ele endireitou o corpo e começou a andar na direção dela. Na verdade, ele lentamente a perseguia, pensou ela tolamente, pois cada movimento dele lembrava o de um felino da selva aproximando-se de uma gazela. Durante o tempo todo, os olhos dele não se afastaram dos dela. Ao se aproximar, ela notou pontos amarelos individuais nos olhos dourados claros dele e os longos cílios grossos que os envolviam.

Ela olhou com descrença horrorizada quando ele se sentou no banco dela, a menos de sessenta centímetros de distância, e sorriu, mostrando dentes brancos perfeitos. Nada de presas, notou ela com uma parte funcional do cérebro. Nem mesmo traços de presas. Aquele era outro mito sobre eles, como a suposta aversão pelo sol.

— Qual é o seu nome? — a criatura praticamente ronronou a pergunta. A voz dele era baixa e suave, completamente sem sotaque. As narinas dele tremeram ligeiramente, como se estivesse inalando o perfume de Mia.

— Ahm... — Mia engoliu nervosamente. — M-Mia.

— Mia — repetiu ele lentamente, parecendo saborear o nome. — Mia de quê?

— Mia Stalis. — Ah, droga, por que ele queria saber o nome dela? Por que estava lá, conversando com ela? De forma geral, o que ele estava fazendo no Central Park, tão longe de todos os centros dos Ks? *Respire, Mia, respire.*

— Relaxe, Mia Stalis. — O sorriso dele aumentou, expondo uma covinha na bochecha esquerda. Uma covinha? Ks tinham covinhas? — Você nunca encontrou um de nós antes?

— Não, nunca. — Mia soltou o ar rapidamente, percebendo que prendera a respiração. Ela ficou orgulhosa pela voz não ter soado tão tremula quanto se sentia. Deveria perguntar? Queria saber?

Ela tomou coragem. — O quê, ahm... — Ela engoliu em seco novamente. — O que quer de mim?

— Por enquanto, conversar. — Ele parecia que estava prestes a rir dela, com os olhos dourados cintilando ligeiramente nos cantos.

Estranhamente, aquilo a deixou furiosa o suficiente para acabar com o medo. Se havia uma coisa que Mia odiava, era que rissem dela. Com a estatura baixa e magra e uma falta geral de habilidades sociais que vinha de uma adolescência desconfortável envolvendo o pesadelo de todas as garotas — aparelho, cabelos crespos e óculos —, Mia tivera experiência bastante como alvo.

Ela ergueu o queixo beligerantemente. — Ok, e qual é o *seu* nome?

— É Korum.

— Só Korum?

— Nós não temos sobrenomes, não da mesma forma que vocês. Meu nome completo é muito mais comprido, mas, se eu lhe dissesse qual é, você não conseguiria pronunciá-lo.

Bem, aquilo era interessante. Ela se lembrou de ter lido algo parecido no *The New York Times*. Tudo certo até o momento. As pernas já tinham quase parado de tremer e a respiração voltava ao normal. Talvez, apenas talvez, ela conseguisse sair dali com vida. Aquele negócio de conversar parecia seguro, apesar de a forma como ele a encarava, com aqueles olhos amarelados que não piscavam, ser enervante. Ela decidiu mantê-lo falando.

— O que está fazendo aqui, Korum?

— Acabei de falar, estou conversando com você, Mia. — A voz dele, novamente, tinha uma ponta de riso.

Frustrada, Mia soltou um suspiro. — Eu quis dizer, o que está fazendo aqui, no Central Park? Na cidade de Nova Iorque em geral?

Ele sorriu novamente, inclinando a cabeça ligeiramente para o lado. — Talvez estivesse torcendo para encontrar uma garota bonita com cabelos cacheados.

Aquilo foi a gota d'água. Ele estava claramente brincando com ela. Agora que conseguia pensar um pouco novamente, percebeu que estavam no meio do Central Park, à vista de uma infinidade de espectadores. Sorrateiramente, ela olhou em torno para confirmar aquilo. Sim, com certeza. Apesar de as pessoas estarem obviamente passando ao largo do banco onde ela e o outro ocupante de outro mundo, havia várias almas corajosas mais adiante no caminho olhando para lá. Um casal estava até mesmo filmando os dois, cuidadosamente, com a câmera do relógio de pulso. Se o K tentasse fazer qualquer coisa com ela, em um piscar de olhos estaria no YouTube e ele sabia disso. É claro que ele podia ou não se importar.

Ainda assim, partindo do princípio que ela nunca vira nenhum vídeo de ataques de Ks a garotas universitárias no meio do Central Park, estava relativamente segura. Com cuidado, ela pegou o *notebook* e ergueu-o para colocá-lo de volta na mochila.

— Deixe-me ajudá-la com isso, Mia...

E, antes que conseguisse sequer piscar, ela o sentiu pegar o *notebook* pesado dos dedos subitamente moles, encostando gentilmente neles. Uma sensação parecida com um choque elétrico percorreu Mia quando ele a tocou, deixando as extremidades nervosas formigando.

Pegando a mochila, ele cuidadosamente guardou o *notebook* em um movimento suave e sinuoso. — Pronto, muito melhor agora.

Ah, meu Deus, ele tocara nela. Talvez a teoria de Mia sobre segurança em locais públicos fosse falsa. Ela sentiu a respiração acelerar novamente e, àquela altura, a pulsação estava bem além da zona anaeróbica.

— Eu tenho que ir agora... Adeus!

Ela nunca saberia como conseguiu dizer aquelas palavras sem hiperventilar. Agarrando a tira da mochila que ele acabara de soltar, ela se levantou depressa, notando em algum lugar no fundo da mente que a paralisia anterior parecia ter desaparecido.

— Adeus, Mia. Vejo você outra hora. — A voz suavemente zombeteira dele flutuou no ar fresco da primavera quando ela saiu, quase correndo com a pressa de se afastar.

Se deseja saber mais, acesse meu site em www.annazaires.com/book-series/portugues/. Os três livros da trilogia Crônicas dos Krinars já estão disponíveis.

TRECHO DE PERVERTA-ME

Nota do Autor: *Perverta-me* é uma trilogia erótica dark sobre Nora e Julian Esguerra. Todos os três livros estão disponíveis agora.

Sequestrada. Levada para uma ilha particular.

Nunca achei que isso poderia acontecer comigo. Nunca imaginei que um encontro casual na noite do meu aniversário de dezoito anos mudaria minha vida tão completamente.

Agora pertenço a ele. A Julian. A um homem que é tão implacável quanto bonito. Um homem cujo toque me deixa em chamas. Um homem cuja ternura é mais arrasadora do que sua crueldade.

Meu sequestrador é um enigma. Não sei quem ele é nem por que me sequestrou. Há uma escuridão dentro dele, uma escuridão que me assusta, mas que também me atrai.

Meu nome é Nora Leston e esta é minha história.

Chegou o anoitecer e, a cada minuto que passava, eu ficava cada vez mais ansiosa com a ideia de ver meu sequestrador novamente.

O romance que eu estivera lendo não mantinha mais meu interesse. Eu o larguei e andei em círculos pelo quarto.

Eu estava vestida com as roupas que Beth me dera mais cedo. Não era o que eu teria escolhido para usar, mas eram melhores do que um roupão. Uma calcinha branca de renda *sexy* e um sutiã combinando, um vestido azul bonito abotoado na frente. Tudo me serviu perfeitamente, de forma muito suspeita. Ele estivera observando-me por algum tempo? Descobrindo tudo sobre mim, incluindo o tamanho das roupas?

A ideia me deixou enjoada.

Tentei não pensar no que aconteceria, mas foi impossível. Eu não sabia por que tinha tanta certeza de que ele apareceria naquela noite. Era possível que ele tivesse um harém inteiro de mulheres na ilha e visitasse cada uma delas apenas uma vez por semana, como os sultões.

Ainda assim, eu sabia que ele chegaria em breve. A noite anterior simplesmente abrira o apetite dele. Eu sabia que demoraria muito para que ele se cansasse de mim.

Finalmente, a porta se abriu.

Ele entrou como se fosse dono do lugar. O que, claro, era verdade.

Fiquei novamente impressionada pela beleza masculina dele. Com um rosto daqueles, ele poderia ter sido modelo ou ator de cinema. Se houvesse alguma justiça no mundo, ele seria baixo ou teria alguma outra imperfeição para compensar aquele rosto.

Mas não tinha. O corpo era alto e musculoso, com proporções perfeitas. Lembrei-me da sensação de tê-lo dentro de mim e senti uma onda indesejada de excitação.

Ele vestia novamente calça *jeans* e uma camiseta, desta vez, cinza. Ele parecia gostar de roupas simples, o que era inteligente. A aparência dele não precisava de realce.

Ele sorriu para mim. Aquele sorriso de anjo caído, sombrio e sedutor ao mesmo tempo. — Olá, Nora.

Eu não sabia o que dizer e falei a primeira coisa que me surgiu na mente. — Por quanto tempo vai me manter aqui?

Ele inclinou a cabeça ligeiramente para o lado. — Aqui no quarto? Ou na ilha?

— Os dois.

— Beth mostrará o lugar a você amanhã. Se quiser,

poderá nadar — disse ele, aproximando-se. — Você não ficará trancada, a não ser que faça alguma tolice.

— Como o quê? — perguntei. Meu coração bateu com mais força dentro do peito quando ele parou perto de mim e ergueu a mão para acariciar meus cabelos.

— Tentar machucar Beth. Ou machucar você mesma. — A voz dele era suave e o olhar hipnótico ao olhar para mim. A forma como tocava nos meus cabelos foi estranhamente relaxante.

Pisquei, tentando me livrar do feitiço dele. — E a ilha? Por quanto tempo pretende me manter aqui?

A mão dele acariciou as curvas em volta do meu rosto. Eu me vi recostando-me na mão dele, como uma gata sendo acariciada, e imediatamente endireitei o corpo.

Os lábios dele se curvaram em um sorriso. O idiota sabia o efeito que tinha em mim. — Muito tempo, espero — disse ele.

Por algum motivo, não fiquei surpresa. Ele não teria se dado ao trabalho de me levar até a ilha se quisesse apenas dar algumas trepadas comigo. Fiquei aterrorizada, mas não surpresa.

Reuni coragem e fiz a próxima pergunta mais lógica. — Por que você me sequestrou?

O sorriso desapareceu do rosto dele. Ele não respondeu, apenas me encarou com um olhar azul inescrutável.

Comecei a tremer. — Você vai me matar?

— Não, Nora, não vou matar você.

A negação dele me reconfortou, apesar de, obviamente, ser possível que estivesse mentindo.

— Você vai me vender? — Mal consegui pronunciar as palavras. — Para ser uma prostituta ou algo assim?

— Não — disse ele em tom suave. — Nunca. Você é minha e só minha.

Eu me senti um pouco mais calma, mas havia mais uma coisa que precisava saber. — Você vai me machucar?

Por um momento, ele não respondeu. Algo sombrio passou em seus olhos. — Provavelmente — respondeu ele baixinho.

Em seguida, ele se abaixou e beijou-me, com os lábios quentes e macios tocando nos meus gentilmente.

Por um segundo, fiquei imóvel, sem reagir. Eu acreditei nele. Sabia que estava falando a verdade quando dissera que me machucaria. Havia algo nele que me assustava. Algo que me assustara desde o início.

Ele não era nada parecido com os rapazes com quem eu saíra. Ele era capaz de qualquer coisa.

Eu estava completamente à sua mercê.

Pensei em tentar lutar contra ele novamente. Seria a coisa normal a fazer na minha situação. Um ato de coragem.

Mesmo assim, não fiz nada.

Eu conseguia sentir a escuridão dentro dele. Havia algo de errado com ele. A beleza externa escondia algo monstruoso.

Eu não queria libertar aquela escuridão. Não sabia o que aconteceria se fizesse isso.

Portanto, fiquei imóvel entre os braços dele e deixei que me beijasse. E, quando ele me pegou no colo e levou-me para a cama, não tentei resistir.

Em vez disso, fechei os olhos e entreguei-me às sensações.

Todos os três livros da trilogia *Perverta-me* estão disponíveis. Por favor, visite nossa página www. annazaires.com/book-series/portugues/ para saber mais e se inscrever em minha lista de e-mail.

ABOUT THE AUTHOR

Anna Zaires é autora *best-seller* do *New York Times* e do *USA Today* de livros de ficção científica e de romances eróticos contemporâneos. Ela se apaixonou por livros aos cinco anos de idade, quando a avó a ensinou a ler. Desde então, sempre viveu parcialmente em um mundo de fantasia, onde os únicos limites são os impostos pela imaginação. Ela mora na Flórida e é casada com Dima Zales, autor de ficção científica e fantasia. Eles trabalham juntos em todos os livros.

Para saber mais, acesse www.annazaires.com/book-series/portugues/.